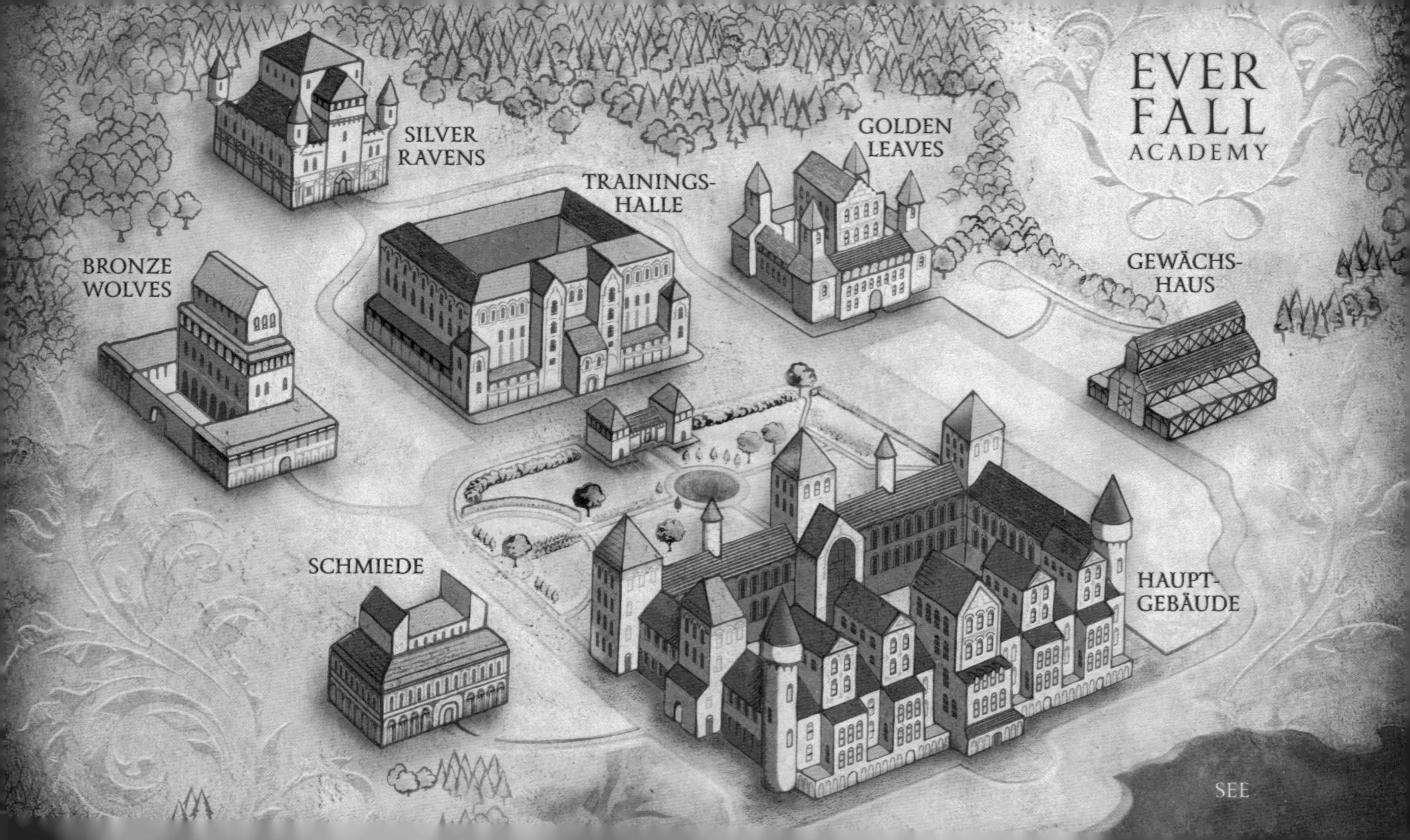
EVER
FALL
ACADEMY
SILVER
RAVENS
GOLDEN
LEAVES
TRAININGS-
HALLE
BRONZE
WOLVES
GEWÄCHS-
HAUS
SCHMIEDE
HAUPT-
GEBÄUDE
SEE

MONA KASTEN

Fallen Princess

MONA KASTEN

FALLEN PRINCESS

ROMAN

LYX

LYX in der Bastei Lübbe AG

Die Bastei Lübbe AG verfolgt eine nachhaltige Buchproduktion. Wir verwenden Papiere aus nachhaltiger Forstwirtschaft und verzichten darauf, Bücher einzeln in Folie zu verpacken. Wir stellen unsere Bücher in Deutschland und Europa (EU) her und arbeiten mit den Druckereien kontinuierlich an einer positiven Ökobilanz.

MIX
Papier | Fördert gute Waldnutzung
FSC® C014496
FSC
www.fsc.org

Textredaktion: Ulrike Gerstner
Umschlaggestaltung: © Franziska Stern / coverdungeonrabbit
unter Verwendung von Motiven von © cgtrader.com
Illustrationen: © Claudia Redl
Karte: © Markus Weber | Guter Punkt München
Satz: Greiner & Reichel, Köln
Gesetzt aus der Adobe Caslon
Druck und Verarbeitung: GGP Media GmbH, Pößneck

Printed in Germany
ISBN 978-3-7363-2148-9

3 5 7 9 8 6 4

Weitere Informationen unter:
lyx-verlag.de
luebbe.de | lesejury.de

Für alle,
die selbst im Dunkeln an einem Funken festgehalten haben,
um ihn in ein Licht entflammen zu lassen.

Einst umgaben Irland dichte Wolken undurchdringlichen Nebels. Aus diesem Nebel erreichten die Tuatha De Danann das Land. Sie waren die Kinder von Danu, der altehrwürdigen Göttin der Erde, beschenkt mit einer übernatürlichen Kraft. Manche von ihnen waren mit der Macht des Kampfes gesegnet, andere wiederum mit der Kraft der Heilung oder gar Verzauberung. Die Tuatha De Danann nutzten ihre Macht für das Gute, um eine Brücke zwischen Normalsterblichen und Gottheiten zu schlagen – und gegen die Mächte der Finsternis zu kämpfen, die die irdische Welt ins Chaos zu stürzen drohte.

Nach ihrer letzten Schlacht zogen die Tuatha De Danann sich in den Hügeln Irlands zurück und wurden von da an nur noch die Sidhe, das Volk der Hügel, genannt. Obwohl die Tuatha De Danann längst nicht mehr auf der irdischen Welt wandeln, setzen sich ihre Fähigkeiten bis heute in den Blutlinien ihrer Nachfahren fort. Nun ist es ihre Aufgabe, die Welt vor dem Bösen zu bewahren.

1

Mir war schlecht. Genau genommen fühlte sich mein Magen an, als wäre ich ungefähr zwanzigmal Achterbahn mit Looping gefahren. Unter den zehn Schichten Make-up, die mir an diesem Abend aufgetragen worden waren, sah ich zweifellos aus wie ein grün angelaufener Schimmelkäse – doch davon bekam hoffentlich niemand etwas mit.

Ich war mir nicht sicher, woran es lag. Immerhin hatte ich heute nur eine einzige Rolle zu erfüllen und somit keinen Grund, derart durchzudrehen. Vielleicht war aber auch das Kleid mit der aufwendigen Schnürung am Rücken schuld an der Übelkeit. Wobei das Ganze schon gestern angefangen hatte und ich dies eigentlich ausschließen konnte.

Ich strich über den Saum des mauvefarbenen Kleides, das ab der Hüfte in einen weiten, wallenden, mit Tüll und Chiffon versetzten Rock ausfiel. Dann trat ich an die Balustrade neben meine beste Freundin Violet und lehnte mich auf das Geländer.

»Es ist atemberaubend, nicht wahr?«, fragte Vi, woraufhin ich mich zu einem Lächeln zwang. Vielleicht konnte ich die Übelkeit mit schierer Willenskraft verdrängen, davon hatte ich nämlich eine ganze Menge.

Monatelang hatte ich mit Violet, Beau und all meinen Freunden auf diesen Abend hingefiebert, und irgendwie konnte ich immer noch nicht glauben, dass es jetzt wirklich so weit war.

Vor einer Woche noch hatte es gewirkt, als läge der Sternennachtball in weiter Ferne – nun stand ich hier und konnte die surrende Energie, die in der Luft lag, im ganzen Körper spüren.

Ich überblickte den Ballsaal, der in goldenes Licht getaucht war. Schon im Normalzustand war dieser Raum der mit Abstand schönste in der ganzen Akademie. Doch heute wirkte er schlichtweg magisch.

Die vergoldeten Ornamente an der Decke glommen im Licht der Kronleuchter, und die goldgerahmten Wandgemälde mit den Tuatha De Danann – unser aller Vorfahren – schienen wie verzaubert. Unter den Kronleuchtern befanden sich auf dem glänzenden Parkett viele kleinere und größere Gruppen, und die leisen Gespräche drangen als monotones Gemurmel zu uns hinauf. An der Balustrade und entlang der breiten geschwungenen Treppe waren unzählige kleine Gläser mit Irrlichtern angebracht worden, die ein weicher Schimmer umgab.

Das Orchester hatte bereits begonnen zu spielen, und ich konzentrierte mich auf die Harmonie, die durch das Zusammenspiel der Streichinstrumente und der whiskeyweichen Stimme der Sängerin entstand. In jedem anderen Fall wäre ich mit Violet sofort die Treppen hinuntergehastet, um auf die Tanzfläche zu gehen und dort ausgelassen zu feiern. Heute hielt mich das Unwohlsein jedoch davon ab. Ich fürchtete, dass mein Magen nicht kooperieren würde. Meine Hände zitterten und ich ließ das Geländer los, um sie an meinen Seiten kurz zu Fäusten zu ballen. Ich nahm einen tiefen Atemzug, bevor ich mein Kleid wieder glatt strich.

Ganz gleich, wie sehr ich mich auch konzentrierte, das ungute Gefühl blieb. Und das war mehr als nur merkwürdig. Nicht einmal letztes Jahr war mir derart schlecht gewesen. Dabei war es zu der Zeit um das Diadem gegangen. An jenem Abend war ich im zweiten Jahr an der Akademie gewesen und somit im selben Alter wie meine Mum, als sie zur Miss Everfall gewählt worden war. Damals hätte ich sie enttäuschen können, deshalb war der Druck besonders groß gewesen. Das war heute jedoch nicht der Fall. Ich hatte nichts zu verlieren, und darum verstand ich einfach nicht, wieso mir kalter Schweiß den Nacken hinabrann und weshalb meine Hände so stark bebten.

Ich blickte mich weiter im Saal um und betrachtete die Besucher des Balls ein wenig genauer, um mich abzulenken und zu sammeln, bevor wir hinuntergingen. Die Roben der meisten Schüler waren genauso extravagant wie meine eigene, mit weiten, fließenden Röcken aus unterschiedlichen Stoffen und mit filigranen Stickereien, die verschlungene Ranken, Tiere oder verschiedene Jahreszeiten zu Ehren unserer Vorfahren symbolisierten. Tüll, Chiffon, Seide, Samt und maßgeschneiderte Anzüge, wohin ich auch schaute. Ich kam mir fast vor, als wäre ich in ein anderes Jahrhundert katapultiert worden. In eine Zeit, in der solche Veranstaltungen alltäglich gewesen waren. Es war, als hätten alle Schüler der Akademie ihre eigentlichen Fassaden abgelegt und stattdessen eine andere, polierte Version von sich offengelegt. Ich liebte diese Feste. Das rief ich mir wieder und wieder in Erinnerung, während ich versuchte, meinen rasenden Puls zu beruhigen.

»Zoey?«, fragte Violet erneut und riss mich aus meinen Gedanken.

Hastig wandte ich mich zu ihr um. »Du hast recht. Es ist atemberaubend.«

Sie erwiderte mein Lächeln und hielt mir den Arm hin, damit ich mich bei ihr unterhaken konnte.

Nebeneinander schritten Violet und ich die geschwungene Treppe hinab. Vorsichtig setzten wir einen Fuß vor den anderen, wobei ich jedes Mal den langen Saum meines Kleides ein

Stück nach vorn kickte, um nicht zu stolpern. Nach einigen Sekunden machte sich ein Kribbeln in meinem Nacken bemerkbar. Und als dieses mit jedem Schritt intensiver wurde, nahm ich wahr, dass die Person, nach der ich mich am meisten sehnte, zu mir aufblickte. Also drückte ich die Schultern noch ein Stück nach hinten und versuchte, so anmutig wie möglich hinunterzuschreiten.

Erst am Ende der Treppe wagte ich es, aufzusehen. Als ich das tat, verschlug es mir eine Sekunde lang den Atem. Mein Herz machte einen Satz, als Beaus Blick meinem begegnete. Etwas Dunkles flammte darin auf, das meinen Puls erneut zum Rasen brachte – diesmal jedoch aus ganz anderen Gründen.

Genau deshalb hatte ich dieses Kleid ausgewählt. Na gut, auch, weil ich als amtierende Miss Everfall das Diadem an die diesjährige Gewinnerin überreichen musste und daher ohnehin im Zentrum der Aufmerksamkeit stehen würde, aber Beau scharf zu machen, war auf jeden Fall ein nennenswerter Bonus. Wie es aussah, war die Mission geglückt.

Sein Blick glitt über meinen Körper; erst über mein honigblondes Haar, das in einem aufwendigen lockeren Knoten nach hinten gesteckt worden war und aus dem sich einige Strähnen um mein Gesicht wellten, dann über den Herzausschnitt des Kleides, das mit einem komplexen Muster aus Pailletten und Stickereien versehen war. Als sein Blick weiter an mir hinab wanderte und noch dunkler wurde, schoss Hitze in meine Wangen. Er wirkte, als würde er mich lieber *ohne* das Kleid sehen, was bloß dafür sorgte, dass ich die letzten Stufen am liebsten hinabgesprungen wäre und mich auf ihn gestürzt hätte. Aber ich bemühte mich darum, meine Schritte gleichmäßig zu halten und jene Eleganz an den Tag zu legen, die mir meine Mutter seit siebzehn Jahren einbläute, als hinge mein Leben davon ab.

Einer Nachfahrin Cliodhnas liegt Eleganz und Anmut im Blut, Zoey. Sie strahlt es von innen nach außen, mit allem, was sie hat, und allem, was sie ist.

Zwar war meine Magie noch nicht erwacht, aber laut den Leuten in meinem Umfeld war das bloß noch eine Frage der Zeit. Ganz besonders, wenn es nach meiner Mutter ging. Denn sie war der festen Überzeugung, dass ich endlich die Fähigkeit meiner Blutlinie erlangen würde, wenn ich mich nur gut genug benähme. Cliodhna war unter den Tuatha De Danann die Göttin der Schönheit und Liebe. Es hieß, sie habe heilende Kräfte besessen, die durch ihre Stimme und Berührung hervorgerufen wurden. Cliodhna war sanft, aber unglaublich mächtig gewesen, ihre Schönheit so betörend, dass alle in ihrer Gegenwart in ihren Bann gezogen wurden. Bei Cliodhnas Nachfahren konnten sich verschiedene Kräfte entwickeln, so wie es bei fast allen Nachkommen der Tuatha De Danann der Fall war, die über mehr als eine Kraft verfügt hatten. So war in meiner Familie vor allem die heilende Macht vorhanden, und das schon seit Jahrhunderten.

Selbst wenn ich zwischendurch daran zweifelte, dass meine Magie bald erwachte, wollte ich meine Familie stolz machen. Auf manchen von uns lastete ein deutlich schwereres Gewicht als auf anderen. Auch das war eine der Tatsachen, die Mum mir immer einprägte.

Mit Mühe verdrängte ich die Gedanken an meine Mutter und betrachtete stattdessen meinen Freund. Beau kannte den Druck, der auf einem lastete, wenn man in eine der Ratsfamilien der Tuatha De Danann geboren wurde, und das war einer der Gründe, weshalb wir diese enge Bindung miteinander teilten. Jedes Mal, wenn wir uns ansahen, jedes Mal, wenn wir einander berührten, war da dieses Urvertrauen, das wir ineinander hatten. So auch jetzt.

Der Blick aus seinen blauen Augen traf auf meinen, und Fältchen bildeten sich in seinen Augenwinkeln, während er mich anlächelte. Ich spürte, wie sofort ein kleines Stück der Anspannung von mir abfiel. Beau war hier. Selbst wenn ich vor Nervosität umkippen sollte oder mich in die nächste Blumenvase erbrach – er war hier und würde mich auffangen. Ich gestattete mir, ihn einer ebenso intensiven Betrachtung zu unterziehen, wie er es zuvor bei mir getan hatte. Er hatte sich genauso sehr in Schale geworfen wie alle anderen Gäste des Sternennachtballs. Sein schwarzer maßgeschneiderter Anzug schmiegte sich an seine von den vielen Übungskämpfen breit gewordene Statur und die schmal zulaufende Taille; sein dunkelblondes Haar war mit Gel locker nach hinten gestrichen, was eine totale Abwechslung zu der Wuschelfrisur war, die er sonst immer trug, und er hatte sich rasiert. Eigentlich mochte ich die rauen Stoppeln auf seinen Wangen, aber so gefiel er mir auch außerordentlich gut. Je länger ich ihn ansah, desto wärmer wurde mir.

»Wenn ihr fertig damit seid, euch gegenseitig mit Blicken auszuziehen, würde ich mich freuen, wenn wir unsere Hintern langsam in Richtung Tanzfläche bewegen. Es wird Zeit«, erklang eine vorwurfsvolle Stimme direkt neben uns, und ich zog die Nase kraus.

»Geht klar, Vi«, sagte Beau, schlang aber gleichzeitig einen Arm um meine Taille, um mich an seine Seite zu ziehen. Ich liebte die Gewissheit, mit der er das tat. Vor einem Jahr hätte er sich dagegen nämlich noch gesträubt. Es hatte gedauert, bis er dazu bereit gewesen war, sich auf eine ernsthafte Beziehung einzulassen. Beau wollte nie, dass wir die Freundschaft, die uns seit Kindertagen verband, aufs Spiel setzten. Aber schlussendlich hatte das Knistern zwischen uns überhandgenommen. Seit jener Nacht kurz vor dem letzten Ball, in der wir uns zum ersten Mal geküsst hatten, waren wir unzertrennlich.

»Fabelhaft, Maguire«, sagte Violet und strich sich eine ihrer seidig glatten, schwarz glänzenden Strähnen hinters Ohr. Sie hatte sich bereits bei ihrem Date, einem süßen Typen namens Eoin aus dem Abschlussjahrgang, untergehakt und blickte zwischen uns und der Tanzfläche hin und her. Dort nahmen schon die Miss-Everfall-Teilnehmerinnen des letzten Jahres Formation an.

»Was meinst du, Zoey?«, murmelte Beau und senkte den Kopf, bis sein Mund meine Ohrmuschel leicht streifte. Gänsehaut überzog meine Arme. »Bereit für deinen letzten großen Auftritt als Diademträgerin?«

Ich unterdrückte ein Grinsen. »Du freust dich doch nur, dass ich ab sofort mehr Zeit für dich habe.«

Als amtierende Miss Everfall hatte es im vergangenen Jahr zu meinen Aufgaben gehört, den neuen Teilnehmerinnen als Mentorin mit Rat und Tat zur Seite zu stehen. Nach heute Abend würde diese Rolle an die neue Miss Everfall übergehen, und auch wenn Violet und ich nach wie vor einiges im Misswahl-Komitee zu tun hatten, hatte ich ab sofort deutlich mehr Freizeit. Freizeit, die Beau und ich unbedingt nutzen wollten.

»Ich habe dich während deiner Amtszeit liebend gern mit einer Gruppe tollwütiger Sechzehnjähriger geteilt«, murmelte er. »Aber ich kann nicht bestreiten, froh zu sein, dich ab sofort ein bisschen mehr für mich zu haben.«

Ich nickte anerkennend. »Chapeau für diese Ehrlichkeit, Maguire.«

Er zog sich ein Stück zurück und grinste mich schief an. »Zweisamkeit, Zoey. Stell dir nur vor, was wir alles machen können …« Sein Blick ging erneut auf Wanderschaft, doch bevor er mich weiter reizen konnte, legte ich einen Finger unter sein Kinn und zwang ihn, mir wieder in die Augen zu sehen.

»Nach heute Abend gehöre ich dir. Und dann können wir alles tun, was du willst«, wisperte ich. Sein Grinsen wurde breiter und ein Stückchen schmutziger, und in diesem Moment waren sowohl die Übelkeit als auch meine zitternden Hände fast vergessen.

»Alles?«, fragte er.

Ich nickte. »Aber nur, wenn du dich jetzt konzentrierst.«

Ehe ich mich versah, griff Beau nach meiner Hand und zog mich mit mehr Elan als je zuvor in Richtung der Tanzfläche. Ich stieß ein Lachen aus und sah Violet im Vorbeigehen grinsend den Kopf schütteln. Ich hielt an den glücklichen Gesichtern meiner Freunde fest. Konzentrierte mich auf sie und nicht auf die innere Unruhe, die immer noch als leise, aber hartnäckige Stimme in meinem Hinterkopf präsent war und mir zuflüsterte, dass irgendetwas ganz und gar nicht in Ordnung war.

Es war ein Fehler, sie so zu ignorieren.

2

Als die Formation vollständig war und alle Teilnehmerinnen aus dem vergangenen Jahr anwesend, wurde es langsam still im Saal. Die meisten Leute betrachteten Beau und mich eingehend, und als ich die Reihen überblickte, sah ich einige Menschen tuschelnd die Köpfe zusammenstecken. Ich konnte mir nur denken, was sie sagten.

Das ist die Tochter der legendären Calliope King.

Das Mädchen, deren Magie noch nicht erwacht ist, obwohl sie schon siebzehn ist.

Trotzdem hat sie die Wahl im letzten Jahr gewonnen.

Mir war bewusst, dass es nur eine Frage der Zeit war, bis meine Magie erwachte. Doch dieses ständige Warten ... Es machte mich wahnsinnig. Ich wollte auch Kranke heilen können, so wie meine Mum. Mithilfe der Magie Leute in meinen Bann ziehen. Egal, welche von Cliodhnas Fähigkeiten es sein würde, mir wäre alles recht. Hauptsache endlich Magie. Aber nein. Als einzige Nachfahrin der Kings brauchte mein Talent eine halbe Ewigkeit, um sich bemerkbar zu machen. Und niemand wurde müde, mich genau daran zu erinnern. Wenn das so weiterging, würde sich selbst Codys Magie früher zeigen, und er war drei Jahre jünger als ich. Normalerweise erwachte die Magie in den Nachfahren der Danu zwischen dem vierzehnten und sechzehnten Lebensjahr – ich war siebzehn und gerade im dritten Schuljahr angekommen, und das bedeutete, dass immerhin schon die Hälfte der Ausbildung an der Everfall Academy vorbei war. Was, wenn meine Magie bis zu meinem Abschluss immer noch nicht erwacht war? Ich hatte bisher von niemandem gehört, bei dem das der Fall gewesen war … aber vielleicht stellte ich eine Ausnahme dar. Eine schreckliche, nichtsnutzige Ausnahme.

Ich versuchte, die Stimmen in meinem Kopf zum Schweigen zu bringen und wollte mich stattdessen an das erinnern, was Mum ständig zu mir sagte. *Nur, weil die Magie der Danu in den meisten Fällen früher erwacht, bedeutet das nicht, dass du minderwertig bist, Zoey. Also benimm dich auch nicht so.*

Habe ich nicht vor, Mum, dachte ich, als das Orchester begann, das Lied zu spielen, zu dem wir wochenlang unseren Tanz einstudiert hatten. Das Licht der Kronleuchter wurde gedimmt, sodass nur die Tanzfläche im Fokus stand. Ich tat das, was ich am besten konnte, und glitt über das Parkett, während mein Freund mich beständig festhielt. Ich versank in den Schrittfolgen und ließ mich von der Musik treiben. Als es zum Partnerwechsel kam, funktionierte selbst das reibungslos. Das war normalerweise die Stelle, bei der Violet und ich uns die Haare rauften, weil es unglaublich schwierig war, den Ablauf der Schritte fließend und ohne Stolpern vonstattengehen zu lassen. Diesmal klappte es aber ohne Zwischenfall, und ich kam nicht umhin, meiner Freundin ein Lächeln zuzuwerfen, das sie genauso erleichtert erwiderte.

Doch als unser Tanz zu Ende war und andere Pärchen auf die Tanzfläche traten, kehrte die Übelkeit plötzlich mit voller Wucht zurück. Es war, als würden sich die Wände drehen, und Hilfe suchend krallte ich mich in Beaus Armen fest. Je länger ich dort stand, desto mehr verschwamm meine Sicht, und ich blinzelte mehrmals hintereinander. Leider half es nicht.

»Alles okay?«, fragte Beau und legte die Hände sanft um meine Oberarme.

»Mir ist schwindelig«, murmelte ich.

Eine Falte bildete sich zwischen Beaus Brauen. Er hob die Hand und befühlte meine Stirn.

»Du glühst ja.« Er sah sich um und deutete dann mit dem Kopf nach links, wo das Buffet aufgebaut war. »Komm. Wir holen dir was zu trinken.«

Ich nickte. Beau klemmte meinen Arm unter seinen und führte mich in Richtung der Bar, an der Getränke ausgeschenkt wurden. Da sich nach der Formation bereits alle Gäste auf die entgegengesetzte Seite des Saals begeben hatten, war es im Moment leer hier. Beau trat an die Bar.

»Gibt es hier eine Möglichkeit, sich kurz zu setzen? Meiner Freundin geht es nicht gut«, erklärte er dem Barkeeper. Dieser begutachtete mich zunächst skeptisch – bis er uns erkannte und schnell nickte. Danach fing er an, ein paar Getränkekästen übereinanderzustapeln und bedeutete mir, hinter die Bar zu kommen. Beau half mir, und ich ließ mich nicht besonders elegant auf den provisorischen Sitz fallen. Wenn meine Mutter das gesehen hätte, hätte sie mich übel getadelt. Ich konnte von Glück reden, dass sie nicht anwesend war.

»Hier«, sagte Beau und hockte sich vor mich, um mir ein Glas Wasser zu reichen.

Mit bebenden Fingern nahm ich es entgegen, wobei ich aufpassen musste, nichts zu verschütten. Schnell trank ich ein paar Schlucke. Zwar fühlte ich mich nicht wirklich besser, aber ich rang mich trotzdem zu einem Lächeln durch. »Danke.«

Er erwiderte mein Lächeln nicht. Stattdessen war immer noch diese kleine Falte zwischen seinen Augenbrauen, die ihn viel zu ernst wirken ließ. »Seit wann fühlst du dich so?«

Ich druckste eine Weile herum, aber als er nicht aufhörte,

mich so eindringlich anzusehen, seufzte ich leise. »Es hat gestern angefangen.«

»Wieso hast du nichts gesagt?«, fragte er weiter. Ich zuckte nur mit den Schultern.

»Weil ich dachte, es läge an der Aufregung.«

»Gibt es sonst noch irgendwelche Symptome? Außer Schwindel und Fieber, meine ich?«

Ich runzelte die Stirn und trank einen weiteren Schluck. Die Wände drehten sich langsamer. Ich war froh, hier sitzen zu können. Auch der Barkeeper war kurz verschwunden, um uns Freiraum zu geben. Einer der Vorteile, wenn man zu den Ratsfamilien gehörte – die Leute erfüllten einem nahezu jeden Wunsch, wenn sie dachten, dass sie das mit dem Rat der Danu gut stellte.

»Im Moment nicht. Wieso fragst du?« Beau senkte den Blick zu Boden, und hinter seinen Augen konnte ich es arbeiten sehen. Es dauerte eine Sekunde, bis er mich wieder ansah. »Es könnten Zeichen sein«, sagte er nach einer Weile. »Dafür, dass deine Magie erwacht.«

Ruckartig setzte ich mich auf. All die Dinge, die ich in den Jahren vor meiner Zeit an der Everfall Academy gelernt hatte, schossen mir durch den Kopf. Manche Leute wurden von dem jähen Erwachen ihrer Magie regelrecht überwältigt, sodass ihr Körper sich zunächst an die Kraft gewöhnen musste.

»Du hast recht«, sagte ich langsam.

»Natürlich habe ich recht. Ich hätte nur nicht damit gerechnet, dass es dir so gehen würde. Weißt du noch, wie es bei Violet war?«

Ich nickte. Violet und ihr großer Bruder Cree stammten von zwei verschiedenen Blutlinien ab. Während Cree die Kampfbegabung des Gottes Nuada geerbt hatte, besaß Violet aufgrund der Blutlinie des Heilers und Pflanzenmagiers Dian

Cecht die Kraft von Pflanzen und konnte sie mit ihrem Willen steuern.

Violet war vor knapp zwei Jahren morgens aufgewacht und hatte sich so mächtig gefühlt, dass sie ganz beflügelt durch den Tag gegangen war – bis ihr in den Schulfluren aufgefallen war, dass die Pflanzen von draußen nach innen wuchsen, nur um näher bei ihr zu sein. Es war vollkommen verrückt, dass ihre Kraft direkt am ersten Tag derart ausgewachsen gewesen war, aber auf der anderen Seite war Violet genau wie Beau und ich Mitglied einer Ratsfamilie. Und diese waren seit Anbeginn der Zeit bekannt für ihre mächtigen Fähigkeiten.

»Die Pflanzen konnten gar nicht genug von ihr bekommen. Sie sind regelrecht durchgedreht und haben sogar ein paar Fenster zerbersten lassen.«

»Ich dachte, bei dir würde es ähnlich werden, und nicht, dass du krank wirst«, resümierte Beau.

Ich wollte mich gerade bei ihm für sein unermessliches Vertrauen in meine Fähigkeiten bedanken, als ein unangenehmes Fiepen durch die Lautsprecher im Saal ertönte. Beau und ich drehten uns gleichzeitig in Richtung der Bühne, auf die, wie ich mit Erschrecken feststellte, soeben Sylvia Walsh trat. Sie war die Vorsitzende des Miss-Everfall-Komitees, und es sah aus, als würde sie jeden Moment mit der Zeremonie beginnen wollen. Ich stieß einen unterdrückten Fluch aus und stand schnell auf – zu schnell. Sofort fingen die Wände wieder an, sich zu drehen. Sanft, aber bestimmt schob Beau mich zurück auf die Kisten.

»Ich gebe schnell Bescheid, dass du noch einen Moment brauchst.«

Ehe ich protestieren konnte, beugte er sich vor und drückte mir einen Kuss auf den Scheitel. Dann verschwand er eiligen Schrittes und begab sich auf die andere Seite des Saals, wo ich ihn in der Menge aus den Augen verlor. Mir blieb nichts weiter übrig, als sitzen zu bleiben.

Ich legte den Kopf in den Nacken und trank das Wasser aus. Eben noch hatte ich Panik verspürt, aber jetzt kam mir dieses unangenehme Gefühl nicht mehr ganz so schlimm vor. Nicht, wenn es bedeutete, dass ich bald endlich die Gewissheit hatte, in die Fußstapfen meiner Mutter treten zu können. Ich beugte mich zur Seite, stellte das Glas ab und schloss dann die Augen.

Ich versuchte, es mir vorzustellen. Wie es wäre. Wie es sich anfühlen würde, wenn die gleißende Macht Cliodhnas durch meine Adern strömte. Wie es wohl wäre, jemanden von der Schwelle des Todes zu retten und ihn sicher und wohlbehalten zu seiner Familie zurückzubringen? Oder Leute mithilfe der eigenen Schönheit und Ausstrahlung in den Bann zu ziehen?

Konzentriert zog ich die Augenbrauen zusammen und fokussierte meine gesamte Aufmerksamkeit auf mein Inneres. Ich versuchte, in mir nach dieser Macht zu graben. Ein kaum spürbares Kribbeln machte sich in meinem Magen bemerkbar, und für einen Moment glaubte ich, dieser Macht schon etwas näher zu sein. Ich atmete tief ein und bemühte mich, noch intensiver in die Konzentration zu gehen.

Plötzlich riss mich ein Klirren aus dem Fokus, und ich zuckte zusammen. Ich blickte auf – und wünschte sofort, ich hätte es nicht getan.

Hinter der Bar stand Dylan Dae Park. Exakt in diesem Moment entdeckte er mich auf den Getränkekisten. Das war nun wirklich das Letzte, was ich an diesem Abend gebrauchen konnte. Zwar kannte ich ihn nicht besonders gut, aber ich wusste genau, dass man ihn besser nicht zu lange anstarren sollte, wenn einem das eigene Leben lieb war.

Dylan war ein Nachfahre des großen Dagda, einem der mächtigsten Götter der Tuatha De Danann. Dagda war einst derjenige gewesen, der über alles gebot: die Zeit, die Jahreszeiten, das Wetter, aber auch Leben und Tod. Manche Nachfahren der Danu trugen einen Splitter der lichten Seite dieser ursprünglichen Macht in sich. Leute wie Beau, Violet und ich, die an der Everfall Academy im Haus der Golden Leaves – dem Haus des Lebens – unterkamen und dementsprechend ausgebildet wurden. Andere Schüler hingegen besaßen eine besondere Begabung für Kunst und Handwerk – diese wurden dem Haus der Bronze Wolves zugeteilt. Und dann gab es noch das dritte Haus. Die Silver Ravens – das Haus des Todes.

Dort lebten Leute wie Dylan Dae Park, also diejenigen, die einen Splitter der Dunkelheit abbekommen hatten. Denn Dylan war ein Reaper. Ein Todbringer, der die Seelen Verstorbener ins Jenseits begleitete. Jemand, der die Fähigkeit besaß, dem Körper in einem Kampf die Seele zu entreißen, was ihn zu einer der gefährlichsten Personen an der Akademie machte. Und somit jemand, von dem man sich besser fernhalten sollte, wenn man wie ich von einer Blutlinie abstammte, deren Fähigkeit darin bestand, Leben zu schenken, statt es zu nehmen.

Unzählige Gedanken rasten durch meinen Kopf, und ich fragte mich, ob es ihm genauso ging. Er musterte mich nämlich mindestens so kritisch wie ich ihn. In diesem Moment wünschte ich mir, ich wüsste mehr über ihn als nur die Tatsache, dass er ein Reaper war, seine Kraft schon im Kindesalter und somit erstaunlich früh entwickelt hatte, und dass er koreanische Wurzeln hatte. Denn so hätte ich mich in dieser Situation, wo er von oben auf mich niederblickte, vielleicht ein klein wenig sicherer gefühlt.

Ich konnte nicht bestreiten, dass Dylan auf eine raue Art schön war, mit seinem wie in Stein gemeißelten Gesicht, den dunklen, immer ernst blickenden Augen und dem schwarzen, längeren Haar, das ihn zusammen mit dem silbernen Piercing in seiner Nase wie den Regelbrecher schlechthin wirken ließ. Gleichzeitig wurde dieser Eindruck durch seine steife Haltung wieder wettgemacht. Ich war ihm schon manchmal auf den Fluren im Akademiegebäude begegnet und wusste, dass die Leute meistens einen großen Bogen um ihn schlugen. Das lag neben seiner gefährlichen Gabe auch an der Tatsache, dass er riesig war und generell immer so angespannt aussah, als wäre er jederzeit dazu bereit, einem an die Gurgel zu gehen.

Hätte er eine andere Fähigkeit gehabt, wären wir vielleicht Freunde geworden. Schließlich konnte man nie genug Freunde haben, die anderen Respekt einflößten und im Notfall für einen in die Bresche sprangen. Doch das Schicksal hatte einen gegenteiligen Weg für ihn vorgesehen. Einen dunklen, der ihn konstant mit dem Tod in Berührung brachte – was der Grund dafür war, dass er meines Wissens nach selbst in seinem eigenen Haus nicht besonders viele Freunde hatte. Mit einem Reaper wollte niemand befreundet sein, der an seinem Leben hing. In der Geschichte der Danu hatte es immer wieder Gerüchte über Reaper gegeben, die sich dem Sog ihrer Magie nicht entziehen hatten können und völlig der Dunkelheit verfallen waren, indem sie wahllos Seelen geraubt hatten. Es war wohl nicht so leicht, über so viel Macht zu verfügen und diese nicht kaltblütig auszunutzen.

Ich ließ meinen Blick an seinem schwarzen, für den Ball echt unangemessenen Langarmshirt hinabwandern und entdeckte die Sektflaschen, die er unter seinen Arm geklemmt hatte. Dann begriff ich. Dylan war nicht auf dem Ball, weil er so gern tanzte. Er war hier, um sich an den Freigetränken zu bedienen und irgendwo eine kleine Privatparty zu schmeißen.

»Dabei solltest du dich lieber nicht erwischen lassen«, sagte ich mit einem Nicken auf die Flaschen. Es war das erste Mal, dass ich mit ihm redete, und ich fragte mich unwillkürlich, was in mich gefahren war. Wahrscheinlich hatte das Fieber jegliche Schutzwälle weggebrannt.

Ein paar Sekunden lang sah er mich bloß stumm an. Sein Blick zuckte zum Ausgang und zurück zu mir. »Zu spät«, erwiderte er. »Die Frage ist nur, ob du Stillschweigen wahren kannst.«

Allmählich wurde es unangenehm, so unter ihm zu sitzen, also stand ich auf. Sofort war der Schwindel wieder da, und ich machte einen Schritt zur Seite, um mich an dem provisorisch aufgebauten Tresen festzuhalten. Als ich erneut zu ihm sah, realisierte ich erst, wie riesig er wirklich war. Er überragte mich mehr als Beau, mit Sicherheit war er fast eins neunzig groß.

»Du musst schon zugeben, dass es ein klein wenig unverschämt ist, Getränke zu klauen, ohne am Ball teilzunehmen.«

Dylan sah an mir hinab, wobei sein Blick eine Sekunde zu lange an meiner Schärpe hängen blieb. Sein Mundwinkel zuckte kaum merklich, und in dieser Regung erkannte ich puren Spott.

»Was wirst du tun, Miss Everfall? Mich der Schulleitung melden?« Seine Stimme klang ruhig und besonnen; es war offensichtlich, dass er mich für eine Witzfigur hielt.

Ich verschränkte die Arme vor der Brust. »Vielleicht mache ich das.«

Dylans Gesichtsausdruck blieb unbeteiligt. Doch dann, innerhalb eines Wimpernschlags, verklärte sich sein Blick. Dort, wo eben noch ein dunkles Braun zu sehen gewesen war, war es nun, als würde eine Art Nebel über seinen Augen liegen. Einen Moment lang wirkte er wie weggetreten. Das Ganze dauerte nur eine Sekunde, dennoch sorgte es dafür, dass ein unangenehmer Schauer über meinen Körper rieselte. Seine Brauen verzogen sich dicht über seinen Augen. Dann schüttelte er kurz den Kopf, blinzelte, und alles war wie vorher. Als er mich diesmal ansah, kehrte der Spott zurück in seinen Blick.

»Tut, was Ihr nicht lassen könnt, Hoheit.« Er deutete eine knappe Verbeugung an, dann drehte er sich auf dem Absatz um, schnappte sich im Vorbeigehen eine weitere Flasche Sekt und lief in Richtung Ausgang davon.

Ich biss die Zähne fest zusammen und hätte am liebsten irgendeinen Gegenstand genommen, um ihn Dylan an den Kopf zu werfen, aber dafür war er leider zu schnell verschwunden. Zum Glück tauchte Beau in diesem Moment wieder auf. Er hielt mir auffordernd den Arm entgegen und erleichtert hakte ich mich unter.

»Ich habe Mrs Walsh Bescheid gegeben, sie weiß, dass du gleich kommst«, sagte er. Ich drückte seinen Arm in stummer Dankbarkeit. Dann durchquerten wir den Saal in einem langsamen, stetigen Tempo.

Inzwischen hoffte ich einfach nur, diesen Abend heil zu überstehen. Ob meine Magie nun erwachte oder nicht – ich fühlte mich immer noch zittrig, mir war schlecht, und das schöne Kleid war mittlerweile total durchgeschwitzt. Daran hatte auch das Glas Wasser leider nichts ändern können.

Mrs Walsh hatte sich bereits in Position gebracht. Sie war eine hübsche Frau Anfang sechzig, mit stahlgrauen, perfekt frisierten Haaren und einem bordeauxroten, schulterfreien Kleid, das eng an ihrem Körper anlag. Vor fünfundvierzig Jahren war sie Miss Everfall gewesen, und seitdem setzte sie sich für das Komitee und die Teilnehmerinnen der Wahl ein. Sie hatte uns während der Vorbereitungen des Balls unterstützt und uns Tanzstunden und anderen Unterricht gegeben. Ich mochte sie sehr, obwohl sie eine knallharte, strenge Lady war. Sie testete kurz, ob das Mikrofon funktionierte, und ihr Räuspern tönte laut durch den Saal.

»Guten Abend, Schüler und Schülerinnen, wertes Kollegium.« Sie überblickte die gesamte Menge, und ein strahlendes Lächeln machte sich auf ihrem Gesicht breit. »Liebe Teilnehmerinnen. Ihr habt uns im vergangenen Jahr mit eurem Talent verzaubert und durch enormes Engagement bewiesen, wie couragiert ihr euch für das Wohl der Akademie einsetzt. Einen Applaus dafür.«

Sie hob ihre Hände ans Mikrofon, und Applaus brandete in der Menge auf. Beau und ich hatten inzwischen ein gutes Stück des Weges geschafft, von hier aus konnte ich bereits Violet sehen. Jeder Schritt sorgte dafür, dass die Übelkeit schlimmer wurde. Wieder und wieder rief ich mir ins Gedächtnis, dass ich nur noch das Diadem abgeben und diese paar Minuten überstehen musste, bevor ich diesen Saal endlich verlassen konnte. Doch mit jedem Schritt fühlte es sich so an, als würde ich immer weiter auf mein Verderben zustürzen. Das konnte unmöglich meine Magie sein.

Schließlich kamen wir bei der Bühne an, und ein Rauschen dröhnte in meinen Ohren, das dafür sorgte, dass ich Mrs Walshs Worte kaum noch verstehen konnte. Auch als Beau mir noch etwas zumurmelte, hörte ich es nicht richtig. Violet reichte mir das Samtkissen, auf dem das mit feinen goldenen Ranken geschmückte Diadem lag, das im letzten Jahr mir gehört hatte. Als ich es entgegennahm, schnürte sich meine Kehle zu, und meine Haut fühlte sich an, als würden Tausende kleiner Nadeln darauf einstechen. Ich blinzelte mehrmals, atmete tief ein und aus, so wie ich es vorhin versucht hatte, doch es half nicht. Das Einzige, was ich machen konnte, war, einen Fuß vor den anderen zu setzen. Die Stufen zur Bühne nach oben zu gehen. Neben Mrs Walsh zu treten, so wie wir es geübt hatten. Den Kloß in meiner Kehle mit Gewalt zu verdrängen.

Ich musste mich zusammenreißen.

Ich *musste* einfach.

Ich realisierte kaum, was um mich herum geschah. Mrs Walsh trat beiseite, und dann war es an mir, meine Rede zu halten und das Diadem zu übergeben. Nur mit schierer Willenskraft schaffte ich es, mir das Zittern meiner Hände nicht anmerken zu lassen. Das Licht im Saal wirkte mit einem Mal viel zu grell, die sanfte Melodie des Orchesters donnerte in meinem Kopf wie ein Vorschlaghammer.

Ich überblickte das Publikum, räusperte mich und fing an, den Text vorzutragen, den ich auswendig gelernt hatte. »Miss Everfall zu sein, ist eine der größten Auszeichnungen, die man sich an dieser Akademie erkämpfen kann. Miss Everfall zu sein bedeutet Mut zu zeigen, offen gegen Ungerechtigkeiten vorzugehen und sich für das Gute starkzumachen. Ich …« Die Ränder meines Sichtfelds verdunkelten sich. Wieder blinzelte ich hektisch, doch alles verschwamm vor meinen Augen. Ich fürchtete, jeden Moment ohnmächtig zu werden, aber ich kämpfte dagegen an. Nur noch eine Minute, höchstens. Ich konnte durchhalten, wenn ich mich nur genug anstrengte.

»Im vergangenen Jahr habe ich versucht … Ich habe versucht, für …«

Die Geräusche um mich herum wurden dumpf, und meine Worte verklangen im Saal. Ich konnte nicht mehr weitersprechen. Meine Kehle war wie zugeschnürt. Ich sah mich im Saal um, konnte aber nicht begreifen, was gerade passierte.

Vom einen auf den nächsten Moment verlor die Welt an Farbe.

All die wunderschönen Kleider, all die Gäste im Saal wirkten ausgebleicht, beinahe, als hätte jemand sämtlichen Kontrast aus dem Raum gesogen. Ich erkannte niemanden mehr. Ein Gesicht glich dem anderen, jeder Mensch im Raum schien grau, blass und verschwommen, und das Rauschen in meinen

Ohren übertönte alles. Wirr zuckte mein Blick hin und her. Es war, als würde mein Körper krampfhaft nach einem Anker suchen. Nach etwas, an dem er sich festklammern konnte.

Dort.

Da war jemand. Eine Person, die aus der Menge hervorstach. Eine Person, die im Gegensatz zu allen anderen nicht an Farbe verloren hatte und völlig normal für mich aussah. Erleichterung wallte in mir auf.

Mitten im Publikum konnte ich einen Jungen erkennen, der mich mit weit aufgerissenen Augen ansah. Er wirkte wie ein Schüler aus dem ersten Jahr, war vielleicht ein oder zwei Jahre jünger als ich. Er hatte braunes Haar und trug einen weißen, zerknitterten Anzug über einem dunkelgrünen Hemd. Als mein Blick auf seinen traf, verschwand mit einem Mal das Rauschen in meinen Ohren, genauso wie das Pochen in meinem Kopf, und es kam mir vor, als hätte ich ein Heilmittel für die Qual gefunden, die mich schon seit gestern fest mit ihren Klauen umklammerte.

Sein Blick hielt meinem stand. Nach und nach wurde meine Erleichterung durch etwas anderes ersetzt. Tief in meinem Magen verknotete sich alles. Eine unsägliche Kälte erfasste Besitz von mir. Vor Schmerz krampfte sich mein Herz zusammen. Mir war zuerst nach Weinen zumute, danach wollte ich etwas zerstören vor Zorn, und mich anschließend in einer Ecke zusammenzurollen, einfach nur, um dieses Elend zu überstehen. Während mich die Eiseskälte förmlich lähmte, wandelte sich der Gesichtsausdruck des Jungen. Die gesunde Röte verschwand aus seinen Wangen. Sein Gesicht wurde blasser, immer blasser, bis jegliches Blut daraus gewichen war und seine Haut so bleich wurde wie Schnee. Er runzelte die Stirn und presste sich eine Hand auf den Brustkorb. Mit einem Mal lief sein Gesicht rot an und er stieß ein gequältes Keuchen aus.

Er sagte etwas, aber ich verstand ihn nicht. Als er wieder den Mund öffnete, war das Einzige, was daraus hervorkam, ein trockenes Röcheln.

Dann setzte der Schmerz ein.

Der Junge krümmte sich zusammen und würgte, und in der Sekunde, als er das tat, erfasste meinen eigenen Körper eine solch brennende Pein, dass meine Haltung ein Spiegelbild der seinen wurde. Es war, als würden meine Eingeweide von innen heraus zerreißen, und ich wimmerte vor Schmerz.

Plötzlich taumelte der Junge auf der Stelle. Wieder sah er zu mir, nur diesmal kam es mir beinahe vor, als würde er sich Hilfe von mir erhoffen. Doch bevor ich die Hand ausstrecken oder irgendetwas anderes tun konnte, knickten die Beine des Jungen ein, und er sackte in sich zusammen. Mein Körper tat es ihm gleich. Die Knie gaben unter mir nach, und ich sank zu Boden. Ich wollte etwas sagen, um Hilfe rufen, aber kein Wort verließ meine Kehle. Der Schmerz trieb mir Tränen in die Augen, und ich wiegte mich vor und zurück. Nichts würde mir je wieder helfen, das wurde mir in dieser Sekunde bewusst. Genauso wie dem Jungen in der Menge. Wir waren verloren.

Von jetzt auf gleich erfasste ein Beben meinen Körper. Ich wurde von einer schier unbändigen Kraft gepackt, die den Schmerz in meinem Inneren verdrängte. Meine Muskeln spannten sich bis zum Zerreißen an. Etwas baute sich in meiner Kehle auf. Ich versuchte, mich dagegen zu wehren, mich von der Stelle zu rühren, aber es funktionierte nicht; ich war wie festgefroren. Das Einzige, was ich vermochte, war, wieder zu dem Jungen zu sehen.

Der Junge, der dort auf dem Parkett lag. Der mich mit seinem stummen, gequälten Blick um Hilfe anflehte. Der sich immer heftiger zusammenkrümmte und die Hände immer wieder auf seinen Brustkorb presste. Dessen Blick immer glasiger wurde. Der Junge, der schließlich seinen letzten Atemzug tat und regungslos liegen blieb.

Eine Energiewelle brach aus mir hervor, die den gesamten Saal erschütterte. Endlich erwachte mein Körper aus der Starre, doch nichts bereitete mich auf das vor, was als Nächstes geschah.

Ein markerschütternder Schrei erklang. Ein schrilles Wehklagen, das immer lauter wurde, bis es in meinen Ohren klingelte und ich mir am liebsten die Hände darauf gepresst hätte. Ein Schrei, der so gellend war, dass die Kronleuchter zerbarsten und Scherben auf das Parkett rieselten wie Platzregen. In meiner Brust ging etwas mit genau derselben Heftigkeit zu Bruch. Eine Macht jagte durch mich hindurch, die alles in ihrem Umfeld niederriss und dabei kein Erbarmen kannte. Der Boden unter meinen Füßen bebte, als ich realisierte, dass ich diejenige war, die diese fürchterlichen Geräusche von sich gab.

Ich konnte nicht aufhören. Nicht, als die Welt langsam wieder an Farbe gewann. Nicht, als ich auf die Leiche des Jungen starrte, neben der sich eine dunkle Gestalt aufbaute, die einen Arm ausstreckte und den Jungen an der Schulter berührte. Nicht, als Beau sich vor mich kniete und seine Arme schützend um mich schlang.

Ich schrie, bis jegliche Energie aus mir herausgeflossen und nichts mehr übrig war als bittere Dunkelheit.

3

Mein Schädel pochte wie verrückt. Ich hob die Hand an meine Stirn und rieb darüber. Dann versuchte ich vorsichtig, die Augen zu öffnen. Nachdem ich ein paarmal geblinzelt hatte, gewöhnte ich mich an die Dunkelheit. Das Erste, was ich sah, war die weiße Decke über mir. Als ich den Kopf zur Seite drehte, erkannte ich neben mir eine Reihe von Betten, die alle mit weißer, steril wirkender Bettwäsche bezogen waren. Direkt an meinem Bett stand ein kleiner silberner Wagen mit Verbänden und anderem verpackten Zubehör.

Offensichtlich befand ich mich in der Krankenstation der Everfall Academy.

Ich versuchte, den Nebel in meinen Gedanken zu lichten. Mein Kopf fühlte sich an, als wäre er in Watte gepackt, und ein übler Geschmack lag mir auf der Zunge. Während ich nachdachte, sah ich zur anderen Seite des Raumes, wo sich eine breite Fensterfront erstreckte. Die schweren dunkelgrauen Vorhänge waren zugezogen und nur durch einen Spalt konnte ich erkennen, dass draußen helllichter Tag war.

Ich konnte mich nicht erinnern, was geschehen war. Also kniff ich die Augen zu und grub in meinem Kopf. Nach und nach fügten sich Bilder zusammen, die zunächst keinen Sinn ergaben.

Ich war beim Sternennachtball gewesen, und ich wusste

auch noch, dass ich mich krank gefühlt hatte … aber danach gähnte ein schwarzes Loch in meinem Gedächtnis.

Von weiter hinten im Raum ertönte ein leises Scharren. Ich versuchte, mich aufzusetzen, und entdeckte Heiler Sheehan, den Leiter der Krankenstation. Er war ein hochgewachsener, schlaksiger Mann mit einem braunen Lockenkopf und warmen braunen Augen, deren Wärme jedoch durch eine harte Unnachgiebigkeit im Rest seines Gesichts wettgemacht wurde. Heiler Sheehan war bekannt für seine Strenge und die fiesesten Prüfungen aller Zeiten. Ich hatte in jedem Semester mindestens einen seiner Kurse belegt, auch wenn er mich und meine Mutter nicht ausstehen konnte. Er war ein begnadeter Heiler, mir war es jedoch nur recht, dass er der Blutlinie Airmeds angehörte. Obwohl beide Linien heilende Magie wirken konnten, unterschieden sich unsere Blutlinien dennoch in ihrer Ausführung.

Es hieß, als Airmed am Grab ihres Bruders Miach, der von ihrem Vater Dian Cecht aus Rachsucht getötet worden war, Tränen vergossen hatte, waren über dreihundert verschiedene Sorten heilender Kräuter um das Grab herum gewachsen, die selbst heute noch von unseresgleichen genutzt wurden, um schwere Wunden und Krankheiten zu heilen. Aber da Cliodhnas Nachfahren vor allem mit Zaubersprüchen und der Magie in ihrem Inneren arbeiteten, mussten sich Airmeds Nachfahren das komplexe Wissen um die Kräuter zunächst jahrelang aneignen und konnten nicht mit bloßem Handauflegen heilen. So herrschte zwischen beiden Blutlinien an der Akademie eine unausgesprochene Rivalität, die sich bei Violet und mir jedoch nie gezeigt hatte, da wir von Kindesbeinen an befreundet gewesen waren. Somit hatte es gar nicht erst dazu kommen können. Allerdings bevorzugte Sheehan Violet aufgrund ihrer ähnlichen Fähigkeiten, und das ließ er mich in jedem seiner Kurse deutlich spüren.

Heiler Sheehan war besonders im Bereich der Botanik versiert und konnte damit so ziemlich jede Wunde heilen, auch wenn er es nicht so schnell bewerkstelligen konnte wie meine Mum mit ihren heilenden Händen. Jedoch kannte sich niemand besser aus mit magischen Kräutern, Tränken und Medikamenten, und ich kam nicht umhin, ihn widerwillig für seine Fähigkeit zu bewundern, auch wenn ich das niemals laut zugegeben hätte. Gerade als ich mich bemerkbar machen wollte, drehte er den Kopf und entdeckte, dass ich mich aufsetzte.

»Ah, Sie sind wach«, sagte der Heiler und kam strammen Schrittes auf mich zu.

Ich öffnete den Mund, um zu antworten, doch alles, was herauskam, war ein trockenes Röcheln. Im nächsten Moment wurde mein Körper von einem Hustenanfall geschüttelt. So heftig, dass mir Tränen in die Augen schossen. Mein ganzer Körper krümmte sich, und mit der Hand umfasste ich meine Kehle. Sie fühlte sich an, als würde sie in Flammen stehen. Panisch blickte ich zu dem Heiler auf, der sogleich neben mich trat.

»Hier, trinken Sie.«

Er reichte mir ein schmales Glas, das mit einer bernsteinfarbenen Flüssigkeit gefüllt war.

Sofort legte ich den Kopf in den Nacken und trank. Entgegen meiner Erwartung handelte es sich bei dem Gebräu nicht um bittere Medizin. Stattdessen schmeckte es unglaublich süß und erinnerte mich ein bisschen an Honig gemischt mit einer blumigen Note. Ich leerte das ganze Glas, und das brennende Gefühl in meiner Kehle ließ binnen weniger Sekunden nach. Erschöpft sank ich zurück in die Kissen. Ich blickte den Heiler an und ergriff erneut das Wort, diesmal jedoch weitaus vorsichtiger.

»Was ist passiert?« Meine Stimme klang, als hätte ich sie seit

Monaten nicht benutzt. Mein Rachen und Hals schmerzten bei jeder Silbe, und das brennende Gefühl setzte wieder ein, wenn auch nicht ganz so stark wie zuvor.

»Es gab einen Vorfall beim Ball. Können Sie mir sagen, woran Sie sich erinnern?«

Ich erwiderte den Blick seiner dunklen Augen, und ein ungutes Gefühl überkam mich. Wieder berührte ich vorsichtig meinen Hals. Als ich es diesmal tat, fluteten Bilder meinen Kopf.

Wie ich auf die Bühne gegangen war.

Wie das Diadem in meinen Händen gebebt hatte.

Wie die Welt langsam an Farbe verloren hatte, bis ich nichts mehr gesehen hatte, bis auf eine einzige Person.

Und letztlich … der Junge, der direkt vor meinen Augen gestorben war.

Mit einem Mal waren meine Gedanken nur noch von diesem einen Bild erfüllt: wie der Junge langsam zu Boden sackte und das Leben aus ihm herausfloss, bis nichts mehr übrig war.

Mein Herz pochte schmerzhaft. Obwohl ich in dieser Welt groß geworden war und einiges an Theorie gelernt hatte, was das Erwachen der Magie betraf, schien das alles keinen Sinn zu ergeben. Hatte ich vielleicht eine Art Vision oder Fiebertraum gehabt?

Unzählige Fragen türmten sich in meinem Kopf, aber ich rief mir ins Bewusstsein, wer ich war. Was für einen Ruf meine Familie und ich zu verlieren hatten, sollte ich jetzt aus der Fassung geraten. Dass ich zusammengebrochen war, war schon peinlich genug gewesen. Ich durfte jetzt nichts von wirren Visionen erzählen oder sonst irgendetwas, das dafür sorgen könnte, dass man mich für verrückt erklärte. Also räusperte ich mich, wobei ich vor Schmerz zusammenzuckte, richtete mich ein Stückchen auf und begegnete dem Heiler mit dem

Blick, der mir – genau wie alles andere – seit Kindertagen beigebracht worden war. Ich war Calliope Kings älteste Tochter, und genauso würde ich mich auch benehmen.

»Ich habe mich den ganzen Abend nicht besonders gut gefühlt, aber es war meine letzte Amtshandlung als Miss Everfall, und ich wollte das Diadem unbedingt noch überreichen. Wahrscheinlich habe ich mir einen Virus eingefangen und bin deshalb zusammengeklappt. Ich hätte früher reagieren sollen, tut mir leid.«

Heiler Sheehan sah mich zweifelnd an. Sein Blick war durchdringend und kühl zugleich. »Es ist wichtig, dass Sie ehrlich zu mir sind, Zoey. Das, was passiert ist, ist keine Kleinigkeit. Sie haben einen Zusammenbruch auf der Bühne erlitten, bei dem Ihre Magie den halben Saal zerstört hat.«

Ich versuchte, mir meinen Schock nicht anmerken zu lassen. Es war meine Aufgabe, mich durch diese Situation hindurchzumanövrieren, ohne dass dem Ruf meiner Familie geschadet wurde. Gleichzeitig hatte ich keine Ahnung, wie ich das bewerkstelligen sollte. Denn es klang so, als wäre das Ganze absolut kein Fiebertraum gewesen.

»Meine Familie wird für den entstandenen Schaden aufkommen. Darüber müssen Sie sich keine Gedanken machen.«

Eine steile Falte bildete sich zwischen den Augenbrauen des Heilers. »Es geht mir nicht um den entstandenen Schaden.«

Stille.

Das Einzige, was ich wahrnahm, war das Rauschen in meinen Ohren. Ich wollte nicht, dass er weitersprach.

»Augenzeugenberichten zufolge haben Sie sich in dem Saal umgesehen, bevor sich Ihr Blick auf jemanden geheftet hat. In diesem Moment haben Sie am ganzen Körper angefangen zu zittern und schließlich zu schreien.«

Bilder blitzten vor meinem inneren Auge in rascher Abfolge

auf. Ein Junge, den ich nicht kannte. Sein qualvoller Blick. Sein rasselnder Atem – der schließlich … verstummt war.

Das, was er sagte, schien keinen Sinn zu ergeben. Es *musste* eine Art Vision gewesen sein. Ein Fiebertraum, nichts weiter. »Ich sagte doch, dass ich mich nicht gut gefühlt habe. Ich muss mir etwas eingefangen haben.«

Der Heiler schüttelte den Kopf. »Sie haben sich nichts eingefangen. Ihre Magie ist erwacht. Und das sehr plötzlich und sehr stark.«

Das konnte nicht sein.

»Sie müssen sich irren. Ich stamme von Cliodhna ab – meine ganze Familie hat heilende Magie. Sie besteht aus Leben, Anmut, und sie gewinnt ihre Kraft durch die Natur und das Leben um sich herum. Das, was gestern geschehen ist, kann unmöglich mit Magie zusammenhängen.« Ich konnte selbst hören, dass meine Stimme immer höher und gleichzeitig heiserer wurde. In jedem meiner Worte schwang unermessliche Panik mit. Meine Hände fingen an zu zittern, und ich umfasste die Decke auf meinem Schoß fest.

Heiler Sheehan legte eine Hand auf meinen bebenden Arm. Ich sah so etwas wie Mitgefühl in seinen Augen aufflackern und das war so ungewöhnlich für ihn, dass ich noch panischer wurde. »Ich weiß, welcher Blutlinie Sie angehören. Ich weiß auch, in welchem Haus Sie ausgebildet werden, wie sich die Magie in Ihrer Familie manifestiert hat und wie Ihr Stundenplan aussieht – ich habe einen Blick in Ihre Akte geworfen.«

»Dann wissen Sie auch, dass es nicht sein kann. Ich kann nicht … es ist schlichtweg nicht möglich.«

»Zoey«, sagte der Heiler eindringlich, die Hand immer noch auf meinem Arm. Mit einem Mal war sein Blick so ernst, dass ich wusste, er würde als Nächstes etwas sagen, was meine Welt völlig aus den Angeln heben würde. »Der Junge, den Sie gestern Abend beim Ball angesehen haben, hieß Finn Thompson. Und es ist kein Zufall, dass Sie bei seinem Anblick angefangen haben zu schreien. Kurz darauf ist Finn nämlich gestorben.«

Die Worte des Heilers wiederholten sich in meinem Kopf, immer und immer wieder, und obwohl ich ihre Bedeutung begriff, wollte diese gleichzeitig nicht so richtig zu mir durchdringen. Aber er war noch nicht fertig.

»Mir ist bewusst, wie hoch die Wahrscheinlichkeit ist, dass Sie die Gabe Ihrer Mutter geerbt haben. Doch das, was sich in der letzten Nacht zugetragen hat, beweist, dass eine andere Magie in Ihnen geschlummert hat.«

Gequält sah ich Heiler Sheehan an und schüttelte den Kopf. Still flehte ich ihn an, nicht weiterzusprechen. Aber er zeigte kein Erbarmen.

»Die Schreie, die Sie gestern ausgestoßen haben, bezeichnet man als Wehklagen. Die Tatsache, dass die Kronleuchter sowie die Fensterscheiben des Saals zerborsten sind, haben gezeigt, worin Ihre wirkliche Macht besteht. Dass Finn Thompson kurz darauf einen Zusammenbruch erlitten hat, hat unsere Vermutung bestätigt.«

Bitte nicht, flehte ich stumm und kniff die Augen zusammen. *Bitte, bitte nicht.*

Ich hatte mich schrecklich gefühlt, und das den ganzen Abend über. Ich hatte Angst gehabt, gezittert, und war völlig aus der Haut gefahren. Das hatte nichts mit Magie zu tun. Es konnte nicht die Kraft sein, nach der ich mich so sehr gesehnt hatte.

»Cliodhnas Gabe war nicht nur Schönheit, Liebe oder Heilung. Sie hatte auch einen anderen Namen. Aber den kennen Sie mit Sicherheit.«

Panisch schüttelte ich den Kopf, denn mir wurde klar, worauf er hinauswollte. Ich wollte es nicht hören. Er sollte es nicht aussprechen. Allerdings kannte Heiler Sheehan kein Erbarmen.

»Cliodhna wurde auch als Königin der Banshees bezeichnet. Diese Magie ist nicht mehr weit verbreitet, doch wie es scheint, sind Sie von der Göttin persönlich gesegnet worden«, sagte Heiler Sheehan mit seiner ruhigen, gefassten Stimme, während in mir alles entzweibrach. »Sie sind eine Banshee.«

Mein Leben war eine einzige Lüge.

Siebzehn Jahre lang hatte man mir eingetrichtert, dass es nur eine Frage der Zeit war, bis die Magie meiner Familie auch in mir zum Vorschein kam. Dass meine Familie direkte Nachfahren Cliodhnas waren und wir das große Glück hatten, zu den Ratsfamilien zu gehören, und somit einen besonderen Status in der Welt der Danu innehatten. Der Rat hielt unsere Welt im Gleichgewicht, bewahrte uraltes Wissen und sorgte für unser aller Sicherheit, indem er uns vor Bedrohungen schützte. Nur die mächtigsten Erben der Tuatha De Danann gehörten zu den Ratsfamilien, und nur ihretwegen waren wir heute an einem Punkt, wo sich die Erben der Danu in Ruhe ihrer Ausbildung widmen konnten, ohne Sorge zu tragen, jeden Moment von Fomoriern – einem bösartigen, ebenfalls uralten Volk – angegriffen zu werden. Ohne den Rat würde wahrscheinlich immer noch Krieg zwischen den Tuatha De Danann und Fomoriern herrschen. Und ich war eine der Personen, die in diesem Rat tätig werden sollte. Eigentlich.

Jetzt war nichts mehr von diesem Versprechen übrig.

Ich saß im Wohnzimmer meines Elternhauses und zupfte an einem Faden, der sich aus den Stickereien des Sofas gelöst hatte. Ich zog daran und begann, ihn mir um den Finger zu wickeln. Nach einer Weile hob ich den Kopf und betrachtete meine Mutter, die mir gegenüber auf dem anderen antiken

Zweisitzer Platz genommen und bisher kein einziges Wort gesagt hatte.

Für die kommenden Tage war ich vom Unterricht entschuldigt. Nachdem meine Mum von dem Vorfall erfahren hatte, hatte sie einen Chauffeur zur Akademie geschickt, um mich den ganzen Weg von Connemara nach Skibbereen zu bringen. Für den Weg bis in den Landkreis Cork hatten wir etwa fünfeinhalb Stunden gebraucht. Fünfeinhalb Stunden, in denen ich mir den Kopf darüber zerbrochen hatte, was mich zu Hause wohl erwartete, und in denen ich unzählige Nachrichten an Beau und Violet geschrieben hatte, die unbeantwortet geblieben waren. Ich wollte unbedingt wissen, was in der Akademie vor sich ging, jetzt, wo bekannt geworden war, dass ein Junge gestorben war. Aber wie es schien, hatten meine Freunde bisher keine Zeit für mich gefunden.

Inzwischen befand ich mich auf dem Landsitz, auf dem ich groß geworden war. Alles daran kam mir falsch vor. Das Prasseln des Feuers im Kamin, dessen Wärme nicht zu mir durchdringen wollte. Die schillernde Brokattapete, deren Anblick mir vertraut hätte vorkommen sollen. Die Ritter, die beide Seiten des Saloneingangs flankierten, was mich bloß daran erinnerte, dass man als Mitglied einer ranghohen Familie immer auf der Hut sein sollte. Zuletzt das Familienporträt, auf dem meine Mutter, meine jüngere Schwester und mein kleiner Bruder zu sehen waren. Das Bild war vor drei Jahren in Öl gemalt worden. Damals war ich vierzehn, mein Bruder Cody elf und unsere kleine Schwester Maeve gerade erst neun gewesen. Inzwischen waren wir siebzehn, vierzehn und zwölf Jahre alt, und in diesem Moment wünschte ich, ich würde hier nicht so allein mit meiner Mutter sitzen, sondern dass ich mich in Maeves oder Codys Zimmer verkriechen könnte. Die beiden konnten es überhaupt nicht erwarten, auch mit fünfzehn endlich an die Everfall Academy zu kommen, daher musste ich sie bei jedem Besuch auf dem Landsitz mit den neuesten Informationen versorgen. Cody hatte sich sogar inzwischen schon einen Account in dem Akademienetzwerk erstellt, um alle Updates und Newsletter zu erhalten. Er wollte bestmöglich für seine Einschulung im nächsten Jahr vorbereitet sein.

Leider war es noch nicht so weit. Bis zum Eintritt an die Everfall Academy gingen sie – genau wie ich damals – auf eine reguläre Schule für Normalsterbliche. Was bedeutete, dass ich allein mit Mum war. Doch obwohl sich meine Mutter mit mir im selben Raum befand, hatte ich das Gefühl, sie war gar nicht richtig da.

Ihr Blick wirkte abwesend, aber das erkannte man nur, wenn man lange genug Zeit mir ihr verbracht hatte, um hinter die Maske der Perfektion zu schauen. Ihr schulterlanges blondes Haar war perfekt frisiert und ihr Make-up war so makellos aufgetragen, dass man keine einzige Pore erkennen konnte. Obwohl ich bereits seit bestimmt zwanzig Minuten hier war, hatte sie bis auf eine Begrüßung kein Wort zu mir gesagt, was mein Unbehagen bloß verstärkte. Ich kam mir ohnehin schon furchtbar unzulänglich vor. Beinahe, als hätte ich sie enttäuscht, dabei war es nicht meine Schuld, dass die falsche Fähigkeit in mir zum Leben erwacht war. Das Einzige, was ich mir wünschte, war eine feste Umarmung. Doch diese Art Zuneigung hatte es bei den Kings nie gegeben. Sicher würde meine Mutter nicht ausgerechnet jetzt damit anfangen.

»Wann hattest du vor, es mir zu sagen?«, fragte ich, als die Stille langsam unerträglich wurde. Noch immer schmerzte meine Kehle, aber ich ließ mir nichts davon anmerken.

Lass niemanden an deinen Emotionen teilhaben, wenn du gekränkt bist. Du bist eine Frau, das kann dir zur Last gelegt werden, ertönten ihre Worte in meinem Kopf. Daran hielt ich fest.

Mum schlug die Beine übereinander und erwiderte meinen Blick, ohne eine Miene zu verziehen. »In unserer Familie hat es noch nie eine Banshee gegeben. Ehrlich gesagt zweifle ich gerade am Verstand des Kollegiums der Akademie. Wenn dein Vater das wüsste …« Sie sprach den Rest des Satzes nicht aus.

Ich schluckte schwer, als Bilder von meinem Dad meine Gedanken fluteten. Zwar war er nicht auf dem Familienporträt über dem Kamin zu sehen, doch ich hatte noch immer Erinnerungen, die ich fest in mir verankert hatte. Maeve und ich hatten das helle Haar unserer Mutter geerbt, einzig bei Cody hatte sich das schwarze Haar unseres Vaters durchgesetzt. Aber immerhin hatte ich die grünen Augen von Dad mitbekommen. Ich erinnerte mich an seine Umarmungen, sein Lachen und dass die Stimmung, sobald er den Raum betreten hatte, stets merklich heller wurde. Mein Vater war kein Nachfahre der Tuatha De Danann gewesen, aber Teil der Eingeweihten. So wurden diejenigen genannt, die über die Kräfte der Danu Bescheid wussten. Dad war gestorben, kurz nach dem Maeve geboren wurde. Ich war damals fünf Jahre alt gewesen und hatte gar nicht richtig verstanden, was geschah. Ich hatte noch Erinnerungen an meinen Dad, ein Teil davon waren meine eigenen und ein anderer Teil war unserem Personal sowie meinem Großvater zu verdanken, die mir und meinen Geschwistern stets Geschichten über unseren Vater erzählt hatten.

Meine Mutter war durch seinen Tod härter geworden, ihre Maske noch undurchdringlicher. Es hieß, einzig unser Vater hatte es je geschafft, ihr ein strahlendes Lächeln zu entlocken. Nachdem er bei einem Unfall ums Leben gekommen war, war dies nie wieder einer Person geglückt.

Sie war versessen darauf, mich zu ihrer Nachfolgerin zu machen. Eines Tages sollte ich ihren Platz als Emissärin im Rat einnehmen, der mit unzähligen Pflichten einherging. Die meisten davon waren geheim und einzig diejenigen, die dem Rat einen Eid ableisteten, wurden eingeweiht. Doch ich wusste, wie angespannt Mum während meiner Kindheit immer gewesen war und wie oft sie verletzt von Missionen zurückkehrte. Mal waren diese Blessuren äußerlich gewesen, eine schnell heilende Schnittwunde hier, ein paar verblasste Blutergüsse da. Schlimmer jedoch waren die innerlichen Verletzungen gewesen. Mum war gut darin, ihre Gefühle zu verbergen, aber dieser erschreckend leere Ausdruck in ihren Augen hatte mir manchmal mehr verraten, als wenn sie geweint hätte. Ich wusste, dass der Rat unser aller Sicherheit gewährleistete, doch mir war auch klar, dass der Preis dafür mitunter sehr hoch sein musste und dass nicht jede Wunde auf magische Weise geheilt werden konnte.

Seit ich denken konnte, hatte Mum versucht, mich an all den Dingen teilhaben zu lassen, die sie durfte. Sie wollte mich zu einer würdigen Nachfolgerin heranziehen und der Druck, der damit einherging, schnürte mir manchmal geradezu die Luft ab, aber ich hatte mich damit abgefunden. Weil ich meine Mutter stolz machen wollte. Weil ich wusste, dass das Erbe, das mir zuteilgeworden war, unglaublich wichtig war.

Jetzt schien diese Zukunft in Bruchstücken zu meinen Füßen zu liegen.

Mums Reaktion ähnelte meiner. Sie wollte es nicht wahrhaben. Ihre goldene, perfekte Tochter – allen Ernstes eine Banshee.

»Was soll ich jetzt machen?« In meinen geflüsterten Worten schwang all die Verzweiflung der letzten Stunden mit. Ich fühlte mich allein, machtlos, und ich sah Hilfe suchend zu meiner Mutter, denn sie wusste immer auf alles eine Antwort. Ich wollte mich an ihrer Stärke festklammern, wo ich selbst gerade über keine mehr verfügte.

Ein paar Sekunden verstrichen. Dann noch ein paar. Als sie

nach mehr als zwei Minuten immer noch nicht geantwortet hatte, breitete sich schwelende Hitze in meiner Magengegend aus. Mein Blick glitt von meiner Mutter zu unseren antiken Vasen mit Blumenmalereien, die ich am liebsten von ihrem Platz auf dem Kaminsims genommen und gegen die nächstbeste Wand geschleudert hätte. *Wut*, realisierte ich stumpf. Eine Emotion, die mir beinahe fremd vorkam. Weil sie, seit ich denken konnte, ständig im Keim erstickt worden war. Wut war nichts, das zum Image der gefassten, stets Haltung wahrenden Kings passte. Es war schon gar keine Emotion, die etwas im Rat zu suchen hatte, der unsere Welt mit klugen, klar durchdachten Entscheidungen in ihren Fugen hielt.

»Wir werden etwas dagegen unternehmen.«

Ich fuhr herum. Fast hätte ich nicht mehr mit einer Erwiderung gerechnet. Der Blick meiner Mutter traf mich ernst und unnachgiebig. Sie zeigte genau die Miene, die sie immer draufhatte, wenn sie Befehle ins Telefon bellte. Nur vermutete ich, dass die Verbissenheit, die sie beim Rat stets an den Tag legte, diesmal wahrscheinlich nichts bringen würde. Denn es gab Regeln und Gesetze – und gerade meiner Mum sollte das bewusst sein.

»Was denn?«, fragte ich. »Willst du die Schule verklagen? Das kannst du nicht machen. Wenn …« Ich musste mich kurz räuspern und zuckte dabei vor Schmerz zusammen. Meine Kehle brannte immer noch wie Feuer. »Wenn ich wirklich diese Todesgabe habe, gibt es nur eine Zukunft für mich, und das weißt du.«

Zwar blieb ihr Gesicht eine undurchdringliche Maske, aber in Mums Augen flammte etwas auf. Widerspruch. Sie wollte diesen Weg nicht für mich akzeptieren. Gleichzeitig musste ihr bewusst sein, dass ich recht hatte. Banshees existierten nämlich aus einem ganz bestimmten Grund.

»Ich werde nicht zulassen, dass du in den Dienst einer anderen Familie gestellt wirst.« Ihre Worte duldeten keinen Widerspruch. Dennoch fürchtete ich, dass dies die eine Situation sein würde, in der meine Mutter nicht ihren Willen bekam. Sie würde für mich nicht die Regeln ändern können, bloß weil ich ihre Tochter war. Für Banshees gab es in unserer Welt eine bestimmte Funktion, genau wie für Nachfahren Nuadas, Airmeds oder Lughs. Ihre Gabe war selten und wertvoll und deshalb wurden sie nur für eine Aufgabe ausgebildet: Den Ratsfamilien zu dienen, um ihr Überleben um jeden Preis zu sichern.

Banshees wurden in der Regel dafür bezahlt, rund um die Uhr im Dienst der Ratsfamilien zu stehen, da diese oft das Ziel politisch motivierter Angriffe waren. Zum Schutz der Ratsfamilien waren zuallererst Ritter der Danu angestellt – eine Art Personenschützer, die seit jeher für unseresgleichen in den Kampf zogen. Wenn diese versagten, galten Banshees als eine Art letzte Verteidigungslinie. Zwar lag ihre Magie vor allem im Voraussehen von schrecklichen, Tod bringenden Ereignissen, aber sie wurden ebenfalls trainiert, um ihre Kräfte notfalls in einem Kampf einsetzen zu können.

Auch in unserer Familie war seit Jahrzehnten eine Banshee angestellt. Ihr Name war Eudora, sie war steinalt, für meinen Geschmack ein bisschen zu gruselig, und sie hatte bereits für meine Großeltern gearbeitet. Es hatte in meinem Leben drei Anlässe gegeben, bei denen sie einen unserer Tode vorausgesehen hatte. Einmal, kurz bevor mein Dad gestorben war, woran ich mich bloß noch verschwommen erinnerte. Ein weiteres Mal, als jemand einen Anschlag auf meine Mutter verüben wollte. Und das letzte Mal, kurz bevor mein Bruder in einen Autounfall verwickelt gewesen war. Stunden vor jedem dieser Anlässe hatte Eudora sich merkwürdig benommen und irgendwann angefangen so laut zu schreien, dass alle zerbrechlichen Gegenstände im Umkreis von mehreren Metern in tausend Teile zerborsten waren. Dabei hatte sie Visionen gehabt, die manchmal konkret, manchmal aber bloß sehr vage gewesen waren. Es war die Aufgabe der Ritter unserer Familie, herauszufinden, wann und wie das Unglück geschehen würde. Jedes Mal hatte meine Familie dank Eudora gewusst, was auf sie zukam. Und wir hatten alles in unserer Macht Stehende getan, um die Katastrophe zu verhindern. Einzig bei meinem Dad war das nicht gelungen.

Ohne Eudora wäre die Hälfte meiner Familie nicht mehr am Leben. Wir verdankten ihr unglaublich viel, so wie alle Ratsfamilien den in ihren Diensten stehenden Banshees eine ganze Menge verdankten. Doch in mir sträubte sich alles dagegen, dieses Schicksal für mich selbst zu akzeptieren. Banshees verfolgten nur einen Zweck – dafür zu sorgen, dass die Ratsfamilien am Leben blieben. Das konnte unmöglich meine eigene Zukunft sein.

Wieder beäugte ich die geblümte Vase mit goldenem Rand. Wie gern ich irgendetwas in diesem Raum zerstört hätte …

»Das hier …«, meine Mutter machte eine Handbewegung, die unseren Landsitz, aber vielleicht auch mein Leben bis zu diesem Punkt mit einzuschließen schien, »ist das, was dir vorherbestimmt ist. Ich werde dafür sorgen, dass wir heil aus diesem Schlamassel rauskommen.«

Ich drehte mich zu ihr und machte den Mund auf, um etwas zu erwidern, als sie sich vom Sofa erhob. Sie strich mit beiden Händen über ihr Kostüm und drückte die Schultern nach hinten, das Kinn gereckt.

»Nimm dir diesen Tag Zeit. Morgen gehst du wieder an die Akademie. Ich möchte nicht, dass du zu viel Unterricht verpasst. Wir dürfen daraus keine größere Sache machen, als es ist.

Wenn wir das tun, werden das auch alle anderen tun, und das können wir uns nicht erlauben.«

Mit diesen Worten drehte sie sich um und verließ den Raum. Ihre Ritter folgten ihr auf dem Fuß und so blieb ich allein mit unzähligen Fragen im Salon zurück.

Man hatte mich nach Hause geschickt, damit ich mich von dem Vorfall erholte und einen klaren Kopf bekommen konnte. In dieser Sekunde wünschte ich, ich wäre einfach in Connemara geblieben, denn so einsam hatte ich mich noch nie in meinem Leben gefühlt.

4

Am nächsten Tag ging es zurück zur Akademie. Derselbe Fahrer, der mich bereits am Vortag nach Hause gebracht hatte, stand um halb sieben Uhr morgens auf dem Vorhof. Die Verabschiedung von meiner Mutter blieb aus, denn noch bevor ich aufgestanden war, war sie schon zu einem streng geheimen Auftrag als Emissärin des Rats aufgebrochen. Ihre Verpflichtungen standen über dem Chaos, in das sich mein Leben verwandelt hatte.

Ich versuchte, das furchtbare Gefühl, das mir seit vorgestern in den Knochen steckte, nicht allzu sehr an mich heranzulassen. Der Besuch zu Hause hatte das alles für mich nur verschlimmert. Doch als ich an diesem Nachmittag das Büro der Rektorin betrat, war mir klar, dass ich mir solche Emotionen nicht erlauben durfte. Ich konnte nicht zulassen, dass die Rektorin mir ansah, wie sehr mir diese Situation zusetzte. Es fiel mir schwerer, als ich gedacht hätte, zumal nicht nur Rektorin Baskerville, sondern überraschenderweise Heiler Sheehan und auch Professorin Chen anwesend waren. Ich hielt mitten im Eingang inne und sah zwischen den Lehrkräften hin und her.

Automatisch blieb mein Blick an Professorin Chen hängen. Sie war eine der neueren Lehrkräfte an der Everfall Academy, aber bisher hatte ich keine einzige Unterrichtsstunde bei ihr gehabt. Sie war eine Nachfahrin Morrigans und unterrichtete somit vorrangig die Schüler der Silver Ravens – das Haus, zu dem diejenigen gehörten, die die Dunklen Gaben der Danu geerbt hatten. Professorin Chen selbst war eine Shifterin. Es hieß, sie könne sich in einen Raben verwandeln, genauso wie es Morrigan einst getan hatte, um Kriege zu ihren Gunsten zu beeinflussen. Eigentlich hatte Professorin Chen sehr weiche Gesichtszüge – aber als sie mich aus dunklen Augen finster musterte, lief es mir eiskalt den Rücken hinunter. Schnell sah ich zu Heiler Sheehan, bei dem es allerdings nicht viel besser war, also wandte ich den Blick zur Rektorin. Rektorin Baskerville hatte braunes, dicht gelocktes Haar, dunkelbraune Haut und trug einen locker sitzenden schwarzen Anzug, der sie beinahe lässig wirken ließ – wäre der Ausdruck in ihren Augen nicht so ernst gewesen. Sie war eine Bekannte meiner Mum und genau wie sie ein vollwertiges Mitglied im Rat der Danu, weshalb ich ihr schon vor meiner Zeit an der Akademie öfters begegnet war. Sie mochte mich, das wusste ich, und deshalb war ich gespannt, ob meine Mutter sie in irgendeiner Weise hatte beeinflussen können.

Die Rektorin erhob sich hinter ihrem wuchtigen Schreibtisch und bedeutete mir mit einer Geste ihrer Hand, davor Platz zu nehmen. Zögerlich kam ich ihrer stummen Bitte nach.

»Du weißt, warum du hier bist, Zoey?«, fragte die Rektorin, nachdem sie sich wieder hingesetzt hatte. Ihr Blick ließ keinen Zweifel an dem, was in ihren Adern brodelte: mächtige, reine Magie. Sie war eine der wenigen Nachfahrinnen der Danu, die nicht nur über eine, sondern über mehrere Fähigkeiten verfügte. Als Nachfahrin der Göttin Boann konnte sie Wasser beeinflussen, doch das war nicht Boanns einzige Kraft gewesen. Rektorin Baskerville besaß ebenfalls die Gabe der

Inspiration und konnte Schüler, die besonders große Schwierigkeiten hatten, mithilfe ihrer Fähigkeit geistig fördern. Ihre mentale Gabe bestand darin, innere Blockaden zu lösen und den Menschen in ihrem Umfeld Inspiration zu schenken. Auf diese Weise konnte sie Schülern dabei helfen, sich mit ihrer Magie besser zurechtzufinden, aber auch bei Lernschwierigkeiten Hilfestellung zu leisten. Eine solche Gabe kam selten vor und war zumeist eine echte Besonderheit, sodass diejenigen intensiver gefördert wurden und wichtige Rollen in unseren Reihen einnahmen. Wie in ihrem Fall die Leitung einer Akademie.

Als ich realisierte, dass sie mir eine Frage gestellt hatte, räusperte ich mich. »Sie möchten bestimmt über den Vorfall vom Ball sprechen.«

Die Rektorin nickte, der warme Ausdruck auf ihrem Gesicht wandelte sich und wurde durch etwas anderes ersetzt. Mit einem Mal erkannte ich tiefe Trauer in ihrem Blick, und das ließ etwas in meinem Inneren verkrampfen. Ein Schüler war gestorben. Ein Schüler, der wahrscheinlich jünger als ich gewesen war. Der noch sein ganzes Leben vor sich gehabt hatte und nichts mehr von dem erleben würde, wovon er geträumt hatte. Säure kämpfte sich meinen Hals hinauf und hinterließ einen bitteren Geschmack auf meiner Zunge.

»Wir wollten dir Zeit geben, um den traumatischen Vorfall zu verarbeiten, sind aber natürlich auch froh, dass du so schnell an die Akademie zurückgekehrt bist. So können wir genauer erfahren, was du an jenem Abend gesehen hast«, sagte die Rektorin.

Ich zog die Ärmel meines cremefarbenen Kaschmirpullovers nach unten bis über die Handgelenke, bei der plötzlichen Erinnerung an die Vision wurde mir eiskalt. »Ich habe Heiler Sheehan bereits erklärt, was ich gesehen habe.«

»Ich weiß. Wir würden es dennoch ganz gern noch einmal von dir hören, um die Situation besser einordnen zu können.«

Ich setzte mich aufrechter hin und holte tief Luft. »Am Abend des Balls ging es mir nicht besonders gut. Ich habe mich schon den Tag davor über merkwürdig gefühlt und geglaubt, eine Erkältung zu bekommen. Als ich auf die Bühne gehen sollte, war es, als …« Ich suchte krampfhaft nach den richtigen Worten. »Es war, als wäre meinem Körper bewusst, dass er auf eine Katastrophe zusteuert. Auf der Bühne hat die ganze Welt plötzlich an Farbe verloren. Ich erinnere mich noch daran, dass ich nicht mehr ordentlich sehen konnte und dass nur noch ein einziges Gesicht aus der Menge hervorgestochen ist. Ein Junge im weißen Anzug, der zusammengebrochen ist. Ich … ich konnte seinen Schmerz fühlen.«

»Kannst du den Schmerz beschreiben?«, fragte Heiler Sheehan.

Darüber musste ich nicht einmal nachdenken. Es war, als hätte sich das Erlebte für immer in mein Gedächtnis gebrannt. »In meiner Brust hat sich alles zusammengekrampft, während mein Inneres sich angefühlt hat, als würde es auseinandergerissen.« Wieder spielte sich vor meinem geistigen Auge ab, wie das Leben aus dem Jungen gewichen war. Mir war es vorgekommen, als geschehe mir das alles am eigenen Leib, als wäre ich diejenige gewesen, die starb, ohne dass jemand etwas dagegen unternahm. Es schien mir beinahe unwirklich, dass der Junge das wirklich empfunden haben sollte.

Die Lehrkräfte wechselten einen Blick miteinander. Mir entging nicht, wie alarmiert sie dabei aussahen.

Die Rektorin wandte sich wieder an mich. »Es ist sicher schwer gewesen, das noch einmal zu erklären. Danke für deine Hilfe.«

»Können Sie mir sagen, was passiert ist?«, fragte ich.

Die Rektorin schob ein paar Blätter auf ihrem Schreibtisch zusammen, wobei ihr Blick nachdenklich wirkte. Als sie wieder aufblickte, sah sie mich entschlossen an. »Finn Thompson, der Junge, den du gesehen hast, ist wenige Minuten nach deinem Zusammenbruch von uns gegangen.«

Ich biss die Zähne fest zusammen. »Das tut mir schrecklich leid«, presste ich mit rauer Stimme hervor, weil ich keine Ahnung hatte, was ich sonst sagen sollte. »Weiß man, woran er gestorben ist?«

Professorin Chen schüttelte kaum merklich den Kopf, und Rektorin Baskerville faltete die Hände auf ihrem Schreibtisch. »Darüber können wir dir leider keine Auskunft erteilen, Zoey. Schüler sind nicht befugt, Details über die laufende Ermittlung zu erfahren, aber die Hüter gehen der Sache nach und überprüfen den Vorfall.«

Ich wünschte, sie würde mir mehr verraten als bloß die Tatsache, dass die Gesetzeshüter der Danu in dem Fall ermittelten, denn das hätte ich mir auch selbst zusammenreimen können. Wahrscheinlich gabelte ich bessere Informationen auf den Schulfluren auf.

»Kommen wir nun zu einem erfreulicheren Thema«, fuhr die Rektorin fort und ihre Lippen verzogen sich zu einem schmalen Lächeln, das die Trauer in ihren Augen jedoch nicht ganz verdrängen konnte. »Deine Magie ist erwacht. Auch wenn der Vorfall bestimmt prägend für dich gewesen ist, können wir nicht bestreiten, dass du von den Göttern gesegnet worden bist.«

Ich versuchte wirklich, mich an das zu halten, was meine Mutter mir gesagt hatte. Dass ich niemanden an meinem Innenleben teilhaben lassen sollte. Dass ich meine Gefühle tief in mir verschloss, wenn es um Leute ging, die diese gegen mich verwenden konnten. Aber die Tatsache, dass die Rektorin gerade über die Situation sprach, als wäre sie ein Grund zur Freude, ließ ein Schnauben in meiner Kehle aufsteigen. Gleich darauf spürte ich die Blicke der Lehrkräfte auf mir liegen.

Zögerlich ergriff ich das Wort. »Ich würde das nicht unbedingt als Segen bezeichnen.«

Rektorin Baskerville hob überrascht die Brauen. »Zoey, bist du dir darüber im Klaren, wie selten die Banshee-Gabe ist? Bis auf dich gibt es bloß eine weitere Banshee an der Akademie. Und sie hat bereits zahlreiche Jobangebote für die Zeit nach ihrem Abschluss.«

Ich biss die Zähne fest zusammen.

Mein gesamtes Leben lang war ich auf die Phase nach meinem Abschluss vorbereitet worden, in der ich in der Gesellschaft der Ratsfamilien eine ernst zu nehmende Rolle ausfüllen sollte, bis meine Zeit im Rat kam. Das würde allerdings nicht möglich sein, wenn ich eine Banshee war. Diese hatten sich einzig der Aufgabe verschworen, den Ratsfamilien zu dienen. Sie hielten sich im Hintergrund, immer wachsam, damit jeder Hinweis auf eine Gefahr für ihre Protegés aus dem Weg geräumt werden konnte.

Wie sollte ich das hinbekommen? Ich konnte mir nicht vorstellen, wie es wäre, jemanden zu bewachen, nur weil meine Gabe mich dazu zwang. Es war das völlige Gegenteil von dem, wofür ich ausgebildet worden war. Deshalb konnte ich Rektorin Baskerville auch keine Freude oder gar Dankbarkeit vorgaukeln.

»Es kommt mir vor, als wäre die falsche Gabe in mir zum Leben erwacht«, erklärte ich langsam. »In meiner Familie gab es niemanden, der diese Fähigkeiten in sich getragen hat. Niemanden. Meinen Sie … ich meinte, besteht die Möglichkeit, dass sich die Götter womöglich geirrt haben? Vielleicht ist bei meiner Segnung irgendetwas falsch gelaufen.«

Heiler Sheehan gab ein kehliges Schnauben von sich, doch als ich zu ihm sah, versuchte er, es hinter einem Hüsteln zu verstecken. Ich kniff die Augen zusammen. Lachte er mich etwa aus?

»Es ist nicht ungewöhnlich, dass Sidhe ihre Fähigkeiten erst später entwickeln«, antwortete die Rektorin, und ich richtete meine Aufmerksamkeit wieder auf sie. »Es hat auch schon Fälle gegeben, bei denen eine völlig andere Magie in den Nachfahren der Tuatha De Danann erwacht ist. Und auch wenn die Banshee-Magie nicht besonders verbreitet ist, gehört diese Magie zur Blutlinie Cliodhnas.«

In meinem Umfeld hatte es bisher niemanden gegeben, dem so etwas passiert war. Schon gar nicht innerhalb der Ratsfamilien. Dort wurde peinlich genau dokumentiert, welcher Stammbaum mit welcher Art Magie gesegnet wurde.

»Ich wurde mein Leben lang für den Fall ausgebildet, die Gabe meiner Mutter zu erben«, versuchte ich mein Glück erneut.

Die Rektorin nickte. »Es ist normal, dass die Stundenpläne der Schüler an die Gegebenheiten der Familie angepasst werden. Man kann die letztendliche Ausbildung erst in die richtigen Wege leiten, sobald sich die Magie eines jeden bemerkbar macht und uns ihre Bedürfnisse zeigt. Auch das ist nicht ungewöhnlich.«

»Aber das bedeutet ja, dass ich mein Leben lang alles falsch gemacht habe.« Empörung hatte sich gegen meinen Willen in meine Stimme geschlichen. Die vielen Unterrichtsstunden, in denen ich versucht hatte, verletzte Tiere zu versorgen und zu heilen, traten mir vor Augen. Die ganzen Stunden, in denen ich alles über die Theorie der Heilung mithilfe von Magie gelernt und jede Übung und Formel immer und immer wieder durchgeführt hatte, bis ich sie nahezu perfekt beherrschte. Die ellenlangen Vorträge meiner Mutter, in denen sie sich über die Anmut und Gabe der Verzauberung ausließ, die einer Nachfahrin Cliodhnas im Blut lagen und welchem Anspruch ich gerecht werden musste, sobald sich meine heilende Magie endlich zeigte.

Es war mir immer vorgekommen, als hätte ich die Kraft Cliodhnas in meinen Adern gespürt. Aber jetzt, wo diese andere, kalte, schreckliche Magie in mir zum Leben erwacht war, erwies sich die ganze Arbeit als völlig umsonst. Nicht nur das: Offenbar hatte ich mir die Kraft meiner Mutter nur eingebildet. Ich hatte gedacht, mir würde die Anmut und Schönheit zuteilwerden, die andere verzaubern konnte. Ich hatte gedacht, ich würde heilen können wie sie. Leben zu bewahren sollte doch meine Identität sein. Was war noch von mir übrig, wenn ich das nicht mehr hatte? Wie konnte diese schreckliche Fähigkeit überhaupt mit dem zusammenhängen, was Mum mir alles über Cliodhna erzählt hatte?

Ein Druck baute sich hinter meinen Augen auf, und es kostete mich den letzten Rest Kraft, den ich noch hatte, mich zurückzuhalten. *Denk an Mum. Verhalte dich genau so, wie sie es tun würde*, ermahnte ich mich in Gedanken.

Wie auf Kommando straffte ich die Schultern, schlug die Beine übereinander und hob mein Kinn ein Stück an.

»Du hast dir nichts zuschulden kommen lassen, Zoey. Dein überragender Notendurchschnitt der Grundausbildung bleibt dir erhalten, du hast nur nicht die passenden Fächer gehabt. Aber das stellt kein Problem dar. Ein Wechsel des Hauses und ein neuer Stundenplan werden dich ab sofort in die richtige Richtung lenken und dir eine Stütze dabei sein, deine Magie kennen- und kontrollieren zu lernen.«

Ich erstarrte. »Ich soll einem neuen Haus beitreten?«

»Wie du erkannt hast, hängst du in der Ausbildung hinterher, was der Tatsache geschuldet ist, dass du im falschen Zweig an der Akademie untergekommen bist«, erklärte Heiler Sheehan.

»Eben!«, rief ich aus. »Ich bin seit zwei Jahren an der Akademie. Sie können unmöglich von mir verlangen, dass ich mitten im dritten Schuljahr das Haus wechsle.«

»Mir ist klar, dass das ein großer Schock für dich sein muss, Zoey«, sagte Rektorin Baskerville sanft.

»Sind Sie sich sicher?«, entgegnete ich. »Denn soweit ich weiß, wurden Sie nicht aus ihrem sozialen Umfeld gerissen und mit einer Todesgabe verflucht. Was erwarten Sie von mir? Dass ich im Haus der Silver Ravens einziehe?«

Eigentlich sollte das ein Witz sein. Doch als ich zwischen den drei Lehrkräften hin- und hersah und sie meinen fassungslosen Blick bloß ernst erwiderten, schnellte mein Puls in die Höhe.

»Das können Sie nicht machen. Ich kann gern ein paar Fächer wechseln, aber Sie können nicht von mir erwarten, dass ich alles aufgebe, was ich mir an der Akademie aufgebaut habe.« Nur mit Mühe brachte ich die Worte hervor, und ich konnte selbst hören, wie abgehackt mein Atem ging. Vorbei war es mit der aufgesetzten Haltung, die ich meiner Mutter zuliebe angenommen hatte.

»Sehen Sie es als Chance, Zoey. Sie haben großes Glück, dass wir Ihre Magie jetzt entdeckt haben und Sie nun richtig ausgebildet werden können. Wenn Sie lernen, sie zu kontrollieren, werden Sie sich bald vor Jobangeboten kaum noch retten können«, sagte Heiler Sheehan.

»Aber ich hatte bereits einen Job in Aussicht! Ich sollte die Nachfolgerin meiner Mutter werden und später ihren Platz als Emissärin im Rat einnehmen.«

»Ein Junge ist gestorben.« Zum ersten Mal meldete sich

Professorin Chen wieder zu Wort. Ihre Stimme klang leise und gleichzeitig schnitt sie meine Gedanken wie eine Stahlklinge. Sie brachte die schrecklichen Bilder von Finn Thompson aufs Neue zum Vorschein. »Vielleicht muss ich Sie daran erinnern, aber Sie sind noch am Leben, Zoey. Schätzen Sie sich glücklich.«

In diesem Moment beschloss ich, dass Professorin Chen eine unsensible Kuh war. Ich wandte mich ihr zu und sah sie genauso durchdringend an wie sie mich. »Ja, es ist übel, dass Finn Thompson gestorben ist, und wenn ich daran denke, was seine Familie und seine Liebsten momentan wohl durchmachen, zerreißt es mir schier das Herz. Aber das ändert nichts an der Tatsache, dass mein komplettes Leben gerade aus den Angeln gehoben wurde.« Flehend sah ich zu Rektorin Baskerville. »Bitte. Es muss eine andere Möglichkeit geben. In einem neuen Haus hätte ich *niemanden*. Ich wäre völlig allein.« Das »und eine ausgestoßene, dämliche Spätzünderin« verkniff ich mir nur mit Mühe.

»Nun, das stimmt nicht ganz. Wir haben bereits ein Zimmer für dich gefunden. Dort hast du eine Mitbewohnerin, die sich schon sehr auf Gesellschaft freut«, verkündete die Rektorin, und ich zuckte zusammen.

Nicht nur, dass sie mich zwangen, das Haus zu wechseln – jetzt würde ich auch noch mein wunderschönes Einzelzimmer, für das meine Mutter Unsummen ausgegeben hatte, gegen ein Doppelzimmer tauschen müssen. Meine Mum würde Rektorin Baskerville die Hölle heißmachen, wenn sie davon erfuhr.

»Außerdem haben wir Ihnen einen Mentor zugeteilt, der Sie in die Gepflogenheiten der Silver Ravens einführen wird. Sie haben in etwa denselben Stundenplan mit identischen Fächern, und er wird Sie dabei unterstützen, sich mit Ihrer Magie zurechtzufinden«, fügte Professorin Chen hinzu. Dann hob sie die Stimme. »Du kannst reinkommen.«

Die Tür hinter mir öffnete und schloss sich, aber durch das Rauschen in meinen Ohren nahm ich es kaum wahr. Es waren zu viele Informationen, die ich nicht alle auf einmal verarbeiten konnte. Tief in mir hatte noch ein Hoffnungsschimmer bestanden, dass meine Mum sich so für mich einsetzen würde, dass sich nicht mein ganzes Leben auf den Kopf stellen würde. Obwohl ich es ihr übel genommen hatte, dass sie nur an den Ruf unserer Familie gedacht hatte, hatte ich mich dennoch auf sie verlassen.

Als jemand neben mich trat und sich vor dem Schreibtisch der Rektorin aufbaute, blickte ich hoch. Falls ich noch irgendeinen Einwand gehabt hatte, blieb er mir in dieser Sekunde im Hals stecken.

Über mir ragte Dylan Dae Park auf. Er trug eine schwarze Stoffhose, ein dunkelgraues Langarmshirt und einen schwarzen Mantel, der ihn zusammen mit seinem steinernen Gesicht wie den Tod höchstpersönlich wirken ließ. Eine unangenehme Gänsehaut überzog meine Arme. Seine Miene war so stoisch, dass ich mich unwillkürlich fragte, ob er gezwungen worden war, herzukommen.

»Sie wollten mich sprechen?«, erkundigte er sich.

Rektorin Baskerville nickte ihm aufmunternd zu. »Das dort ist Zoey King, der Neuankömmling im Haus Silver Ravens. Sie wird in diesem Semester Ihr Schützling sein und Sie werden alles tun, um ihr den Wechsel so einfach wie möglich zu gestalten. In Ordnung?«

Dylan drehte langsam den Kopf und sah mich aus dunklen Augen an. Er zeigte mit keiner Miene, was er von diesem Auftrag hielt, während ich kurz davorstand, hier und jetzt zu explodieren.

»Wie Sie wünschen«, sagte er, ohne den Blick von mir zu nehmen. Ich hingegen hoffte nur darauf, dass sich ein Loch unter mir auftun und mich bei lebendigem Leib verschlingen würde.

5

Ich saß auf dem Bett in meinem Wohnheimzimmer und starrte die Wand an. Vor mir lagen unzählige Kartons auf dem Boden verteilt, in die ich halbherzig ein paar Sachen geworfen hatte, genau wie in den großen Koffer, mit dem ich vor zwei Jahren hier eingezogen war.

Der Schock saß mir tief in den Knochen. Ich hatte mehrmals versucht, meine Mutter zu erreichen, doch sie hatte mir bloß eine knappe Nachricht geschrieben, dass sie in einer Sache für den Rat verwickelt war und deshalb im Moment nicht rangehen konnte.

Halte dich an das, was Lorna sagt, hatte außerdem in der Nachricht gestanden.

Gestern noch hatte sie mir versprochen, sich um diese Sache zu kümmern. Jetzt war sie nicht einmal mehr erreichbar für mich und merkte nur an, ich solle mich an die Anweisungen von Rektorin Baskerville halten. Zwar war mein ganzer Kram im Zimmer verteilt, aber ich dachte nicht dran, mich mit dieser Situation zufriedenzugeben.

Als es an meiner Zimmertür klopfte, hatte ich nicht mal mehr die Energie, eigenhändig aufzumachen. Stattdessen rief ich nur: »Herein.«

Kurz darauf lugten Beau und Violet durch den Türspalt. Beau stieß einen leisen Fluch aus, als er die Kartons auf dem

Boden stehen sah, und Violet genügte ein Blick auf mein Gesicht, um das Zimmer in wenigen Schritten zu durchqueren und sich neben mich auf das Bett zu setzen. Sie hob den Arm, ließ ihn dann aber wieder sinken, was mir einen Stich versetzte. Normalerweise wäre ihre erste Reaktion in einer solchen Situation gewesen, mich fest zu umarmen. Anscheinend hatte meine neue Fähigkeit auch das kaputtgemacht. Vielleicht dachte sie, dass ich ihren Tod voraussah, sobald ich sie berührte, obwohl ich stark daran zweifelte, dass Todesmagie so funktionierte.

Beau trat ebenfalls heran und ging vor mir in die Hocke, um mir ins Gesicht zu sehen. Ein starker Druck baute sich hinter meinen Augen auf, während Vi mir kurz den Rücken tätschelte und Beau die Finger ausstreckte. Genau wie Vi hielt er inne, blinzelte, dann griff er nach meiner Hand. Sein Zögern, mich zu berühren, machte alles nur noch schlimmer, und es kostete mich Mühe, die Tränen zurückzuhalten. Irgendwie bekam ich es hin. Ich musste nur an den kalten Blick meiner Mutter denken und schon verging das Bedürfnis zu weinen. Ich zwang mich dazu, stark zu bleiben.

»Ich darf kein Mitglied der Golden Leaves mehr sein. Sie verdonnern mich dazu, das Haus zu wechseln«, sagte ich tonlos.

»Das können sie nicht bringen«, murmelte Vi. »Ich meine, deine Familie ist dafür verantwortlich, dass die Leaves überhaupt einen so guten Ruf haben. Was sollen wir ohne dich machen?«

»Anscheinend hat eine Banshee hier nichts zu suchen«, sagte ich, und meine Freunde wechselten einen Blick miteinander.

»Ist es denn hundertprozentig sicher? Dass du diese … diese Gabe hast, meine ich.« Violet sprach das Wort »Gabe« geradezu angewidert aus, und auch das versetzte mir einen Stich.

»Ich habe einen Jungen sterben sehen und kurz darauf war er tatsächlich tot. Ich denke, das spricht für sich.« Ich konnte die Bitterkeit nicht aus meiner Stimme halten. Auch wenn ich mich innerlich dagegen sträubte, sprachen die Indizien für sich.

Einen Moment lang war es ruhig im Zimmer, bis Beau die Stille mit einem Seufzen durchbrach.

»Tut mir leid, dass das gerade passiert, Zoey.« Mit dem Daumen zog er sanfte Kreise über meinen Handrücken. Jetzt, wo ich es einmal ausgesprochen hatte, schien mir die Auswirkung dessen, was geschehen war, unumgänglich. Stumm trauerte ich. Um die Zukunft, die vor meinen Augen zerbrochen war, und um die Magie, von der ich naiverweise angenommen hatte, dass sie mir gehören würde.

Ich konnte mich nicht mehr daran erinnern, wann ich mich je so niedergeschlagen und hoffnungslos gefühlt hatte. Wahrscheinlich noch nie. Denn es hatte noch nie eine Situation gegeben, in der man mir all das genommen hatte, was mir etwas bedeutete. Meine Brust verkrampfte sich so sehr, dass ich mich einfach nur auf dem Bett zusammenrollen und nie wieder aufstehen wollte. Dabei war mir klar, dass das keine Option war.

»Kann deine Mutter nichts dagegen unternehmen? Als Ratsmitglied müsste sie doch eigentlich Kontakte haben«, fragte Violet neben mir.

Ich zuckte bloß mit den Schultern. »Sie meinte, sie würde es versuchen. Aber jetzt hat sie mir geschrieben, dass ich den Anweisungen der Rektorin folgen soll.«

»Hat Baskerville nicht vielleicht auch noch eine Tür für dich offen gelassen? Vielleicht …« Beau schüttelte den Kopf. »Vielleicht war es wirklich nur eine einmalige Erscheinung. Man könnte noch eine Zeit lang warten und schauen, ob die Magie deiner Mutter sich noch in irgendeiner Weise bemerkbar macht.«

Ich wusste, dass er es lieb meinte. Schließlich hoffte er genauso sehr wie ich, dass es einen Ausweg für mich geben würde. Gleichzeitig konnte ich nichts gegen den Stich tun, der mich bei dem Gedanken durchfuhr, was wäre, wenn ich ab sofort woanders leben würde. Was das mit uns und unserer Beziehung machen würde.

»Ich kann es mir nicht vorstellen. Was mit Finn Thompson geschehen ist …« Ich richtete mich auf und sah zwischen meinen Freunden hin und her. »Was ist eigentlich genau passiert, nachdem ich zusammengebrochen bin?«

Beau sah kurz zu Vi, dann zurück zu mir. »Nachdem du ohnmächtig geworden bist, herrschte erst einmal ziemliches Chaos. Einige Schüler wurden verletzt und mussten verarztet werden.«

Ich versteifte mich, und sofort hob er beschwichtigend die freie Hand. »Nichts Schlimmes, nur ein paar leichte Schnittwunden durch die Scherben, die durch die Luft geflogen sind.«

»Das ist bei mir damals auch so gewesen, also mach dir keine Vorwürfe. Magie erwacht in jedem auf eine andere Weise, und deine war eben sehr … kraftvoll.«

Es wirkte, als hätte Vi ein anderes Wort benutzen wollen, und unwillkürlich fragte ich mich, welches.

»Na ja, auf jeden Fall herrschte sowieso schon ein riesiges Durcheinander, dann haben mehrere Leute geschrien und ein weiterer Schüler ist zusammengebrochen. Erst dachten alle, dass vielleicht bei noch jemandem die Magie erwacht ist. Aber Heiler Sheehan kam zu spät, da war Finn schon …« Beau zog einen Finger über seine Kehle, um den Rest nicht aussprechen zu müssen.

»Danach haben sofort die Hüter übernommen und uns wurde die Kommunikation nach außen untersagt. Alle Teilnehmenden des Balls wurden noch in derselben Nacht befragt«, fuhr Violet fort. »Das Ganze hat sich bis zum nächsten Tag gezogen.«

Ein kleiner Stein fiel mir vom Herzen. Dass die beiden sofort nach meiner Ankunft hier aufgetaucht waren, hatte schon dafür gesorgt, dass ich ihnen die Funkstille nicht mehr übel nahm, wenngleich es an mir genagt hatte, dass sie mir kein Lebenszeichen gegeben hatten.

»Gibt es Details darüber, wie Finn gestorben ist?«, fragte ich nach einer Weile.

Violet und Beau hoben beide die Schultern. »Das weiß niemand so genau, er ist wohl einfach umgefallen. Armer Kerl. Er war erst fünfzehn«, sagte Beau.

Das bedeutete, er war nicht viel älter als mein kleiner Bruder. Wenn ich nur daran dachte, dass Cody etwas Derartiges zustieß, wurde mir ganz anders zumute.

Betroffen schwiegen wir alle. Dann keimte eine weitere Frage in mir auf. »Was hatte er denn beim Ball verloren? Man bekommt erst Zugang ab dem zweiten Jahr.«

»Alle erzählen sich, dass Finn ein richtiger Überflieger war. Er stammte von einer Blutlinie des Handwerks ab und hat anscheinend herausragendes Talent in der Waffenschmiede gezeigt«, erklärte Beau.

Als Nachfahre Lughs, der an der Everfall Academy immer an den Kampf-Turnieren teilnahm, die die Häuser im Halbjahrestakt gegeneinander führten, wusste Beau über die Schmiede bestens Bescheid.

»Außerdem … dir ist doch klar, wie Erstklässler sind. Irgendjemand schafft es immer, sich reinzuschmuggeln. Das haben wir nicht anders gemacht«, meinte Violet, und sie hatte recht. Auch wir waren damals zum Sternennachtball gegangen, aber sehr heimlich und unter der Voraussetzung, dass wir von keiner Lehrkraft dabei erwischt wurden.

Wieder verfielen wir in nachdenkliches Schweigen, bis Beau sich schließlich schüttelte.

»Es war echt schrecklich. Eine Freundin des Jungen war als Erstes an seiner Seite. Sie war total panisch und hat versucht, an ihm herumzurütteln, aber da war es schon zu spät. Ich glaube, ich werde das niemals vergessen«, sagte er leise.

Violet stieß hörbar den Atem aus, und ich konnte es ihr nicht verdenken. Wenn ich mir vorstellte, dass ich einer meiner Freunde tot neben mir zusammenbrach, wurde mir ganz übel. Mir hatte schon die Vision des sterbenden Finn Thompson gereicht, um mir für die nächsten Monate einen Haufen Albträume zu bescheren. Jedes Mal, wenn ich darüber nachdachte, wie er vor meinen Augen zusammengesackt war, ohne dass ich etwas hatte tun können, drehte sich mir der Magen um.

»Und dann ist aus dem Nichts der Reaper aufgetaucht«, sagte Violet plötzlich und ich horchte auf.

»Dylan?«, fragte ich. Er war doch mit den Sektflaschen verschwunden.

Beau nickte. »Das war gruselig. Er hat sich neben den Jungen gekniet, seinen Kopf in die Hände genommen und sah aus, als wäre er auf Drogen oder so. Seine Augen sind ganz schwarz geworden.«

Wie war er von seiner Privatparty zurück zum Saal gekommen? Ich erinnerte mich an seinen verklärten Blick. Hatte er etwa wahrgenommen, dass jemand in naher Zukunft sterben würde? Ich hatte keine Ahnung, wie genau die Fähigkeit von Reapern funktionierte. Aber wenn es nach Rektorin Baskerville ging, würde ich das ab sofort ebenfalls lernen.

Ein unangenehmer Schauer überlief mich bei dem Gedanken.

Violet neben mir rieb sich die Arme, als würde es sie genauso frösteln. »Ich meine, ich habe es nur von Weitem gesehen, und das hat mir schon gereicht. Jedenfalls haben die Hüter keine nennenswerten Spuren gefunden. Cree meinte, sie ermitteln jetzt und gehen Hinweisen nach.« Violets älterer Bruder war inzwischen neunzehn und befand sich im letzten Jahr der Akademie. Nach seinem Abschluss würde er sich aller Wahrscheinlichkeit nach den Hütern anschließen. Er hatte beste Voraussetzungen, bereits Kontakte geknüpft und es hieß, dass er seinen Platz dort durch seine herausragenden Leistungen schon sicher hatte. Was Vi und ich uns sehr gut vorstellen konnten. Cree war ein Besserwisser erster Güte, und Gesetzeshüter zu werden, passte zu ihm wie die Faust aufs Auge.

»Oh Mann«, murmelte ich.

Meine Freunde brummten beide zustimmend. Dann erfüllte wieder Schweigen mein Zimmer. Ich ließ den Blick über die quer verteilten Kartons auf dem Boden gleiten, über die cremefarbenen Wände, die zwei breiten, weiß angemalten Fensterrahmen mit Sprossen und über den goldenen Kronleuchter, der in der Mitte des Raumes hinabhing. Ich fuhr mit dem Finger über die cremeweiße Decke mit Rüschenbezug unter mir, die meine Mutter extra bei ihrer Schneiderin in Auftrag gegeben hatte. Ich betrachtete die drei Aquarellbilder, die Violet und ich zusammen gekauft und hier aufgehängt hatten. Dann sah ich zu der Pinnwand, auf die Bilder aus Modemagazinen geheftet waren, Kinokarten von Beaus und meinem ersten offiziellen Date, Fotos von Violet und mir auf einer Gala des Rats, beide mit Champagnergläsern in den Händen, das Zertifikat für die gewonnene Misswahl … All das schien mir in dieser Sekunde bedeutungslos, wenn ich an den Tod von Finn Thompson dachte. Gleichzeitig konnte ich nichts gegen die Wehmut tun, die mich von Kopf bis Fuß erfasste.

Obwohl ich es furchtbar fand, was mit Finn geschehen war, kam ich nicht umhin, diese Dinge trotz ihrer Banalität schon jetzt zu vermissen. Nicht nur die Tatsache, dass dieses Zimmer seit zwei Jahren mein Zuhause war, es lag vor allem an den vielen Erinnerungen, die ich hier gesammelt hatte.

Beau und ich, als er sich nachts hergeschlichen hatte, die geflüsterten Gespräche und heimlichen Küsse vor dem großen Fenster mit Blick auf die wunderschönen Blüten der viktorianischen Gärten. Stundenlange Unterhaltungen mit Vi, während wir uns die Nägel lackierten und uns über die neuesten Gerüchte der Akademie austauschten. Die Partys, die ich vor jeden Ferien geschmissen hatte. All das würde ab sofort der Vergangenheit angehören. Häuserübergreifende Freundschaften waren nicht ungewöhnlich an der Akademie, aber Beau würde sich nicht in ein Wohnheim schleichen können, das oberhalb des Hangs lag. Auch zu Partys würde sich garantiert niemand ins Haus der Silver Ravens trauen. Dafür lebten dort zu viele Mitschüler mit Todesgaben.

Ich erinnerte mich an das, was Professorin Chen zu mir gesagt hatte. Dass ein Junge gestorben war und ich mich glücklich schätzen konnte, im Gegensatz zu ihm noch am Leben zu sein. Tief im Inneren wusste ich, dass sie recht hatte. Leider verstärkte das meinen Kummer bloß.

Das Ganze kam mir immer noch unwirklich vor. Ich stand vor dem Eingang zum Ballsaal der Akademie und versuchte, nicht die Fassung zu verlieren. Das Herz schlug mir bis zum Hals, und die Härchen in meinem Nacken stellten sich auf.

»Du musst das nicht tun«, sagte Violet mit gedämpfter Stimme.

»Ich weiß. Ich will es aber sehen«, gab ich zurück.

Ich musste mit eigenen Augen bezeugen, was meine Magie angerichtet hatte. Wozu ich imstande war. Und wieso meine Freunde gezögert hatten, mich zu berühren.

Ich wappnete mich für den Anblick und öffnete die wuchtige Holztür mit einem lauten Knarren. Obwohl ich innerlich versucht hatte, mich abzuschotten, schnappte ich geräuschvoll nach Luft.

Eisige Kälte schlug uns entgegen, als Beau, Violet und ich den Ballsaal betraten. Ein Kloß bildete sich in meinem Hals, als ich zur Balustrade lief. Vor Kurzem erst hatte ich hier gestanden und den prachtvollen Saal betrachtet. Jetzt war davon nicht mehr viel übrig, die goldene Stimmung war Dunkelheit gewichen, die durch die zersplitterten Fenster einzudringen schien. Obwohl es erst Nachmittag war, wirkte der Raum finster, was wahrscheinlich daran lag, dass auch der Kronleuchter in Bruchteile zerlegt worden war. Ich schluckte schwer, als ich mich vorbeugte, um das Chaos in Augenschein zu nehmen, das ich verursacht hatte.

Überall auf dem Parkett lagen Scherben verteilt. Unten stand eine Gruppe von Hütern in dunkelgrünen, maßgeschneiderten Uniformen, die wohl mit den Ermittlungen betraut waren. Wenig später entdeckte ich ein bekanntes Gesicht. Violets Bruder Cree unterhielt sich gerade mit einer Hüterin, die kaum älter als er aussah. Die Art, wie er sich das störrische schwarze Haar aus der Stirn strich und sie durch dichte Wimpern hindurch anlächelte, und ihre daraufhin rot angelaufenen Wangen verrieten mir, dass mehr zwischen den beiden war.

Violet, Beau und ich liefen die geschwungene Treppe hinab zur ruinierten Tanzfläche, doch bevor wir unten angekommen waren, hielt ein groß gewachsener Hüter uns auf.

»Was macht ihr hier?«, fuhr er uns an und sah streng zwischen uns hin und her. »Der Zutritt zum Saal ist gesperrt.«

»Meine Freundin war diejenige, die den Tod von Finn Thompson vorhergesehen hat«, sagte Beau in einem autoritären Ton, bevor ich den Mund öffnen konnte. »Wir dachten, es könnte ihr vielleicht helfen, den Ort des Geschehens noch einmal zu sehen.«

Skeptisch blickte der Hüter mich an. »Schüler haben während laufender Ermittlung hier nichts verloren.«

»Was macht Cree Whelan dann hier?«, entgegnete ich.

Der Hüter warf einen Blick über die Schulter. Im nächsten Moment stieß er einen scharfen Pfiff aus, der seine Kollegin, die gerade mit Cree flirtete, aus der Unterhaltung riss. Sofort nahm sie Haltung an, flüsterte Cree hektisch etwas zu, was ihn dazu bewegte, in unsere Richtung zu schauen. Er nickte ihr zu und lief dann auf uns zu. Als er bei uns angekommen war, räusperte er sich. »Bitte entschuldigen Sie die Unannehmlichkeiten, Hüter Doyle. Ich kümmere mich darum.«

»Das will ich hoffen, Whelan.«

Hüter Doyle machte kehrt und lief zurück zu den anderen. Ich konnte sehen, dass er eine Hüterin instruierte, etwas auf dem Boden zu untersuchen. Mir wurde klar, dass das die Stelle sein musste, an der Finn Thompson ums Leben gekommen war. Der Platz, an dem sein Herz sich verkrampft hatte und schließlich stehen geblieben war.

»Was zum Henker macht ihr hier?«, zischte Cree.

Das riss mich aus der Starre. Beau setzte wieder an, um für mich eine Antwort zu finden, aber diesmal ließ ich es nicht dazu kommen.

»Ich musste mich mit eigenen Augen versichern, dass meine Magie wirklich erwacht ist«, sagte ich mit rauer Stimme.

Cree sah mich stirnrunzelnd an. Als er bemerkte, wie nah mir das Ganze ging, wurde sein Ausdruck ein klein wenig weicher. »Nun, das ist ja wohl eindeutig.«

»Wieso sind so eine Menge Hüter hier?«, fragte Beau und betrachtete die vielen Leute, die Spuren auf dem Boden zu untersuchen schienen.

»Darüber kann ich euch keine Auskunft geben«, antwortete Cree.

Violet schnaubte. »Du tust ja, als wärst du schon einer von ihnen.«

»Das bin ich ja quasi«, gab er spitz zurück. »Deshalb werde ich den Teufel tun und euch etwas darüber erzählen, wie Finn Thompson einen Herzstillstand erlitten hat.«

Also war es tatsächlich ein Herzstillstand gewesen. Aber wieso? Wieso sollte ein fünfzehnjähriger Junge einfach so tot umfallen?

»Hatte er irgendeine Vorerkrankung?«, forschte Beau weiter.

Cree machte nur eine scheuchende Bewegung mit den Händen. »Raus mit euch. Ich will meine Chancen bei Hüter Doyle nicht verschlechtern. Er hat mich bereits seit meinem Praktikum im Sommer auf dem Kieker, weil er mich mit Leanne auf seinem Drucker erwischt hat. Nun muss ich Buße tun und deshalb verschwindet jetzt, oder ich werfe euch eigenhändig raus.«

Violet gab ein angewidertes Geräusch von sich und auch ich rümpfte die Nase. Das gehörte zu den Dingen, die man eindeutig nicht über den großen Bruder der besten Freundin hören wollte.

»Macht euch keine Gedanken«, sagte Cree und sah mir dabei in die Augen. »Die Hüter werden sich um die Sache kümmern.«

Ich riskierte noch einen Blick auf den zerstörten Saal. Das Bedürfnis, mich für das Chaos zu entschuldigen, keimte in mir auf, aber es hatte keinen Sinn. Meine Entschuldigung würde niemandem weiterhelfen. Schon gar nicht dem toten Finn Thompson. Also machte ich schweren Herzens kehrt und verließ den Saal mit Beau und Violet im Schlepptau. Ich war hergekommen, um mit eigenen Augen zu sehen, ob meine Magie wirklich derart heftig hervorgebrochen war. Diese Gewissheit hatte ich nun.

Leider fühlte ich mich nicht besser als vorher. Eher im Gegenteil.

6

Nachdem ich mich von Violet und Beau verabschiedet hatte, kam ein Hausmeister, der mir beim Umzug in das neue Haus half. Mit einem Campusgefährt, das bis oben hin mit meinen Sachen vollgestopft war, fuhren wir über den Campus hoch zum Hang, wo sich das Haus der Silver Ravens befand.

Die Everfall Academy lag an einem See, wobei das aus dem neunzehnten Jahrhundert stammende Akademiegebäude, in dem der reguläre Unterricht stattfand, zum Wasser ausgerichtet war. Direkt am Ufer des Sees fanden einige Unterrichtsstunden der Merrows statt, den Wasserwesen der Akademie. Der eigentliche Campus begann unmittelbar hinter dem Hauptgebäude. Es gab einen weitläufigen Innenhof mit einem viktorianischen Garten, der von den Nachfahren der pflanzenbegabten Gottheiten magisch gepflegt wurde. Erst ab dem dritten Schuljahr wurde man mit der Versorgung der hiesigen Pflanzen betraut, während der ersten beiden Schuljahre trainierten die Naturbegabten ihre Fähigkeiten an der Flora und Fauna im extra dafür hergerichteten Gewächshaus, das sich auf der Ostseite des Campus befand. In den letzten zwei Jahren hatte ich dort die meiste Zeit verbracht, weil da der Unterricht für Lebensmagie stattgefunden hatte.

Hinter dem Gewächshaus lag das Wohnheim der Golden Leaves, direkt gegenüber auf der anderen Seite des Innenhofs das der Bronze Wolves. In diesem Haus waren hauptsächlich jene Schüler und Schülerinnen Mitglied, die von den Göttern des Handwerks abstammten. Die große Schmiede, in dem die Bronze Wolves magisch verstärkte Waffen für die Kampf-Turniere unter den Häusern herstellten, lag auf der Westseite des Campus direkt unterhalb des Wohnheims.

Oberhalb des viktorianischen Gartens befand sich eine Trainingsarena für die kampfbegabten Schüler, unter anderem die Nachfahren Lughs, Nuadas, Morrigans oder Dagdas, die sich zum Ende des Jahres hin oft in einem Turnier miteinander maßen. Dahinter kam eine Weile lang nichts, bloß zwei Wege, die zum Ende hin in einen breiteren mündeten, der den Hang hinaufführte – zum Wohnheim der Silver Ravens, hinter dem sich ein riesiges Waldgebiet befand.

Als wir vor dem Wohnheim anhielten, schnappte ich mir meine Tasche und half dem Hausmeister, die Kartons aus dem Wagen zu holen. Dabei betrachtete ich mein neues Zuhause. Im Gegensatz zum Wohnheim der Golden Leaves war das Haus der Silver Ravens noch nicht saniert worden. Der Bau sah alt aus, der Sandstein war an vielen Stellen dunkelbraun angelaufen. Das Gebäude hatte einige kleine Türme, wie sie auch am Akademiegebäude zu finden waren, und machte einen altehrwürdigen Eindruck. Mit einem Karton und meiner Tasche beladen, ging ich den schmalen, kiesigen Weg zum Wohnheim hinauf.

Beim Eingang angekommen, betrachtete ich das Emblem über der wuchtigen Tür, auf dem auf silbernem Hintergrund ein Rabe im Sturzflug zu sehen war. Er war das Zeichen Morrigans, der Phantomkönigin, Göttin des Krieges und des Todes. Ein Schauer überlief mich, als ich die Hand an die Türklinke legte. Das hier fühlte sich unendlich falsch an. Ich gehörte hier nicht hin, das war mir mit jeder Faser meines Körpers bewusst.

Dennoch musste ich auf die Anweisungen der Rektorin hören. Ich atmete einmal tief durch und versuchte, meinen rasenden Herzschlag zu beruhigen. Nach einem weiteren tiefen Atemzug traute ich mich endlich, die Tür nach außen aufzuziehen und das Wohnheim zu betreten.

Die Eingangshalle sah identisch zu der meines alten Wohnheims aus. Der Boden bestand aus dunklem Stein, überall in der Halle hingen Lampen, die warmes Licht spendeten, und ein Stückchen weiter vorn befand sich ein Tresen, hinter dem mehrere Bildschirme sowie Telefone standen. Direkt dahinter saß die Wohnheimaufsicht, die gerade mit jemandem telefonierte. Am Ende der Halle lagen zwei Treppen, die jeweils nach links und rechts in die höheren Stockwerke führten. Weiter oben war eine Galerie, an dessen Geländer einige Schüler standen, die tuschelnd die Köpfe zusammensteckten, als sie sahen, dass der Hausmeister meine Umzugskartons auf einen schmalen, metallenen Wagen stapelte und diesen nach einem hörbaren Durchschnaufen die linke der beiden Treppen hochhievte.

Es wirkte beinahe, als wäre mir das heimliche Flüstern vom Wohnheim der Golden Leaves bis hierher gefolgt. Zwar war ich es gewohnt, dass Leute über mich redeten, aber es war meistens aufgrund der Tatsache geschehen, dass ich einer Ratsfamilie abstammte. Nie, weil Leute mich bemitleideten – oder gar Angst vor mir hatten. Doch so wie die beiden Schüler, die gerade die Treppe heruntergekommen waren, einen Bogen um mich machten, schien Letzteres eher der Fall zu sein. Als hätte ich eine ansteckende Krankheit, die sie sich bloß nicht einfangen wollten. Ihr Verhalten rief mir auch Beaus und Violets Zögern, mich zu berühren, ins Gedächtnis, und wieder fühlte ich einen Stich in meiner Brust.

Ich schluckte den Kloß in meinem Hals hinunter und trat

an den Tresen. Ohne von ihrem Bildschirm aufzusehen, schob die dortige Mitarbeiterin mir eine Mappe entgegen. Es lugten mehrere Papiere daraus hervor.

»Bitte füllen Sie den Antrag aus und wenn notwendig das Formular für Zuschüsse und Stipendien. Ihren Stundenplan finden Sie in Ihrer Mappe, Ihr zugeteilter Mentor wird Sie morgen zu den jeweiligen Klassenräumen begleiten und Ihnen bei Bedarf Nachhilfe geben. Hier ist Ihr Zimmerschlüssel.« Sie schob mir einen kleinen Schlüssel hin, an dem ein umso klobigerer Anhänger hing. Im Wohnheim der Golden Leaves gab es bereits Schlüsselkarten. Das Ding hier war bestimmt über fünfzig Jahre alt, wog fast ein halbes Kilo und sah dazu auch noch ziemlich abgegrabbelt aus. Ich würde ihn als Erstes desinfizieren müssen. »Bei Verlust müssen Sie eine Pauschale zahlen. Ihre Zimmernummer steht auf dem beigefügten Anhänger. Wenn Sie Fragen haben, zögern Sie nicht, sich an die Wohnheimaufsicht zu wenden.« Sie leierte die Worte so runter, dass es eher den Eindruck machte, als würde sie mit aller Kraft verhindern wollen, dass man sich in einer Notsituation an sie wandte. Ich sah mich bestätigt, als sie zum Telefonhörer griff, eine Nummer eintippte und mir keinerlei Beachtung mehr schenkte.

Ich senkte den Blick auf die Mappe und den Schlüssel in meiner Hand. Dort stand eine Zimmernummer, die im obersten Stockwerk lag.

Nun gut. Ich hatte alles, was ich brauchte.

»Danke«, sagte ich im Vorbeigehen noch, schulterte meine Tasche und beeilte mich, aus dieser Eingangshalle wegzukommen.

Ich nahm die Treppe, die der Hausmeister bereits benutzt hatte, und lief die Stufen nach oben. Im ersten Stock angekommen, fühlte ich die Blicke mehrerer Anwesender auf mir, und ein unangenehmes Kribbeln machte sich zwischen meinen Schulterblättern bemerkbar. Ich erklomm auch die nächsten Stufen. Im dritten Stock war ich leicht außer Atem, entdeckte aber wenig später den Hausmeister, der ganz am Ende des langen Flurs meine Kartons vor einer Zimmertür auf der rechten Seite stapelte. Er nickte mir kurz zu und verschwand dann genauso schnell, wie er die Sachen abgestellt hatte. Unsicher lief ich zu meinen Kartons vor dem Wohnheimzimmer.

Da wären wir also.

Während ich auf dem Hinweg an einigen Türen vorbeigekommen war, an denen selbst gebastelte Schilder oder auch kleine Tafeln mit Kreidezeichnungen hingen, ragte die Zimmertür mit der Nummer 314 äußerst kahl vor mir auf. Nirgends gab es irgendeinen Hinweis auf meine neue Mitbewohnerin. Vorsichtshalber klopfte ich an. Keine Antwort. Auch gut. Ich fand es gar nicht schlecht, die ersten Minuten im Zimmer allein zu sein. So konnte ich meine Gedanken sortieren, mich für den kommenden Tag sammeln und meinen neuen Stundenplan ansehen. Vielleicht konnte ich meine Mutter erreichen und noch einmal nachhaken, ob es irgendetwas gab, was sie an der Situation ändern konnte.

Ich steckte den Schlüssel ins Schloss und drehte am Türknauf. Dann betrat ich mein neues Zimmer – und hielt den Atem an.

Es war winzig.

Zum einen lag es daran, dass es wie ein Einzelzimmer aussah, in das Möbel für zwei Schüler gestopft worden waren. Zum anderen an der Tatsache, dass es im Obergeschoss des Wohnheims lag und somit einen Giebel nach hinten raus aufwies, der in ein spitzes Dach mit einem kleinen Fenster zulief. Unter den Schrägen befanden sich zu beiden Seiten Einzelbetten, und einen Moment lang fragte ich mich, ob bei der Information ein Fehler unterlaufen war. Denn beide Seiten des Zimmers wirkten karg und so, als würde noch niemand hier wohnen. Erst als ich genauer hinsah, entdeckte ich Hinweise, dass meine Mitbewohnerin doch existierte. Auf ihrem Nachtschrank befand sich ein dicker, mitgenommen wirkender historischer Liebesroman mit einigen bunten Markern zwischen den Seiten, auf dem schmalen, ziemlich alt aussehenden Schreibtisch lagen einige Schulbücher, Hefte und Stifte verstreut. Das waren aber auch die einzigen Indizien dafür, dass jemand dieses Zimmer benutzte.

Das Mobiliar bestand – wie alles im Raum – aus dunklem Holz, was die Stimmung noch bedrückender wirken ließ. Mein altes Zimmer war weiß gemalert gewesen, und auch die Möbel hatten einen Anstrich bekommen oder waren eigens für mich dorthin geschafft worden. Allerdings durfte ich keines der Möbelstücke mitnehmen. Das Mobiliar gehörte zum Haus der Golden Leaves, für die Silver Ravens galten andere Regeln.

Auch auf der linken Seite befand sich ein kleiner Schreibtisch, der schon bessere Tage gesehen hatte, und auf dem ich niemals meine ganze Schminke sowie Schulsachen unterkriegen würde. Ich wandte mich im Zimmer um und entdeckte eine schmale Schranktür, und auf der rechten Seite im Flur eine weitere Tür, die wahrscheinlich in ein anliegendes Badezimmer führte. Immerhin gab es diesen Bonus: Ich würde nicht wie die Erstklässler in Gruppenduschen verbannt werden.

In diesem Moment ging die Tür zu besagtem Badezimmer auf und ein Mädchen blieb mitten auf der Schwelle stehen, als sie mich bemerkte. Sie war hübsch, mit einer niedlichen Stupsnase, Haut in einem dunklen Bronzeton, und zwei Spacebuns, zu denen sie den oberen Teil ihrer dunkelbraunen Afrolocken gebunden hatte. Beim genaueren Hinsehen erkannte ich einen traurigen Glanz in ihren Augen, die außerdem ganz gerötet waren. Sie sah aus, als hätte sie mehrere Stunden lang heftig geweint.

»Hi«, sagte ich unbeholfen, deutete auf den Koffer in meiner Hand und die Kartons hinter mir. »Ich bin Zoey. Ich soll ab heute hier wohnen.«

Noch bevor ich fertig gesprochen hatte, weiteten sich ihre Augen. Sie machte einen Schritt auf mich zu und packte meinen Arm mit einer Kraft, die ich ihr auf den ersten Blick keinesfalls zugetraut hätte. »Du bist die Banshee.«

Ich widerstand dem Drang, mein Gesicht beim B-Wort zu einer Grimasse zu verziehen, nickte aber nach einigen Sekunden. Was ich wahrscheinlich besser gelassen hätte. Denn im Gegensatz zu den vielen anderen Mitschülern, die mir aus dem Weg gingen und mich seit Enthüllung meiner Fähigkeit bloß nicht berühren wollten, rückte mir meine neue Mitbewohnerin noch dichter auf die Pelle. Ich trat einen Schritt zurück, kam aber nicht weit und stieß gegen die Kartons. Der oberste geriet gefährlich ins Wanken.

»Du hast gesehen, was passiert ist, bevor es wirklich geschehen ist«, sagte das Mädchen vor mir und sah mich mit einer Verzweiflung im Blick an, die mir einen Schauer über den Rücken jagte. »Wie Finn gestorben ist, meine ich.«

»Ich … ähm. Darf ich vielleicht erst reinkommen? Mein ganzer Kram steht noch draußen«, fragte ich und entzog ihr meinen Arm sanft, aber bestimmt.

Das Mädchen schüttelte den Kopf, und ihr glasiger Blick klärte sich, als wäre sie aus einem Traum erwacht. Peinlich berührt senkte sie die Augen. »Natürlich. Komm rein.«

Sie durchquerte den Raum, bis sie sich auf ihr Bett auf der rechten Seite des Zimmers setzte, den Blick auf den Boden gerichtet.

Während ich nach und nach meine Habseligkeiten aus dem Flur schnappte und in das Zimmer schleppte, fragte ich mich, in welcher Beziehung sie zu Finn Thompson gestanden hatte. Kurz sah ich zu ihr. Ihre gesenkten Schultern und das verheulte Gesicht sorgten dafür, dass sie durch und durch Trauer ausstrahlte. Das konnte doch bloß ein schlechter Scherz der Rektorin sein. Sie hätte mich in diesem elenden Haus in jedes Zimmer stecken können, suchte sich aber ausgerechnet das eine aus, in dem eine Freundin des toten Jungen lebte. Mit ihrem Schmerz konfrontiert zu werden, ließ meine Schläfen unangenehm pochen. Wieder wurde ich an die Vision erinnert. An Finns Qual. An meine Schreie, die ich einfach nicht hatte zurückhalten können. An den Anblick des Saals, den meine Kraft zerstört hatte.

Ich biss die Zähne fest zusammen, drehte mich um und holte den letzten meiner Kartons rein. Danach schloss ich die Zimmertür hinter mir. Zögerlich ging ich zum in die Wand eingelassenen Schrank und öffnete die Holztür, von der der Lack bereits an einigen Stellen abblätterte. Es gab ein Band, und als ich probehalber daran zog, erwachte oben im Schrank flackernd eine Glühbirne zum Leben. Zwar war er kleiner als der Schrank, den ich vorher gehabt hatte, aber irgendwie würde ich meine Dinge neben ihren dort noch unterkriegen – notfalls mit ein bisschen Stopfen.

»Ich glaube, ich muss meine Sachen sofort auspacken«, sagte ich über die Schulter hinweg zu dem Mädchen. »Sonst mache ich es gar nicht mehr und werde wochenlang nur aus Kartons leben.«

Sie brummte bloß, während ich mir als Erstes den Koffer schnappte, in dem ich meine wichtigsten Sachen eingepackt hatte. Einerseits war das, was ich gesagt hatte, die Wahrheit. Aber auf der anderen Seite musste ich mich dringend von den grauenhaften Bildern in meinem Kopf ablenken. Immer wieder tauchte dort Finn Thompsons Gesicht auf, das an Farbe verlor, und dessen Blick letztlich leer wurde. Schnell öffnete ich meinen Koffer und holte die ersten paar Blusen heraus.

»Wie heißt du?«, fragte ich.

»Kenna O'Sullivan«, gab sie mit nasaler Stimme zurück. Ihr Bett knarzte, als sie aufstand und zurück zu mir kam. Kurz fürchtete ich, sie würde mich wieder am Arm packen, aber sie lehnte sich an die Wand hinter mich und betrachtete die vielen Kartons. »Ganz schön viel Zeug.«

»Ich habe eine Schwäche für schöne Dinge und bin eine Niete im Ausmisten.« Ich warf ihr einen kurzen Blick zu. »Bist du auch gerade erst hier eingezogen?«

Sie schüttelte den Kopf. »Ich bin im dritten Schuljahr.«

Das wunderte mich. Sie sah nicht wie eine Erstklässlerin aus, aber ihre Seite des Zimmers war so kahl, dass ich davon ausgegangen war, dass sie erst kürzlich eingezogen sein musste.

Danach redeten wir nicht mehr viel miteinander, während ich den restlichen Kram auspackte. Meine Kulturbeutel verstaute ich im anliegenden Bad, in dem es muffig roch. Die übrig gebliebenen Kartons lagerte ich unter dem untersten Regalbrett im Einbauschrank und machte mir gar nicht erst die Mühe, sie auszupacken. So hatte ich das Nötigste ausgepackt, war aber jederzeit aufbruchsbereit, sollte sich meine Mutter doch noch melden, weil sie es irgendwie hinbekommen hatte, Rektorin Baskerville davon zu überzeugen, dass ich nur bei den Golden Leaves richtig aufgehoben war.

Als ich fertig war, rollte ich den cremefarbenen Wollteppich auf meiner Seite des Zimmers aus und stellte ein gerahmtes Foto von Beau und mir auf den Schreibtisch. Dann setzte ich mich auf den knarzenden Schreibtischstuhl und ging die Mappe mit Infomaterial durch, die die Sekretärin mir mitgegeben hatte.

»Das ist Beau Maguire, oder?«, fragte Kenna hinter mir und ich drehte mich halb, um sie anzusehen. Ihr Blick war auf das Foto geheftet, auf dem Beau und ich beide völlig befreit lachten. Es war auf einer Party entstanden, auf der wir ausgelassen getanzt und so viel Spaß gehabt hatten, dass mir am Tag danach der Bauch vor Lachen wehgetan hatte. Als ich nickte, konnte ich nichts gegen die Wehmut machen, die sich in meinem Brustkorb festsetzte. Es kam mir vor, als läge diese unbeschwerte Zeit jetzt auf ewig hinter mir.

Ich sah Kenna ins Gesicht. Sie wirkte so niedergeschlagen, wie ich mich innerlich fühlte. Unwillkürlich keimte eine Frage in mir auf. Ich räusperte mich und drehte mich nun vollends zu ihr um.

»War Finn dein Freund?«, fragte ich zögerlich.

Kenna hob den Kopf und lächelte mich traurig an. »Nicht so, wie Beau dein Freund ist. Aber ja, wir waren befreundet. Er war erst seit ein paar Monaten an der Akademie, aber wir haben seitdem öfters Zeit miteinander verbracht.«

Ich runzelte die Stirn. So, wie sie darüber sprach, wirkte es fast, als wären sie bloß Bekannte gewesen und nicht enge Freunde oder gar mehr.

»Ich weiß, dass das vielleicht schwer für dich zu begreifen ist, als jemand, dessen Familie Ratsmitglieder sind, die wohlbehütet bei den Golden Leaves gelebt hat und generell einer der helleren Sterne an der Akademie ist … aber es geht nicht jedem von uns so. Manche von uns werden wie Aussätzige behandelt.«

Das Bild von Dylan flackerte vor meinem inneren Auge auf. Genau das hatte ich über ihn gedacht, als wir einander beim Ball begegnet waren.

»Das tut mir leid«, sagte ich, weil ich keine Ahnung hatte, was ich sonst tun sollte.

Sie zuckte mit den Schultern. »Braucht es nicht. Immerhin sitzen wir jetzt im selben Boot.«

Alles in mir sträubte sich gegen diese Aussage, aber ich versuchte, mir das nicht anmerken zu lassen.

»Jedenfalls war Finn einer der wenigen Menschen aus einem anderen Haus, der lieb zu mir war. Er hat nie über einen geurteilt. Er hatte so eine stark ausgeprägte Magie, ein riesiges Talent für Schmiedekunst, und obwohl er einer der begnadetsten Schüler bei den Bronze Wolves war, hat er sich darauf nichts eingebildet. Finn war egal, ob jemand stark oder schwach ausgeprägt Magie hatte. Ich habe ihn immer dafür bewundert, dass er sich hauptsächlich auf sich selbst konzentriert hat und nicht viel mit Menschen anfangen konnte, weil ich mich oft in seinem Verhalten wiedererkannt habe. Wir waren nicht lange befreundet, aber seine Warmherzigkeit hat mir jede Menge bedeutet. Und ... als er auf dem Ball neben mir zusammengebrochen ist ...«

Meine Schultern versteiften sich, als Kenna sich beide Hände vors Gesicht schlug. »Du warst mit ihm auf dem Ball?«

Kenna schniefte und nickte schließlich. »Es war furchtbar. Er war überhaupt nicht mehr ansprechbar, von einem auf den nächsten Moment war er ganz verwirrt. Ich dachte erst, er wäre betrunken, aber nach einigen Minuten hat er über Schmerzen in der Brust geklagt und dann ...« Ihre Stimme versagte.

Als weitere Tränen über ihre Wangen strömten und mir bewusst wurde, was sie mir gerade offenbart hatte, konnte ich nicht länger sitzen bleiben. Als ich aufstand, kam es mir vor, als würden bleierne Gewichte an meinen Knöcheln hängen, aber ich lief trotzdem zu ihr. Zwar kannten wir uns kaum, doch sie hatte eine traumatische Erfahrung durchgemacht. Sie trauerte nicht nur um ihren Freund, sondern wurde durch diesen furchtbaren Moment völlig aufgewühlt. Mir hatte es ja schon gereicht, dass ich eine derart lebensechte Vision von dem toten Jungen gehabt hatte – wie erging es ihr dann wohl, wenn sie das Ganze live und in Farbe erlebt hatte? Laut Beau und Violet hatte sie versucht, ihn zurück zu Bewusstsein zu holen, bis Dylan sie davon abgehalten hatte.

Ohne weiter darüber nachzudenken, setzte ich mich neben Kenna auf ihr Bett und legte einen Arm um ihre Schulter. Zwar kannte ich sie nicht und wusste auch nicht, was genau sie zu einer Aussätzigen machte, aber das war in diesem Moment egal. Jemanden allein weinen zu lassen, war nicht in Ordnung.

»Es tut mir sehr leid, was mit deinem Freund passiert ist«, wiederholte ich die Worte leise, während ihre Schulter unter meinem Griff bebte.

»Danke, das ist lieb von dir.« Sie rieb sich wieder über die Augen, während ihr Atem stockte. Dann drehte sie sich zu mir, damit sie mir in die Augen sehen konnte. »Du musst mir sagen, was du an diesem Abend gesehen hast.«

Ich spürte, wie mir jegliche Farbe aus dem Gesicht wich. Ich hatte keine Ahnung wieso, aber vor diesem Mädchen, das Finn anscheinend nahegestanden hatte, konnte ich nicht wiederholen, was sich in meiner Vision abgespielt hatte. Ich konnte ihr unmöglich sagen, wie sehr es wehgetan hatte und was für eine Qual er kurz vor seinem Ableben hatte durchmachen müssen. Das konnte ich ihr nicht antun. Sie litt ohnehin schon genug, das war mehr als offensichtlich.

»Es ist sehr schwer für mich, darüber zu sprechen«, sagte ich heiser.

»Das glaube ich dir, aber … ich muss wissen, wie es für ihn war. Ich brauche diese Gewissheit.«

Wie von selbst schüttelte ich den Kopf. »Tut mir leid, Kenna, ich … ich kann wirklich nicht darüber sprechen.« Meine Stimme war kaum mehr als ein Flüstern.

In ihren braunen Augen flammte Zorn auf. »Du machst es dir ganz schön leicht, weißt du? Langsam bekomme ich das Gefühl, du hättest es verhindern können. Vielleicht, wenn du ein bisschen schneller reagiert hättest, statt dir die Seele aus dem Leib zu schreien.«

Ihre Worte trafen mich wie eine Ohrfeige.

Während der letzten Tage hatte ich immer wieder darüber nachgedacht, was am Abend des Balls geschehen war. Ich hatte diese neue Fähigkeit verflucht, hatte meiner Zukunft nachgetrauert, und auch Professorin Chens Worte hatten sich fest in meinem Gedächtnis verankert.

Ein Junge ist gestorben.

Ich fand die Gesamtsituation derart belastend, dass ich selbst überhaupt nicht auf die Idee gekommen war, ob ich an der Situation womöglich etwas hätte ändern können. Ob ich statt zu schreien hätte reagieren und Finn retten können. Die in unsere Dienste gestellte Banshee Eudora hatte einige Szenarien vorausgesehen, die uns das Leben gerettet hatten. Wieso hatte ich das nicht geschafft?

Kenna hatte recht. Ich hätte es zumindest versuchen müssen, statt mich dieser überwältigenden Macht in meinem Inneren hinzugeben. In meiner Brust krampfte sich etwas zusammen. Meine Hände fingen an zu zittern.

»Ich … Das hätte ich nicht sagen sollen.« Kennas geraunte Worte drangen bloß gedämpft an meine Ohren.

Mechanisch erhob ich mich vom Bett. »Schon okay.«

Ich schnappte mir meine Jacke vom Schreibtischstuhl, stopfte den klobigen Schlüssel in meine Tasche und verließ dann so schnell ich konnte das Wohnheimzimmer. Hinter mir rief Kenna noch etwas, aber ich nahm es nicht richtig wahr. Ich nahm überhaupt nichts mehr wahr, bis auf das Gewicht, das auf meinen Schultern lastete und mich mit jedem Schritt niederzudrücken schien.

7

Ich blieb bis weit nach der Sperrstunde draußen, was mir prompt eine Verwarnung von der Wohnheimaufsicht einbrachte. Direkt darauf folgte eine quälend lange Erklärung, dass bei drei solchen Ermahnungen meine außerschulischen Aktivitäten gestrichen würden, doch das ließ mich erstaunlich kalt.

Ich hatte einige Stunden draußen auf dem Innenhof und in den viktorianischen Gärten der Akademie verbracht, wo ich intensiv über Kennas Worte nachgedacht hatte. Wieder und wieder war ich den Vorfall in Gedanken durchgegangen und fühlte mich immer schrecklicher, weil ich wünschte, ich hätte irgendetwas unternehmen können. Doch ganz gleich, wie sehr ich es auch drehte – ich würde Finn nicht zurückholen können. Das Einzige, was ich machen konnte, war, mich meinem Schicksal zu ergeben und meinem neuen Stundenplan entgegenzublicken. Schließlich sollte ich ab sofort lernen, mit dieser Fähigkeit umzugehen. Was bedeutete, dass ich beim nächsten Mal vielleicht entsprechend reagieren würde können. Und das hoffentlich, *bevor* jemand starb. Allerdings schmerzte der Gedanke, noch einmal eine solche Situation erleben zu müssen. In mir kämpften der Wunsch, Herrin über die Gabe zu werden, gegen den Impuls, vor allem davonzulaufen.

Besonders eines musste ich mir ins Gedächtnis rufen: Egal, was diese neue Magie war, ganz gleich, wie sehr ich ab jetzt würde kämpfen müssen – ich war immer noch eine King. Ich blieb Calliope Kings Tochter. Früher oder später würde ich meinen rechtmäßigen Platz im Rat einnehmen. Genau so musste ich mich ab sofort auch verhalten. Ich konnte mich nicht kleinmachen lassen und schon gar nicht durfte ich mich derart schlecht fühlen. Wenn ich das tat, würde ich irgendwann einknicken und zusammenbrechen, und das war schlichtweg keine Option.

Wir dürfen daraus keine größere Sache machen, als es ist. Wenn wir das tun, werden das auch alle anderen, und das können wir uns nicht erlauben, hatte meine Mum gesagt. Ich versuchte, daran festzuhalten, auch wenn mir das im Moment schwerfiel.

Als ich nach Mitternacht zurück in mein neues Zimmer kam, lag Kenna bereits im Bett, mit dem Gesicht zur Wand. Ich war mir nicht sicher, ob sie schlief, aber ich war froh, ein weiteres Gespräch mit ihr vermeiden zu können. Wahrscheinlich ging es ihr nicht anders.

Ich sah mich noch einmal in dem kleinen Dachgeschosszimmer um und versuchte, mich zusammenzureißen. Ja, ich hatte absolut keine Lust, hier zu sein. Aber ich hatte für den Moment keine Wahl, und sich mit aller Kraft dagegen zu sträuben, würde mir auch nicht weiterhelfen.

Ich schnappte mir den Wasserkocher, der gegenüber vom Giebel auf einem kleinen runden Holztisch stand, und setzte Wasser auf. Ich goss es in den Becher, den ich von Beau zu meinem siebzehnten Geburtstag bekommen hatte. Darauf war ein Bild von ihm, Violet und mir zu sehen, alle Arm in Arm, nachdem ich die Wahl zur Miss Everfall gewonnen hatte. Wir strahlten um die Wette, und ich nahm mir fest vor, wieder so zu strahlen. Ganz gleich, wie lange es dauern würde, und egal, dass ich jetzt erst einmal so tun musste, als wäre alles okay.

Mit schwarzem Tee bewaffnet ging ich an den wackeligen Schreibtisch, wo ich erneut die Mappe aufschlug, die man mir beim Einzug mitgegeben hatte. Ich überblätterte die Regeln des Wohnheims, die ich vorhin schon überflogen hatte, und blätterte direkt bis zu meinem neuen Stundenplan.

Ich stieß die Luft langsam aus. Der Becher in meiner Hand begann zu zittern, und ich stellte ihn schnell auf dem Schreibtisch ab. Ich fragte mich, ob Rektorin Baskerville mich auf den Arm nehmen wollte. Eigentlich war ich für vieles gewappnet gewesen. Doch auf dem Stundenplan waren bis auf ein Fach – Folklore – alle anderen völlig neu.

Ich war im dritten Jahr an der Akademie. Und jetzt musste ich in nahezu allen Fächern von vorn beginnen. Ich würde enorm viel Stoff aufholen müssen.

Statt Botanik, Heilkunde, Verzauberung oder Musik und Tanz musste ich mich nun dem völligen Gegenteil widmen. Neben Seelenführung, Weissagung, Ethik und Selbstbeherrschung stand ab sofort auch Verteidigung auf meinem Stundenplan. Bedeutete, ich würde im Kampf unterrichtet werden, und das dreimal die Woche. Auch bei den Golden Leaves gab es etliche kampfbegabte Schüler, unter anderem Beau, Orla und auch Ronan, die bei dem letzten Turnier der Häuser den Sieg für unser Haus davongetragen hatten. Ich hingegen hatte sie zusammen mit Violet lediglich angefeuert – und das war es dann auch mit meinen Berührungspunkten in Sachen Verteidigung. Ich betrieb Sport, ja, aber ich bezweifelte doch stark, dass mir mein Tanztraining in Verteidigung in irgendeiner Form helfen würde. Hauptsächlich hatte ich gelernt, wie ich Leute am Leben hielt, wie man Verletzungen versorgte und auch, welche Pflanzen giftig waren und welche die größte heilende Wirkung hatten. Ich hatte alles über Verzauberungen gelernt, welche Rituale dafür durchgeführt werden mussten, und vor allem war ich in Folklore mit den Ratshierarchien vertraut gemacht worden, um bestmöglich für die Zukunft vorbereitet zu sein.

Aber na ja. Diese Zeit war wohl vorbei.

Nachdenklich rieb ich mir über die Schläfe, während ich noch einmal die Fächer überblickte. Folklore durfte ich zum Glück behalten, darin war ich gut. Mit Ethik würde ich mich vielleicht anfreunden können. Aber Seelenführung, Weissagung und Selbstbeherrschung – und das alles neben Kampfunterricht? Ich war mir nicht sicher, wie ich es hinbekommen sollte, den Stoff aufzuholen, geschweige denn eine praktische Prüfung im Nahkampf zu bestehen. Außerdem wollte ich nichts mit dem Tod zu tun haben oder wissen, wie man mit den Geistern Verstorbener umging. Während ich für Heilkunde gebrannt hatte, flößte mir die Vorstellung dieser neuen Fächer Angst ein. Wieder griff ich nach dem Becher und nahm einen großen Schluck, als mir oben ein grau eingezeichneter Bereich auffiel, der die gesamte Woche einnahm. Er war vor dem ersten Unterrichtsblock eingeplant. Um sechs Uhr morgens.

Nachhilfe, hieß es dort.

Die Blockbuchstaben schienen mich zu verspotten.

Ich biss die Zähne fest zusammen. Nachhilfe um sechs Uhr morgens bei einem Sonnenschein wie Dylan Dae Park war die Kirsche auf der Sahnehaube des Grauens, in das sich mein Leben in den letzten Tagen verwandelt hatte. Aber gut, auch das würde ich irgendwie überleben.

Mir war aufgefallen, wie alle tuschelnd die Köpfe zusammengesteckt hatten, als ich am Nachmittag das Gebäude betreten hatte. In dieser Sekunde nahm ich mir fest vor, ihnen keinen weiteren Grund zu geben, über mich und meine bescheuerte neue Magie herzuziehen.

Sie dachten, ich gehörte nicht hierher? Schön. Das sah ich genauso.

Sie dachten, ich wäre eine verwöhnte Ratsgöre, die keine Ahnung von Magie und unserer Welt hatte? Keineswegs. Meine Mutter hatte mir all das beigebracht, was nicht unter Verschluss des Rats stand – und das war eine ganze Menge. Dazu gehörte auch, dass eine King sich nicht unterkriegen ließ.

Von nichts und niemandem.

In der ersten Nacht war es fast unmöglich für mich, zur Ruhe zu finden. Das Bett knarzte bei jeder kleinsten Bewegung und die Umgebung war ungewohnt, was nicht gerade dabei half, meinen rasenden Gedanken Einhalt zu gebieten. Dennoch fiel ich irgendwann in einen unruhigen Schlaf. Als mein Wecker morgens um Viertel vor fünf klingelte, fühlte ich mich komplett gerädert. Ich setzte als Erstes Teewasser auf, während Kenna immer noch auf ihrer Seite des Bettes lag und sich kein Stück rührte. Gut so. Ich war nicht besonders scharf darauf, mir weitere Schuldzuweisungen an den Kopf werfen zu lassen.

In der Nacht hatte ich meinen Schrank noch fertig eingeräumt und all meine Sachen fein säuberlich sortiert. Irgendwie half mir die Ordnung dabei, einen kühlen Kopf zu wahren. Ich öffnete den schmalen Einbauschrank, griff nach einem eng anliegenden braunen Wildlederrock, einer weißen oversized Bluse, die am Rand des Kragens mit goldenen Applikationen versehen war, dazu eine Strumpfhose und passende Boots mit hohem Absatz. Im Bad nahm ich eine schnelle Dusche und zog mich um. Ich machte mir die lange blonde Mähne mit dem Lockenstab zurecht, band den vorderen Part meiner Haare hinten zu einem Zopf, damit sie mir nicht ins Gesicht fielen, und dann kümmerte ich mich um mein Make-up. So wie Dylan auf dem Sternennachtball ein Statement mit seinem dämlichen Langarmshirt gesetzt hatte, war das hier meines. Alles an meinem Auftritt würde zeigen, wie wenig mich diese ganze Sache interessierte. Dass alles so war wie sonst auch. Und dass ich immer noch Zoey King war – die goldene Tochter der legendären Calliope King. Niemand würde mich angehen, und wenn sie es doch versuchen sollten, würden sie Bekanntschaft mit meinen Zehn-Zentimeter-Absätzen machen.

Ich sammelte meinen Kram zusammen, packte meine Sportkleidung und die Turnschuhe ein, die ich sonst für das Tanz- und Cardiotraining benutzte, und dann sah ich zu, dass ich das Zimmer verließ. Ich öffnete die Tür … und erstarrte.

Dylan stand vor meiner Tür, die Finger erhoben, als würde er anklopfen wollen. Er ragte über mir auf und hatte dunkle Ringe unter den Augen. Auch er hatte sich den oberen Teil seiner Haare zurückgebunden, wobei ein paar der schwarzen Strähnen dafür noch nicht lang genug waren und ihm ins Gesicht hingen. Er trug eine dunkelgraue, zerrissene Jeans, schwarze Lederboots mit robuster Sohle und zwei großen Metallschnallen auf der Vorderseite und einen dunkelgrauen, fast schwarz wirkenden Strickpullover. Er mochte zwar düster dreinblicken, aber auf mich machte es ganz eindeutig den Eindruck, als verstünde er doch etwas von Fashion. Vielleicht konnten wir uns während der Nachhilfestunden ja gemeinsam meine liebsten Modemagazine anschauen. Bei dem Gedanken hätte ich beinahe aufgelacht.

Immer am Positiven festhalten, Zoey. Egal, dass er aussieht, als würde er dich in dieser Sekunde am liebsten erwürgen, dachte ich.

Sein Blick wanderte an meinem Outfit hinab, bis er bei den Stiefeln ankam und sich eine kleine Falte zwischen seinen Brauen bildete. »Du bist schon fertig«, stellte er fest.

Ich trat nach draußen und zog die Tür hinter mir ins Schloss, wobei ich so dicht vor ihm stand, dass sich unsere Schuhspitzen beinahe berührten. Die Falte zwischen Dylans Augenbrauen vertiefte sich, und er trat einen Schritt zurück, bis er Abstand zwischen uns gebracht hatte.

»Bin ich«, sagte ich nach einer Weile und schulterte meinen Rucksack, in den ich mit Mühe alles reingequetscht hatte. »Und ich bin bereit für meine neue Karriere als Todeswesen. Los geht's, Mentor. Wo machen wir unsere Nachhilfe? Ich wäre jetzt erst mal in den Frühstücksraum gegangen, um was Kleines zu essen. So früh kann ich das eigentlich noch nicht, aber ich will zumindest etwas mitnehmen, vor allem, wenn Verteidigung später stattfindet.«

Dylan starrte mich aus dunklen Augen an. Er wirkte ein bisschen überrumpelt. Ich hatte keine Ahnung, wie ich mit der Situation umgehen sollte, aber ich klammerte mich an meine vorgegaukelten guten Vorsätze wie an einen Rettungsring. Deshalb plapperte ich.

»Komm«, sagte Dylan schließlich und drehte sich um, um den Flur zu durchqueren. Ich tat es ihm gleich und lief neben ihm her bis zum Treppenhaus.

Während wir die Stufen hinabstiegen, realisierte ich, wie merkwürdig es war, an seiner Seite zu gehen. Während der letzten zwei Jahre hatte ich genau wie alle anderen Schüler einen großen Bogen um ihn geschlagen. Jetzt sollten wir tatsächlich das restliche Schuljahr miteinander verbringen. Die Vorstellung war so abstrus, dass ich in jeder anderen Situation vermutlich darüber gelacht hätte. Allerdings war das im Augenblick das Letzte, wonach mir zumute war.

Auf dem Weg nach unten kam uns kein einziger anderer Schüler entgegen. Draußen ging gerade erst die Sonne auf, und durch die Fenster in den Fluren wurden orange- und pinkfarbene Lichtflecken an die Wände geworfen. Im unteren Stockwerk bog Dylan nach einigen Metern auf der linken Seite ab – in den Frühstücksraum, wie ich jetzt erkannte. Zwar gab es eine große Mensa im Hauptgebäude der Akademie, aber jedes Haus hatte noch einen Raum, in dem Snacks oder auch andere kleine Mahlzeiten eingenommen werden konnten, wenn man eher unter sich sein wollte. Es gab einige Kühltruhen, in denen fertig gepackte Sandwiches, Porridge und andere Snacks auslagen, und Dylan steuerte direkt darauf zu.

Beim Anblick des Essens machte sich mein Magen mit einem lauten Knurren bemerkbar. Ich war gestern Abend von der Situation viel zu aufgewühlt gewesen und hatte nichts mehr runterbekommen. Jetzt merkte ich erst richtig, wie hungrig ich eigentlich war. Dylan lief an mir vorbei in Richtung der Kaffeemaschine, nahm einen der wiederverwendbaren Becher mit dem Emblem der Akademie und stellte ihn unter die kleinen Düsen. Er warf einen kurzen Blick über die Schulter zu mir. »Nimm dir was mit, wir gehen in die Bibliothek.«

Und ich hatte schon mit dem Porridge geliebäugelt. Schade. Stattdessen griff ich nach einem der abgepackten Sandwiches und einer kleinen Flasche Orangensaft. Ich sah mich nach Dylan um, aber er war bereits in Richtung Ausgang verschwunden. Schnell stopfte ich das Frühstück in meinen Rucksack und beeilte mich, ihm zu folgen. Wieder liefen wir schweigend nebeneinanderher. Krampfhaft suchte ich nach irgendetwas, das ich sagen konnte. Etwas, das mir dabei half, die Nervosität vor diesem Tag zu durchbrechen.

»Wieso haben sie ausgerechnet dich als meinen Mentor ausgesucht?«, fragte ich schließlich.

Das Einzige, was zu hören war, war das Klacken meiner Absätze und der dumpfe Aufprall seiner schweren Stiefel auf dem Steinboden. Vorsichtig warf ich ihm einen Blick von der Seite zu. Dylan hatte die Hände in den Taschen vergraben und starrte stur geradeaus. Es wirkte nicht, als hätte er vor, mir eine Antwort auf meine Frage zu geben. Ich kam zu dem Schluss, dass er anscheinend nur auf die Dinge antwortete, die er als wichtig erachtete – und dazu gehörte meine Neugierde augenscheinlich nicht. Ich unterdrückte den Impuls, leise zu seufzen. Das würde ein heiteres Jahr werden, wenn das so weiterging.

»Meine Magie ist früh erwacht. Gegenüber den anderen Schülern habe ich einen Vorsprung«, sagte er, als ich mich schon damit abgefunden hatte, keine Antwort mehr zu bekommen. Er sprach die Worte ruhig und bedacht aus, ohne dabei arrogant oder gar anmaßend zu klingen.

»Wie alt warst du?«, fragte ich weiter.

Wenn möglich, wurde sein Gang neben mir noch steifer. Diesmal antwortete er nicht, und ich fragte mich, ob ich einen Fehler gemacht hatte.

Bei den Golden Leaves war es völlig normal, zu fragen, wann die jeweilige Magie erwacht war. Aber dort handelte es sich um komplett andere Fähigkeiten – keine davon hatte mit dem Tod zu tun. Wahrscheinlich würde Dylan mir in den kommenden Monaten einiges über die Etikette in Sachen Todesgaben beibringen müssen. Vielleicht war die Nachhilfe also gar nicht so schlecht. Mein Optimismus-Rettungsring würde mir sicher dabei helfen, mich vor dem nächsten Fettnäpfchen zu bewahren.

Den Rest des Weges schwiegen wir uns an. Eigentlich hatte ich gedacht, dass er mit mir zum Hauptgebäude laufen würde, doch stattdessen durchquerten wir das Treppenhaus ein weiteres Mal, bogen an so vielen Ecken ab, dass ich irgendwann die Orientierung verlor, bis wir schließlich bei einer schweren Tür aus dunklem Holz ankamen, die mit opulenten Schnitzereien verziert war. Direkt daneben befand sich ein kleines Schild, auf dem »Bibliothek« stand. Dylan holte einen Schlüssel hervor und öffnete damit zu meinem Erstaunen die Tür.

»Du hast einen eigenen Schlüssel?«, fragte ich verblüfft.

Seine Antwort bestand aus einem knappen Nicken, was die Frage in mir aufwarf, ob der Kerl überhaupt in der Lage dazu war, vor seinem ersten Kaffee nett zu sein. Vielleicht war er ja auch einfach nur ein Morgenmuffel und wurde zu einer anderen, viel fröhlicheren Person, wenn er das schwarze Gebräu intus hatte. Hoffen konnte man ja.

Hintereinander betraten wir die Bibliothek der Silver Ravens. Der Raum war zwar nicht besonders groß, aber das fiel durch die gewölbte Decke kaum auf. Die Regale waren hoch und sahen wackelig aus, ganz im Gegensatz zu denen in der sanierten Bibliothek im Hauptgebäude der Akademie, die um einiges weitläufiger war als diese hier. Es gab ein paar kleine Tische, die zwischen den Regalen standen, und eine Ausleihe, die sich in der Mitte des Raumes befand und so früh am Morgen noch nicht besetzt war. Wir waren also ganz für uns.

Ich trat vor und betrachtete die Einbände im ersten Regal zu meiner Linken. Es gab Bücher, die aussahen, als stammten sie aus der Gründerzeit der Akademie, und andere, die völlig neu zu sein schienen und deren folierte Einbände einen krassen Kontrast zu den altehrwürdigen Ledereinbänden bildeten. Als ich die Titel näher inspizierte, erkannte ich, dass sich hier einzig und allein Fachliteratur für Mitglieder der Silver Ravens befand – über Todesfähigkeiten, über Geisterwesen, den Umgang mit dem Tod, über die Tuatha De Danann und ihre Blutlinien und noch vieles mehr. Zwischen den Regalen waren hohe Fenster eingelassen, wobei das mittlere aus Buntglas bestand. Ich sah an dem Bild hoch, das aus verschiedenfarbigen Glasstücken zusammengesetzt worden war und erkannte Morrigan. Ihr schwarzes Haar umwehte ihren Kopf und Raben flogen aus ihrer Hand in den bewölkten Himmel, durch den einzelne Sonnenstrahlen brachen. Auf dem dunkelroten Boden waren lauter Skelette abgebildet, dazwischen Waffen, die wohl die Schlachten symbolisieren sollten, die Morrigan einst zu ihren Gunsten beeinflusst hatte.

Während ich noch damit beschäftigt war, mit offenem Mund vor dem Fenster zu stehen, steuerte Dylan zielgerichtet auf die Regale zu. Er schien genau zu wissen, welche Bücher er herausnahm, als hätte er sich gedanklich eine Liste gemacht. Ich sah ihm dabei zu, wie er aus einem der unteren Regale einen ultradicken Schinken herausholte, ihn kurz darauf aufschlug, nickte, ihn wieder schloss und unter seinen Arm klemmte. Danach ging er mit konzentriertem Gesichtsausdruck auf die andere Seite des Regals, streckte sich und holte einen weiteren Band von ganz oben heraus. Dabei rutschte sein Pullover ein Stückchen hoch und ließ einen Streifen Haut an seinem Bauch hervorblitzen. Schnell wandte ich den Blick ab, nahm meinen Rucksack und legte ihn auf einem der Tische ab.

»Kann ich dir vielleicht helfen?« Wieder erhielt ich keine Antwort. Dylan war so konzentriert, dass er meine Anwesenheit gar nicht wahrzunehmen schien. Ich beließ es dabei und wartete ab, bis er einen so großen Stapel Bücher auf seiner Hand balancierte, dass ich mir kurz ein bisschen Sorgen machte. Schließlich kam er mit den ganzen Wälzern zurück an meinen Tisch.

»Hier«, sagte er und legte den riesigen Stapel auf dem Tisch ab. Die Holzplatte knarzte unter dem Gewicht und fragend sah ich zu ihm hoch. »Das ist deine Aufgabe für die erste Woche.«

Ich blickte von dem Stapel, der aus Literatur für ein ganzes Schuljahr bestand, zurück in Dylans Gesicht und suchte nach irgendeinem Hinweis, dass er mich vielleicht auf den Arm nehmen wollte. Allerdings sah er so distanziert aus wie eh und je. »Das kann nicht dein Ernst sein.«

Wieder keine Antwort, und langsam wühlte mich dieses Schweigen echt auf. »Ich dachte, du sollst mir Nachhilfe geben. Mir einen riesigen Stapel Fachliteratur vor die Nase zu legen, ist keine Nachhilfe.«

»Professorin Chen hat mir die Aufgabe übertragen, dich einzuweisen. Das hier ist meine Einweisung. Lies den relevanten Stoff, und nächste Woche sehen wir weiter.«

Er machte allen Ernstes Anstalten, auf dem Absatz kehrtzumachen. Ich reagierte instinktiv, trat einen Schritt vor und packte ihn am Arm. »Glaub mir, ich habe auch keine Lust auf deine Gesellschaft, aber da müssen wir jetzt nun mal beide durch. Du kannst dich nicht einfach aus dem Staub machen. Das war nicht der Deal.«

Dylan senkte den Blick auf meine Hand, die wie ein Schraubstock um seinen Arm lag. Langsam sah er zurück in mein Gesicht.

Eine bodenlose Schwärze machte sich in seinen Augen breit. Sie war allumfassend und so finster, dass sie das Braun in seiner Iris völlig in Besitz nahm. Sie breitete sich aus, über seinen Körper hinweg, überbrückte die Distanz zwischen uns, bis ich das Gefühl hatte, zu stürzen. In eine bodenlose, schwarze Tiefe, aus der es kein Entrinnen gab. Kälte überkam mich, so plötzlich und unvorbereitet, dass meine Knie anfingen zu zittern. In meiner Kehle schnürte sich etwas zusammen, bis ich kaum noch atmen konnte.

»Du solltest mich besser loslassen, Miss Everfall.« In seinem Tonfall lag eine unausgesprochene Drohung, die er mit einem bloßen Funken seiner Magie wahr machen konnte, das spürte ich mit jedem Atemzug.

Ich ließ ihn los. Nicht, weil ich wollte, nicht, weil ich das selbst entschied – Dylans Magie hatte mich dazu gezwungen. Sie stieß mich ab und verpasste mir eine Art Stromschlag, der mir durch und durch ging. Meine Hand schmerzte, und ich umfasste sie mit meiner linken. Mir war kalt, so unglaublich kalt, und alles in mir schrie, mich ja von ihm fernzuhalten.

Nun verstand ich es.

Warum alle Schüler der Akademie ihn mieden. Wieso sie ihn alle so sehr fürchteten.

Seine Magie fühlte sich an wie der Tod. Kalt, unerbittlich und schrecklich endgültig.

Dylan schien zu erkennen, was in mir vorging. Seine Magie zog sich zurück in seinen Körper. Die Schwärze verschwand aus seinen Augen, bis das dunkle Braun wieder zu sehen war. Bevor ich noch irgendetwas sagen konnte, drehte er sich um und ließ mich allein in der Bibliothek zurück.

8

Nachdem ich Dylans Abgang verdaut hatte – was eine Weile dauerte –, machte ich mich daran, die ganzen Bücher zu sortieren. Ich hatte noch knapp über eine Stunde Zeit und schaffte es gerade so, die Kapitel herauszusuchen, die mit Todesgaben und Banshee- sowie Reaper-Magie zu tun hatten. Diese Kapitel versah ich mit bunten Markern. Zehn Minuten vor Unterrichtsbeginn legte ich den Stapel bei der Ausleihe zurück. Ich hinterließ dort einen Zettel mit der Nummer meines Akademieausweises und dem Hinweis, dass ich später zurückkommen und die Bücher abholen würde. Danach machte ich mich auf den Weg zum Hauptgebäude.

Als ich den Hang hinabging, kam es mir vor, als wäre der Campus endlich aufgewacht. Von allen Seiten strömten Akademieschüler auf die Gehwege, die zum Hauptgebäude führten. Ich kam vorbei an der Trainingsarena, wo bereits eine Gruppe von Schülern in Sportkleidung stand und darauf wartete, dass das Gebäude aufgeschlossen wurde. Als Nächstes passierte ich das Wohnheim der Bronze Wolves, wo an den Stufen zum Haupteingang einige Blumenkränze, Kerzen und Briefe für Finn Thompson hinterlassen worden waren. Zwar war er erst seit einigen Monaten an der Akademie gewesen, aber dennoch trauerten eine Menge Leute um ihn. Im Vorbeigehen sah ich zwei Mädchen, die Arm in Arm vor einem großen Blumenkranz standen, in dessen Mitte jemand ein Foto des Jungen gestellt hatte. Er lächelte breit auf dem Bild und wirkte glücklich. Er war erst fünfzehn gewesen. *Fünfzehn*. Nur zwei Jahre jünger als ich, wenig älter als mein Bruder. Mit Sicherheit hatte er Ziele und Träume gehabt, die er sich erfüllen wollte. Er hatte Freunde gehabt, Personen, die ihn liebten. Kenna zum Beispiel, meine neue Mitbewohnerin, die um ihn trauerte. Leute, die ihn schmerzlich vermissten und nie wieder mit ihm würden reden können. Leute, denen er dieses Lächeln vom Foto nicht mehr schenken konnte.

Ein Kloß bildete sich in meinem Hals und abermals sah ich den Jungen direkt vor mir – wie er sich vor Schmerzen gequält zusammengekrümmt hatte und das Leben langsam aus ihm herausgeflossen war, bis nichts mehr übrig geblieben war als eine leere Hülle.

Es war, wie Kenna gesagt hatte.

Ich hätte etwas unternehmen sollen, statt zu schreien. Ich hätte nach vorn springen sollen. Ich hätte … keine Ahnung, was ich hätte tun sollen. Hauptsache irgendetwas, das dafür sorgte, dass niemand weinend vor seinem Wohnheim stand und um ihn trauerte.

Ich grub die Nägel in meine Handinnenflächen und legte an Tempo zu. Mit Mühe drängte ich die Schuldgefühle zurück. Wenn dieser Tag schon so losging, würde ich ihn nicht heil überstehen. Und auch wenn Dylan mir den Morgen bereits vermiest hatte, so wollte ich mir meinen Mut der letzten Nacht nicht nehmen lassen. Andernfalls würde ich zum gefundenen Fressen für meine neuen Mitschüler werden.

Als erstes Fach stand Selbstbeherrschung auf meinem Stundenplan. Es dauerte ein bisschen, bis ich den Raum fand, und als ich dort ankam, war er bereits gut gefüllt. Als ich mich umsah, realisierte ich, dass ich keinen meiner Mitschüler kannte.

Ein paar Gesichter kamen mir vage vertraut vor, aber nur vom Vorbeigehen in den Fluren oder vielleicht von der einen oder anderen Party. Es gab bloß wenig freie Plätze. Einer befand sich direkt in der ersten Reihe neben einem Mädchen mit glänzenden schwarzen Haaren, die bei meinem Anblick sofort ihre Tasche auf die Sitzfläche stellte, und der andere in der vorletzten Reihe nah beim Fenster neben einem Typen mit feuerroten Haaren. Da ich nicht besonders scharf darauf war, in diesem neuen Fach direkt ganz vorn zu sitzen, entschied ich mich für den Platz beim Fenster. Ich drückte die Schultern zurück und ignorierte das leise Murmeln, das an meine Ohren drang. Ich konnte bloß Gesprächsfetzen wahrnehmen.

… ihre Schreie …

… fast das Gebäude zerlegt.

… sie ist gefährlich.

Jeder meiner Schritte wurde steifer, und ich war froh, als ich in der vorletzten Reihe ankam. Ich schluckte die Beklemmung runter und wandte mich an den Jungen mit dem roten Haar. »Ist hier noch frei?«

Von weiter hinten aus dem Klassenzimmer ertönte ein Prusten, aber ich ignorierte es. Der Junge nickte. »Klar doch.«

Ich setzte mich auf den freien Stuhl neben ihm. Eigentlich hatte ich erwartet, dass er von mir wegrücken würde. Das Gegenteil war der Fall.

»Das war mal ein Auftritt beim Ball, was, Mäuschen?«, fragte er.

Ich blinzelte. Dann wandte ich mich ihm zu und sah ihn mit hochgezogener Braue an.

Das Gesicht des Typen war über und über mit Sommersprossen gesprenkelt. Er hatte ungleichmäßigen Bartwuchs, eine schiefe Nase und blaue Augen, in denen der Schalk stand. Er hatte seinen Stuhl leicht zurück geneigt und kippelte auf den hinteren Beinen. Hinter sein eines Ohr hatte er einen Stift geklemmt, und das Grinsen auf seinem Gesicht wirkte erstaunlich echt. Er war der erste meiner neuen Mitschüler, der nicht tuschelnd mit irgendwem den Kopf zusammengesteckt hatte. Das rechnete ich ihm hoch an. Wenn ich hier überleben wollte – und das musste ich irgendwie –, brauchte ich Verbündete. Aber an der Ansprache würden wir definitiv arbeiten müssen.

»Nenn mich noch einmal Mäuschen und dein Gesicht wird Bekanntschaft mit meinem Stiefel machen«, erklärte ich und setzte ein liebenswürdiges Lächeln auf.

Der Typ blinzelte. Er kippte den Stuhl noch ein Stück weiter zurück und betrachtete meine übereinandergeschlagenen Beine und die Boots inklusive der spitzen Absätze. Im nächsten Moment warf er den Kopf in den Nacken und lachte so laut, dass er das Gleichgewicht verlor und nach hinten gekippt wäre, hätte ich meinen Fuß nicht blitzschnell hinter das Stuhlbein gehakt und ihn zurückgezogen.

»Der war gut«, sagte mein neuer Mitschüler und sah mich immer noch grinsend an. Dann reichte er mir die Hand. »Freut mich, dich persönlich kennenzulernen, kleiner Schreihals.«

»Kleiner Schreihals ist auch nicht viel besser, Rotschopf.«

Er kniff die Augen zusammen. »Du kannst mich Murphy nennen.«

»Und du mich Zoey«, gab ich zurück und schlug in seine ausgestreckte Hand ein.

»Freut mich, Zoey.«

»Gleichfalls, Murphy.«

Wieder zeigte sich das unverschämte Grinsen auf seinem Gesicht. »Das wird der Beginn einer wunderbaren Freundschaft, ich kann es förmlich spüren. Du auch?«

Ich ließ seine Hand los und machte mich daran, meine Sachen für den Unterricht rauszuholen. »Wir werden sehen.«

Er gluckste und lehnte sich mit hinter dem Kopf verschränkten Armen zurück. »Mach dich drauf gefasst.«

In diesem Moment betrat der Professor den Raum. Er war klein und untersetzt, mit lichtem grau melierten Haar und einem imposanten Schnurrbart.

»Guten Morgen«, sagte er, als er beim Pult angekommen war, und holte einen Stapel Unterlagen aus seiner Aktentasche. Er blickte kurz von dem Papier auf und direkt in mein Gesicht. »Wie ich sehe, ist unser Neuzugang auch schon da. Wie schön, endlich eine Banshee unter uns zu haben. Ich bin Professor McRae, willkommen bei Selbstbeherrschung.«

Ich bedankte mich mit einem Nicken, weil ich im Moment nicht in der Lage dazu war, auch nur ein Wort herauszubringen. Zum Glück wurde ich vor einer Antwort bewahrt, denn die Tür zum Klassenzimmer öffnete sich ein weiteres Mal und schwang nach außen auf. Im Türrahmen erschien Dylan. Seine Haare waren ganz wirr, und seine Wangen waren leicht gerötet, als wäre er hergerannt.

Ohne ein Wort ging er in die erste Reihe, und das Mädchen, das bei meinem Anblick ihre Tasche auf den Stuhl gelegt hatte, nahm diese nun weg und strahlte Dylan breit an. Er nickte ihr zu und setzte sich auf den frei gewordenen Platz.

»Nach über zwei Jahren an der Everfall Academy müssten Sie inzwischen eigentlich mit dem Lageplan vertraut sein, Mr Park«, sagte Professor McRae schneidend und sah Dylan über den Rand seiner Brille hinweg an.

»Das stimmt, Professor McRae.«

Ich fragte mich, was Dylan in den letzten eineinhalb Stunden gemacht hatte. Murphy beugte sich über den Tisch hinweg zu mir. »Er kommt immer zu spät, weil er seinem Job nachgeht.«

»Seinem Job?«, flüsterte ich zurück.

»Park ist bekannt dafür, einem unter der Hand alles zu beschaffen, was man haben will.«

Ich runzelte die Stirn und starrte Dylans Rücken an. »Wie meinst du das?«

Murphy schien ein kleines Lästermaul zu sein, er wurde ganz aufgeregt. »Wenn du was brauchst, besorgt er es dir. Seien es Alkohol, verbotene Kräuter aus dem Gewächshaus oder noch härteres Zeug. Aber seine Preise sind im letzten Jahr echt hoch geworden, vor allem, wenn er dafür das Akademiegelände verlassen muss. Das kann sich irgendwann kein Schwein mehr leisten.«

Gleich mehrere Puzzlestücke setzten sich in meinem Kopf zusammen. Während Professor McRae das Wort wieder ergriff, dachte ich über Murphys Bemerkung nach. Deshalb hatte er also beim Ball den Alkohol mitgehen lassen. Er war gar nicht für ihn gewesen, sondern für irgendeine Person, die ihn dafür bezahlt hatte, weil sie selbst das Risiko nicht eingehen wollte, beim Stehlen erwischt zu werden. Deswegen war er heute früh wahrscheinlich auch so schnell aus der Bibliothek geflüchtet und nahm die Nachhilfe nicht ernst – weil für ihn nichts dabei raussprang. Es war sicher lukrativer, solche Aufträge anzunehmen. Ich schüttelte den Kopf und konzentrierte mich wieder auf den Professor.

»Einige von Ihnen gehören der Gruppe der Todeswesen an. Andere wiederum haben vor, den Hütern oder Rittern der Danu beizutreten und werden dadurch oft mit dem Tod konfrontiert. Aber ganz gleich, welche Richtung Sie nach Ihrem Abschluss einschlagen möchten: Selbstbeherrschung ist in dem Leben, das wir führen, unerlässlich. Sie reagieren auf die Dinge, die Ihnen während Ihrer Laufbahn begegnen werden, und nicht jede dieser Begegnungen wird schön sein. Es ist wichtig, dass Sie Ihre Magie unter Kontrolle haben – und dafür müssen Sie wissen, wie Sie Ihre Emotionen bewältigen, in jeder Situation konzentriert und gefasst bleiben und Ihre mentale Stärke fördern. Nur so können Sie in Zukunft garantieren, dass Sie Kraft aus Ihrer Magie schöpfen, statt sie als Last zu empfinden.« Professor McRae sah mich direkt an. »In den letzten Wochen haben wir viel über die eigene Verarbeitung vom Tod gesprochen und wie man sich selbst ganz klar von derartigen Ereignissen trennen kann. Es wäre toll, wenn Sie die Kapitel hierzu nachholen können. Vielleicht gibt Mr Murphy Ihnen ja einen Einblick in seine Aufzeichnungen der letzten Wochen.«

Ich nickte sofort und machte mir eine Notiz in meinem Planer. Murphy schob unterdessen seinen Ordner zu mir rüber. »Ich leihe dir die Mitschriften gern. Oder ich fotografiere sie dir ab, wobei ich nicht weiß, ob du meine Schrift lesen kannst.«

»Fotos wären toll«, flüsterte ich schnell. »Danke.«

»Klar doch. Erinner mich später noch mal dran. Komm, gib mal her«, sagte er und schnappte sich meinen Planer. Dann nahm er meinen rosafarbenen Bleistift und kritzelte eine Telefonnummer quer über das Blatt. Einerseits wollte ich ihm dafür den Hals umdrehen – mal ehrlich, wer brauchte bitte so viel Platz für eine Telefonnummer? –, aber auf der anderen Seite war ich mehr als dankbar für seine Hilfsbereitschaft.

»Heute möchte ich mit Ihnen über den Umgang mit Familienangehörigen sprechen. Das ist ein Thema, das uns in den nächsten Wochen intensiv beschäftigen und auch am Jahresende einen größeren Teil Ihrer mündlichen Prüfung einnehmen wird, seien Sie also aufmerksam.«

»Das sagt er bei so ziemlich jedem Thema, das wir durchgehen«, flüsterte Murphy, und ich presste die Lippen aufeinander, um nicht zu grinsen.

»Pscht«, machte ich.

»Ich gebe dir den Murphy-Commentary. Wie eine gute DVD, bei der man die Kommentare der Schauspieler mit anhören kann.«

Langsam begann ich zu verstehen, wieso der Platz neben ihm frei gewesen war. Murphy war ein verdammt schräger Vogel.

»Heute geht es um Schuldgefühle«, setzte Professor McRae in diesem Moment an. »Wenn Sie später in Ihrem beruflichen Alltag mit dem Tod konfrontiert werden, sind Sie in der Theorie perfekt dafür ausgebildet. Trotzdem ist der Tod ein einschneidendes Erlebnis, das man selten einfach so wegsteckt, ganz gleich, wie lange man sich im Dienst befindet. Es ist von ungeheurem Wert, dass Sie in Ihrer beruflichen Funktion wissen, wie Sie mit Angehörigen der Verstorbenen umgehen. Nehmen wir ein theoretisches Beispiel: Sie stehen im Dienst einer Familie, in der jemand ums Leben kommt. Wie gehen Sie in dieser Situation mit den Angehörigen um?«

Auf den ersten Blick schien mir die Frage ein bisschen zu einfach. Aber ich beschloss, mich zurückzulehnen und zu schauen, in welche Richtung sich die Stunde entwickelte. Professor McRae sah sich in der Klasse um und nahm schließlich ein Mädchen aus der letzten Reihe dran, das sich gemeldet hatte.

»Würde ich der Ritterschaft angehören, würde ich der Familie zunächst mein Beileid aussprechen. Und dann würde ich Distanz wahren«, antwortete sie.

Professor McRae nickte. »Sehr gut, Ms Higgins. Aber wieso ist diese Distanz so wichtig?« Wieder blickte der Professor in der Klasse umher.

Auch ich sah mich um, und stellte fest, dass Murphy seinen Blick inzwischen auf den Block vor sich auf dem Tisch geheftet hatte. Er hatte die Stirn konzentriert gefurcht und wirkte mit einem Mal so, als würde er sich anstrengen wollen, um bloß nicht drangenommen zu werden.

»Angehörige suchen oft den Kontakt zu Todesbegabten, in der Hoffnung, eine Art Abschluss zu finden. Das sorgt aber häufig dafür, dass wir diejenigen sind, die zum Schuldigen gemacht werden. Das ist eine Art für sie, die Trauer zu verarbeiten.« Ich richtete meinen Blick überrascht nach vorn. Es war Dylan, der gesprochen hatte. Zwar konnte ich ihm nicht ins Gesicht sehen, aber seine Stimme klang leise und ernst.

Bei seinen Worten musste ich an Kenna denken.

Du machst es dir ganz schön leicht, weißt du? Langsam bekomme ich das Gefühl, du hättest es verhindern können. Vielleicht, wenn du ein bisschen schneller reagiert hättest, statt dir die Seele aus dem Leib zu schreien.

Allein daran zu denken, ließ mich ihre Worte wie eine erneute Ohrfeige spüren. Sie hatte in ihrer Trauer um sich geschlagen und damit dafür gesorgt, dass ich mich schuldig fühlte. Als wäre ich allein für Finns Tod verantwortlich. Als hätte ich alles anders machen sollen. Als hätte ich den größten Fehler meines Lebens begangen.

»Genau das ist das Problem.« Professor McRae fing an, vorn auf und ab zu schreiten. »Wenn Sie mit Vorwürfen konfrontiert werden, distanzieren Sie sich davon ganz klar. Diese Vorwürfe sind selten wirklich an Sie gerichtet. Sie sind bloß ein Teil der Trauer, die die Angehörigen nicht zu verarbeiten wissen. Seien Sie gewiss, dass kein Blut an Ihren Händen klebt. Und lassen Sie sich von niemandem jemals das Gefühl geben, dass dies anders ist.«

In meinem Bauch zog sich alles zusammen. Das, was der Professor dort sagte, war mir gar nicht auf diese Art bewusst gewesen. In gewisser Weise hatte ich mir die Schuld für Finns Tod gegeben. Und ich gab sie mir immer noch. Weil ich wünschte, ich hätte irgendetwas anders machen können. Weil ich mich fragte, ob ich mich vielleicht durch die Vision hätte kämpfen können. Und obwohl ich die Worte des Professors verstand, war ich mir immer noch nicht sicher, ob und wie ich dagegen hätte ankämpfen können. Aber als Professor McRae anfing, an der Tafel ein Fünf-Punkte-System aufzustellen, mit dem man mit der Trauer Angehöriger umgehen konnte, spürte ich, wie sich ein kleines Stück des Gewichts von meinen Schultern hob.

9

In der Trainingsarena der Akademie war ich bisher nur zu besonderen Anlässen gewesen, unter anderem bei den Turnieren der Kampfbegabten der jeweiligen Häuser. Beau hatte alle Kämpfe, die er für die Golden Leaves bestritten hatte, für sich entschieden, und Violet und ich hatten ihn jedes Mal von der Tribüne aus angefeuert. Niemals hätte ich gedacht, eines Tages ebenfalls an diesem Training teilnehmen zu müssen.

Ich folgte der Menge durch die dunklen Flure, vorbei an einigen Türen, bis wir bei den Umkleiden angekommen waren. Dort war ich mit einer Gruppe Mädchen im selben Raum, von der mich jedoch kein einziges richtig ansah. Ich bekam ein paar kurze, skeptische Blicke zugeworfen, wurde aber ansonsten in Ruhe gelassen. Ich versuchte weiter, mich an meinen Vorsätzen festzuklammern und zog mir meine Sportkleidung an, die aus einem hellblauen Set mit Leggings und einem passenden Top bestand. Dazu kombinierte ich meine cremefarbenen Sportschuhe, die ich sonst nur für mein Cardiotraining verwendete, und dann band ich mir das Haar zu einem hohen Zopf. Als ich mich umdrehte, stellte ich fest, dass die meisten meiner Mitschülerinnen bereits vorausgelaufen waren. Zügig folgte ich ihnen.

Ich durchquerte den Flur und lief in Richtung Halle. Genau wie alles andere an der Akademie war auch die Sporthalle riesig. Zu beiden Seiten gab es Zuschauerränge, die bis nach ganz oben reichten. Auch hier war die Decke gewölbt, wobei sie aus Glas bestand, was dafür sorgte, dass der gesamte Raum hell erleuchtet war. Die Halle war in verschiedene Bereiche eingeteilt. Es gab einen, der mit harten Matten ausgelegt war, wo Nahkampf trainiert wurde. In einem anderen Bereich befanden sich Trainingswaffen aller Art und weiter hinten an der Wand standen Dummys, an denen unterschiedliche Bewegungsfolgen geübt wurden, oder an denen auch Trainingswaffen zum Einsatz kamen.

In diesem Kurs gab es tatsächlich einige Leute, die ich kannte. Mein Magen machte einen Satz, als ich Beau und ein paar seiner Freunde weiter hinten in der Halle erkannte. Ich lief auf ihn zu, genau in dem Moment, als er sich zu mir drehte. Erst blinzelte er irritiert, dann breitete sich das vertraute Lächeln auf seinem Gesicht aus, das jedes Mal ein Kribbeln in meinem Magen weckte.

»Was machst du denn hier?«, fragte er und kam mir entgegen. Am liebsten hätte ich beide Arme um seinen Hals geschlungen und mein Gesicht an seiner Brust vergraben, einfach um eine kleine Pause von diesem Tag zu bekommen.

Stattdessen griff ich kurz nach seiner Hand und strich mit dem Daumen über seinen Handrücken. Als er seine Finger mit meinen verschränkte, durchflutete mich pure Erleichterung. Endlich etwas Vertrautes. Etwas, was mir nicht genommen worden war, bloß weil meine Magie erwacht war. Am liebsten hätte ich ihn vor allen Leuten geküsst, aber wir waren noch nie das Pärchen gewesen, das seine Zuneigung groß öffentlich zur Schau gestellt hatte. Dass ich ihn dazu bekommen hatte, mit mir bei Bällen zu tanzen, war für Beau schon das höchste der Gefühle gewesen, und das war für mich völlig okay, auch wenn mir in dieser Sekunde eine Umarmung echt gutgetan hätte.

»Neuer Stundenplan.«

»Komisch, oder?«, fragte Beau leise, während seine Freunde mich musterten. Es war merkwürdig, wie sie mich ansahen. Als wäre ich eine Fremde, dabei kannte ich Darragh, Orla und Ronan – genau wie Beau – eigentlich schon mein halbes Leben. Ich nickte ihnen kurz zu, woraufhin Darragh und Orla die Blicke abwandten und Ronans Gesicht jegliche Farbe verlor. Plötzlich war es, als lägen Steine in meinem Magen. Schnell wandte ich mich von ihnen ab.

»Ja«, murmelte ich. »Komisch.«

Beau drückte meine Hand kurz. »Das wird schon, Zoey.«

»Das bezweifle ich gerade. Meine Güte, wie viele Waffen liegen hier bitte rum?«, fragte ich mit Blick auf die Ständer voller Trainingswaffen, während Beau gluckste.

Ich betrachtete die Trainingsstäbe und -schwerter aus Holz und Kunststoff, die schon einige Macken und Kratzer aufwiesen und aussahen, als wären sie bei unzähligen Übungskämpfen zum Einsatz gekommen. Es gab auch ein paar abgeschlossene Vitrinen, auf die nur das Personal Zugriff hatte. Darin erkannte ich Sichelklingen, Lanzen, Schwerter aus Edelmetall und einige kleinere Waffen, wie mit keltischen Knoten verzierte Athames, neben denen verschieden geprägte Scheiden auslagen. Diese Waffen wurden in der Schmiede der Akademie von den Nachfahren des Handwerks hergestellt und von den Bronze Wolves magisch verstärkt. Sie wurden nie im Unterricht verwendet, dafür aber bei den Turnieren, bei denen die kampfbegabten Schüler der Häuser gegeneinander antraten. Einige Waffen trugen das Emblem der Silver Ravens, andere wiederum zeigten einen Wolf mit gefletschten Zähnen oder auch die knorrigen Äste einer uralten Eiche – das Symbol der Golden Leaves.

Alles in diesem Raum machte den Eindruck auf mich, als

wäre es nur dazu da, um anderen wehzutun. Ich dagegen war mental noch immer an dem Ort, an dem ich eher überlegte, wie man Verletzungen, die mit diesen Waffen zugefügt wurden, mithilfe von Magie heilen konnte und welche Art von Zauber und Kräuter dafür nötig waren.

Plötzlich spürte ich eine Berührung an meinem Kopf. Ich wandte mich zu Beau, der sanft über mein Haar strich und mir ein aufmunterndes Lächeln schenkte.

»Wer weiß? Vielleicht findet deine Mum noch einen Weg, das Ganze wieder geradezurücken. Und wenn nicht, trainierst du eben so lange, bis du mich auf die Matte wirfst.«

Ein schmales Lächeln stahl sich auf meine Lippen. »Wir wissen beide, dass ich dich niemals auf die Matte werfen kann, du Sohn Lughs. Du hast ungefähr hundert Jahre Vorsprung. So wie alle hier.«

Beau schüttelte kaum merklich den Kopf. Dann stellte er sich direkt vor mich, bis ich den Kopf in den Nacken legen musste, um ihm in die blauen Augen zu sehen.

»Das wird schon«, sagte er langsam und eindringlich. Da lag eine unerschütterliche Zuversicht in seinen Worten. Sie schenkte mir Ruhe, die sich über meine blanken Nerven legte und diese besänftigte.

Ich wollte mich gerade bei ihm bedanken, doch Beau wandte sich von mir ab, als die Türen zur Halle aufgingen und unsere beiden Lehrkräfte den Raum betraten.

Professorin Chen hatte ihr braunes Haar in einen kurzen Zopf zurückgebunden und war in eine schwarze Kampfmontur gekleidet. Während sie grimmig wie eh und je dreinblickte, lächelte uns Professorin Mulligan schmal an, was sie allerdings nicht weniger knallhart wirken ließ. Sie war eine große, breitschultrige Frau mit kurzen hellblonden Haaren, die mehr Narben auf den Armen hatte, als man an beiden Händen zählen konnte. Professorin Mulligan war an die fünfzig und genau wie Beau stammte sie der Blutlinie Lughs ab. Einst hatte sie den Rittern der Danu angehört. Sie waren die Leibgarde der Ratsfamilien, schützten den Rat und waren seit jeher für uns in den Krieg gezogen. Mulligan war eine ihrer Obersten gewesen, bis sie in einem Kampf eine schwere Beinverletzung davongetragen hatte, die auch heute noch dafür sorgte, dass sie hinkte. Doch von Beau und auch von den Übungskämpfen, bei denen ich zugesehen hatte, wusste ich, dass sie immer noch eine begnadete Kämpferin war.

Professorin Chen schob die Finger zwischen die Lippen und stieß einen scharfen Pfiff aus. Sofort trennte sich die große Gruppe an Schülern. Schweren Herzens erkannte ich, dass die Mitglieder der Silver Ravens und auch einige der Bronze Wolves sich in den linken Bereich der Halle begaben, während sich die meisten Mitglieder der Golden Leaves auf der anderen Seite um Professorin Mulligan herum sammelten. Beau warf mir noch einen Blick zu und lief dann seinen Freunden hinterher, während ich in der Mitte der Halle stehen blieb und eine Sekunde lang nicht wusste, wo ich hingehörte.

»Kommen Sie, Ms King«, erklang da die klare Stimme Professorin Chens, und ich sah zu, dass ich in ihre Hälfte der Halle lief.

Als ich mich umsah, stellte ich fest, dass nahezu alle meiner Mitschüler schwarze, schlichte Trainingskleidung trugen. Ich stach mit meinem hellblauen Set heraus wie ein Paradiesvogel und fragte mich, ob man als Mitglied der Silver Ravens gleichzeitig auch plötzlich die Vorliebe für jegliche Farbe verlor. Nur weil man zu den Todeswesen gehörte, bedeutete das doch nicht, dass man auch wie eines aussehen musste … oder?

Ich blickte reihum und entdeckte Murphy wenige Meter von mir entfernt. Er hatte die sommersprossigen Arme vor der

Brust verschränkt und sah Professorin Chen an, als würde er nur auf ihre Anweisungen warten. Andere Schüler dagegen unterhielten sich flüsternd, wobei ich wieder das Gefühl hatte, ein Gesprächsthema zu sein, denn als ich zu den Leuten sah, pressten sie die Lippen aufeinander und schwiegen plötzlich. Auch Kenna entdeckte ich. Sie schien sich hinter einer Reihe von Schülern zu verstecken und irritiert beobachtete ich sie.

Als hätte sie meine Augen auf sich gespürt, sah sie zu mir. Sofort spannte sie sich so sehr an, dass ihre Schultern ein ganzes Stück nach oben wanderten, und senkte schnell den Blick zu Boden. In meinem Mund wurde es ganz trocken, und ich war froh, als Professorin Chen das Wort ergriff.

»Wir fahren in den besprochenen Gruppen fort. Nahkampfübungen bei den Matten, Waffentraining bei den Dummys und Bewegungsfolgen dort drüben.« Sie deutete auf das linke Ende der Halle. »Der nächste Übungskampf der Häuser steht an. Ich würde den Sieg gern auf unserer Seite sehen, deshalb halten Sie sich an den vorliegenden Trainingsplan. Wir fahren fort mit den Übungen der letzten Woche, ich werde jedem Paar individuell helfen. Wenn Sie Fragen haben, wenden Sie sich an mich. Und wer Interesse daran hat, kann sich für Extratraining in der Liste eintragen lassen, auch dafür kommen Sie zu mir.«

Sofort erhob Murphy die Hand. »Ich möchte Extratraining.«

Ein blasser Junge mit schwarzen Haaren direkt neben ihm tat es ihm nach. »Ich auch.«

Professorin Chen nickte. »Kommen Sie gleich zu mir, dann schauen wir, welche Blöcke nach dem Unterricht noch frei sind.«

»Geht klar«, sagte der Typ neben Murphy.

Auch Murphy nickte und verschränkte die Arme wieder vor der Brust. In seiner Selbstbeherrschung wirkte er jetzt irgendwie komplett anders als vorhin. Sein Blick war ernst und zielsicher und der ganze Schalk schien aus seinen Augen verschwunden zu sein. Als ich die Reihe an Schülern weiter überblickte, entdeckte ich auch Dylan. Wieder waren seine Wangen leicht gerötet und sein Haar durcheinander, und unwillkürlich fragte ich mich, ob er zu dieser Unterrichtseinheit auch zu spät gekommen war, weil er irgendetwas nicht ganz Legales für einen Mitschüler besorgt hatte. Er trug ebenfalls schwarze Trainingskleidung und fügte sich damit perfekt ins Bild der anderen. Nur dass in sein Gesicht keine Vorfreude geschrieben stand. Eher im Gegenteil. Er sah aus, als wäre er überall lieber als hier. Ich fragte mich, was es damit auf sich hatte.

»Finden Sie sich in Ihren Pärchen zusammen. Ms King, Sie kommen kurz zu mir«, sagte Professorin Chen in diesem Moment und ich versteifte mich. Die große Gruppe zerstreute sich, Schüler taten sich zusammen und liefen in alle Richtungen davon. Ich ging unterdessen zu der Hausherrin der Silver Ravens und wappnete mich für alles – insbesondere ihre klare Abneigung.

»Wie haben Sie es überstanden?«, fragte sie mich und sah mir prüfend ins Gesicht.

Kurz wusste ich nicht, was sie meinte. »Den Schultag, meinen Sie? Ganz gut bisher.«

»Ich meinte eher die Ereignisse der letzten Tage. Den Tod von Finn Thompson. Das Erwachen Ihrer Magie«, sagte die Professorin, ohne eine Miene zu verziehen.

Ihre Worte ließen alles in meinem Magen zusammenziehen. Ich wich ihrem Blick aus und senkte ihn auf meine Sportschuhe, weil ich nicht wusste, was ich auf diese unverblümte Frage antworten sollte. Ich räusperte mich und erinnerte mich erneut daran, Haltung zu wahren. Etwas anderes kam nicht infrage. Ich stellte mir vor, was meine Mutter in dieser Sekunde getan hätte. Das Letzte wäre gewesen, dem Blick der Professorin auszuweichen. Also sah ich sofort wieder hoch in ihre dunklen Augen.

»Alles bestens«, log ich.

Die Professorin musterte mich ein paar weitere Sekunden lang eingehend, und ich hoffte, dass sie mir das abkaufte.

»Gut.« Schließlich nickte sie langsam. »Können Sie mir sagen, welche Erfahrungen Sie bisher in Verteidigung sammeln konnten?«

Kurz dachte ich nach, doch es hatte keinen Sinn, meine mickrigen Kenntnisse zu beschönigen. »Leider habe ich im Nahkampf oder auch mit Waffen keinerlei Erfahrung. Ich kann Ihnen erklären, wie die Erstversorgung abläuft, sollte irgendjemand in dieser Klasse schwer verletzt werden.«

»Bedeutet, Sie kennen sich mit Waffen aus?«, hakte sie weiter nach.

»Zwar kann ich nicht mit ihnen kämpfen, aber ich weiß, wie welche Waffe eingesetzt wird, um den größtmöglichen Schaden anzurichten.«

Die Professorin nickte nachdenklich und ließ ihren Blick über die Vitrinen und die darin ausgelegten Waffen wandern. »Das ist ein Anfang, Theorie allein wird Ihnen jedoch nicht weiterhelfen. Ab sofort ist es wichtig für Sie, zu lernen, wie Sie sich in der Praxis verteidigen.«

Wieder wurde ich schmerzhaft daran erinnert, dass ich völlig falsch ausgebildet worden war. Ganz gleich, was Rektorin Baskerville mir gesagt hatte – ich kannte niemanden, der in meinem Alter eine komplett gegenteilige Magie entwickelt hatte. Ich wollte mich nicht einschüchtern lassen, doch es kostete mich große Kraft, positiv zu bleiben.

»Todesbegabte werden meist in den gehobenen Dienst gestellt. Aber selbst wenn man sich gegen eine solche Position entscheiden sollte, ist es wichtig, sich im Notfall verteidigen zu können. Mit einer Gabe, wie Sie sie haben, und der Familie, in die Sie hineingeboren wurden, stellen Sie nun eine höhere Priorität dar. Sowohl beruflich als auch Feinden gegenüber.«

Anscheinend hatte sie mir meinen Missmut angesehen. Bei ihren Worten wurde mir ganz kalt. Nicht dass es schon genügte, mich mit dieser Magie herumzuschlagen – jetzt hatte ich auch noch eine doppelte Zielscheibe auf meinem Rücken kleben.

Die Attentate, die von Feinden der Sidhe bereits auf meine Familie verübt worden waren, reichten mir schon. Ich war mit dem Wissen groß geworden, dass wir jederzeit angegriffen werden konnten. Von anderen Sidhe, die sich gegen den Rat stellten. Von uralten Feinden der Tuatha De Danann, die immer wieder versuchten, die Macht der Sidhe zu schwächen. Von Leuten, die es dem Rat übel nahmen, dass sie die Geheimnisse von Tír na nÓg – der keltischen Anderwelt – wahrten. Aber ich war von Kindesbeinen an beschützt worden. Hatte stets Personal gehabt, das ein wachsames Auge auf mich und meine Umgebung gehabt hatte. Darüber hatte ich mir nie Gedanken machen müssen. Ich war behütet aufgewachsen, und diese schützende Festung, in der ich mich siebzehn Jahre lang befunden hatte, bröckelte bei Professorin Chens Worten noch ein Stückchen mehr.

»Sie werden lernen, Ihre Magie zu beherrschen, Ms King. Zwar sind Sie durch das fehlende Training im Nachteil, aber wenn Sie sich anstrengen, können Sie hier eine Menge lernen. Es ist wichtig, dass Sie sich nicht mehr auf andere Leute verlassen, wenn es um Ihren Schutz oder den derer geht, die Ihnen am Herzen liegen«, sagte die Professorin, als hätte sie erneut meine Gedanken gelesen.

Ich dachte an meine Geschwister. An meine Mutter. Daran, wie mein Vater gestorben war. Dass diese Fähigkeit es noch schwieriger für mich machen würde, mein Leben noch gefährlicher, war mir überhaupt nicht in den Sinn gekommen. Ich würgte den Kloß in meinem Hals hinunter und straffte die Schultern. Ich hatte schon einige Verletzungen verarztet und bei ungefähr jedem von Beaus Kämpfen zugesehen. In der Theorie wusste ich eine Menge, und vielleicht konnte mir das auch in der Praxis weiterhelfen.

»Okay. Womit fangen wir an?«, fragte ich.

Zum ersten Mal zeigte sich eine Regung im starren Blick der Professorin. Etwas blitzte kurz darin auf, jedoch konnte ich nicht genau den Finger darauf legen, was es war.

»Wir beginnen mit dem Nahkampf.« Sie nickte in Richtung der Matten, wo bereits einige Schüler Stellung bezogen hatten. »Kommen Sie.«

Ich folgte ihr, bis wir bei den anderen Trainierenden ankamen. Insgesamt befanden sich dort vier Paare, und sie alle standen einander gegenüber und übten schnelle Bewegungsfolgen auf den Matten. Sie schlugen nach vorn, machten einen flachen Hieb mit der Handkante, vollführten Bewegungsmanöver in einer präzisen Schrittfolge. Das Ganze wirkte kontrolliert und nicht so barbarisch, wie ich es mir eben bei meinem Gespräch mit Beau ausgemalt hatte. Fasziniert sah ich zwei Mädchen zu, die sich in tänzelnden Schritten in die eine, dann in die andere Richtung bewegten und dabei ihren gegenseitigen Schlägen auswichen, bis die eine Schülerin die Handkante an die Kehle ihrer Gegnerin gelegt hatte und diese sich mit erhobenen Händen ergab. Ich war versucht, zu applaudieren, hielt mich aber gerade noch so zurück.

Bis auf eine Person sagte mir hier niemand etwas. Einzig meine neue Mitbewohnerin Kenna war mir bekannt, die weiter hinten auf der Matte stand, ihr gegenüber ein hoch gewachsener Junge, der sie mit großen Augen anstarrte.

Professorin Chen ging kurz zu einem der Mädchen, die ich gerade beim Kampf beobachtet hatte. Sie trug ihr braunes Haar in einem Pixiecut, war klein und zierlich, aber ihre freigelegten Arme und Schultern wiesen definierte Muskeln auf, die man keinesfalls unterschätzen sollte. Wenig später kehrte Professorin Chen mit dem Mädchen zu mir zurück. Ich nickte ihr zu, wobei mir ihr fein geschnittenes Gesicht vage vertraut vorkam. Allerdings konnte ich nicht genau sagen, woher.

»Ms King, das hier ist Georgina Donovan. Sie beide haben in etwa dieselbe Größe, was für den Anfang gar nicht schlecht ist. Ms Donovan ist eine der besten Schülerinnen im Nahkampf und kann Ihnen ein paar grundlegende Bewegungsfolgen zeigen, während ich eine Runde drehe und die anderen Schüler instruiere.«

Ich war froh, dass es diesmal ein Mädchen war, und nicht etwa Dylan, der mir Nachhilfe in Verteidigung geben musste. Allerdings verflog meine Erleichterung, als Professorin Chen kehrtmachte, zu einer anderen Gruppe von Schülern ging und ich zurück zu Georgina sah. Die Freundlichkeit, die eben noch in ihrem Gesicht gestanden hatte, war verschwunden. Ein Lächeln war an ihren Platz getreten, in dem jedoch keinerlei Wohlwollen zu erkennen war.

»Zoey King«, sagte sie und legte den Kopf leicht auf die Seite. »Schön, dich wiederzusehen.«

Wieder fragte ich mich, woher mir ihr Gesicht so bekannt vorkam. Leider kam ich nicht drauf. »Kennen wir uns?«

Anscheinend hatte ich die falsche Frage gestellt, denn Georgina schüttelte den Kopf und ihr Lächeln wurde breiter. »Irgendwie lustig, findest du nicht auch, Leanne?«

Das Mädchen, mit dem sie eben noch gekämpft hatte, nickte und sah mich mit demselben schmalen Lächeln an wie Georgina. Mit einem Mal wurde ich mir der Stille bewusst. Die anderen Paare hatten aufgehört mit ihren Übungen und blickten zu uns rüber.

»Natürlich erinnert sich die Prinzessin nicht an uns«, sagte Leanne indes. »Wahrscheinlich tut sie das nur bei Leuten, die sie nicht wie Fußabtreter behandelt.«

Ich grub in meinem Kopf nach irgendeiner Erinnerung, die mir Hinweise lieferte, woher ich diese beiden Mädchen kannte, denn ich konnte mich beim besten Willen nicht daran erinnern. Hatte ich sie vielleicht mal auf einer Party an der Akademie getroffen? Waren sie Bekannte von Beau oder Violet?

»Ihr sollt ihr die Bewegungsfolgen zeigen«, warf einer der Jungen ein, der ebenfalls mit seinen Übungen aufgehört hatte und zu uns sah.

»Halt die Klappe«, fuhr Georgina ihn an. »War ja klar, dass du für sie in die Bresche springst. Das hat bisher jeder an dieser Akademie gemacht. Aber diese Zeiten sind endlich vorbei. Dass du eine Ratsprinzessin bist, wird dir auch nichts mehr bringen, Banshee.«

Sie spuckte das letzte Wort förmlich aus, und von ihren Lippen klang es wie ein Schimpfwort. Ein unangenehmes Kribbeln machte sich in meinem Nacken breit, als Georgina anfing, mich langsam zu umkreisen. Mit einem Mal kam ich mir vor wie Beute auf einem Präsentierteller. Ich fragte mich, was sie vorhatte. In dieser Halle befanden sich unzählige Schüler und außerdem zwei Professoren, sie konnte schlecht auf mich losgehen.

»Ich habe echt keine Ahnung, wo wir uns schon mal getroffen haben, aber es ist offensichtlich, dass ich keinen guten Eindruck hinterlassen habe.«

»Du hast tatsächlich einen ziemlich beschissenen Eindruck hinterlassen«, fauchte Georgina. »Damals, als wir uns für das Misswahl-Komitee beworben haben und du und deine dämliche Freundin euch in aller Öffentlichkeit über uns lustig gemacht habt, weil wir nicht aus Ratsfamilien stammen.«

Stirnrunzelnd sah ich sie an – und dann fiel es mir wie Schuppen von den Augen.

Georgina Donovan hatte sich im selben Jahr für die Wahl zur Miss Everfall beworben wie Violet und ich. Nur dass wir uns seit Jahren darauf vorbereitet hatten und Georgina – zusammen mit einer Handvoll ihrer Freundinnen – reichlich spontan auf die Idee gekommen war, sich ebenfalls zu bewerben.

»Ich habe mich nicht über dich lustig gemacht«, widersprach ich.

»Ach nein? Hat sich aber ziemlich danach angehört, als ihr über uns gelacht habt.« Wieder setzte sie ihre Umkreisung fort, wobei sich das unheilvolle Kribbeln in meinem Nacken verstärkte.

Ich spürte, wie Hitze in meine Wangen schoss. »Wir haben gelacht, weil es absolut unverständlich für uns war, wie man spontan auf die Idee kommt, sich bei einem Wettbewerb anzumelden, für den andere seit Jahren trainieren.«

»Seit Jahren trainieren ist ein gutes Stichwort«, war das Einzige, was sie erwiderte. Im nächsten Moment schoss sie vor und versetzte mir einen Hieb mit der Hand, genau in die Rippen. Ich stöhnte vor Schmerz auf und taumelte einen Schritt zurück.

»Sag mal, spinnst du?«, zischte ich, doch sie sah mich unschuldig an.

»Was denn? Ich zeige dir nur Bewegungsfolgen im Nahkampf, wie Professorin Chen es mir befohlen hat.« Wieder machte sie einen Satz auf mich zu und ihre Hand schoss wie aus dem Nichts vor, nur dass ich es diesmal knapp schaffte, auszuweichen.

Das Mädchen war wahnsinnig. Ganz eindeutig.

»Ich kann nichts für die Anforderungen der Misswahl«, knurrte ich, als sie noch einen Schritt auf mich zumachte. Ich wich weiter zurück, wobei ich von der Matte rutschte, stolperte und mit einem Mal das Linoleum der Halle unter meinen Schuhen spürte.

»Natürlich nicht. Genauso wenig, wie du etwas dafür kannst, dass sich das gesamte Komitee über uns lustig gemacht hat und wir das Jahr über das Gespött bei den Golden Leaves waren.« Wut blitzte in Georginas Augen, als sie mir weiter hinterherkam.

Ja, Violet und ich – und die restlichen Anwärterinnen – hatten uns über die Naivität der anderen Bewerberinnen amüsiert. Aber verletzen hatte ich damit niemanden wollen.

»Tut mir leid, was geschehen ist, Georgina. Ehrlich«, brachte ich zwischen zwei abgehackten Atemzügen hervor, als das Mädchen erneut nach mir ausholte. Ich wich nach links aus, dann nach rechts, und meine gehetzten Schritte hatten nichts mit der Anmut gemein, die meine Gegenüber oder die restlichen Schüler auf den Matten an den Tag gelegt hatten.

Plötzlich machte sie einen Satz nach vorn und sprang mit einer Wucht gegen mich, die dafür sorgte, dass ich das Gleichgewicht verlor. Mein Kopf prallte auf dem harten Boden auf und einen Moment lang tanzten schwarze Punkte vor meinen Augen. Ich blinzelte mehrmals, und als sich die Welt wieder materialisierte, erkannte ich, wie Georgina mit siegessicherem Blick über mir kauerte. Sie beugte sich näher, bis ihr Atem meine Schläfe streifte.

»Deine Entschuldigung kommt zu spät, Prinzessin«, wisperte sie. »Und es scheint mir, als würden auch die Götter das so sehen. Dass sie dich verflucht haben, passt mir sehr gut. Jetzt ist es wie damals – nur, dass du diesmal diejenige bist, die im Nachteil ist und über die alle lästern. Fühlt sich toll an, oder?«

Als ihre Faust diesmal hervorschoss, schaffte ich es nicht, auszuweichen. Etwas knackte laut und ein gleißender Schmerz schoss durch mein Gesicht. Warme Flüssigkeit rann mir über die Wangen, bis sich der metallische Geschmack von Blut in meinem Mund ausbreitete. Eine Weile rang ich mit mir, versuchte, mich zu bewegen, aber bekam es nicht hin. Mein Sichtfeld schwärzte sich, doch ich weigerte mich, den Kampf aufzugeben. Ich hatte Mühe, mich zu fokussieren, und es wurde immer dunkler, ohne dass ich etwas dagegen tun konnte. Schließlich kam ich nicht mehr gegen die Dunkelheit an und sie zog mich in die Tiefe.

10

Es war das zweite Mal innerhalb einer Woche, dass ich auf der Krankenstation der Akademie wach wurde. Ich blinzelte ein paarmal und erkannte das Gemäuer über mir, genau wie die weiß bezogenen Betten neben mir. Diesmal waren meine Gedanken jedoch ganz klar und ich hatte keine Schwierigkeiten, mich an das zu erinnern, was geschehen war. Wahrscheinlich lag das an dem heißen, pochenden Schmerz, der in meinem Gesicht zu spüren war. Ich wollte gerade die Hand heben, um das Ausmaß der Verletzung zu ertasten, als Stimmengewirr erklang. Als am Türknauf gedreht wurde, schloss ich die Augen wieder und tat, als wäre ich noch immer bewusstlos. Mehrere Leute betraten den Krankensaal und die Tür fiel hinter ihnen zu.

»Was habt ihr euch nur dabei gedacht, sie in den Kampfunterricht zu schicken?«

Diese Stimme hätte ich überall auf der Welt erkannt. Sofort ermahnte ich mich dazu, still liegen zu bleiben, dabei aber bloß nicht das Atmen zu vergessen. Niemand sollte denken, dass ich in der Zwischenzeit nicht mehr unter den Lebenden weilte.

»Zoey hat den Stundenplan bekommen, der für ihre Fähigkeiten vorgeschrieben ist«, ertönte eine zweite Stimme, die weitaus ruhiger sprach. Rektorin Baskerville.

»Ich kann nur noch mal betonen, für wie unangemessen ich diesen Verlauf der Dinge halte«, sagte meine Mutter eisig.

»Es geht aber nun einmal nicht um dich, Calliope«, warf eine dritte Person ein – Heiler Sheehan.

»Was meine Tochter anbelangt, hast du dich nicht einzumischen.« Autsch. Das hatte gesessen. Bevor der Heiler noch etwas erwidern konnte, sprach sie weiter. »Zoey wird früher oder später in den Rat eintreten und meinen Platz einnehmen. Wir können es uns nicht erlauben, ihre Stellung jetzt auf diese Weise zu gefährden. Ich möchte, dass sie ab sofort wieder ihrem alten Stundenplan nachgeht.«

Rektorin Baskerville seufzte leise. »Ich verstehe deinen Unmut, Calliope. Wirklich. Aber ich muss auch meiner Pflicht als Rektorin dieser Akademie nachkommen. Wenn wir Zoey nicht richtig ausbilden, wird ihre Magie stärker und unkontrollierter werden. Ihr Wohlergehen und das der anderen Schüler sollte in dieser Situation an oberster Stelle stehen. Nicht das Wohl des Rats.«

»Versuch doch wenigstens, einen Mittelweg zu finden, Lorna. Du kannst sie nicht einfach aus ihrem Leben reißen, ins kalte Wasser schmeißen und hinnehmen, dass so ein Vorfall wie heute noch einmal geschieht. Ich bin nicht hierhergekommen, um meine Tochter mit gebrochener Nase in der Krankenstation wiederzufinden«, sagte Mum aufgebracht.

Es kostet mich große Mühe, nicht panisch an meine Nase zu greifen. Die verrückte Georgina Donovan hatte mir also tatsächlich die Nase gebrochen. Zwar war ich damals nicht besonders nett zu ihr gewesen, aber das rechtfertigte ihre Racheaktion trotzdem nicht.

»Was heute geschehen ist, darf nicht noch einmal passieren, das sehe ich auch so. Doch du kannst nicht leugnen, dass Zoey ab sofort trainieren muss. Sie muss lernen, sich zu verteidigen.«

»Muss sie nicht, dafür haben wir Ritter der Danu in unserem Haus stationiert«, gab meine Mutter entschieden zurück.

»Selbst wenn sie nicht meine heilenden Kräfte geerbt hat – sie sollte sich weiterhin vertraut machen mit der Geschichte der Danu. Sie sollte die Hierarchien verstehen, die Prozesse des Rats und was es bedeutet, als Emissärin Aufträge anzunehmen und durchzuführen. Bei den Silver Ravens hat sie nun ganz andere Schwerpunkte, die bringen ihr nichts für diese Karriere! Sie sollte darauf vorbereitet werden, die Geheimnisse der Anderwelt zu wahren und zu schützen. Sie muss …«

»Sollte Zoey nicht selbst bestimmen, was sie möchte?«, warf Heiler Sheehan hinein. Ich rechnete es ihm hoch an, dass er meiner Mutter tatsächlich ins Wort fiel. Das traute sich nicht jeder.

»Jeder weiß, dass du gegen deine Familie rebelliert hast und dich erfolgreich damit durchsetzen konntest, Alexander. Aber nicht jeder von uns kann sich diesen Luxus erlauben. Und wenn wir schon beim Thema freie Entscheidungen sind – ich bin mir sicher, Zoey wollte nicht blutüberströmt in deine Obhut übergeben werden.« Meine Mutter sprach beinahe tödlich ruhig, und jeder andere hätte sich bei diesem Tonfall vermutlich in die Hose gemacht. Heiler Sheehan hüstelte allerdings nur, was in meinen Ohren fast nach einem unterdrückten Lachen klang.

Ich hatte keine Ahnung gehabt, wie der Heiler mit Vornamen hieß. Es war merkwürdig, wie vertraut und gleichzeitig mit wie viel Abneigung die beiden miteinander sprachen. Ich hatte immer gedacht, meine Mutter und Heiler Sheehan konnten einander nicht ausstehen, weil sie von verfeindeten Blutlinien abstammten. Jetzt kam es mir vor, als wäre da noch mehr.

»Konzentrieren wir uns auf die Fakten«, sagte Rektorin Baskerville mit ihrer ruhigen Stimme. »Das war Zoeys erster Schultag mit dem angepassten Stundenplan. Es wird eine Zeit brauchen, bis sie sich an die neuen Gegebenheiten gewöhnt hat. Bis dahin werden wir alles in unserer Macht Stehende tun, um ihr den Wechsel so angenehm wie möglich zu gestalten. Wir haben ihr einen Mentor an die Seite gestellt, der sie täglich unterstützt.«

Bei ihrem letzten Satz hätte ich beinahe laut gelacht, konnte mich jedoch gerade so zurückhalten. Die Art, wie Dylan mir die Bücher geradezu hingeworfen hatte und anschließend verschwunden war, war so ziemlich das Gegenteil von dem, was ich unter hilfreich verstand. Aber gut.

»Auch Professorin Chen hat ein wachsames Auge auf Zoey und ihre Entwicklung. So ein Vorfall wie heute wird nicht noch mal vorkommen. Die verantwortliche Schülerin wird außerdem zur Rechenschaft gezogen und eine Strafarbeit aufgetragen bekommen. Die Situation ist nicht einfach, aber ich bin mir sicher, dass wir das mit ein bisschen Zeit hinbekommen werden. Und nur, weil die Banshee-Magie in ihr erwacht ist, bedeutet das nicht, dass das Zoeys Zukunft und ihre Stellung im Rat in irgendeiner Weise gefährdet.«

»Es hat noch nie eine Banshee im Rat der Danu gegeben. Dafür sind sie nicht gemacht, und das weißt du genau. Wir müssen uns auf diese neue Situation einstellen.«

Daraufhin schwieg die Rektorin. Nach einigen Sekunden konnte ich Schritte näher kommen hören. Im nächsten Moment spürte ich eine sanfte Berührung an meiner Schläfe. Mum strich mir übers Haar und flüsterte ein paar Worte, die ich nicht verstand. Ihre Stimme wandelte sich in den leisen Singsang, der mir seit meiner Kindheit vertraut war, und eine Wärme ging von ihrer Hand aus, die tief in meine Haut drang und sich langsam in mir ausbreitete. Der pochende Schmerz in meinem Gesicht nahm nach und nach ab, bis nur noch ein leichtes Jucken auf meiner Nase spürbar war. Ich atmete erleichtert aus. Die heilende Magie klang allmählich ab.

»Ich habe mir das hier nicht für sie gewünscht«, flüsterte Mum.

»Niemand würde sich für sein Kind wünschen, dass es ständig mit dem Tod konfrontiert wird.« Auch die Stimme der Rektorin war näher gekommen. »Aber ich fürchte, du wirst nichts an dieser Situation ändern können.«

»Ich wünschte, das Ganze wäre einfach nie passiert.« Mit einem Mal fühlte sich die Berührung an meinem Kopf kalt an. Als schien meine Mutter das ebenfalls zu spüren, zog sie die Hand weg. Ihre Schritte entfernten sich von meinem Bett.

»Willst du nicht bleiben, bis sie aufgewacht ist?«, fragte Rektorin Baskerville.

»Ich kann nicht.« Meine Mutter räusperte sich. »Ich muss noch eine dringende Angelegenheit im Auftrag des Rats erledigen.«

»In Ordnung. Ich begleite dich hinaus.« Die Schritte der Rektorin und meiner Mutter entfernten sich, bis ich hören konnte, wie die Tür knarrend aufgezogen wurde. Wenig später fiel sie ins Schloss.

Die Stille klang beinahe unnatürlich laut in meinen Ohren. Die Kälte, die die Worte meiner Mutter hinterlassen hatten, breitete sich weiter in mir aus.

Ich wünschte, das Ganze wäre einfach nie passiert, echote ihre Stimme in mir.

Sie war gegangen. Sie hatte nicht einmal gewartet, bis ich mich wieder gut genug fühlte, um mit ihr zu reden.

Mein Herz pochte dumpf in meiner Brust. Obwohl der Schmerz in meinem Gesicht abgeflaut war, trat nun ein völlig anderer an seine Stelle, der alles in mir zu Eis gefrieren ließ. Ein Zittern erfasste mich, aber ich konzentrierte mich darauf, es nicht zu zeigen.

»Sie sind weg«, erklang Heiler Sheehans Stimme.

Ich fühlte mich merkwürdig ertappt. Träge blinzelte ich ins Licht, wobei die Decke über mir zu verschwimmen schien. Noch immer geisterten die Worte meiner Mutter in meinen Gedanken, als Heiler Sheehan neben mich ans Bett trat. Die gewohnte Härte lag in seinen Augen, als er mich ansah. Ich wich seinem Blick aus und umklammerte stattdessen die Decke, die man über mir ausgebreitet hatte. Genau wie beim letzten Mal, als ich hier gewesen war, versuchte ich, Haltung zu wahren.

»Ich sehe mir deine Nase noch einmal an, in Ordnung?«, fragte der Heiler und ich rang mir ein Nicken ab. Wenig später betastete er mein Gesicht mit kühlen Fingern. Dort, wo zuvor noch gleißender Schmerz gewesen war, war jetzt nichts mehr zu spüren. »Tut das weh?«, wollte Sheehan wissen und drückte auf meinen Nasenwurzelknochen. Wäre der Knochen noch gebrochen, wäre ich vermutlich an die Decke gegangen. Jedoch fühlte es sich bloß an, als hätte ich einen kleinen Bluterguss an der Stelle, also schüttelte ich den Kopf.

»Deine Mutter hat erstklassige Arbeit geleistet«, fuhr er fort und zog sich zurück. Allerdings blieb er neben meinem Bett stehen, und ich spürte seinen Blick schwer auf mir liegen. Ich konnte mich nicht noch einmal dazu bewegen, ihn anzusehen, denn ich fühlte mich gerade nicht mehr in der Lage, die Maske aus professioneller Distanz aufzusetzen, die meine Mum mir stets eingebläut hatte. Stattdessen senkte ich den Blick auf die Bettwäsche und bemerkte dort einige Tropfen verschmierten Blutes. Als ich an mir hinabsah, erkannte ich, dass mein hellblaues Set ruiniert war. Unzählige Flecken prangten darauf, die inzwischen getrocknet waren, und ich bezweifelte, dass ich den Stoff würde retten können.

Ich hielt es keine Sekunde länger in der Krankenstation aus. Nicht, wenn Heiler Sheehan derart persönliche Details über mich und meine Laufbahn erfahren hatte. Und schon gar nicht, wenn er genau wusste, was für eine Enttäuschung meine Magie für meine Mutter darstellte. Also setzte ich mich auf und kämpfte gegen die Übelkeit an, die dabei in mir aufstieg.

»Was haben Sie vor, Zoey?«, fragte Heiler Sheehan scharf.

»Ich gehe wieder zur Trainingshalle. Ich muss meine Sachen dort abholen.« Ich erhob mich vom Bett, wobei der Heiler neben mir die Arme ausstreckte, als fürchtete er, ich würde jeden Moment zusammenklappen. Als ich ihm einen Blick zuwarf, zog er die Arme zurück.

»Ihre Sachen wurden bereits hergebracht«, sagte er und deutete auf den Stuhl, der neben dem Bett stand. Dort lag mein Rucksack, wobei die Kleidung, die ich vor Verteidigung getragen hatte, oben herauslugte, weil jemand sie hineingestopft hatte. Schnell nahm ich den Rucksack, zog den Reißverschluss zu und hängte mir ihn um. Dann wandte ich mich an den Heiler, wobei ich das Kinn reckte.

»Danke für Ihre Hilfe, Heiler Sheehan«, sagte ich so würdevoll wie nur möglich. Der Heiler nickte mir zu, und ich wartete nicht ab, ob er noch etwas erwiderte, und machte auf dem Absatz kehrt. So schnell mich meine wackeligen Beine trugen, durchquerte ich die Krankenstation in Richtung Ausgang. Als ich bei der Tür angekommen war, meinte ich, den Heiler noch etwas wie »Ganz die Mutter« murmeln zu hören.

Es war das erste Mal, dass mir diese Worte nicht wie ein Kompliment vorkamen.

Es war die reinste Demütigung, mit vollgebluteten Klamotten und derart ramponiert den kompletten Campus überqueren zu müssen. Es liefen unzählige Schüler über den Innenhof, die gerade Schluss hatten, aus den Wohnheimen, dem viktorianischen Garten und auch der Trainingshalle kamen, und als ich den Hang erreichte, der zum Wohnheim der Silver Ravens führte, zuckte ich zusammen, als plötzlich jemand meinen Namen rief.

Bitte nicht, dachte ich, pflasterte mir aber trotzdem ein unverbindliches Lächeln aufs Gesicht und drehte mich um. Zu meiner Überraschung lief Kenna mir entgegen. Auch heute trug sie ihre eng definierten dunkelbraunen Locken wieder zu zwei Spacebuns auf ihrem Kopf gebunden, eine Jeans-Latzhose und darunter ein sonnenblumengelbes T-Shirt. Sie hatte beide Daumen in die Schlaufen ihres Rucksacks gehakt, und als ich ihr ins Gesicht sah, erkannte ich immer noch die Trauer, die sie auch gestern Abend schon gezeigt hatte.

»Hey«, sagte sie atemlos, als sie bei mir ankam. Ihr Blick wanderte kurz zu meinen blutigen Klamotten, sprang aber schnell wieder hoch in mein Gesicht. »Was da in Verteidigung passiert ist, tut mir echt leid.«

Ich presste die Lippen aufeinander. War ja klar, dass alle meine Blamage mit angesehen hatten.

»Und was ich dir gestern Abend an den Kopf geworfen habe … das war absolut nicht in Ordnung. Auch dafür muss ich mich entschuldigen.«

Verblüfft starrte ich sie an, einen Moment lang überhaupt nicht fähig dazu, irgendetwas zu erwidern. Ich dachte an die Stunde in Selbstbeherrschung, die ich heute Morgen gehabt hatte und an das, was Professor McRae dort gesagt hatte.

Wenn Sie mit Vorwürfen konfrontiert werden, distanzieren Sie sich davon ganz klar. Diese Vorwürfe sind selten wirklich an die Todeswesen gerichtet. Sie sind bloß ein Teil der Trauer, die die Angehörigen nicht zu verarbeiten wissen.

Die Situation war für uns alle nicht leicht. So wie es schien, war Kenna selbst in ihrem Haus eine Außenseiterin. Vorhin in Verteidigung hatte es gewirkt, als hätte ihr Trainingspartner Angst vor ihr. Auch sonst hielten sich offenbar alle von ihr fern. Dann war da noch die Tatsache, dass ihr die Freundschaft zu einem Erstklässler dermaßen viel bedeutet hatte. Mir war aufgefallen, dass sie betont hatte, Finn hätte niemals geurteilt. Nun fragte ich mich, was sie damit wohl gemeint hatte.

Dass sie einen ihrer einzigen Freunde verloren hatte, war einfach nur schrecklich. Ich verstand nun besser, wieso sie in ihrer Trauer verbal um sich geschlagen hatte – auch wenn es mich geschmerzt hatte. Nach dem heutigen Tag hatte ich keine Lust mehr, wütend auf irgendwen zu sein. Mein Bett rief nach mir.

Bis vor wenigen Stunden hatte ich insgeheim noch die Hoffnung gehabt, dass Mum irgendetwas an der Situation würde ändern können. Doch diese Hoffnung war soeben in der Krankenstation zerschlagen worden. Ich war von einer Mitschülerin verprügelt worden und meine Mutter hatte sich mehr für meine zukünftige Stellung im Rat interessiert als für mein Wohlergehen. Dieser Gedanke schmerzte. So sehr, dass in mir überhaupt kein Platz für irgendetwas anderes war. Stattdessen versuchte ich, mich von der Vorstellung zu verabschieden, dass meine Mum alles für mich regeln würde. Anscheinend war auch diese Zeit vorbei.

»Ich verstehe, warum du diese Sachen gesagt hast«, antwortete ich schließlich. Meine Stimme klang rau, und ich räusperte mich. »Ich wünschte, ich hätte etwas unternehmen können. Es tut mir sehr leid, was mit deinem Freund geschehen ist.«

Kenna schluckte schwer und senkte den Blick auf ihre Chucks. Sie trat bedrückt von einem aufs andere Bein, bevor sie wieder hochsah. »Können wir beide vielleicht noch einmal von vorn anfangen?«

Darüber brauchte ich nicht lange nachdenken. »Das würde ich sehr schön finden.«

»Da bin ich erleichtert«, sagte sie und atmete hörbar aus. Das Lächeln, das sich auf ihren Lippen ausbreitete, war zwar nicht strahlend, aber immerhin ehrlich. Als hätten wir uns abgesprochen, setzten wir den Weg den Hang hinauf nebeneinander fort.

»Ich hoffe, ich habe all deine Sachen erwischt«, meinte Kenna nach einer Weile.

Fragend warf ich ihr einen Seitenblick zu. Sie deutete auf meinen Rucksack. »Man hat mir nur gesagt, wo deine Sachen liegen. Ich habe sie zusammengesammelt, als du auf die Krankenstation verfrachtet wurdest.«

Damit hatte ich nun wirklich nicht gerechnet. »Danke, das war lieb von dir.«

Beim Gedanken an die Blamage vom heutigen Tag wurde mir ganz mulmig zumute. Ich konnte es kaum erwarten, eine heiße Dusche zu nehmen und endlich aus diesen schmutzigen Klamotten zu schlüpfen. »Wie bin ich eigentlich dort hingekommen?«

»Zur Krankenstation, meinst du? Das war Murphy«, antwortete sie und kickte einen Stein, der auf dem Weg lag. Er blieb wenige Meter vor uns liegen und als wir auf seiner Höhe waren, war ich diejenige, die ihm einen Tritt versetzte. Also konnte ich mich gleich doppelt bei Murphy bedanken. Zum einen, weil er mir seine Notizen geliehen hatte, zum anderen für den Transport zur Krankenstation.

»Ich hoffe, ich habe seine Sachen nicht vollgeblutet«, murmelte ich.

»Ach, da wird er drüber hinwegkommen. Ich glaube, der hat schon ganz andere Sachen gesehen.«

Unwillkürlich fragte ich mich, wo Beau gewesen war. Er konnte den Vorfall nicht mit angesehen haben, sonst hätte er mich sicher zur Krankenstation begleitet.

Kenna trat den Stein wieder in meine Richtung, doch diesmal sprang er über ein kleines Loch im Boden und verschwand irgendwo zwischen den Büschen am Wegrand. »Du hättest Georgina mal sehen müssen. Du warst schon komplett weggetreten und sie hat trotzdem noch mal die Faust zurückgerissen, als würde sie dich weiter vermöbeln wollen. Erst als Professorin Chen dazwischengegangen ist, hat sie aufgehört. Ich hoffe, sie bekommt eine saftige Strafe.«

Das ging mir genauso. Gleichzeitig fragte ich mich, ob ihre Wut auf mich nicht irgendwie gerechtfertigt war. »Violet und ich sind vor einiger Zeit ziemlich über sie hergezogen«, sagte ich nach einer Weile, den Blick auf meine Sportschuhe geheftet. Obwohl der Weg im Halbdunkel lag, erkannte ich jetzt auch auf den Sneakern einige Blutspritzer. Großartig.

»Ganz ehrlich? Wer lästert denn nicht mal. Das ist völlig normal und gibt niemandem das Recht, auf jemanden einzuprügeln und selbst dann nicht aufzuhören, wenn derjenige schon bewusstlos am Boden liegt. Ein solcher Kampf ist einfach nur ehrlos.«

Als sie das Wort »Kampf« aussprach, erinnerte ich mich an etwas. »Kann ich dich etwas fragen?«

Sie machte ein zustimmendes Geräusch.

»Ich habe gesehen, dass du dich hinter den anderen Schülern versteckt hast. Es hat gewirkt, als wärst du nicht gern dort. Du kannst Verteidigung wohl genauso wenig leiden wie ich, stimmt's?«

Eine Weile lang antwortete Kenna nicht, und als ich ihr erneut einen Blick von der Seite zuwarf, wirkte ihre Miene wie versteinert. Man merkte ihr deutlich an, dass sie nicht antworten wollte. Ich war schon kurz davor, noch etwas zu sagen, als sie sich räusperte.

»Du weißt nicht, was ich bin, oder?« Ihre Frage klang vorsichtig, beinahe ängstlich. Als fürchtete sie sich vor meiner Antwort.

Es gab nicht besonders viele Wesen oder Nachfahren an der Akademie, denen man auf den ersten Blick ansehen konnte, von wem oder was sie abstammten. Manchmal hatte man es im Gefühl und spürte instinktiv, wenn man eine Nachfahrin Cliodhnas vor sich stehen hatte, was unter anderem durch malerische Schönheit untermauert wurde. Aber es gab auch Wesen wie Merrows, die im Wasser ihren Körper wandeln konnten und Fischschwänze trugen – sobald diese an Land waren, sahen sie ganz gewöhnlich aus. Da Kenna im Haus der Silver Ravens wohnte, dachte ich, sie würde wie Dylan von Dagda abstammen – oder einfach von Morrigan so wie die meisten Schüler dieses Hauses. Und da diese Schüler gemeinhin als gefährlich galten, hatte ich mich nicht getraut, genauer nachzuhaken. Schon gar nicht nach unserem ohnehin schwierigen Start.

»Nein, weiß ich nicht. Du musst es mir auch nicht sagen, wenn du nicht magst.«

Ihre Hände verkrampften sich um die Schlaufen ihres Rucksacks. Es wirkte, als wäre sie es gewohnt, dass Leute sich von ihr abwandten, sobald sie ihnen verriet, was sie war. Ich wappnete mich innerlich, als sie die Stimme schließlich wieder erhob.

»Ich bin eine Dearg Due.«

Fast wäre ich mitten auf dem Gehweg stehen geblieben, konnte mich aber gerade so noch fassen und zwang mich, weiter einen Fuß vor den anderen zu setzen.

Dearg Dues waren Untote. Meist waren sie auf schreckliche Weise ums Leben gekommen und aus ihren Gräbern auferstanden, wiederbelebt von einer dunklen Macht, geboren aus einem grenzenlosen Wunsch nach Rache. Es hieß, sie verfolgten ihre Peiniger, bis sie sie erwischten, bissen und bis zum letzten Tropfen aussaugten, um ihren eigenen Tod zu sühnen. Doch sobald sie dies einmal getan hatten, gab es kein Zurück mehr und sie wandelten auf ewig auf der Erde oder in der Anderwelt.

Ich überlegte, was ich sagen konnte. Zu fragen, wie sie zum Dearg Due geworden war, wäre viel zu persönlich. Ihr mein Beileid auszusprechen ebenfalls. Also reagierte ich so, wie ich es mir in einer solchen Situation gewünscht hätte.

»Eine Untote und eine Todesfee. Klingt wie der Aufhänger für einen schlechten Witz, findest du nicht auch?«

Kenna sah mich mit großen Augen an. Im nächsten Moment lachte sie und hielt sich die Hand vor den Mund, als wäre das unangebracht. »Oh Mann. Du hast recht.«

Wir liefen nebeneinanderher, bis wir beim Wohnheim angekommen waren. Obwohl meine Nase noch pochte und ich blutüberströmt und fertig mit den Nerven war, fühlte ich mich nicht mehr ganz so allein.

11

Am nächsten Morgen kostete es mich große Mühe, aus dem Bett zu kommen, aber irgendwie bewerkstelligte ich es. Ich stand auf, ging duschen, wobei nach wenigen Minuten das warme Wasser eisig kalt wurde, und zog mir genau wie am Vortag ein Outfit an, das quasi meine Kampfrüstung sein sollte. Ich würde nicht klein beigeben. Das hatte ich mir fest vorgenommen, und dieser Entschluss stand nach wie vor.

Kenna schlief noch tief und fest, und bevor ich das Zimmer verließ, warf ich ihrer kleinen Gestalt einen langen Blick zu. Wir hatten gestern nicht mehr viel geredet, aber ich war mit einem besseren Gefühl ins Bett gegangen. Immerhin etwas.

Ich machte mich auf den Weg wie tags zuvor auch, holte mir schnell Porridge und Obst aus dem Frühstücksraum und lief dann zur Bibliothek. Hoffentlich war mein Stapel mit zurückgelegten Büchern noch da. Vorsichtig stemmte ich mich gegen die Tür. Sie schwang nach innen auf und erleichtert atmete ich auf. Fast erwartete ich, Dylan in der Bibliothek anzutreffen, doch ich hatte Glück. Ich war allein. Was wahrscheinlich keine Überraschung sein sollte – immerhin hatte er mir gesagt, dass er mir Lesestoff für sieben Tage rausgesucht hatte. Ich ging davon aus, ihn erst nächste Woche wiederzusehen.

Ich trat zum Ausleihtresen und beugte mich darüber. Mein riesiger Stapel lag noch dort. Ich schnappte ihn mir und begab mich damit an einen der Tische zwischen den Regalen. Dann fing ich an, die jeweiligen Abhandlungen zu lesen, die ich für meinen neuen Stundenplan als relevant markiert hatte. Unter anderem *Klagelied verstorbener Seelen: Die Notwendigkeit von Banshees in Trauerritualen*, *Hinter dem Schleier: Verbindung von Todesbegabten zum Jenseits*, *Das trauernde Lied: Bedeutung des Wehklagens der Gegenwart* und noch einige mehr. Ich las ein Kapitel nach dem nächsten, befasste mich mit der Geschichte von Banshees, ihren Fähigkeiten und ihrer Bedeutung für das Volk der Danu. Erst als ich mich mit den detaillierten Abhandlungen auseinandersetzte, realisierte ich, wie wenig ich eigentlich über Banshees wusste. Beispielsweise hatte ich keine Ahnung gehabt, dass sie in manchen Fällen mit Geistern kommunizieren konnten oder nach jahrelanger Übung in der Lage dazu waren, ihre Instinkte so zu kontrollieren, dass sie das Wehklagen besser zu steuern vermochten. Das alles war interessanter als gedacht, und ich ertappte mich dabei, noch mehr erfahren zu wollen. Ich schlug gerade das nächste Buch auf, als es leise hinter mir knackte.

Ich erstarrte. Dann drehte ich mich und warf einen Blick über die Schulter.

Hinter mir war niemand. Nur die hohen Regale ragten dort auf.

Ich wandte mich wieder meiner Aufgabe zu. Nachdem Georgina Donovan mich gestern angegriffen hatte und meine Mutter deutlich gemacht hatte, dass sie nicht vorhatte, für mich da zu sein, hatte ich mir umso fester vorgenommen, das hier hinzubekommen. Ich würde niemandem einen Grund geben, weiter auf mir rumzuhacken. Also fing ich mit dem nächsten Artikel an. Ich vertiefte mich in den Text, nahm alle Informationen über Todesrituale auf, die ich kriegen konnte, als irgendwann mein Magen anfing zu rebellieren.

Ich stutzte und starrte ins Porridge auf dem Tisch. Es sah ganz normal aus und roch auch nicht anders als sonst. Eine Welle von Übelkeit erfasste mich und ich presste mir eine Hand auf den Bauch. Merkwürdig. Eigentlich hatte ich einen sehr robusten Magen. So unwohl wie jetzt war mir lange nicht mehr gewesen. Wobei, das letzte Mal …

Ich versteifte mich, als mir etwas klar wurde.

Mir war erst vor Kurzem so schlecht gewesen. In der Nacht des Sternennachtballs. Direkt bevor Finn Thompson gestorben war.

Ich jagte so hastig von meinem Stuhl hoch, dass mir schwindelig wurde. Zu spät – hinter mir knackte wieder etwas. Dann geschah alles ganz schnell.

Ich drehte mich um und das Einzige, was ich sah, waren die Regale, die gefährlich wackelten. Ich stolperte zurück, stieß gegen den Tisch, als die Tür zur Bibliothek aufschwang. Ein unterdrückter Fluch erklang, als die Regale herabstürzten. Ich war zu geschockt und rührte mich nicht, als jemand sich auf mich warf. Gemeinsam flogen wir zu Boden, ich prallte hart auf die Schulter und stöhnte vor Schmerz auf. Unzählige Bücher segelten durch die Luft, kamen dumpf auf dem Boden auf und es dauerte eine Weile, bis alle Geräusche verklangen. Gespenstische Stille erfüllte die Bibliothek.

Schwer atmend starrte ich den Tisch an, an dem ich vor wenigen Sekunden noch gesessen hatte. Er war unter den drei Regalen begraben, die direkt dahinter gestanden hatten und nun auf dem Boden zerborsten waren. Bücher lagen in mehreren Metern Abstand verstreut, bei manchen davon waren Buchrücken gebrochen und zerfledderte Seiten hatten sich überallhin verteilt.

»Das war knapp.« Ich erkannte an der tiefen Stimme, wer mich gerettet hatte. Mühsam rappelte ich mich so weit auf, bis ich saß. Dann drehte ich mich zu Dylan, der sich ebenfalls aufsetzte und das schwarze Haar aus der Stirn strich. »Alles okay?«

Ich nickte, obwohl meine Schulter schmerzhaft pochte. »Danke.«

Dylan stemmte sich hoch, und ich tat es ihm gleich. Zusammen sahen wir uns um. Ich trat an die Regale heran und starrte auf das Desaster zu unseren Füßen. Dann drehte ich mich einmal um die eigene Achse. Alles war still. Niemand war hier. Die Bibliothek im Haus der Silver Ravens hatte nur einen Ausgang und alle Fenster waren geschlossen. Niemand hatte unbemerkt von hier verschwinden können. Eigentlich war es nicht möglich, dass jemand dafür verantwortlich war. Mein Instinkt schrie mir jedoch etwas anderes zu.

»Regale stürzen nicht von selbst ein«, sagte ich leise.

Dylan warf mir einen langen Blick zu. »Hast du in letzter Zeit irgendwen verärgert, Miss Everfall?«

Ich dachte an Kennas harte Worte, als ich mich geweigert hatte, über den Tod von Finn Thompson zu sprechen, und an Georgina Donovan, die es kaum hatte erwarten können, mir eine Abreibung zu verpassen. Aber mit Kenna hatte ich mich vertragen, und Georgina sollte ihre Genugtuung mit dem gestrigen Tag eigentlich bekommen haben. Zumal dies kein Grund war, mir den Tod zu wünschen. Meine Hände zitterten, als ich die Wahrheit erkannte. Meine Übelkeit hatte mir die Anzeichen geliefert, nur hatte ich es zu spät durchschaut.

Jemand hatte gerade versucht, mich umzubringen.

Innerhalb von zwanzig Minuten tauchten alle möglichen Leute in der Bibliothek auf, darunter Professorin Chen, Heiler Sheehan, die zuständige Bibliothekarin, die beim Anblick der umgestürzten Regale und zerstörten Bücher erschrocken die

Hände vor den Mund schlug, und zu guter Letzt der Hausmeister, der mir bei meinem Umzug zu den Silver Ravens geholfen hatte.

Heiler Sheehan trat zu Dylan und mir. Wir standen immer noch an derselben Stelle. Ich hatte die Arme vor der Brust verschränkt, weil meine Hände unablässig zitterten und ich nicht wollte, dass irgendwer etwas davon mitbekam. Der Heiler sah zwischen mir und Dylan hin und her.

»Ist einer von euch verletzt?«, fragte er.

Ich schüttelte den Kopf, obwohl meine Schulter höllisch schmerzte. Das wäre die dritte Untersuchung innerhalb einer Woche bei Sheehan, und darauf konnte ich gut verzichten. Dylan warf mir einen langen Blick zu, aber ich ignorierte ihn.

»Was ist passiert, Zoey?«, fragte Professorin Chen, die gerade zu uns kam. Ihre Haltung wirkte alarmiert, ihre Miene wachsam.

Ich sortierte meine Gedanken. »Ich habe in der Bibliothek gearbeitet, um den Stoff aufzuholen. Ich habe ein Geräusch gehört, aber außer mir war niemand dort.«

Ein Stirnrunzeln zeigte sich auf dem Gesicht der Professorin und sie musterte erst Dylan und dann mich. »Soll das heißen, Sie waren allein?«

Ich öffnete gerade den Mund, um zu antworten, als mir der Sinn hinter ihrer Frage bewusst wurde. Sie wollte wissen, wieso ich allein gelernt hatte – und wieso Dylan, der für meine Nachhilfe berufen worden war, nicht bei mir gewesen war.

Ich sah zu ihm hoch. Sein Haar, das er auch heute wieder zu einem halben Zopf gebunden hatte, war ganz durcheinander von unserem Sturz. Sein Mund war zu einer dünnen Linie zusammengepresst und seine Schultern wirkten angespannt. Zwar wusste ich immer noch nicht, wieso man ihn als meinen Mentor erkoren hatte, doch mir war klar, dass ich ihn richtig reinreiten würde, wenn ich jetzt die Wahrheit erzählte. Nachdem er mir eben das Leben gerettet hatte, fand ich das nicht fair.

»Dylan hat uns nur kurz Frühstück besorgt«, sagte ich schnell.

Sowohl Professorin Chen als auch Dylan warfen mir einen langen Blick zu. »Gerade als er zurückgekommen ist, sind die Regale umgestürzt. Ich hatte großes Glück, ohne ihn wäre ich vermutlich ein Haufen Matsch.«

Die Professorin sann kurz über diese Erklärung nach. Sie schien nicht überzeugt zu sein und wandte sich Dylan wieder zu. »Ich habe dir diese Aufgabe erteilt, damit du sie ernst nimmst. Enttäusch mich nicht.«

Dylan nickte knapp. Professorin Chen sah ihn noch einen Moment lang an, bevor sie zurück zur Bibliothekarin, Heiler Sheehan und dem Hausmeister lief, die lautstark darüber diskutierten, wie teuer die Reparatur werden würde.

»Danke«, sagte Dylan unvermittelt.

Ich sah zu ihm hoch und glaubte einen Augenblick lang, mich verhört zu haben. Nach einem kurzen Moment räusperte ich mich. »Ich habe jetzt offiziell einen gut bei dir.«

»Wie bitte?«

Ich dachte nach. »Genau genommen habe ich drei gut bei dir.«

Er zog die Brauen hoch. »Darf ich auch erfahren wieso?«

»Klar darfst du das«, antwortete ich und begann, an den Fingern abzuzählen. »Erst einmal schuldest du mir was, weil ich dich nach dem Sternennachtball nicht verpfiffen habe. Immerhin hast du dort Diebstahl begangen.« Ich hob einen zweiten Finger. »Offensichtlich schuldest du mir etwas, weil du mich gestern einfach hier hast sitzen lassen, nachdem du versucht hast, mich in Angst und Schrecken zu versetzen.« Ich hob einen dritten Finger. »Außerdem habe ich dir gerade den Arsch gerettet. Das wäre dann Nummer drei. Da du aber mein Leben gerettet hast, ziehe ich dir einen ab. Wären also nur noch zwei.«

Er folgte meiner Rechnung mit stoischer Miene und ließ die Worte eine Weile sacken. Schließlich atmete er hörbar aus. »Schön.«

»Schön?«, wiederholte ich. Das schien mir fast ein bisschen zu einfach.

»Was willst du noch hören?«, entgegnete er.

»Wie wäre es mit einer Entschuldigung?«, schlug ich vor.

»Man sollte sich nur für Dinge entschuldigen, die einem ehrlich leidtun. Was bei mir nicht der Fall ist.«

»Wow. Wie nett.«

»Fast so nett wie jemand, der andere durchgehend von oben herab oder wie Luft behandelt.«

So würden wir nicht weiterkommen. Mir war wichtig, dass wir einen Schritt vorwärtsgingen. Zusammen. Wenn das hier ab sofort mein Leben sein sollte, würde ich mich damit abfinden. Ich wollte diese Sache richtig machen. Mich mit Dylan zu bekriegen, würde weder mir noch ihm etwas nützen. Mochte ja sein, dass wir in den ersten beiden Jahren an der Akademie kein Wort miteinander gewechselt hatten – aber diese Zeit war nun Geschichte.

»Hör mal, ich weiß, dass ich in der Vergangenheit nicht die netteste Person an dieser Akademie gewesen bin, okay? Das hat mir Georgina gestern schon klargemacht, als sie mir die Nase gebrochen hat. Aber es bringt nichts, wenn wir an unserem Groll festhalten. Wir müssen das hier irgendwie überstehen. Als Team.« Ich machte einen Schritt auf ihn zu. Dann hielt ich ihm die Faust hin. »Meinst du, das bekommen wir hin?«

Dylan sah meine Faust an, als wäre sie eine giftige Schlange. Ich war mir nicht sicher, ob er vielleicht Keime nicht leiden konnte, aber ich wartete weiter. Nach einer Weile hob er seine Hand, ballte sie zur Faust und stieß damit leicht gegen meine, sodass sich unsere Knöchel kurz berührten. Ich atmete auf. Das war ein gutes Zeichen.

»Heißt das, ab sofort bekomme ich echte Hilfe von dir?«, fragte ich, als er die Hand wieder sinken ließ.

Er sah zu den Lehrkräften, dann zurück zu mir. »Etwas anderes bleibt mir wohl nicht übrig.«

Ich betrachtete das Chaos auf dem Boden zu unseren Füßen. Meine ganzen Sachen lagen dort verstreut und ich beugte mich runter, um sie nach und nach aufzusammeln. Zu meiner Überraschung tat Dylan es mir gleich. Während ich meine Notizen zusammenklaubte, kümmerte er sich um die Stifte und schob sie zurück in meine Federtasche, bevor er sie mir reichte. Ich bedankte mich mit einem Nicken, dann fuhr ich fort, die Bücher, die auf meinem Tisch gelegen hatten, langsam zusammenzusammeln, wobei ich jedes einzelne auf Risse und Macken untersuchte. Einige Buchdeckel waren in Mitleidenschaft gezogen worden, und ich fragte mich, ob die Lehrkräfte mich dafür zur Verantwortung ziehen würden.

»Ab morgen findet die Nachhilfe im Frühstückssaal statt«, sagte er.

»Weil du mir Frühstück ausgeben möchtest?«, erkundigte ich mich.

Dylan wirkte, als würde er tief und lange seufzen wollen. »Weil dich da niemand aus dem Hinterhalt angreifen kann.«

Das war tatsächlich auch ein guter Grund.

12

Den restlichen Vormittag überstand ich einigermaßen. Einige meiner neuen Mitschüler sprachen mir Mitgefühl aus für den gestrigen Angriff von Georgina, andere wiederum schienen sich über mich lustig zu machen, aber das war mir gleichgültig. Zumindest versuchte ich mir einzureden, dass es so war.

In Seelenführung kannte Professor Cusack anscheinend kein Erbarmen. Erst wies er mir einen Platz zu, sodass ich nicht bei Kenna sitzen konnte, die quasi die einzige Person neben Dylan war, die ich dort kannte. Dann nahm er mich zweimal dran, obwohl das meine erste Stunde in dem Fach war. Er schien damit um den ersten Platz auf der Liste meiner verhasstesten Personen zu kämpfen, auf dem zurzeit Georgina noch an oberster Stelle stand. Professor Cusack war ihr nach dieser Stunde allerdings dicht auf den Fersen. Bereits jetzt teilte er mir mit wenigen Worten mit, dass ich die Kursleistung, die die anderen Teilnehmer bereits hinter sich hatten, würde nachholen müssen, und dass er hohe Erwartungen hatte – schließlich war ich eine Banshee, und die Sache mit der Seelenführung (über die ich nach der ersten Stunde nur minimal mehr wusste) müsste mir im Blut liegen.

Ein wenig besser wurde es dagegen in Ethik, wo die vielen moralischen Konflikte erörtert wurden, in die man geriet, wenn man ständig mit dem Tod konfrontiert wurde. Hier bekam ich sogar das Gefühl, dass sich manche Inhalte mit denen überschnitten, die ich bereits in meinem alten Stundenplan gehabt hatte – so unähnlich schienen sich die Lehren über das Leben und den Tod also gar nicht zu sein. Professorin Henderson war eine ältere Frau und wirkte selbst dann sanftmütig, wenn sie uns Gedankenanstöße zu Recht und Unrecht gab und versuchte, uns dazu zu bringen, über persönliche Neigungen hinaus neue Blickwinkel auf den Tod und seine Notwendigkeit für den Kreislauf des Lebens zu finden. Dabei entstand eine rege Diskussion zwischen allen im Kurs, und auch ich beteiligte mich – diesmal freiwillig.

Während ich nahezu beflügelt aus Ethik kam, sah es in Weissagung wieder ganz anders aus. Die Professorin förderte die für Weissagung talentierten Schülerinnen und Schüler – und den Rest behandelte sie wie Dreck, der an ihrem Schuh klebte. Laut einem der Essays, die ich am Morgen gelesen hatte, wusste ich, dass manche Banshees (und auch andere Todesbegabte) in der Lage waren, Visionen zu bekommen, die einen längeren Vorlauf hatten, als es beispielsweise bei mir bei Finns Tod der Fall gewesen war. Doch ich hatte keine Ahnung, wie ich diese Gabe anzapfen sollte. Und als Professorin Kapoor mich dazu aufforderte, mehrere Symbole zu interpretieren, in der Hoffnung, dabei würde meine Banshee-Magie aktiviert werden, konnte ich sie nur blöd anstarren. Sie schnaubte daraufhin, murmelte etwas über Blindgänger und fuhr fort, über Symbole aus Visionen zu schwadronieren und welche Gefahren diese womöglich zu bedeuten hatten. Als der Kurs endlich vorbei war, konnte ich es kaum erwarten, zum Mittagessen zu gehen.

Nun konnte ich Beau und Violet sehen und ihnen erzählen, was heute Morgen passiert war. Ich hatte mit beiden gestern Abend nur kurz geschrieben, für etwas anderes hatte mir die Energie gefehlt. Außerdem fragte ich mich immer noch, wieso Beau mich nicht zur Krankenstation begleitet hatte und Murphy das hatte übernehmen müssen.

Als ich die Mensa betrat, schnappte ich mir erst ein Tablett, ging zur Essensausgabe und entschied mich für die vegetarische Bolognese, bevor ich in Richtung unseres Stammplatzes lief, wofür ich eine halbe Ewigkeit brauchte, weil es so voll war. Und das, obwohl die meisten Leute mir wie sonst auch Platz machten. Wobei diesmal eine ganz andere Stimmung in der Luft lag. Manche Mitschüler sahen mich mit geweiteten Augen an, einige steckten tuschelnd die Köpfe zusammen oder gingen sogar schnell auf Abstand. Nicht aus Respekt wie sonst … sondern weil sie Angst hatten, realisierte ich.

Die Schultern nach hinten gedrückt, bemühte ich mich um Haltung, während ich durch die Mensa schritt. Als unser Platz in Sichtweite kam, rutschte mir das Herz in die Hose und ich stockte.

An dem Tisch, an dem ich sonst mit Violet, Beau, Eoin und Ronan saß, hatte heute Orla meinen Platz neben Beau eingenommen. Ich stutzte, setzte meinen Weg aber fort, bis ich neben meinem Freund stehen blieb.

»Hey«, sagte ich und lächelte Beau an.

»Hey.« Er sah zu mir hoch und erwiderte mein Lächeln, wobei es nicht so strahlte wie sonst.

»Du glaubst nicht, was mir heute Morgen passiert ist«, raunte ich und warf Orla einen kurzen Blick zu, damit sie meinen Platz freimachte.

In diesem Moment räusperte Beau sich. »Wir arbeiten gerade an einem Projekt für Professor Boyle. Können wir uns später unterhalten?«

Die Worte, die ich als Nächstes sagen wollte, erstarben auf meinen Lippen. Ich brauchte einen Moment, bis ich begriff.

Mein Freund hatte mich soeben vor den Kopf gestoßen. Vor unseren Freunden. Nachdem ich am Vortag angegriffen worden war und er mich gerade zum ersten Mal wiedersah. Ich ermahnte mich, ruhig Blut zu bewahren, doch es fiel mir sehr schwer, ihm kein »Was zum Teufel, Beau« zuzufauchen. Wie eine Idiotin stand ich da und verdaute seine Worte. Schließlich riss ich mich unter großer Beherrschung zusammen, räusperte mich und nickte ihm zu.

»Alles klar. Bis später.«

Er sah mich weiter mit diesem merkwürdigen Lächeln an und nickte mir zu. Damit war ich wohl entlassen. Zorn kochte in mir hoch, aber ich durfte ihn nicht freilassen. Nicht hier und definitiv nicht jetzt, wo ich mich mitten in der Mensa befand und mich ohnehin schon alle anstarrten, als wäre ich ein Monster. Also schluckte ich die Hitze, die in mir hochstieg, runter, und durchquerte die Mensa in die Richtung, aus der ich gekommen war. Das Tablett klapperte, als ich es auf dem Band für die Rückgabe abstellte. Der Appetit war mir vergangen.

Enttäuscht lief ich zum Wohnheim der Silver Ravens zurück. Ich wollte mich einfach nur noch in meinem Zimmer verkriechen, um mich zu sammeln und den Rest des Tages zu überstehen. Am liebsten hätte ich Beau eine Nachricht geschrieben, aber von meiner Mutter hatte ich von klein auf gelernt, dass man in emotional aufgewühlten Situationen die denkbar schlechtesten Worte fand. Lieber wartete ich, bis der Zorn abgeflaut war. Im Wohnheim angekommen, stapfte ich die Stufen nach oben. Im ersten Stock passierte ich den Gemeinschaftsraum, dessen Doppeltür offen stand.

»Zoey!«, erklang eine Stimme, als ich schon fast an dem Raum vorbeigegangen war.

Ich hielt inne, machte einen Schritt rückwärts und entdeckte

Murphy, der mir winkte. Kurz überlegte ich, trotzdem weiterzulaufen, entschied mich aber dagegen. Murphy war ein netter Kerl, außerdem war ich ihm noch Dank schuldig, weil er mich am Vortag zur Krankenstation gebracht hatte. Also betrat ich in den Gemeinschaftsraum.

Ein Feuer brannte im Kamin links, dunkelviolette Samtvorhänge waren zu beiden Seiten der breiten Sprossenfenster aufgezogen und an den Wänden waren silberne Leuchter angebracht, in denen Kerzen steckten. Vor dem Kamin befanden sich zwei gegenüberstehende Chesterfield-Couches aus dunkelbraunem Leder, die schon bessere Tage gesehen hatten, dazwischen stand ein tiefer Tisch voller Kratzer und Macken. Es gab noch einige weitere Sitzgelegenheiten, von denen die meisten zu dieser Tageszeit unbenutzt waren. Einzig Kenna entdeckte ich auf einem zerknautschten Sessel nahe beim Fenster. Sie hatte die Nase in einem dieser dicken Bücher vergraben, die immer auf ihrem Nachttisch standen. Sie bemerkte mich nicht, dafür grinste mich Murphy von einer der beiden Couches aus an, die Füße auf dem Tisch vor sich ausgestreckt. Gedanklich machte ich mir eine Notiz, niemals dort zu essen.

»Das war ja eine Show gestern, was?«, sagte er zur Begrüßung.

Das Leder der Chesterfield-Couch knarzte, als ich mich ihm gegenüber hinsetzte. »Kann man wohl so sagen.«

Als ich sprach, warf Kenna einen kurzen Blick über die Schulter. Ich hob die Hand, und sie schenkte mir ein zaghaftes Lächeln, bevor sie sich erneut ihrem Roman zuwandte.

»Kenna hat mir erzählt, dass du mich zur Krankenstation gebracht hast, nachdem … na ja, du weißt schon«, sagte ich, wieder an Murphy gewandt.

Er rieb sich über den Hinterkopf und zerzauste sein rotes Haar noch mehr, als es ohnehin bereits war. »Hab ich gern gemacht. Wie geht es deiner Nase?«

Ich strich demonstrativ mit dem Finger über meinen Nasenrücken. »Alles wieder heil. Meine Mum ist vorbeigekommen und hat sie geheilt.«

Er nickte anerkennend. »Wie praktisch, eine Heilerin in der Familie zu haben. Dazu noch eine mit diesem Ruf.«

Ich brummte zustimmend und blickte in das Kaminfeuer. Unzählige Gedanken wirbelten durch meinen Geist. Georginas Attacke vom Vortag. Die harschen Worte meiner Mutter. Der Angriff von heute Morgen. Beaus Abfuhr und Desinteresse. All das sorgte dafür, dass ich tiefer in mich zusammensank, den Kopf zurücklehnte und an die mit Stuck verzierte Decke starrte, an der ein silberner Kronleuchter mit einigen hellen Kerzen hing.

»Kann es sein, dass ich etwas Falsches gesagt habe?«, merkte Murphy vorsichtig an.

Ich schüttelte den Kopf. »Du hast nichts Falsches gesagt. Es war nur echt viel los in der letzten Zeit. Ich habe das Gefühl, nicht richtig hinterherzukommen.«

»Das glaube ich. Ist nicht leicht, mitten im Schuljahr den kompletten Zweig zu wechseln. Außerdem hab ich mitbekommen, dass du heute Morgen in der Bibliothek gewesen bist, als die Regale eingestürzt sind. Ist alles okay? Oder gibt es weitere gebrochene Knochen?«

Ich verzog bitter das Gesicht, winkte jedoch ab. »Keine weiteren gebrochenen Knochen. Aber woher weißt du davon?«

»Ich wollte vorhin ein Buch zurückbringen, und als ich bei der Bibliothek ankam, habe ich Heiler Sheehan und Professorin Chen miteinander sprechen gehört. Dabei fiel dein Name. Auch der von Park.«

»Du hast sie belauscht?«, fragte ich verblüfft.

Er hob abwägend eine Schulter. »Wie man's nimmt.«

»Was haben sie denn gesagt?«

»Irgendetwas darüber, was für ein Glück ihr hattet, nicht zerquetscht worden zu sein. Und dass sie den Vorfall den Hütern melden würden.«

»Den Hütern?«

Bei Kennas lautem Ausruf drehten wir uns beide zu ihr. Sie klappte ihr Buch zu und kam mit schnellen Schritten auf uns zu. Heute trug sie khakifarbene Cargohosen und eine mit Rüschen besetzte Bluse mit flattrigen Ärmeln, die sehr süß aussah, genau wie ihre Locken, deren vordere Partie sie mit perlenbesetzten Spangen aus dem Gesicht geklemmt hatte.

»Was ist passiert?«, fragte sie und setzte sich neben mich auf das Sofa. Eben hatte sie noch gewirkt, als würde sie bloß nicht beim Lesen gestört werden wollen. Jetzt war das Gegenteil der Fall. Kenna schien, als könne sie es kaum erwarten, die nächsten Informationen aus mir herauszubekommen. Kurz zögerte ich, doch dann rief ich mir in Erinnerung, dass wir beide einen kleinen Neustart gewagt hatten. Außerdem sagte mein Bauchgefühl mir, dass ich ihr vertrauen konnte. Also räusperte ich mich und gab ihr eine Zusammenfassung der Geschehnisse des heutigen Morgens. Mit jedem Wort wurden ihre Augen größer, und als ich ihr von den Regalen berichtete, packte sie mich alarmiert am Arm. Ich zuckte zusammen, denn wieder wurde mir bewusst, wie viel übernatürliche Kraft in ihr steckte. Sofort ließ sie los und warf mir einen entschuldigenden Blick zu.

»Wenn die Hüter ermitteln, denken die Professoren nicht, dass es sich dabei um einen Unfall handelte«, begann Kenna langsam.

Ich wappnete mich. Dann holte ich tief Luft, um Murphy und Kenna das zu sagen, was ich eigentlich meinen Freunden in der Mensa hatte erzählen wollen. Sie hatten nicht zugehört. Aber Murphy und Kenna machten den Eindruck, als hätten sie offene Ohren. »Das glaube ich auch nicht.«

Sowohl Murphy als auch Kenna starrten mich an. Ich klärte meine Stimme mit einem Räuspern und fuhr fort. »Ich weiß nicht, wieso, und ich habe auch niemanden in der Bibliothek gesehen, aber … ich hatte wieder ein ganz schlechtes Gefühl, genau wie am Abend des Balls. Und ihr hättet die Regale sehen müssen. Sie wurden förmlich aus ihrem Fundament gerissen. Das passiert nicht einfach so. Jemand muss sich daran zu schaffen gemacht haben.«

»Aber wieso?«, fragte Murphy. »Was hast du bitte Schlimmes angestellt, um jemanden so wütend zu machen, dass er dich zerquetscht sehen möchte?«

Ich zuckte mit den Schultern. »Das weiß ich auch nicht.«

Kenna hüstelte. »Nun, ich hätte da eine Idee.«

Murphy und ich sahen sie erwartungsvoll an, doch Kenna druckste eine Weile herum.

»Komm schon, Süße. Spuck's aus«, sagte Murphy schließlich. Im Gegensatz zu mir drohte sie ihm nicht mit einem Tritt, als er sie mit dem Kosenamen bedachte. Stattdessen schien es sie geradezu verlegen zu machen, sie rutschte unruhig auf ihrem Platz hin und her.

»Die Hüter ermitteln immer noch in Finns Tod. Ich vermute, sie haben einen Zusammenhang zwischen den beiden Vorfällen erkannt. Und gehen davon aus, dass Finn keines natürlichen Todes gestorben ist.«

Das musste ich kurz sacken lassen.

»Du meinst, jemand hat Finn ermordet?«, fragte Murphy zögerlich.

»Was glaubst du denn, wieso er beim Sternennachtball plötzlich tot umgefallen ist?«, entgegnete Kenna scharf.

Ich ließ ihre Worte auf mich wirken. Zwar hatte ich mich schon gefragt, was einen fünfzehnjährigen Jungen ohne Vorerkrankungen auf diese Weise hatte sterben lassen – aber

Mord? An der Everfall Academy? Das kam mir geradezu unwirklich vor. Auf der anderen Seite hatte Kenna recht. Wenn die Hüter weiter ermittelten, musste einfach mehr dahinterstecken.

»Ich habe mir den Saal angeguckt, weil ich wissen wollte, wie schlimm das Ausmaß der Zerstörung gewesen ist. Da war eine ganze Truppe von Hütern. Der leitende Hüter war überhaupt nicht begeistert, mich, Beau und Violet dort zu sehen«, sagte ich zögernd. »Es hat fast gewirkt, als … als würden sie Spuren sichern oder so.«

In Kennas Augen blitzte Triumph auf. »Also hatte ich recht. Das Ganze ist mehr als nur merkwürdig.«

Ich zögerte. Als Kenna mich gebeten hatte, ihr von Finns Tod zu erzählen, war ich derart überfordert gewesen, dass ich es nicht geschafft hatte. Jetzt hatten wir eine Art Neustart gewagt und ich wollte ihr helfen. Ich riss mich zusammen und wappnete mich, als ich in mich ging, um mich an die Gefühle zu erinnern, die am Abend des Balls beim Anblick von Finn durch mich geströmt waren. Allerdings brauchte ich länger als gedacht, die Worte zu finden und endlich auszusprechen.

»Finn …«, fing ich mit leiser Stimme an und räusperte mich. Ich konnte Kenna nicht in die Augen sehen, sosehr graute es mir vor der Trauer in ihren Augen. Es war leichter, darüber mit dem Tisch zu sprechen, also heftete ich den Blick auf ihn.

»Finn hatte Herzrasen«, brachte ich schließlich heraus. »An dem Abend des Balls meine ich. Kurz … kurz bevor es passiert ist, habe ich gesehen, wie ihm schlecht geworden ist. Ich habe es gefühlt.« Wieder musste ich mich räuspern, um den Kloß in meinem Hals zu verdrängen. Verdammt, es war wirklich nicht leicht, über den Tod zu sprechen. Schon gar nicht mit einer Vertrauten des Opfers. »Ich bin mir nicht sicher, aber es hat auf mich gewirkt wie Kammerflimmern. Zumindest in meiner

Vision«, beendete ich meine Erzählung schließlich und wagte erst dann, wieder aufzusehen.

Kenna bemühte sich um einen gefassten Ausdruck, doch in ihren braunen Augen sah ich Schmerz aufflackern, der mir selbst einen Stich verpasste, weil ich so mit ihr fühlte. Ich erinnerte mich daran, wie Professor McRae von einer Art Abgrenzung gesprochen hatte, aber diese fiel mir in diesem Moment einfach zu schwer. Es war schier unmöglich.

Kenna schien ein paar Sekunden ebenfalls um Fassung zu ringen. »Kurz vor seinem Tod hat er gewürgt. Denkt ihr … denkt ihr, jemand hätte ihn vergiften können?«, fragte sie nach einigen Sekunden.

Ich ging in Gedanken die unzähligen Stunden Botanik durch, die ich bei Heiler Sheehan gehabt hatte. Dabei fielen mir auf Anhieb mehrere Arten von Gift ein, die zum Herzstillstand führen konnten. Aber das sprach ich nicht aus.

»Es hat nicht wie eine allergische Reaktion gewirkt, oder?«, fragte Murphy.

Sowohl Kenna als auch ich schüttelten den Kopf.

»Aber wieso sollte dieselbe Person es jetzt auf mich abgesehen haben?«, fügte ich hinzu.

Kenna räusperte sich. »Weil sie glaubt, dass du gesehen hast, was sie getan hat.«

»Wie …« Ich hielt mitten im Satz inne, als ich realisierte, was sie damit meinte.

Meine Magie war am Abend des Sternennachtballs erwacht. Plötzlich und mit voller Wucht – vor allen Schülern, die anwesend gewesen waren. Banshees waren berühmt für ihre Todessicht und Weissagungen und niemand wusste, wie vage oder konkret sie Tragödien voraussehen konnten, bevor sie geschahen. Was, wenn die Person, die es auf Finn abgesehen hatte, dachte, ich wüsste über ihre Tat Bescheid?

»Jemand soll Finn umgebracht haben und versucht nun, mich abzumurksen, weil er Angst hat, ich würde zu viele Details kennen«, fügte ich die Puzzleteile laut zusammen.

Kenna nickte. Sie schien den Atem angehalten zu haben und sah mich erwartungsvoll an.

»Das wäre echt heftig. Aber nicht unrealistisch«, gab Murphy zu bedenken.

Kennas Augen leuchteten bei seinen Worten auf. Auch ich nickte. »Gibt es denn jemanden, mit dem Finn Streit hatte? Oder irgendeine Person, die dir sonst in den Kopf kommt?«

»Leider fällt mir niemand ein. Finn war nicht der Typ, der sich mit irgendwem anlegt. Die meiste Zeit war er für sich in der Schmiede, da hat wirklich sein ganzes Herzblut dringesteckt. Er war ein eher stiller Typ, doch wenn es ums Schmieden ging … dann ist er richtig aufgeblüht. Aber er war auch die Art von Person, mit der man einfach schweigend koexistieren konnte. Er …« Kenna blinzelte mehrmals und stoppte sich offenbar selbst, bevor sie noch mehr Dinge über Finn sagte, die sie gerade so sehr zu vermissen schien. »Ich will, nein, ich *muss* unbedingt herausfinden, was passiert ist.«

Bei ihrer leidenschaftlichen Rede schlug mein Herz selbst ein bisschen schneller. Ich erwiderte ihren Blick fest. »Hast du schon irgendeinen Verdacht?«

Sie schüttelte den Kopf und sah zwischen Murphy und mir hin und her. »Nein. Dabei könnte ich Hilfe gebrauchen.«

Vor meinem geistigen Auge tauchte Finn Thompson auf. Wie er blass geworden war, mich stumm angefleht hatte, ihm zu helfen, und schließlich zusammengebrochen war. Ich sah Kennas Trauer, die mich selbst packte und dazu brachte, für diesen Jungen zu fühlen, obwohl ich ihn nicht gekannt hatte.

Ich hatte mir so verzweifelt gewünscht, ihm helfen zu können. Dafür war es jedoch zu spät. Aber das hier war meine

Chance, Finn beizustehen, auch wenn er nicht mehr da war. Eine Chance, Kenna die Gewissheit zu geben, die sie so dringend brauchte, seit ihr Freund gestorben war. Und eine Chance, herauszufinden, ob das, was mit Finn geschehen war, tatsächlich mit dem Angriff auf mich zusammenhing.

Ich brauchte nicht darüber nachzudenken. Stattdessen sah ich Kenna weiter erwartungsvoll an. »Wo fangen wir an?«

13

Da Kenna noch Unterricht hatte und Murphy trainieren wollte, verabredeten wir uns für den nächsten Tag nach dem Unterricht, um der Sache mit Finn nachzugehen. Währenddessen machte ich mich am frühen Abend auf den Weg ins Gewächshaus. Beau hatte seine Worte beim Mittagessen anscheinend ernst gemeint – er wollte später mit mir sprechen und schrieb mir, mich dort zu treffen.

Mein Herz wurde schwer, als ich das Gewächshaus betrat. Hier hatte ich einen großen Teil der ersten beiden Jahre an der Akademie verbracht, hatte gelernt, geschuftet, mich von Heiler Sheehan anmeckern lassen und verzweifelt versucht, meine Magie zum Leben zu erwecken. Das Gefühl, dass all meine Mühe vergebens gewesen war, nagte nach wie vor an mir, und wahrscheinlich würde das noch eine Weile so bleiben.

Ich nahm einen langen Atemzug und verschloss meinen Kummer tief in mir, so wie ich es auch in den letzten Tagen gemacht hatte. Dann stieß ich die Glastür des Gewächshauses auf und trat hinein. Der süßliche Geruch der Blumen und Pflanzen drang in meine Nase und ließ mein schweres Herz ein Stück leichter werden. Alles hier war vertraut, und mein Körper schien sich trotz all der Hürden zu entspannen.

Ich bewegte mich durch die unzähligen Reihen von Pflanzen, vorbei an den Hochbeeten, den säuberlich angelegten

Kräutern von Heiler Sheehan, zwischen dem rankenden Efeu hindurch bis nach hinten zum Wintergarten, in dem ein steinerner Brunnen stand. Hier hatten Beau und ich uns schon einige Male getroffen, denn hier hatte man Privatsphäre außerhalb der Unterrichtsstunden, und die Stimmung war ziemlich romantisch mit dem Ausblick auf die viktorianischen Gärten.

Beau stand mit verschränkten Armen vor dem Fenster des Wintergartens und sah nach draußen. Ich betrachtete seine breiten Schultern, die Linie seines Nackens, wo sich seine dunkelblonden Haarspitzen kräuselten, und hieß die Wärme willkommen, die bei dem Anblick durch mich hindurchfuhr. Dann rief ich mir die Situation der Mittagspause zurück vor Augen, und die Wärme verschwand genauso schnell, wie sie gekommen war.

Es raschelte, als mein Ärmel eine der herabbaumelnden Ranken streifte, und Beau drehte sich zu mir um. »Hey, Babe.«

Er nannte mich selten bei diesem Kosenamen und wenn, dann nur in Situationen, in denen er Mist gebaut hatte und versuchte, mich zu besänftigen. Es hatte die gegenteilige Wirkung auf mich.

»Kannst du mir vielleicht sagen, was das heute Mittag sollte?«, fragte ich so ruhig wie möglich.

Beau atmete hörbar und tief aus. »Wir mussten wirklich eine Menge für unseren Vortrag erledigen. Das war nicht gelogen«, sagte er mit gequältem Gesichtsausdruck. »Und Orla wollte nicht lockerlassen. Ich wollte kein Drama beim Mittagessen. Tut mir leid, dass wir dich in diese Situation gebracht haben.«

Ich unterdrückte ein Schnauben. »Du hast mich vor unseren Freunden vor den Kopf gestoßen. Nachdem ich gerade eine der schwierigsten Zeiten meines Lebens durchmache und gestern nach einem Angriff auf der Krankenstation gelandet bin. Ich habe irgendwie mehr von dir erwartet als nur eine blöde Nachricht und einen Korb vor der halben Akademie.«

Er verzog bitter das Gesicht. »Du hast recht.« Er überbrückte die Distanz zwischen uns mit einigen langen Schritten. Dann hob er die Hände und umschloss mein Gesicht. »Es tut mir leid, Zoey.« Er beugte sich zu mir herunter und drückte seine Lippen sanft auf meine Stirn. »Ich hätte sensibler reagieren müssen. Und ich hätte dich gestern nach dem Training besuchen sollen, Ausgangssperre hin oder her.«

»Hättest du«, stimmte ich zu.

Er drückte mir noch einen Kuss auf die Stirn. »Ich hatte so viel zu tun. Mein Vater hat angerufen und mir wieder einen seiner Vorträge gehalten.«

Beaus Vater war ebenfalls Mitglied im Rat, und ich kannte seine Vorträge. Sie waren stets mit viel Verantwortungsbewusstsein, Zukunftsängsten und einer Menge Druck verbunden und immer, wenn sich Beau eine dieser Ansprachen anhören musste, kam er sonst zu mir und ließ sich über seinen Vater aus.

»Wieso hast du nicht Bescheid gesagt?«

Er hob eine Schulter. »Weil du genug um die Ohren hast und es ohnehin nur die gleiche alte Leier war.«

Mitgefühl durchfuhr mich. Kurz entschlossen hob ich die Hände und legte sie auf Beaus, der mein Gesicht immer noch umschlossen hielt. »Bitte, Beau. In der letzten Zeit hat sich so viel geändert – das zwischen uns darf sich nicht ändern.«

Er seufzte tief und lehnte sich vor, bis er mit der Stirn gegen meine stieß. »Okay.«

Einen Moment lang blieben wir so stehen. Ich zog Trost aus dieser Umarmung und genoss jede einzelne Sekunde davon. Schließlich lösten wir uns voneinander. Beau ergriff meine

Hand und führte mich zu der kleinen steinernen Bank beim Brunnen, wo wir uns nebeneinandersetzten.

»Erzähl mir jetzt davon«, sagte er nach einer Weile und legte die Hand auf meinen Oberschenkel.

»Von was?«

Er lächelte. »Von allem. Allem, was ich verpasst habe.«

Zaghaft erwiderte ich sein Lächeln, sammelte mich und sortierte meine Gedanken. Dann berichtete ich ihm von Georginas Angriff, von dem er wohl in der Trainingsarena nichts mitbekommen hatte, weil er selbst völlig in einen Übungskampf vertieft gewesen war. Von meinem Aufenthalt auf der Krankenstation danach, bei dem meine Mum mich mit ihren Worten verletzt hatte. Ich erzählte ihm von Kennas und meiner Aussprache und schließlich von den Vorkommnissen heute Morgen in der Bibliothek, wobei sein Griff um mein Bein fester wurde.

»Und du bist dir sicher, dass das kein Zufall war?«, fragte er, nachdem ich meine Erzählung beendet hatte.

Ich dachte über seine Frage nach, schüttelte aber schnell den Kopf. »Nein. Kurz davor habe ich mich wieder so gefühlt wie am Abend des Balls. Mir war schlecht und ich hatte ein ganz ungutes Gefühl. Genau in dem Moment sind die Regale umgestürzt.«

Zwischen Beaus Brauen bildete sich eine Falte. »Deine Magie ist noch nicht ausreichend entwickelt. Bist du völlig sicher, dass du nichts Falsches gegessen hast? Ich meine, das Haus der Silver Ravens ist alt. Es kann sein, dass die Regale einfach hinüber gewesen sind.«

Bei seinen Worten bildete sich ein Kloß in meinem Hals. Mühsam schluckte ich ihn runter. Ich beschloss, Beau nichts von Murphys, Kennas und meiner Vermutung zu sagen, genauso wenig davon, dass wir uns verabredet hatten, um den Hinweisen von Finns Tod nachzugehen.

»Vielleicht hast du recht.« Ich war zwar vom Gegenteil überzeugt, wollte aber die Harmonie zwischen uns nicht wieder riskieren. Also lehnte ich mich an Beaus Schulter, blickte auf die Blüten im viktorianischen Garten und versuchte, mich dem Augenblick hinzugeben.

Am nächsten Morgen kämpfte ich mich auf ein Neues hoch und hoffte inständig, dass sich mein Körper bald an diesen ungewohnten Schlafrhythmus anpasste. Ich zog eines meiner Lieblingssets an, einen rosafarbenen Tweedrock mit passendem Blazer und flocht mein Haar in zwei eng an meinem Kopf anliegende Zöpfe. Als ich zufrieden mit dem Ergebnis war, machte ich mich auf den Weg zum Frühstückssaal. Dylan wartete bereits vor meiner Tür, er lehnte an der Wand gegenüber. Sein Blick glitt über meine Erscheinung und es fiel mir schwer, seinen dunklen Ausdruck zu deuten. Auch ich betrachtete ihn. Wieder war er in Schwarz gekleidet, diesmal in ein locker sitzendes Hemd, dessen Ausschnitt Blick auf eine feingliedrige Kette an seinem Hals preisgab, und eine schwarze Stoffhose. Schlicht, aber stilvoll.

»Guten Morgen, Mentor«, sagte ich möglichst fröhlich, immer noch an meinem Optimismus festhaltend, auch wenn es mir nach dem gestrigen Tag schwerfiel. Dabei sollte es das eigentlich nicht – immerhin hatten Dylan und ich so etwas wie Frieden miteinander geschlossen.

»Guten Morgen.« Nebeneinander liefen wir in Richtung Frühstückssaal. Zusammen betraten wir den Raum, in dem gerade von einem Küchenmitarbeiter frische Sandwiches in die Kühltruhe platziert wurden.

Wie auch am ersten Tag begab sich Dylan schnurstracks zur Kaffeemaschine. Ich fragte mich, ob das eines seiner Laster war, während ich mit den Sandwiches liebäugelte. Ich nahm mir eines mit Tomate-Mozzarella, machte mir einen Tee und ging dann an einen der Tische weiter hinten in dem kleinen Saal. Dylan kam wenig später mit einem übergroßen Becher Kaffee, einer Schale mit Obst, die er in die Mitte des Tisches stellte, und einem Sandwich dazu.

»Hat dich seit gestern Morgen noch irgendwer versucht umzubringen?«, fragte Dylan und nahm einen großen Schluck des brühend heißen Kaffees.

Ich zog eine Grimasse. »Glücklicherweise nicht.«

Dylan nickte anerkennend. »Immerhin etwas.«

Seine Ansprüche schienen nicht besonders hoch zu sein. »Weißt du, jetzt, wo wir Frieden geschlossen haben, finde ich, dass wir ganz offen miteinander sprechen können«, sagte ich und blies in meinen Tee. Er sah mich bloß abwartend an, also fuhr ich fort. »Professorin Chens Worte gestern haben mich zum Nachdenken gebracht. Es klang nämlich nicht so, als hätten sie dich nur aufgrund deiner überdurchschnittlichen Fähigkeiten als meinen Mentor ausgewählt.«

Ich sah ihn abwartend an.

»Kommt da noch eine Frage?«, versetzte Dylan trocken.

Ich verdrehte die Augen. »Sie war deutlich impliziert.«

»Vielleicht gehört zwischen den Zeilen zu lesen nicht zu meinen überdurchschnittlichen Fähigkeiten.«

Ich starrte ihn an. Obwohl er sehr ernst guckte, wirkte es fast, als hätte er gerade einen Witz gemacht. Zwar auf meine Kosten, aber auch das verzeichnete ich als Fortschritt – so klein er auch sein mochte.

»Ich habe mich nur gefragt, ob es dir irgendwie auf dem Zeugnis angerechnet wird. Oder ob es einen anderen Grund für diese Strafarbeit gibt.«

Dylan erwiderte meinen Blick, ohne auch nur mit der Wimper zu zucken. Seine steinerne Miene sorgte dafür, dass ich ihm genauso gegenübertreten wollte. Er verbarg sich hinter einem dicken, undurchdringlichen Panzer, und je länger ich darüber nachdachte, desto mehr zog ich in Erwägung, mir auch so einen zuzulegen. Es war ganz anders als bei meiner Mum. Sie beteuerte immer, ich solle allen zeigen, wie überaus gut es mir doch ging. Dylan jedoch ließ niemanden an irgendetwas von seinem Innenleben teilhaben, und irgendwie fand ich es bewundernswert.

»Sag mir, was für dich dabei rausspringt.«

Er schwieg beharrlich.

»Ich vermute, du hast irgendetwas angestellt. Etwas Schlimmes, das dafür sorgt, dass sie dich dazu verdonnert haben, den Rest des Jahres täglich um sechs bei mir auf der Matte zu stehen«, überlegte ich laut. Da ich annahm, keine Antworten mehr aus ihm herauszubekommen, hakte ich weiter nach. »Mal sehen. Was gibt es noch für Regelverstöße an der Akademie? Diebstahl. Unerlaubtes Verlassen des Schulgeländes. Die Einnahme von magischen Kräutern, die eigentlich für Heilungsverfahren genutzt werden. Mir wurde erzählt, dass man dich sogar anheuern kann. Hast du etwa …«

»Wenn ich es nicht mache, werfen sie mich von der Akademie«, unterbrach er mich.

Meine Augen weiteten sich. Damit hatte ich nicht gerechnet, und einen Moment lang wusste ich nicht, was ich sagen sollte. Einen harten Verweis bekam man nur in Ausnahmefällen, und dazu gehörten Diebstahl oder das Verlassen des Geländes meines Wissens nicht. Es gab ein paar Gesetze in der Welt der Danu. Das oberste davon lautete, dass man andere Menschen, Sidhe oder magische Wesen nicht grundlos mit der eigenen Magie verletzen durfte.

Ich hatte Dylan für nicht besonders freundlich und vielleicht sogar gefährlich gehalten, aber dass er ein solches Vergehen begangen haben sollte, konnte ich nicht wirklich glauben. Auf der anderen Seite musste es dem Lehrstuhl ernst sein, andernfalls hätten sie eine derartige Verwarnung niemals ausgesprochen. Ich brannte darauf, zu wissen, was vorgefallen war, aber so unnachgiebig, wie er meinen Blick erwiderte, würde ich kein Wort aus ihm rausbekommen. Was auch völlig in Ordnung war, doch leider nichts an meiner Neugier änderte.

Bevor ich ihn weiter ausfragen konnte, stellte er den Becher mit etwas zu viel Nachdruck zurück auf den Tisch, und das laute Geräusch ließ mich innehalten. »Eigentlich sind wir aber hier, damit du Dinge über deine Magie lernen kannst, nicht über mich.«

Ich unterdrückte ein Seufzen. Er hatte ja recht. Trotzdem nutzte ich die Gelegenheit und nahm einen großen Bissen von meinem Sandwich.

»Am Abend des Balls war deine Magie sehr stark. So ist das beim Erwachen oft. Aber wie war es gestern Morgen?«, fragte Dylan und biss nun selbst von seinem Sandwich ab.

Mir wurde schwer ums Herz. Mühsam schluckte ich runter. »Man hat mir mein Leben lang immer wieder gesagt, wie wundervoll es sich anfühlt, sobald die Magie erwacht. Aber am Abend des Balls war es bloß schrecklich. Mir war ganz schlecht, ich habe mich unwohl und nicht wie ich selbst gefühlt. So war es auch gestern Morgen. Ich habe es irgendwie … einfach gespürt.«

Er ließ sich meine Worte eine Weile durch den Kopf gehen. »Inwieweit hat es sich von der Nacht des Balls unterschieden?«

»Beim Ball hat es sich über einen längeren Zeitraum angekündigt. Normalerweise freue ich mich auf jede Art von Party oder Veranstaltung. Das ist mein Element. Aber schon während der Vorbereitung und in der Nacht davor war die Welt eine Spur dunkler. Als würde sich ein Unheil anbahnen. Ich bin bloß nicht davon ausgegangen, dass das meine Magie sein könnte. Hätte ich gewusst, dass Finn …« Ich unterbrach mich selbst.

»Dass Finn Thompson stirbt, meinst du?« Dylan sagte die Worte ohne jegliche Wertung. Da war keine Trauer, keine Befangenheit – nur Sachlichkeit. »Du solltest keine Angst davor haben, das auszusprechen.«

»Ich habe keine Angst«, log ich.

»Jeder von uns wird eines Tages sterben«, sagte er nonchalant. »Auch du und ich. Angst vor dem Tod wird ihn nicht verhindern können.«

»Es ist ein bisschen früh für diese Art von Nihilismus.«

»Das hat damit nichts zu tun.«

Ich zog eine Braue in die Höhe. »Nicht?«

Seine Miene war unlesbar. »Das, was in diesen ganzen Büchern steht – die Theorie – kann ich dir nicht beibringen. Du musst dich selbst damit beschäftigen. Aber nach dem, was ich über dich gehört habe, bist du mit der Hälfte des Stoffs wahrscheinlich schon durch.«

Ich erstarrte. Zum einen, weil er sich offenbar über mich erkundigt hatte und ich mich unwillkürlich fragte, was er noch alles gehört hatte. Und zum anderen, weil er recht hatte. Ich hatte ununterbrochen versucht, den Stoff von zwei Jahren Unterricht aufzuholen und hatte Abhandlung über Abhandlung gelesen, was mir beinahe wie ein sinnloses Unterfangen vorgekommen war, da der Berg nicht kleiner zu werden schien.

»Und wenn das so wäre?«, fragte ich leichthin.

»Dann habe ich bisher alles richtig gemacht.«

Ich zog beide Augenbrauen in die Höhe und warf ihm einen Blick zu, der sagte: *Jetzt komm schon.*

»Damit meine ich, dass bisher alles gut läuft. Du lernst die Theorie, und ich fange an, dich in die Gepflogenheiten der Silver Ravens und der Todesbegabten einzuführen, wie ... Professorin Chen es gesagt hat.«

Ach, wie nett. Es gehörte also zu einer Art verqueren Mentoren-Lehrplan, mich mir selbst zu überlassen.

»Dann erklär mir gern die Etikette, wenn du das von Anfang an so geplant hast. Sag mir, wie zum Teufel ich damit umgehen soll, dass ich den Tod eines Jungen hätte verhindern können.« Die Worte platzten nur so aus mir heraus, ich schaffte es nicht, sie zurückzuhalten.

Etwas in Dylans Blick veränderte sich, auch wenn seine Miene immer noch undurchschaubar war. »Deine Magie ist gerade erst erwacht. Banshees und Reaper trainieren ihr Leben lang, um ihre Kräfte in den Griff zu bekommen. Wenn du ein wenig geübter bist, kannst du das Gefühl nächstes Mal gezielter einordnen. Du wirst wissen, was es bedeutet, und kannst dagegen vorgehen. Besonders wichtig dabei ist, dass du immer auf deine Intuition hörst. Ich bin mir sicher, du hast ein gutes Bauchgefühl. Das ist bei Todesbegabten in der Regel der Fall. Wenn du auch nur ansatzweise ein merkwürdiges Gefühl hast, reagier darauf. Sprich mit den Lehrkräften, sie werden wissen, was zu tun ist.«

»Ich will aber nicht auf andere Leute angewiesen sein«, sagte ich stirnrunzelnd. »Ich will selbst wissen, was zu tun ist.«

Wieder flackerte etwas in Dylans Blick auf. Triumph? »Du musst erst die Grundlagen dafür lernen. Es gibt Zeichen und Emotionen, verschiedene Arten von Meditationen für Weissagungen. Deine Magie ist kein endloser See, aus dem du jederzeit aktiv schöpfen kannst. Sie wird sich bemerkbar machen, sobald Gefahr droht. Und wenn es so weit ist, gibt es Rituale, die du durchführen kannst, um aktiver zuzuhören und zu erspüren, was vor sich geht.«

Ich stieß verzweifelt den Atem aus. »Das klingt aber einfach nur vage. Ich kann doch nicht jedes Mal, wenn es mir schlecht geht, davon ausgehen, dass das meine Magie ist. Oder? Muss ich jetzt jedes Mal zu Rektorin Baskerville gehen, wenn ich einen flauen Magen bekomme oder es mir kalt den Rücken runterläuft?«

»Eins nach dem anderen. Bis zum nächsten Mal ist hoffentlich noch ein wenig Zeit, bis dahin kannst du dich vorbereiten.«

Ehrlich gesagt wollte ich nicht, dass es ein nächstes Mal gab. Ich wollte nicht noch einmal erleben, dass jemand in meinem direkten Umfeld ums Leben kam. Aber so unbeteiligt, wie Dylan darüber sprach, konnte man fast meinen, dass man sich irgendwann daran gewöhnte.

»Ich habe gehört, dass du vor Ort warst, als es passiert ist«, sagte ich nach einer Weile und spielte an der Kruste meines Sandwiches mit einem Krümel, der sich gelöst hatte.

»War ich.«

Ich überlegte, wie ich meine Frage möglichst taktvoll formulieren konnte. »Wie war es für dich? Ich meine, siehst du es auch kommen, wenn jemand in deiner Nähe das Leben verliert?«

Er dachte einen Moment lang nach. »Nein. Ich spüre die Seelen erst, wenn sie auf der Schwelle zum Tod stehen.«

»Und dann?«, fragte ich.

»Dann muss ich sie davon überzeugen, mit mir zu kommen.«

»Ins Jenseits?«

»Durch den Schleier hindurch.«

Seine Antworten waren zwar knapp, aber dennoch einigermaßen aufschlussreich. »Und wenn sie sich weigern?«

»Es ist schwer, eine Seele dazu zu zwingen, durch den Schleier zu treten. Ich muss dann Überzeugungsarbeit leisten. Denn wenn sie nicht durch den Schleier tritt …« Er hielt inne und sein Blick verdunkelte sich.

Ich hatte in den Büchern einige allgemeine Informationen über den Umgang mit Leben und Tod der Tuatha De Danann gefunden, alles vereint in einem Konstrukt der natürlichen Ordnung. Auch in Seelenführung hatte Professor Cusack einiges über das Jenseits und irgendwelche Schleier erzählt, wovon ich allerdings nicht besonders viel verstanden hatte.

»Was dann?«, hakte ich vorsichtig nach, als Dylan nach einer Weile immer noch schwieg.

»Dann wandelt die Seele auf dieser Welt weiter.«

»Du meinst, sie verwandeln sich in Geister?«

Er nickte. »Und dann gibt es kein Zurück mehr für sie.«

Ich ließ mir seine Worte durch den Kopf gehen – bis mir ein erschreckender Gedanke kam. Mit großen Augen sah ich ihn an. »Was war mit Finn? Hast du seine Seele durch den Schleier begleitet?«

Dylans Schultern versteiften sich. Er trank einen weiteren Schluck Kaffee, um davon abzulenken, doch ich bemerkte es trotzdem. Geduldig wartete ich, und es dauerte einen Moment, bis er antwortete. »Ich war zu spät.«

Ich runzelte die Stirn. »Was bedeutet das?«

Dylan schüttelte nur den Kopf. »Seine Seele war schon fort, als ich ankam.«

»Aber was bedeutet das?«

»Manche Seelen brauchen keine Begleitung. Bei einem Großteil ist keine Überredung notwendig, um sich dem Schicksal zu fügen«, erklärte er.

Ich ließ seine Worte sacken. Das klang ja beinahe friedlich. Als hätte Finn Thompson sich ohne einen Kampf ergeben. Ich wusste nicht, wie ich das finden sollte. Für mich waren diese Gedanken an den Tod nach wie vor einfach nur gruselig. Zumal mich die Vorstellung zusehends fertigmachte, dass ich etwas dagegen hätte unternehmen können.

»Wie kann ich meine Magie dazu bekommen, präziser zu reagieren? Ich weiß, du hast diesen Vergleich mit dem See gezogen, aber … ich will aktiver eingreifen. Ich muss nächstes Mal besser reagieren. Schneller«, sagte ich und hörte selbst, wie aufgewühlt ich dabei klang. Das war nicht gut.

»Als Erstes solltest du aufhören, dich selbst zu geißeln. Gestern Morgen hast du Fortschritte gemacht. Du hast gespürt, dass etwas nicht stimmt, und hast reagiert, ganz instinktiv.«

So hatte ich es noch gar nicht betrachtet.

Doch er hatte recht. Ich hatte mich daran erinnert, wie es sich in der Nacht des Balls angefühlt hatte und wie ähnlich mein Unwohlsein zu dem an jenem Abend gewesen war. Ich war aufgesprungen, aber ohne Dylans Hilfe hätte ich es nicht rechtzeitig aus dem Weg geschafft. Was eine weitere Frage bei mir aufrief.

»Wieso warst du eigentlich dort?«

»Ich wollte prüfen, ob du das Material liest, das ich dir rausgesucht habe.«

Ich nickte und rührte in meinem Tee herum. »Nun, wie du gesehen hast, habe ich das. Und du hast recht. Ich bin schon ein ganzes Stück weit gekommen.« Ich schob ihm meinen Block über den Tisch, wo ich bereits alle Abhandlungen aufgelistet hatte, die ich gelesen hatte, dann wiederum die, die noch ausstanden. Vielleicht hatte Dylan ja trotz seines Geredes über Theorie und Praxis noch Ergänzungen.

Dylan betrachtete meine Liste. Sein Mundwinkel hob sich leicht.

»Was?«, fragte ich stirnrunzelnd.

Er trank einen Schluck Kaffee. »Du bist ja eine richtige Überfliegerin, Miss Everfall.«

Wieder rollte ich mit den Augen. »Du kannst ruhig aufhören, mich so zu nennen.«

»Das stand auf deiner Schärpe. Also ist dieser Name doch sehr treffend.«

»Ich bin nicht mehr die amtierende Miss Everfall, schon vergessen? Ich habe das Diadem weitergereicht.«

Er schüttelte nur den Kopf. Gut, also konnte ich ihn nicht davon abbringen. »Wenn du mich weiterhin so nennst, werde ich mir auch einen lächerlichen Spitznamen für dich ausdenken müssen. Auge um Auge und so.«

»Vielleicht gestatte ich dir das, sobald du mir für jede der Abhandlungen, die du gelesen hast, eine Zusammenfassung gibst und einen Bezug zu deiner eigenen Gabe herstellst.«

Ich starrte ihn an. »Was?«

»Du hast dir doch richtige Hilfe gewünscht«, erwiderte er und tat dabei ganz ahnungslos. »Das hier ist Hilfe. Also leg los.«

Kurz war ich versucht, meine Stirn auf die Tischplatte vor mir sinken zu lassen, da es eindeutig zu früh für diese Art von Quälerei war. Aber dann riss ich mich zusammen, denn Dylan hatte recht. Das hier war die Hilfe, die ich mir von ihm gewünscht hatte, und innerhalb der letzten Minuten war mir klar geworden, dass er Expertise besaß, von der ich profitieren konnte. Also musste ich diese Situation nutzen. Ich blätterte in meinem Block zu den Notizen, die ich angefertigt hatte, und räusperte mich. Dann fing ich an, ihm Zusammenfassungen über die jeweiligen Artikel und Studien zu geben. Ich versuchte, nicht auf meine gekritzelten Worte zu schauen, aber anscheinend war Dylan nicht streng. Deshalb riskierte ich den einen oder anderen Blick, während ich über Trauerarbeit der Gemeinde und der Rolle von Banshees darin referierte, ihm von der Theorie zur Geistersicht berichtete und der Verbindung von Todesbegabten zum Jenseits. Er hingegen erklärte mir, wie man Botschaften von Geistern interpretierte und entschlüsselte und ergänzte meine Zusammenfassung des

Wehklagens mit dem Fakt, dass manche Anfälle von Banshees einige Sekunden oder sogar mehrere Wochen andauern konnten (Himmel, hoffentlich würde mir das nie passieren). Als es irgendwann zur ersten Stunde klingelte, konnte ich nicht glauben, dass die Nachhilfe allen Ernstes schon vorbei war. Dylan schien es ähnlich zu gehen, denn er warf einen Blick auf sein Handy, stieß einen gemurmelten Fluch aus und sprang im nächsten Moment auf, ohne sich zu verabschieden. Aber das war okay, da die Stunde besser gelaufen war, als ich mir erhofft hatte.

14

Kenna, Murphy und ich trafen uns in der Mittagspause vor dem Wohnheim der Bronze Wolves, das gegenüber von dem der Golden Leaves lag. Ich betrachtete den Eingang, die mit Schnitzereien verzierte Eingangstür aus wuchtigem dunklen Holz mit den bronzenen Türknäufen in Wolfform. Da das Gebäude im Gegensatz zu dem der Silver Ravens bereits saniert worden war, gab es hier einen Eingang mit Schlüsselkarte. Wenn man keine Befugnis hatte, musste man die Türklopfer verwenden und damit die Wohnheimaufsicht kontaktieren, die jeden Besucher in einem Verzeichnis aufführte.

»Wie sollen wir dort reinkommen?«, fragte ich an Kenna gewandt, doch Murphy war derjenige, der antwortete.

»Darum hab ich mich schon gekümmert«, sagte er und hielt eine weiße Schlüsselkarte zwischen Zeige- und Mittelfinger geklemmt in die Höhe.

Kenna und ich staunten nicht schlecht. »Wo hast du die denn her?«, fragte meine Mitbewohnerin verblüfft.

»Ein Gentleman schweigt und genießt.«

Ich zog die Nase kraus. »Das ist eine Antwort, die auf eher eklige Beschaffungsmethoden hinweist, Murphy.«

»Was du als eklig bezeichnest, ist für andere Genuss«, gab er nur zurück, bevor er die Stufen zum Wohnheim hinauflief.

»Du willst mir doch nicht weismachen, dass du für die Karte … du weißt schon was getan hast«, zischte Kenna hinter ihm.

Murphy lächelte nur schmal und hielt die Karte vor das kleine schwarze Feld rechts vom Eingang. Als das grüne Lämpchen aufleuchtete, warf er uns einen amüsierten Blick zu. »Ich bin ein Shifter, ihr Süßen. Als Rabe gelangt man an Gegenstände, an die nicht jeder kommt.«

Ich stieß einen anerkennenden Pfiff aus. »Das wusste ich gar nicht.«

»Ich habe noch viele weitere Geheimnisse, die du gern jederzeit ergründen kannst, Zoey«, gab er zurück.

»Du bist in Rabengestalt über den Campus geflogen und hast allen Ernstes jemandem die Schlüsselkarte geklaut?«, flüsterte Kenna aufgebracht.

Murphy nickte, und in seinen Augen glitzerte Stolz.

»Das ist eine richtig gute Idee«, sagte Kenna schließlich anerkennend.

»Ich versuche, es nicht persönlich zu nehmen, dass du derart überrascht klingst«, gab er zurück und stemmte sich so gegen die Tür, dass sie einen kleinen Spalt aufging. »Weißt du, wo Finns Wohnheimzimmer liegt?«

Kenna nickte. »Erster Stock, rechts, zweite Tür auf der linken Seite.«

»Alles klar. Wir gehen jetzt da rein, als würden wir genau dorthin gehören.«

Ohne ein weiteres Wort öffnete er die Wohnheimtür. Als wir eintraten, schlang Murphy sowohl Kenna als auch mir jeweils einen Arm um die Schulter und lachte laut, wobei er meine Schulter kurz drückte, als wollte er mir stumm mitteilen wollen, gefälligst mitzuspielen. Nichts leichter als das.

»Dann hat sie ihm einen Cocktail ins Gesicht gekippt – volle Kanne auf seinen neuen Anzug«, sagte ich, woraufhin Murphy noch lauter lachte.

Aus dem Augenwinkel sah ich die Wohnheimaufsicht hinter dem Tresen sitzen. Der Mann mittleren Alters telefonierte und warf uns einen kurzen Blick über den Rand seiner Brille zu, bevor er sich seinem Computerbildschirm zuwandte. Ich atmete auf, redete aber weiter mit Belanglosigkeiten auf Murphy und Kenna ein, bis wir den ersten Stock erreichten. Oben angekommen, bogen wir rechts ab, und Murphy ließ uns endlich los.

»Das war doch gar nicht so schwer«, sagte er, sichtlich zufrieden mit sich.

Kenna rieb sich über die Schulter, genau an der Stelle, wo Sekunden zuvor noch seine Hand gelegen hatte.

»Jetzt ist nur noch die Frage, wie wir in Finns Zimmer kommen«, murmelte ich.

»Er hat einen Mitbewohner«, sagte Kenna, hob die Hand und klopfte an.

Wenig später wurde die Tür geöffnet. Ein Typ mit zerzausten dunkelbraunen Haaren und sommersprossigem Gesicht stand im Türrahmen. Er hatte große Kopfhörer auf den Ohren, dunkle Augenringe und trug einen schlabbrigen, löchrigen Schlafanzug.

»Was wollt ihr?« Er klang weder freundlich noch böse, schien aber eindeutig keine Lust auf Gesellschaft zu haben.

»Hi, Evander«, fing Kenna vorsichtig an. »Können wir reinkommen?«

Finns Mitbewohner betrachtete Murphy und mich skeptisch. Nach einigen Sekunden trat er beiseite und nickte ins Zimmer. Wir folgten der stummen Aufforderung.

»Wie kommst du mit der Sache klar?«, fragte Kenna vorsichtig, während Evander zu seinem Schreibtisch lief, auf dem ein Computerbildschirm stand, auf dem ein Spiel pausiert war.

Evander hob eine Schulter und legte die Kopfhörer um seinen Hals. »Finn und ich waren erst seit ein paar Monaten Mitbewohner. Ich mochte ihn. Es ist komisch, dass er nicht mehr da ist.«

Kenna fragte noch irgendetwas, aber ich war zu beschäftigt damit, das Zimmer in Augenschein zu nehmen. Es war größer als das von Kenna und mir ohne die Schrägen und den zwei Fenstern auf der Rückseite des Raumes. Finns Bett war mit blaugrauer Bettwäsche bezogen und sah aus, als wäre es frisch gemacht, über dem Gestell hing an der Wand die Flagge der Everfall Academy neben einigen Fotos von Finn mit seiner Familie. Ich betrachtete sie eingehend. Kenna trat zu mir, und als ich ihr einen kurzen Seitenblick zuwarf, erkannte ich, wie dunkel und traurig der Ausdruck in ihren Augen geworden war, ihre Schultern waren hinabgesunken.

Ihre Traurigkeit rief mir in Erinnerung, weshalb wir hier waren: Hinweisen für Finns Tod nachzugehen. Ich ging weiter durch das Zimmer bis zum Schreibtisch. Überall auf der Holzplatte lagen Skizzen verteilt. Mit schräg gelegtem Kopf betrachtete ich sie. Einige Gerätschaften waren dort abgebildet, aber auch Waffen. Ich erkannte Klein- und Großschwerter, ein Athame und verschiedene Versionen eines Schwertes.

»Hat Finn an irgendetwas Bestimmtem gearbeitet?«, fragte ich und warf einen Blick über die Schulter.

Evander, der auf seinem Schreibtischstuhl Platz genommen hatte, schien nachzudenken. Hinter seinen Augen arbeitete es und er sah zwischen uns allen hin und her, als würde er abwägen, ob er sagen durfte, was ihm durch den Kopf ging.

»Er hat oft Überstunden in der Schmiede geschoben.«

Nachdenklich betrachtete ich wieder die Skizzen. Es kostete

mich zwar einige Mühe, aber ich griff nach vorn und fing an, die verschiedenen Zettel einzeln auseinanderzunehmen und nach weiteren Hinweisen zu schauen. »Von welcher Blutlinie des Handwerks stammte er eigentlich ab?«

»Credne«, antwortete Kenna.

Bei den Tuatha De Danann hatte es drei Götter des Handwerks gegeben: Gavida, Luchta und Credne. Sie waren für das Kunstschmiedehandwerk zuständig gewesen und hatten alle Waffen der Tuatha De Danann für ihre Schlachten hergestellt.

»Das mit den Überstunden …«, sagte Kenna langsam. »Das hab ich auch mitbekommen. Hat er dir denn erzählt, was er in der Schmiede gemacht hat?«

Neugierig hob ich den Kopf. Ich war nicht allzu sehr mit den Stundenplänen der Bronze Wolves vertraut, nahm allerdings an, dass die Erstklässler nur beschränkte Stunden in der Schmiede bekamen, genau wie wir damals im Gewächshaus, bis einem im zweiten Jahr größere Projekte anvertraut wurden.

Evander brummte bloß unschlüssig. »Keine Ahnung. Einmal kam er nach der Ausgangssperre zurück und hat sogar eine Verwarnung bekommen, aber das hat ihn erstaunlich kaltgelassen. Stattdessen hat er den ganzen Abend wie ein Irrer gegrinst. Und es hat auf mich gewirkt, als hätte er in der letzten Zeit mehr Geld gehabt. Er hat sich sogar einen neuen Laptop und ein neues Handy gekauft.«

Möglichst unauffällig öffnete ich meine Tasche und schob Finns Skizzen hinein. Murphy stand so vor mir, dass Evander davon hoffentlich nichts mitbekam.

»Gibt es irgendwen, mit dem er sich öfter getroffen hat?«, hakte ich nach.

Evander brauchte nicht über die Frage nachdenken. »Er war eher ein Einzelgänger. Ab und zu haben wir zusammen gezockt. Das kam aber nur selten vor, weil sein Stundenplan so voll war und er viel gearbeitet hat. Hört mal, ich bin eigentlich echt beschäftigt. Was sollen die ganzen Fragen?«

Ich versteifte mich bei seinen kritischen Worten. Wir konnten nicht zulassen, dass auf dem Akademiegelände die Runde machte, wie Murphy, Kenna und ich hinter dem Rücken des Kollegiums und der Hüter in Sachen Finns Tod herumschnüffelten. Wenn sie die Sache unter Verschluss hielten, mussten wir umso mehr aufpassen, damit wir nicht ins Fadenkreuz gerieten und Aufmerksamkeit auf uns zogen.

»Ich möchte einfach seine letzten Schritte nachvollziehen, verstehst du? Das würde mir enorm helfen«, antwortete Kenna leise, ihre Stimme von Trauer belegt. Ob sie so tat oder die Worte ernst meinte, erkannte ich nicht – aber falls sie schauspielerte, war sie ohne Zweifel begnadet.

»Wo ist der Laptop?«, fragte Murphy unvermittelt und Evanders Blick zuckte fragend zu ihm. »Der, den er sich neu gekauft hat.«

So viel zum Thema subtil sein.

»Ein Hüter hat sein Handy und den Laptop mitgenommen, am Morgen nach seinem Tod. Der Rest wird im Laufe der Woche abgeholt, wurde mir gesagt.«

Krampfhaft suchte ich nach einem weiteren Hinweis und blickte mich in dem Zimmer um.

»Weißt du, ob die Hüter auch seine Schulbücher mitgenommen haben?«, fragte Kenna in diesem Moment. »Immer, wenn wir zusammen gegessen haben, hatte er mehr Bücher bei sich, als er tragen konnte. Aber hier sehe ich kein einziges.«

Evander runzelte die Stirn. »Gute Frage. Ich bin mir nicht sicher. Der Hüter, der hier war, hat nur Laptop und Handy mitgenommen.«

Ohne seinen Laptop oder Schullektüre blieben nur noch die Fotos an der Wand, der Fakt, dass er mit Evander gezockt hatte und die Tatsache, dass er offenkundig Geld hatte. Es wäre also eine Möglichkeit, in der Bibliothek nachzuschauen, welche Bücher er zuletzt ausgeliehen hatte. Vielleicht würden wir dort einen Hinweis finden. Oder wir statteten der Schmiede einen Besuch ab, da gab es mit Sicherheit auch Antworten.

Ich war schon drauf und dran, mich bei Evander zu bedanken, damit wir uns wieder verabschieden konnten, als mir etwas ins Auge stach. An den Fotos über Finns Bett hing eines der Bilder schiefer als die anderen – und hinter der oberen Ecke ragte etwas Weißes hervor. Ich warf einen Blick zu Evander. Er zog eine Augenbraue in die Höhe. Es war offensichtlich, dass er uns die sentimentale Nummer nicht abkaufte, also gab ich den Versuch auf, unauffällig zu sein, lief zu Finns Bett und beugte mich vor, um an das Bild zu gelangen, während ich Evanders kritischen Blick förmlich auf mir spürte. Hinter dem Foto von Finn und seinen Eltern zog ich einen kleinen lilafarbenen Zet-tel hervor. In hübscher Schreibschrift stand dort:

Das werde ich dir nie vergessen.

Direkt neben dem Satz war mit pinkem Lipgloss ein Kuss auf das Papier gedrückt worden. Interessant.

»Hört mal, ich will nicht unhöflich sein, aber ich muss jetzt gleich los«, warf Evander in diesem Moment ungehalten ein.

Ich schob den Zettel zu den anderen in meiner Tasche und drehte mich zurück zu den anderen. »Danke für deine Zeit, Evander.«

Er winkte bloß ab. »Kein Ding.«

Murphy, Kenna und ich verabschiedeten uns und verließen sein Zimmer.

Es war früher Abend, als Kenna und ich dazu kamen, in unserem Zimmer Finns Unterlagen durchzusehen. Murphy hatte eine seiner freiwilligen Trainingsstunden und wir hatten ihm versprechen müssen, ihn später in unsere Erkenntnisse einzuweihen.

Wir hatten die Papiere auf dem Boden zwischen unseren Betten ausgebreitet. Regen peitschte gegen das kleine Giebelfenster und der rostige Kronleuchter in der Mitte der Decke warf flackerndes Licht auf die vielen Blätter. Kenna und ich knieten dazwischen und betrachteten alles eingehend. Meine Mitbewohnerin schnappte sich den Zettel mit dem Kussmund darauf. Stirnrunzelnd musterte sie ihn.

»Hatte Finn jemanden in seinem Leben?«, fragte ich vorsichtig. »Eine Freundin oder einen Freund?«

Kenna schüttelte den Kopf. »Nicht, dass ich wüsste. Ich hab dir ja schon erzählt, dass er eher ein stiller Typ war. Manchmal fast eigenbrötlerisch. Ich kannte ihn nicht lange genug, um herauszubekommen, ob er einfach niemanden so richtig an sich heranlassen wollte oder ob es eher an seiner Schüchternheit lag.«

Das schien nicht wirklich zu den Worten auf dem Zettel zu passen. Dieser Junge warf viele Fragen bei mir auf. Ich wollte mehr erfahren.

»Wie habt ihr euch eigentlich kennengelernt?«, wollte ich wissen, als Kenna den Zettel zurück zu den anderen legte.

Kennas Blick verschleierte sich für einige Sekunden. »Wir hatten zu Beginn des Schuljahres beide dasselbe Buch in der Bibliothek reserviert. Ich brauchte es dringend für ein Referat bei Professor Cusack, aber Finn wollte nicht lockerlassen und bestand darauf, dass er es aus einem weitaus wichtigeren Grund benötigen würde. Letzten Endes hat er mir Schere-Stein-Papier vorgeschlagen.« Ein trauriges Lächeln umspielte ihre Lippen. »Ich habe gewonnen, habe ihm das Buch aber trotzdem überlassen, einfach weil er mich zum Lachen gebracht hat mit seiner bescheuerten Argumentation.

Am Tag darauf hat er mir einen Muffin mitgebracht. Er war mit Karamell und Schokolade gefüllt. Von dem Tag an haben wir öfter zusammen unsere Hausaufgaben in der Bibliothek erledigt und Snacks geteilt. Mal haben wir geredet. Mal nicht.«

Man konnte an dem wehmütigen Klang ihrer Stimme erkennen, wie nah ihr das Ganze ging.

»Das klingt irgendwie niedlich.«

Ein trauriges Lächeln umspielte ihre Mundwinkel. »Ob du es glaubst oder nicht, aber die meisten Leute an der Akademie gehen mir aus dem Weg. Sie haben Angst vor mir. Doch Finn hatte das nie.«

Jetzt, da ich wusste, dass Kenna eine Dearg Due war, glaubte ich ihr das sofort – immerhin galten sie, geboren aus dunkler Magie, als verflucht und gefährlich. Auf der anderen Seite konnte ich mir kaum vorstellen, wie meine Mitbewohnerin jemanden anfiel und ihm jegliches Blut aussaugte.

»Ich kann förmlich sehen, wie deine Gedanken rasen«, sagte Kenna und stützte sich rücklings auf zwei Hände. »Letztes Jahr gab es einen Vorfall. Ich habe jemanden gebissen.«

Scharf atmete ich ein. Das war ein grober Verstoß gegen die Schulregeln. Egal, ob als Sidhe oder anderes Wesen – niemand durfte seine Magie oder Fähigkeiten gegen andere Schüler einsetzen. Der Biss einer Dearg Due war nicht ungefährlich, aber keineswegs tödlich, solange sie ihr Opfer nicht aussaugte. Allerdings hatte ich von diesem Vorfall nichts mitbekommen, was wiederum bedeutete, dass er keine allzu großen Wellen an der Akademie geschlagen hatte.

»Warum hast du es getan?«, fragte ich leise.

»Ich … ich wollte nie, dass irgendwer Angst vor mir hat. Deshalb ziehe ich mich an, wie ich es tue, und deshalb versuche ich auch, mich im Hintergrund zu halten. Um niemandem weiter

Grund zu geben, mich noch mehr zu fürchten, als sie es ohnehin schon tun. Aber dieses eine Mal …« Sie hielt inne, anscheinend in Erinnerungen versunken. »Manchmal muss man sich gegen andere behaupten, damit man nicht selbst in den Abgrund stürzt, weißt du? Das habe ich gelernt, als ich verwandelt wurde. Und diese Person … sie hat nicht lockergelassen und mich vor allen bloßgestellt und in eine Ecke gedrängt. Ich habe es mir gefallen lassen, einmal, zweimal. Aber irgendwann muss man einen Schlussstrich ziehen. Ich habe sie gewarnt. Und als sie mich wieder bedroht hat, habe ich zugebissen. Nur einmal, ganz schnell. Um ein deutliches Zeichen zu setzen.«

Ich nickte langsam. Niemand musste auf sich herumhacken lassen, das sah ich genauso. Und nach dem, wie Georgina mich behandelt hatte, hatte ich mir ebenfalls fest vorgenommen, es nicht noch mal so weit kommen zu lassen, von daher verstand ich Kenna voll und ganz.

»Hat es geholfen?«, fragte ich weiter.

Überrascht blinzelte sie. »Ja. Seitdem halten sie sich von mir fern.«

Ich streckte ihr die Hand zum Highfive hin. Sie schlug zögerlich ein und schüttelte schmunzelnd den Kopf. »Hast du gut gemacht«, sagte ich. »Ich würde das nächste Mal auch mit unfairen Mitteln spielen, wenn Georgina noch mal auf mich zukommt. Vielleicht tue ich einfach so, als hätte ich eine tödliche Vision von ihr und lache, während sie schreiend davonläuft.«

Jetzt prustete Kenna los und ich stimmte mit ein. »Das ist ein ganz schön diabolischer Plan, Zoey.«

»Vielleicht werde ich jetzt so. Diabolisch, fies und fürchterlich beängstigend.«

Kenna schüttelte bloß den Kopf. »Das glaube ich nicht. Dafür bist du zu niedlich.«

Ich zog beide Brauen in die Höhe. »Ich? Niedlich? Ich bin nicht diejenige, die sich Blümchen und Perlen in die Haare steckt und in Latzhosen herumläuft.«

Sie schnappte sich einen Stift und warf ihn nach mir, nur gerade so schaffte ich es, auszuweichen. »Erstens mag ich meine Blümchen und Perlen. Genauso wie meine Latzhose, die ist einfach ultra bequem. Und zweitens …« Sie hielt inne.

»Zweitens?«, hakte ich sanft nach.

»Zweitens ist es nicht so leicht, wenn alle Angst vor einem haben. Ich meine, dass ich mich damals so gegen diese Schüler behauptet habe, hat auf der einen Seite geholfen, aber auf der anderen Seite hat es alle weiteren abgeschreckt. Ungefähr jeder an dieser Akademie hat Angst, auch nur in meine Nähe zu kommen.«

Ein warmes Gefühl breitete sich in meiner Brust aus. Ich hatte Kenna in den letzten Tagen kennengelernt. Sie war sensibel, setzte sich für das ein, woran sie glaubte, und war eine unglaublich loyale Freundin Finn gegenüber – selbst nach dessen Tod. Ja, sie war eine Dearg Due und musste ab und an Blut trinken. Ja, sie hatte einen anderen Schüler gebissen, aber dennoch hielt ich sie nicht für gefährlich. »Ich habe keine Angst vor dir«, sagte ich mit fester Stimme.

Wieder blinzelte Kenna perplex. Dann wurde ihr Lächeln ganz warm. »Ich auch nicht vor dir.«

»Und wenn ich mich recht entsinne, hat Murphy ebenfalls keine Angst vor dir.«

Kennas Lächeln wirkte wie ausgeknipst, ihre Wangen wurden rot. Sie wandte schnell den Blick ab und sah auf ihre Unterlagen. »Murphy hat mich bis vor Kurzem nicht mal mit dem Hintern angeguckt. Ich glaube, er redet nur mit mir, um sich bei dir gutzustellen.«

Ich schnaubte verächtlich. »Das glaube ich nicht.«

»Können wir jetzt anfangen, die Sachen hier durchzugehen? Sonst werden wir morgen früh noch nicht fertig sein.«

Ich verstand einen Wink mit dem Zaunpfahl, wenn ich einen bekam, und wandte mich schließlich Finns Notizen zu. »Alles klar«, murmelte ich, hob eine der Skizzen an und betrachtete den darauf abgebildeten Schwertgriff, dessen Heft wunderschön verziert war, mit lauter filigranen goldenen Ornamenten und einem Kristall in der Parierstange. »Finn hatte wirklich Talent.«

Kenna brummte zustimmend. »Manchmal habe ich ihm wie gebannt beim Zeichnen zugesehen. Es ist echt faszinierend, wenn jemand bei seinem Talent aufblüht. Man konnte dabei förmlich die Magie Crednes spüren, die von ihm ausgegangen ist.«

Ich wusste genau, was sie meinte. So war es auch jedes Mal, wenn ich Beau beim Kämpfen zusah, oder Violet beim Beschwören von Pflanzen. Ihre Gesichter schienen dabei förmlich zu leuchten, als würde aus ihnen heraus ein Licht der Magie erstrahlen.

Ich fragte mich, ob das bei mir auch so aussah, wenn mich die Todessicht überkam. Vorstellen konnte ich mir das beim besten Willen nicht.

»Weißt du, woher Finn plötzlich so viel Geld hatte?«, erkundigte ich mich.

Kenna schüttelte den Kopf. »Das hat mich auch verwirrt. Finn war Stipendiat, eigentlich hatte er nicht viel übrig – und er hat mir nie mehr dazu erzählt.«

Wenn man Evander glaubte, hatte Finn sich sogar neue technische Geräte gekauft, was nicht wirklich mit einem Stipendium zusammenpasste.

»Wir müssen in der Schmiede nachsehen. Aus diesen Skizzen geht nämlich nicht viel hervor.«

Kenna nickte. »Und in der Bibliothek. Ich würde gern wissen, wo seine ganzen Bücher hinverschwunden sind.«

»Sollen wir morgen nachsehen?«, fragte ich.

In diesem Moment gähnte Kenna und streckte beide Arme über dem Kopf aus. »Gute Idee. Hast du in der Mittagspause Zeit?«

»Da habe ich einen Termin beim Misswahl-Komitee. Aber würde es dir nach der letzten Stunde noch passen?«

»Klar.«

Ich trug unser Vorhaben in meinen Kalender ein. Danach sammelten wir Finns Notizen zusammen und Kenna verstaute sie in ihrem Schreibtisch. Anschließend machte meine Mitbewohnerin sich im Bad bettfertig, während ich mich an meinen Schreibtisch setzte und mein Handy rausholte. Keine verpassten Nachrichten oder Anrufe. Kurzerhand wählte ich Violets Nummer. Es dauerte eine Weile, bis sie abhob.

»Heeey!« Ihre Stimme klang gedehnt und im Hintergrund ertönte Stimmengewirr.

»Hey, Vi. Ich wollte fragen, ob ich dich morgen vor der Mittagspause abholen soll? Dann können wir zusammen zum Komitee«, sagte ich.

»Klar, können wir gern machen. Warte mal kurz.« Offensichtlich hielt sie den Hörer zu, so gedämpft, wie die Hintergrundgeräusche mit einem Mal klangen. »Es ist Zoey.«

Jemand atmete scharf ein. »Leg auf.«

»Bei den Göttern, ja. Ich will nicht, dass sie bei einem von uns den Tod voraussieht.« Das war Ronans Stimme. Ganz sicher.

»Wie nett«, sagte ich trocken. »Danke, Ronan.«

»Sorry, da bin ich wieder.« Ein Grölen erklang im Hintergrund, dann kreischte jemand laut und Lachen ertönte. Ein Lachen, das mir vertraut war.

Beau. Auch er schien bei der Party zu sein.

»Hör mal, ich muss jetzt Schluss machen. Aber wir sehen uns dann morgen«, sagte Violet.

»Alles klar. Bis morgen«, gab ich zurück. Noch während ich sprach, legte sie auf.

In meinem Magen verknotete sich alles, als ich das Handy langsam sinken ließ.

Eigentlich war ich immer die Erste, die bei jeder Party an vorderster Front dabei war. Jetzt hatten sie mich nicht mal eingeladen. Wie sie mich in der Trainingshalle angesehen und mich beim Mittagessen behandelt hatten, als Beau mich versetzt hatte … Von einer auf die nächste Woche war ich kein Teil mehr unserer Gruppe. Weil sie alle mich fürchteten.

Eine Scherbe hatte sich in meinen Rettungsring gebohrt. Nach und nach verlor er an Luft, sodass ich früher oder später untergehen würde, ganz gleich, wie sehr ich mich auch bemühte, an der Wasseroberfläche zu bleiben.

15

Es fiel mir immer schwerer, die neue Morgenroutine hinter mich zu bringen. Müdigkeit steckte mir tief in den Knochen, als ich zur Nachhilfe mit Dylan aufbrach. Er schien weiter sein Vorhaben verfolgen zu wollen, mir die Angst vor dem Tod zu nehmen, denn schließlich passte das nicht zu dem Weg einer Banshee. Ich hingegen war der Meinung, dass er viel zu salopp mit diesen Themen umging, und außerdem, dass er fast schon eine diabolische Freude dabei zu verspüren schien, wenn er mir von verschiedenen Arten zu sterben oder dem Jenseits erzählte. Gleichzeitig spürte ich ganz deutlich, dass mehr hinter dieser Fassade steckte, die er mir auftischte. Beispielsweise, als sich seine Augen bei meiner Frage, wie es sich anfühlte, jemanden ins Jenseits zu begleiten, verdunkelten und beinahe schwarz wurden. Oder aber, wie weiß seine Knöchel hervortraten, weil er seinen Kaffeebecher derart fest umklammerte, nachdem ich ihn nach den Folgen von Nekromantie – dem Wiedererwecken der Toten – fragte und er dem Thema anschließend nachdrücklich auswich.

Dann ging es zum Unterricht, der mich noch eingehender in die Schranken wies. Während mich zwischendurch manchmal das Gefühl überkam, dass das Ganze womöglich zu bewältigen war, wenn ich mich nur genug ins Zeug legte, war ich in Weissagung wieder aufgeschmissen. In Folklore kam ich gut mit, was aber auch zu erwarten war, da es immerhin das einzige Fach war, das ich hatte behalten dürfen. Und als es dann zu Seelenführung kam, war der Tag gelaufen. Professor Cusack war ein Arschloch, anders konnte ich es nicht beschreiben. Es war ja nicht so, als würde ich den Kram mit dem Jenseits und der Kontrolle meiner Magie nicht verstehen *wollen*. Ich wollte das unbedingt. Vielleicht wollte ich es sogar ein bisschen zu sehr, denn als der Unterricht fertig war, war ich komplett am Ende mit den Nerven. Ich hatte keine Ahnung, wie ich das alles schaffen sollte. Mit völlig verkrampften Schultern lief ich durch die Korridore des oberen Stockwerks im Hauptgebäude der Akademie zu dem Raum, in dem Violet Verzauberung hatte. Einige meiner alten Mitschüler kamen mir entgegen und machten einen Bogen um mich, als sie mich an der Wand lehnen sahen. Ich atmete auf, als meine Freundin endlich in Sicht kam. Vi unterhielt sich gerade mit Orla, die verstummte, als sie mich entdeckte. Sie murmelte noch etwas und lief dann in schnellem Tempo an uns vorbei. Ich unterdrückte den Impuls, die Augen zu verdrehen.

»Keine Ahnung, was Orla hat, aber sie übertreibt. Letzte Woche hatte sie noch kein Problem, sich an meinem Lipgloss zu bedienen«, sagte ich und wollte mich bei Vi unterhaken. In diesem Moment wechselte sie ihre Tasche von der einen auf die andere Schulter und verwehrte mir so die Möglichkeit. Stirnrunzelnd sah ich sie an, doch sie ließ sich nichts anmerken, während ich mit dem Gedanken haderte, ob das Absicht gewesen sein könnte.

»Mrs Walsh hat gesagt, wir sollen vor der Sitzung mit den anderen in ihrem Büro vorbeischauen«, sagte sie jetzt.

»Weißt du, was sie will?«, fragte ich, als wir unseren Weg in Richtung Treppenhaus fortsetzten.

Violet schüttelte den Kopf. »Keine Ahnung.«

Eine Weile lang liefen wir schweigend nebeneinander. Beim

Treppenabsatz angekommen, warf ich Vi einen flüchtigen Seitenblick zu. »Habt ihr gestern gefeiert?«

Sie verspannte sich, doch innerhalb eines Wimpernschlags wirkte sie wieder ganz normal. »Darragh hat uns zu sich ins Wohnheimzimmer eingeladen. Ich wollte dich eigentlich fragen, ob du kommen möchtest, aber … die Ausgangssperre.«

In meinem Hals bildete sich ein Kloß. »Ich verstehe schon. Es … es ist nicht mehr wie vorher.«

Violet wog meine Worte ab. »Ich meine, ich wünschte, es wäre anders. Aber es ist nun mal so gekommen, wie es ist. Und für eine von Darraghs Partys lohnt sich eine Verwarnung definitiv nicht.«

Ich zwang mich zu einem Lächeln. »Es klang nicht so, als wäre die Party scheiße gewesen.«

Sie winkte ab. »Das nicht, aber etwas Besonderes nun auch nicht. Wenn wir eine Verwarnung riskieren, dann für einen richtig guten Anlass. Abgemacht?«

Sie wirkte, als würde sie es ehrlich meinen. Ich versuchte, das unangenehme Gefühl, das in mir aufgewallt war, zurückzudrängen. Das hier – die Freundschaft mit Vi – sollte genauso wenig unter der neuen Situation leiden wie meine Beziehung zu Beau. Aber wie sollte ich das bewerkstelligen, wenn ich bei keiner Feier dabei sein konnte und unsere Stundenpläne jetzt so anders waren?

»Abgemacht«, sagte ich langsam.

Damit hatte sich das Thema erledigt. Unten angekommen, bogen wir in den Flur ein, in dem sich die Büros einiger Lehrkräfte befanden. Vor Mrs Walshs Tür blieben wir stehen und klopften an.

»Kommen Sie rein«, rief sie und wir betraten das kleine Büro, das genauso akkurat eingerichtet war, wie auch sie stets aussah. Alles hatte seinen Platz, von den ordentlich gestapelten Anträgen auf ihrem Schreibtisch, den alphabetisch sortierten Büchern in ihren Regalen und den gerahmten Miss-Everfall-Fotos der letzten Generationen an der Wand, wo unter anderem auch sie selbst mit sechzehn zu sehen war.

»Hallo, Sie zwei. Nehmen Sie doch Platz.« Mrs Walsh deutete auf die beiden antiken gepolsterten Stühle vor ihrem Schreibtisch.

Wir setzten uns und sahen die Vorsitzende des Komitees erwartungsvoll an. Unser Treffen mit den neuen Anwärterinnen würde gleich beginnen, also blieb uns nicht viel Zeit.

»Zoey, Sie wissen, wie sehr ich Sie schätze«, fing Mrs Walsh schließlich an und faltete ihre Hände auf dem Schreibtisch vor sich. Ihre blauen Augen trafen meine, und ich entdeckte etwas darin, was ich noch nie zuvor bei Mrs Walsh gesehen hatte: Bedauern. Sie wirkte beinahe reumütig, und mir wurde bewusst, dass jetzt Worte folgten, die mir keineswegs gefallen würden. »Ihre Zeit als Miss Everfall haben Sie vorbildlich genutzt und mich mit Ihrem Engagement und Ihrem selbstbestimmten Handeln für die gemeinnützige Arbeit der Akademie immer wieder überrascht. Sie können wirklich stolz sein auf das, was Sie geleistet haben.«

Ich wischte mir die Hände unauffällig an meinem Rock ab. »Danke, Mrs Walsh.«

Die Vorsitzende schenkte mir ein professionell distanziertes Lächeln. »Sie haben mich stolz gemacht, und ich bin mir sicher, dasselbe gilt für Ihre Mutter. Doch nach Rücksprache mit dem Kollegium habe ich festgestellt, dass sich Ihre neue Laufbahn an dieser Akademie in Kontrast zu dem befindet, wofür das Amt der Miss Everfall steht.«

Violet neben mir atmete scharf ein.

»Was … was soll das heißen?«, fragte ich und konnte selbst hören, wie heiser ich mit einem Mal klang.

Mrs Walsh strich eine stahlgraue Strähne hinter das Ohr und richtete sich auf ihrem Stuhl auf. »Leider muss ich Ihnen mitteilen, dass Ihre Zeit im Komitee nun ein Ende gefunden hat. Es war mir eine große Freude, Ihnen bei Ihrer Entwicklung zusehen und Sie unterstützen zu dürfen.«

Das Blut rauschte in meinen Ohren. Ich fand keine Worte und grub die Finger so heftig in meine Knie, dass ich garantiert rote Flecken davon bekam. Doch ich konnte mich nicht rühren. Ich konnte überhaupt nichts mehr.

Man warf mich aus dem Komitee. Das Komitee, für das ich mir seit über zwei Jahren den Hintern abgerackert hatte. Das, was mir als außerschulische Leistung angerechnet wurde. Die eine Sache, wegen der Mum stolz auf mich gewesen war. Die vielen Stunden bei der gemeinnützigen Arbeit. Die Tätigkeit als Botschafterin der Akademie. Das Mentoring der Miss-Everfall-Anwärterinnen. Die unzähligen Stunden Arbeit, die ich dort investiert hatte.

Ich konnte nicht mehr atmen.

»Ich würde Sie bitten, ab sofort Zoeys Position als Mentorin für die neuen Anwärterinnen zu übernehmen, Violet«, sagte Mrs Walsh jetzt an Violet gewandt.

Meine Freundin sah zu mir, dann wieder zur Vorsitzenden.

»Sind Sie sich sicher? Ich meine, Zoey hat die größte Expertise. Es wäre ein großer Verlust für das gesamte Team, wenn sie nicht mehr dabei ist.«

Ihr Versuch, die Vorsitzende vom Gegenteil zu überzeugen, ging nach hinten los. »Wenn Sie die Position nicht möchten, werde ich sie jemand anderem übertragen, Violet. Ich habe die Situation mit außerordentlicher Sorgfalt abgewogen und bin zum Schluss gekommen, dass dieser Entschluss für alle Beteiligten zum Vorteil ist.«

»Zum Vorteil«, wiederholte ich und schnaubte.

Mrs Walsh sah mich mit hochgezogenen Brauen an. »Wie bitte?«

»Sie könnten auch einfach ehrlich sein.« Das Herz schlug mir bis zum Hals und mein Blut kochte. »Kaum ist Todesmagie in mir erwacht, werde ich entsorgt wie Abfall.«

»Zoey!«, zischte Violet, doch Mrs Walsh hob beschwichtigend die Hand.

»In den letzten Jahren habe ich stets versucht, Ihnen Anmut, Gerechtigkeitssinn und Mut zu vermitteln, Zoey. Vergessen Sie diese Lektionen nicht, nur weil Ihnen nun ein neuer Weg bevorsteht. Und jetzt gehen Sie, bevor Sie noch etwas sagen, was Sie im Nachhinein zweifellos bereuen werden.«

Ich ballte die Hände zu Fäusten und stand auf. Violet tat es mir gleich, doch Mrs Walsh richtete ihren unnachgiebigen Blick auf meine Freundin. »Wenn es Ihnen nichts ausmacht, würde ich Sie gern noch in Ihre neue Aufgabe einführen, Violet.«

Vi setzte sich wieder, jedoch nicht, ohne mir einen mitleidigen Blick zuzuwerfen. Sie formte ein »Tut mir leid« mit den Lippen, auf das ich nichts erwiderte. Ich war zu sehr damit beschäftigt, um Fassung zu ringen. Alles in mir schrie mir zu, dass ich meiner Wut Luft machen sollte, doch ich durfte nicht. Schon dass ich der Vorsitzenden diese harschen Worte an den Kopf geworfen hatte, war zu viel des Guten gewesen. Sollte sie mit meiner Mutter darüber sprechen, wäre ich geliefert. Also widerstand ich dem unbändigen Drang, die Tür zu ihrem Büro zuzuknallen, und schloss sie ganz leise. Während Mrs Walsh meiner besten Freundin erklärte, wie sie ab sofort meine Position einnehmen würde, setzte ich einen Fuß vor den anderen. Immer weiter, bis ich bei den Toiletten ankam und mich in die erstbeste Kabine einschloss. Dort rang ich so lange um Fassung, bis meine Hände zu zittern aufhörten.

Kenna stand vor dem Eingang der Bibliothek und stieß sich von der Wand ab, als sie mich kommen sah.

»Hey.« Sie betrachtete mich eingehend und runzelte die Stirn besorgt. »Alles okay bei dir?«

»Klar, alles bestens«, gab ich lächelnd zurück. Wenn selbst Kenna, die mich erst seit Kurzem kannte, mir etwas anmerkte, schien ich keinen guten Job zu machen. Aber zugegeben: Es war auch nicht besonders leicht, sich nach einem derartigen Schlag, wie ich ihn kurz zuvor von Mrs Walsh erhalten hatte, wieder so schnell aufzurappeln. Daher tat es fast schon gut, mich mit etwas zu beschäftigen, was nicht mit meinem in Scherben liegenden Leben zu tun hatte. Ich konzentrierte mich voll und ganz auf die Aufgabe, die vor uns lag: zu prüfen, was mit Finns Schulmaterial geschehen war.

Kenna öffnete ihren Rucksack und holte einen Zettel hervor, den sie mir hinhielt. »Ich habe eine Liste mit Titeln erstellt, die alle sehr schwer zu finden sein dürften. Damit werde ich sie ablenken.«

»Klingt gut«, sagte ich.

Kenna zögerte. »Bist du dir sicher, dass du das machen möchtest? Wenn wir erwischt werden, könnte das Ärger bedeuten.«

In den letzten Jahren hatte ich mich tagein, tagaus um Perfektion bemüht und hätte eine Verwarnung niemals riskiert. Aber jetzt? Ich hatte mein Haus verloren. Mein Ansehen. Und nun auch noch die Position im Misswahl-Komitee. Meine Freunde schmissen Partys, ohne mich einzuladen, weil sie mich für verflucht hielten. Meine Mutter wünschte, ich würde eine andere Magie besitzen. Es gab für mich nicht mehr viel zu verlieren. Und diese Aufgabe, die vor uns lag, diente wenigstens einem wichtigen Zweck. Gerechtigkeit für Finn und ein Abschluss für Kenna. Ich wollte ihr unbedingt dabei helfen, also nickte ich schnell.

»Wir bekommen das hin.« Ich hoffte, in meiner Stimme lag genug Selbstsicherheit. Kenna sollte nicht denken, dass ich in Gedanken woanders war.

Auf ihrem Gesicht breitete sich ein zaghaftes Lächeln aus. Dabei sah sie fast ungläubig aus, als könnte sie immer noch nicht fassen, dass ich tatsächlich mit ihr den Spuren von Finn folgte. Ich hakte mich bei Kenna unter und zog sie schon fast die Treppen zur Bibliothek im Hauptgebäude hinauf. Dabei ignorierte ich die Blicke der Leute, an denen wir vorbeikamen.

Die Bibliothek im Hauptgebäude war um einiges größer als die im Haus der Silver Ravens. Dunkle Holzregale reichten bis zur Decke hinauf und der Boden war ausgelegt mit einem gemusterten Teppich. An einem Ende war die Decke der Bibliothek gewölbt und mit Malereien versehen. In der Mitte des Hauptraumes führte eine schmale Treppe nach oben, wo sich eine Galerie und weitere Regale befanden, die die Wände säumten. Auf der unteren Ebene waren zwischen den Regalen mehrere Gruppentische, auf denen in einigem Abstand goldene Lampen mit kleinen Schirmen standen. Ein paar der Plätze waren belegt, und es herrschte reger Betrieb.

Kenna und ich kamen an der Ausleihe vorbei, an der zwei Bibliothekare saßen. Nebeneinander liefen wir durch die Regalreihen, vorbei an den besetzten Gruppentischen, und steuerten den Informationstresen an, der weiter hinten in der Nähe der Fenster lag, die zum See führten. Mein Blick glitt über das fein verzierte Buntglasfenster.

Alle Tuatha De Danann, aus deren Nachfahren sich der Rat zusammensetzte, waren auf dem Kunstwerk zu erkennen. Ich spähte zu Cliodhna. Auf dem Buntglasfenster strahlte sie in einem blauen Kleid, ihr leuchtend weißes Haar umgab sie wie ein Heiligenschein. Drei Vögel waren bei ihr, einer auf ihrer

Schulter, einer auf ihrer elegant ausgestreckten Hand und einer direkt über ihr. Das Nachmittagslicht schien durch das farbige Glas und warf bunte Flecken auf den Boden und die nahe stehenden Regale. In meinem Hals bildete sich ein Kloß, als mir die Worte von Mrs Walsh wieder durch den Kopf gingen. Für sie war ich offenkundig eine herbe Enttäuschung, genau wie für fast alle anderen Leute in meinem Umfeld. Doch Cliodhna war eben nicht nur die Göttin der Schönheit und Heilung gewesen – sie hatte auch als Königin der Banshees gegolten. Selbst wenn diese Magie nicht mehr so weit verbreitet war … ich trug das Blut der Göttin in mir. Und sie war garantiert keine Enttäuschung für irgendwen gewesen.

Mit Mühe riss ich mich vom Anblick des Fensters los und konzentrierte mich auf unsere Aufgabe. Kenna sah kurz zu mir, und ich nickte ihr aufmunternd zu. Dann wandte ich mich dem nächstbesten Regal zu, trat zwischen die Reihen und blieb dort am Rand stehen, während ich so tat, als würde ich nach Lektüre suchen. Von hier aus konnte ich meine Mitbewohnerin gut verstehen.

»Können Sie mir vielleicht helfen? Ich brauche dringend die Bücher, die auf dieser Liste stehen.« Ein kurzes Rascheln ertönte, dann ein Seufzen.

»Das ist eine Menge«, murmelte die Bibliothekarin.

Kenna stieß ein nervöses Lachen aus. Das mussten wir nächstes Mal vorher üben. »Ich bin mir sicher, Sie kennen Professor Cusack. Seine Referate sind sehr anspruchsvoll, und ich brauche dringend eine gute Note, um meinen Schnitt zu heben.«

Das Quietschen eines zurückgeschobenen Stuhls war zu hören. »Dann lassen Sie uns mal sehen, dass wir Ihre Liste abarbeiten.«

»Haben Sie vielen Dank.«

Schritte erklangen und entfernten sich in die entgegengesetzte

Richtung. Als ich einen Blick um die Regale herum riskierte, konnte ich meine Mitbewohnerin zusammen mit der Bibliothekarin weggehen sehen. Das war meine Chance. Ich schaute mich schnell um. Als ich niemanden entdeckte, lief ich um die Regale herum und hetzte zur Information. Das Herz schlug mir bis zum Hals und ich strich mir das Haar aus der Stirn und hinter die Ohren, weil mich das Kitzeln zusätzlich nervös machte.

Beim Schreibtisch angekommen, hockte ich mich hin, sodass von Weitem hoffentlich niemand auf mich aufmerksam werden und Fragen stellen konnte. Ich atmete auf, als ich sah, dass der Bildschirm nicht gesperrt war. Ich nahm die Maus, klickte auf eine neue Suche und scannte die Seite des geöffneten Fensters. Dort ging ich auf den Reiter »Profile«. Gehetzt gab ich Finns Namen ein, wobei ich mich durch meine hockende Haltung zweimal vertippte und dabei innerlich fluchte. Dann erschienen zwei Profile. Mist. Vor einigen Jahren hatte es wohl einen anderen Schüler mit demselben Namen gegeben. Ich ging dichter an den Bildschirm, um zu erkennen, bei welchem Finn Thompson es sich um den richtigen handelte. Aufgrund der Zweitnamen beider Personen stand der Finn, den ich suchte, unten. Ich klickte auf sein Profil. Wieder dauerte es einen Moment, bis ich mich mit dem System genügend vertraut gemacht hatte und die Bestellhistorie finden konnte. Sie öffnete sich in einem neuen Fenster.

»Will ich wissen, was du da machst?«, erklang eine Stimme. Ich zuckte so heftig zusammen, dass ich mir die Stirn an der Tischkante stieß und stöhnte. Dann schaute ich auf und sah Dylan an der Information stehen. Er trug einen Rucksack über der einen Schulter und starrte mich interessiert an. Ich antwortete nicht, sondern blickte mich bloß panisch in alle Richtungen um. Als ich niemanden sonst in meiner Nähe entdeckte, atmete ich auf. Dann spähte ich zu Dylan.

»Nein«, entgegnete ich schlicht, holte mein Handy raus, öffnete die Kamera und schoss ein Foto von Finns Ausleihhistorie.

Plötzlich erklangen Schritte und Kennas Stimme ertönte: »Das ist nicht so wichtig, Ms Wolf. Wirklich nicht. Ich habe ja noch einige andere Bücher, die wir finden müssen.«

Ich riss die Augen auf.

»Nein, ich bin mir sicher, dass wir eine Ausgabe von *Merrows Heute und Damals* haben. Lassen Sie mich kurz nachsehen«, erwiderte die Bibliothekarin energisch.

Hastig schloss ich das Suchfenster. Die Schritte kamen immer näher, in meinem Nacken bildete sich kalter Schweiß. Kurzerhand hechtete ich vor, verkroch mich unter dem Schreibtisch und rollte mich so eng zusammen, wie es nur ging. Die Beine von Ms Wolf traten in mein Sichtfeld. Sie trug eine Strumpfhose und einen bunt gemusterten Cordrock, dessen Anblick mich ab sofort wahrscheinlich in meinen Albträumen heimsuchen würde. Sollte sie auch nur einen Schritt weiter vormachen oder sich gar auf ihren Stuhl setzen und an den Tisch heranrollen, wäre ich geliefert. Ich drängte mich gegen die geschlossene Rückseite des Informations-Schreibtisches, umschlang meine Knie mit den Armen und kniff die Augen zusammen.

Die Bibliothekarin tippte etwas ein und brummte nachdenklich. »Ich war mir sicher, noch ein verfügbares Exemplar zu haben. Vielleicht wurde es heute zurückgebracht und liegt hier hinten. Ich gucke kurz …«

»Jemand prügelt sich auf den Toiletten, Ms Wolf«, sagte Dylan unvermittelt.

Die Bibliothekarin stieß ein tiefes Seufzen aus. »Nicht schon wieder«, murmelte sie vor sich her. »Bitte warten Sie kurz, ich bin gleich zurück.«

Der grelle Cordrock verschwand aus meinem Sichtfeld. Ihre

schnellen Schritte entfernten sich immer weiter, dann klopfte jemand auf den Schreibtisch.

»Kannst rauskommen«, sagte Dylan.

Ich krabbelte unter dem Tisch hervor, lief schnellstmöglich um die Information herum, bis ich Kenna und Dylan erreichte. Verzweiflung stand im Gesicht meiner Mitbewohnerin geschrieben, sie war völlig außer sich. »Gott, Zoey, es tut mir so leid, aber sie wollte nicht lockerlassen. Ich hatte online extra überprüft, ob die Titel alle da sind, ich …«

»Ist schon gut«, wandte ich schnell ein, damit sie vor Dylan nicht zu viel verriet. Ich sah ihn an, doch bevor ich etwas sagen konnte, hielt er den Zeigefinger hoch.

»Einen noch«, sagte er.

Ich blinzelte perplex. »Was?«

Er neigte den Kopf zur Seite und sah mich eingehend an. »Du hast nur noch einen gut.«

Ich erinnerte mich an unser Gespräch aus der Bibliothek im Haus der Silver Ravens, nachdem er mich vor den umgestürzten Regalen bewahrt hatte. Es war ein Riesenglück, dass er hier gewesen und im richtigen Moment für Ablenkung gesorgt hatte. Aber da ich davon ausging, dass er Ms Wolf eben belogen hatte und wir jede Sekunde mit ihrer Rückkehr rechnen mussten, packte ich Kenna am Arm und zog sie in die entgegengesetzte Richtung davon. Ich warf einen Blick über die Schulter. Dylan sah uns hinterher. Ich formte mit den Lippen ein stummes »Danke«.

16

Kenna und ich hatten uns nach oben in eine Sitznische auf der Galerie verzogen. Sie war ein wenig zu klein für drei Personen, aber nach einigen Minuten stieß Murphy zu uns. Er blickte zwischen Kenna und mir hin und her und quetschte sich schließlich auf den Platz neben mir, sodass ich zwischen ihm und der Wand eingeschlossen dasaß.

»Das Training hat ewig gedauert«, sagte Murphy und sah sich um, wie um sicherzustellen, dass ihn niemand beobachtete. Dann fischte er aus seinem Rucksack eine große grüne Dose, die er öffnete. Darin waren Pizzastücke, die aussahen, als wären sie vom Vortag. Demonstrativ hielt er sie uns hin. Das Adrenalin unserer Aktion flaute langsam ab und in meinem Magen befand sich ein riesiges Loch, das kräftig rumorte, also nahm ich ein Stück und biss hinein.

»Habt ihr schon etwas rausbekommen?«, fragte Murphy und biss ebenfalls in die Pizza.

»Dass Finn eine Menge Bücher ausgeliehen hat«, gab ich zurück und deutete mit dem Pizzastück auf mein Handy, das in der Mitte des Tisches lag. Murphy reichte Kenna unterdessen seine Dose und zögerlich nahm sie sich ebenfalls ein Stück, wobei auch sie wirkte, als hätte sie Angst, erwischt zu werden.

Wir beugten uns über mein Handy, auf dem ich das Foto,

das ich vom Bildschirm der Bibliothekarin gemacht hatte, geöffnet hatte. Wir besahen uns die Ausleihhistorie, vor allem aber die aktuellste. Eingehend betrachtete ich die Titel.

Keltische Anderwelt

Die vier großen Städte: Falias, Gorias, Finias und Murias

Klassische Schmiedekunst der Vorzeit

Klingen des Schicksals

Naturgeister und ihre Herkunft

Bis auf *Klingen des Schicksals* war bei jedem Werk das Datum der Rückgabe eingetragen.

»Seht ihr das?« Kennas Stimme klang ein paar Oktaven zu hoch.

»Dass das eine Buch nicht zurückgegeben wurde?«, fragte Murphy.

Ich starrte auf das Foto – da erkannte ich, was sie meinte. »Das Rückgabedatum«, entfuhr es mir.

»Die Bücher wurden am Montag nach Finns Tod abgegeben.«

Schweigen legte sich über den Tisch. Ich ließ die Pizza sinken und meine Gedanken fingen an, in alle Richtungen davonzujagen. »Wenn es weder die Hüter noch sein Mitbewohner waren …«, setzte ich an.

»Dann muss es derjenige gewesen sein, der es auf Finn abgesehen hatte«, beendete Kenna meinen Satz.

»Oder aber Evander hat uns belogen«, gab Murphy zu bedenken.

»Hältst du ihn für verdächtig?«, fragte ich.

Er hob unschlüssig eine Schulter. »Er hat auf jeden Fall gemerkt, dass wir zu viele Fragen gestellt haben. Und ich fand den plötzlichen Rausschmiss merkwürdig.«

»Aber das macht ihn nicht gleich verdächtig«, sagte Kenna. »Ich hätte auch keine Lust, mitten in meiner Pause von Wildfremden ausgequetscht zu werden, und hätte wahrscheinlich genauso reagiert.«

Auch wieder wahr. »Nur wieso sollte der Täter sich um die Rückgabe von Finns Büchern bemühen?«

Murphy stützte die Ellenbogen auf den Tisch. »Vielleicht, weil sie einen Hinweis auf dessen Identität liefern.«

»Oder auf das, weshalb Finn die vielen Überstunden in der Schmiede geschoben hat«, überlegte ich laut.

Kenna legte ihr Pizzastück zurück in Murphys Dose. »Oder auf beides.«

»Wie wäre es, wenn wir die Bücher zusammensuchen und schauen, ob wir so Hinweise finden?«, schlug ich vor.

Kenna und Murphy stimmten sofort zu. Jeder von uns nahm sich ein Buch von der Liste vor und dann teilten wir uns auf. Parallel streiften wir durch die Regale, wobei Kenna oben nach ihrem Titel suchte, damit sie auf der unteren Ebene der Bibliothek nicht durch Zufall Ms Wolf begegnete und diese sie noch mal ansprach.

Während ich unten entlanglief und nach *Klassische Schmiedekunst der Vorzeit* suchte, kam ich an mehreren Tischen vorbei. Ich entdeckte Orla mit einer Gruppe anderer Mädchen von den Golden Leaves. Ich warf ihnen ein hoffentlich unbekümmert wirkendes Lächeln zu. Orla erwiderte es, aber ich sah auch, dass sie sich schnell umdrehte und den Kopf mit Sabrina zusammensteckte. Wahrscheinlich hatte mein Rausschmiss beim Komitee schon für Furore gesorgt. Es würde nicht lange dauern, bis auch der Rest der Akademie Bescheid wusste. Was wiederum noch mehr schräge Blicke bedeutete.

Ich schüttelte mir die Gedanken aus dem Kopf und konzentrierte mich stattdessen darauf, das richtige Buch zu finden. Zum Glück gab es davon nur ein Exemplar. Ich fand es am Rand eines unteren Regalbretts nahe bei den Toiletten.

Da hörte ich zwei Leute, die sich angeregt miteinander unterhielten.

»In zu hohen Dosen ist das Zeug verflucht gefährlich«, erklang eine tiefe Stimme, die mir vage vertraut vorkam.

»Du bist hier, um zu dealen. Nicht, um mir einen Vortrag zu halten.« Die andere Stimme kannte ich auch. Kurz breitete sich Stille aus und die zweite Stimme keuchte. »Ist ja gut! Kein Grund, gleich einen auf Schattenmann zu machen.«

»Ich kann es nicht leiden, wenn man mir während eines Deals vorschreibt, was ich zu tun und zu lassen habe.« Jap, das war eindeutig Dylan.

»Schon verstanden, Mann. Kommt nicht noch mal vor.«

»Gut. Und jetzt her mit dem Geld.«

Ich spähte möglichst unauffällig um das Regal herum. Die Tür zur Toilette stand einen Spaltbreit offen und ich konnte Dylans hohe Statur sehen, erkannte den Rucksack, den er auf einer Schulter trug. Zu meiner Überraschung reichte er den Rucksack mitsamt Inhalt an den Schüler, der sich mit ihm in der Toilette befand. Die beiden tauschten einen Handschlag aus, bei dem mit Sicherheit Geld floss.

»War schön, Geschäfte mit dir zu machen«, sagte der Typ, drängte sich an Dylan vorbei und trat schnellen Schrittes aus der Toilette. Da erkannte ich, wer es war. Ronan, einer von Beaus engsten Freunden. Hastig zog ich mich zurück. Ronan lief an mir vorbei, und stirnrunzelnd sah ich ihm nach. Dann drehte ich mich wieder um, schob den Kopf um das Regal herum und erkannte durch den Spalt in der Tür, dass Dylan sich ausgiebig die Hände wusch. Mit klopfendem Herzen sah ich ihm dabei zu. Nach einigen Sekunden überwand ich mich, trat um das Regal herum, drückte mir das Buch fest an die Brust und schritt zur Toilette. Hinter mir schloss ich die Tür.

Ich klärte meine Stimme mit einem Räuspern. »Was hast du ihm verkauft?«

Dylan versteifte sich und sah über den Spiegel in mein Gesicht. Ich stand schräg hinter ihm und betrachtete ihn mit gefurchter Stirn. Langsam löste er sich aus der Starre, drehte sich halb und zog Papierhandtücher aus dem Spender. »Erst machst du dich am Computer der Bibliothekarin zu schaffen, jetzt verfolgst du Leute auf der Toilette. Ich hatte dich für anständiger gehalten, Miss Everfall.«

Diesen dämlichen Spitznamen zu hören, stach nach dem heutigen Tag etwas mehr als sonst. Ich umklammerte das Buch fester; so fest, dass meine Knöchel weiß hervortraten.

»Du hast einem Kumpel von meinem Freund gerade wer weiß was verkauft. Ich muss wissen, ob irgendeiner meiner Freunde dadurch in Gefahr gerät«, sagte ich mit entschlossener Stimme.

Dylan warf die Papierhandtücher in den Müll und drehte sich zu mir um. »Ronan ist ein großer Junge. Er wird damit klarkommen.«

Ich machte einen Schritt auf ihn zu. »Womit klarkommen? Du hast ihn gerade eben noch gewarnt.«

Er strich sich eine schwarze Haarsträhne hinters Ohr. »Es ist nicht besonders höflich, Leute zu belauschen.«

»Hör auf mit dem Scheiß, Dylan. Ich will wissen, was du ihm verkauft hast.«

»Es gibt auch eine Menge Dinge, die ich will und nicht bekomme. So ist das Leben.« Mit diesen Worten machte er kehrt und wollte die Toilette verlassen. Meine Hand zuckte, doch ich erinnerte mich zu gut daran, wie seine eisige, tödliche Magie sich das letzte Mal angefühlt hatte, als ich versucht hatte, ihn am Arm zu fassen. Also reagierte ich diesmal schneller – ich hechtete um ihn herum und stellte mich vor die Tür.

Dylan sah mich aus dunklen Augen an.

»Ich muss wissen, ob meine Freunde dadurch womöglich eine Verwarnung oder gar einen Verweis riskieren.«

»Deine Freunde«, wiederholte Dylan langsam.

Ich nickte.

»Die Freunde, die dich seit dem Erwachen deiner Magie nicht mehr mit dem Hintern angucken? Die Freunde, die Partys schmeißen, ohne dich einzuladen und überall rumerzählen, dass du verflucht und gefährlich bist?«

Bei seinen Worten zuckte ich zusammen. In Gedanken echote das, was er gerade gesagt hatte. Ich öffnete den Mund und schloss ihn wieder.

»Woher willst du das wissen?«, fragte ich schließlich und hasste, wie rau meine Stimme mit einem Mal klang. Genauso wie ich hasste, dass er mit diesen wenigen Sätzen meinen Glauben an meine Freunde so in seinen Grundfesten erschütterte.

»Ich komme rum auf dem Campus. Dabei schnappe ich eine Menge Dinge auf.«

Die Sache mit der Party hatte mich schon angefressen. Genauso mitzubekommen, wie Ronan dort sagte, dass Violet mich am besten abwürgen sollte. Ich hatte das Ganze für einen dämlichen Spaß gehalten – doch das jetzt aus Dylans Mund zu hören, weckte ein vollkommen neues Gefühl in meinem Magen. Eines, das mich schmerzhaft durchfuhr und mir all das zurück in Erinnerung rief, was in den letzten Tagen geschehen war. Ich hatte diesen Schmerz tief in mir verschlossen und kämpfte unentwegt dagegen an. Deshalb konnte ich mir jetzt nicht erlauben, mich auf diese Diskussion einzulassen.

»Du verurteilst sie, obwohl du sie gar nicht richtig kennst«, sagte ich und reckte das Kinn. »Außerdem lenkst du vom eigentlichen Thema ab. Hier geht es nämlich um dich und das, womit auch immer du gerade dealst.«

Dylan war nicht im Mindesten beeindruckt, er sah so gleichmütig wie immer aus. Dann trat er näher an mich heran, und in seinen Augen flackerte es schwarz auf. Unwillkürlich tat ich einen Schritt zurück und stieß mit dem Rücken gegen die Tür, als er näher kam.

»Ich denke, es dreht sich eher um dich und dein unstillbares Bedürfnis, dich in fremde Angelegenheiten einzumischen. Aber es geht dich nichts an, was ich in meiner Freizeit tue. Wenn es dich so brennend interessiert, frag doch deine Freunde.«

Mit diesen Worten griff er nach der Türklinke hinter mir und streifte dabei meine Taille. Kälte fuhr direkt in mich, und ich machte einen Satz zur Seite, als er sich an mir vorbei und nach draußen drängte. Die Kälte blieb, während ich in der Herrentoilette stand und seine Worte verdaute.

Als ich an diesem frühen Abend vor dem schmiedeeisernen Tor zu den viktorianischen Gärten stand, kam es mir vor, als wäre es das erste Mal seit Monaten, obwohl ich erst vor Kurzem hier gewesen war.

Ich straffte die Schultern, verdrängte Dylans harte Worte aus meinem Kopf und trat durch das Tor. Zu beiden Seiten erstreckten sich fein säuberlich geschnittene Hecken in einer Linie bis zur ersten Kreuzung. Ich lief geradeaus und steuerte den großen Rankpavillon an, bei dem ich Violet schon aus der Ferne stehen sehen konnte. Sie hielt ihre Hände erhoben, die Miene konzentriert, und Strähnen ihres dunklen Haars flogen um ihren Kopf, als hätten sie ein Eigenleben entwickelt. Ihre Haut schien von innen heraus zu leuchten, als würde die Magie direkt durch ihr Blut pulsieren.

Ranken erhoben sich aus dem Boden, schlugen Wurzeln und schlängelten sich in langen Kreisen um die metallenen Stäbe des Pavillons. Sattgrüner Efeu, der in der Mitte des Pavillons herunterhing und zu lang geworden war, kringelte sich bei Violets sanften Bewegungen ein und glitt zurück nach oben, bis die Ranken am Dach Halt fanden. Innerhalb von kürzester Zeit sah der Pavillon wieder sauber und gepflegt aus. Ein wehmütiges Ziehen machte sich in meinem Brustkorb breit. Wie gern ich das gekonnt hätte, was meine Freundin dort gerade bewerkstelligt hatte. Ich bewunderte den Anblick, wie die Magie aus ihren Fingern floss und die Pflanzen sich ihrem Willen beugten. Es war wunderschön und faszinierend zugleich. In diesem Moment drehte Violet sich um, und als sie mich entdeckte, wurden ihre Augen groß.

»Da bist du ja!« Sie kam auf mich zu und schlang die Arme um mich. Es war die erste richtige Umarmung seit dem Erwachen meiner Gabe, und die Wehmut in meiner Brust ließ langsam nach. »Es tut mir so leid, was Mrs Walsh getan hat. Ich kann es immer noch nicht glauben.«

Ich schluckte schwer und rang mich zu einem Lächeln durch. »Ich finde es auch ziemlich übel. Aber so habe ich die Gelegenheit, den Stoff in meinen neuen Fächern aufzuholen.«

Ich sagte das nicht, weil ich es so meinte. Doch leider war das tatsächlich einer der einzigen Pluspunkte, die ich finden konnte.

Violet nahm mich bei der Hand und führte mich zu den Sitzgelegenheiten direkt im Pavillon. »Du musst mir alles erzählen. Ich habe das Gefühl, wir haben seit Ewigkeiten nicht mehr richtig gesprochen.«

Das empfand ich genauso. Unser Telefonat vom Vorabend konnte man nicht wirklich als richtiges Gespräch zählen. Und heute Mittag hatte der Termin bei Mrs Walsh uns einen Strich durch die Rechnung gemacht.

»Ich bin im Moment nicht ganz auf der Höhe. Mich nimmt das alles echt mit. Wobei ich ständig an Mum denke und das, was sie in dieser Situation wohl tun würde. Dann reiße ich mich meist schnell wieder zusammen.«

Sie sah mich mitfühlend an. »Ich finde, du machst das ganz schön gut dafür, dass dich die Sache so aus der Bahn geworfen hat.«

Dankbar lächelte ich sie an. »Es ist lieb, dass du das sagst.«

»Und ich meine es auch so. Es … es tut mir leid, dass ich bisher noch nicht gefragt habe, wie es dir damit geht.«

»Das hast du doch«, sagte ich schnell, in Erinnerung daran, wie sie und Beau mir dabei geholfen hatten, meine Kartons einzupacken.

»Ja, aber … du weißt schon, wie ich das meine.«

Ich fragte mich, ob Beau mit ihr über unser Gespräch im Gewächshaus geredet hatte, bei dem ich darauf gepocht hatte, dass sich ja nichts zwischen uns verändern durfte.

Violet beugte sich runter und zog etwas unter der Bank hervor. Sie stellte ein Tablett mit Snacks zwischen uns, auf dem zwei getönte Gläser mit Orangensaft standen. Außerdem eine Schüssel mit Chips und ein Teller ihrer legendären Cookies. Ich jauchzte und schnappte mir sofort einen davon.

»Hast du die extra für mich gemacht?«, fragte ich und biss direkt in die Triple-Chocolate-Verführung.

Sie nickte. »Nach dem Termin bei Mrs Walsh waren die bitter nötig.«

Dylans Worte verschwanden nun ganz aus meinem Kopf. Zweifel an meinen Freunden war unbegründet, sie standen immer noch hinter mir. Auch sie mussten sich bloß an die Situation anpassen. »Wie war das restliche Gespräch noch?«, fragte ich zwischen zwei Bissen.

Violet schüttelte resolut den Kopf. »Wir sprechen nicht mehr darüber. Das hier soll dazu dienen, dass es dir besser geht.«

Mir wurde warm ums Herz. »Du bist süß.«

Violet zog die Beine auf die Sitzbank und nahm sich ebenfalls einen Keks vom Rand des Tellers. »Ich weiß noch, wie es mir damals ging, kurz nachdem meine Magie erwacht ist. Alles war plötzlich anders. Ich habe mich so stark gefühlt.«

Ich zog die Nase kraus. »Hätte ich eine andere Art von Magie, wäre es sicher auch so. Aber irgendwie fühle ich mich nicht stark. Und es ist keine Art von Fähigkeit, die man im Alltag benutzt, da sie so eng mit dem Tod verknüpft ist. Vor einigen Tagen, da …« Ich hielt inne. Ohne zu überlegen, hatte ich Violet von dem Vorfall in der Bibliothek erzählen wollen, als die Regale umgestürzt waren. Aber ich erinnerte mich auch an Beaus Reaktion. Daran, wie er mir kaum hatte glauben können. Und ich dachte ebenfalls daran, dass Kenna, Murphy und ich immer noch versuchten, die Wahrheit herauszufinden, was die Umstände von Finns Tod betraf. Dennoch … das hier war Violet. Ich vertraute ihr. Und es war das erste Mal, dass sie sich wirklich für meine Fähigkeit interessierte.

»Vor einigen Tagen war ich in einen Vorfall in der Bibliothek involviert. Ich habe morgens jetzt immer Nachhilfe und habe gelesen, als ich plötzlich ein komisches Gefühl hatte – beinahe so wie am Abend des Balls, nur viel abgeschwächter. Kurz darauf sind die Regale eingestürzt. Hätte Dylan mich nicht zur Seite gestoßen, läge ich jetzt wahrscheinlich mit unzähligen Knochenbrüchen auf der Krankenstation.«

Violet ließ den Keks sinken und sah mich mit offenem Mund an. Schock spiegelte sich in ihrer Miene. »Und das erzählst du mir erst jetzt?«

Zerknirscht sah ich sie an. »Es war so viel los. Ich komme selbst kaum hinterher.«

»Ist denn alles okay?«, hakte sie nach.

Ich nickte. »Ich bin nur blöd auf die Schulter gefallen, da ist ein ganz schön blauer Fleck. Sonst ist aber alles okay.«

»Und du hast es gespürt?«, fragte Violet jetzt. »Bedeutet das, du hast es vorhergesehen?«

Ich hob unsicher eine Schulter. »Ich glaube ja. Aber die Magie ist noch so vage. Sie ist nichts, was ich direkt greifen kann. Ich fühle mich nicht mächtig wie du oder sehe Dinge vor mir – es ist eher eine Intuition.«

»Und wie war es beim Sternennachtball?«

»Da war es heftig. Ich wusste ohne Zweifel, dass Finn Thompson sterben wird. Ich konnte förmlich seinen Schmerz nachempfinden und das …«, ich erschauerte, »… das war ein furchtbares Gefühl.«

Mitfühlend sah sie mich an. »Es tut mir so leid, Zoey.«

Ich wollte kein Mitleid. Erst jetzt, wo sie das aussprach, wurde mir das bewusst. Ich wollte, dass sie mich immer noch so behandelte wie sonst. Dass wir einander von unseren Tagen erzählen und gemeinsam darüber lachen konnten.

»In der Bibliothek hatte ich großes Glück«, sagte ich.

»Dank Dylan.«

Ich nickte.

Violet atmete stockend ein. »Ich kann nicht glauben, dass du jetzt die ganze Zeit mit ihm abhängen musst.«

Das ging mir genauso. »Er holt mich jeden Morgen ab und zieht die Nachhilfe richtig mit mir durch. Manchmal funkeln seine Augen ganz gruselig, wenn er über den Tod spricht.«

Violet presste die Lippen fest aufeinander. Sie sah aus, als würde sie krampfhaft ein Lachen unterdrücken.

»Lach ruhig«, sagte ich mit zusammengekniffenen Augen.

Sie prustete los. »Tut mir leid, aber das ist einfach so verrückt. Und gemein. Nur gleichzeitig ist die Vorstellung, dass Park den Lernstoff in deinen Kopf kloppt, irgendwie so abstrus, dass ich lachen muss.«

Damit erfüllte sie mir meinen Wunsch, doch irgendwie

konnte ich trotzdem nicht mitlachen. »Ich bin gespannt, wie das das restliche Jahr über wird.«

»Das klappt schon. Wenn jemand das alles hinbekommt, dann ja wohl du.«

Ich hob den Orangensaft demonstrativ hoch. »Darauf einen Toast.«

»Sláinte.«

Unsere Gläser klirrten, als wir sie gegeneinanderstießen. Dann machten wir uns über die restlichen Cookies her und unterhielten uns über alles und nichts, bis es zur Sperrstunde klingelte.

17

Am nächsten Morgen wartete Dylan nicht vor meiner Tür. Ich versuchte, dieser Tatsache kein Gewicht beizumessen, aber kam nicht gegen den dumpfen Stich an, der mich deswegen durchfuhr. Dabei hatte ich mich extra hochgequält und heute besonders viel Zeit mit dem Zurechtmachen meiner Haare verbracht. Als könnte ich Dylan nach gestern leichter gegenübertreten, wenn ich eine Rüstung aus perfekter Frisur und Outfit trug. Allerdings war die Mühe umsonst. Dylan wartete auch nicht im Frühstückssaal. Er ließ sich während der gesamten Zeit der Nachhilfe nicht blicken, was mich immer wütender machte, je stärker ich mich dagegen zur Wehr setzte. Und ich hatte nicht mal seine Nummer, was bedeutete, ich konnte ihn nicht fragen, wo er blieb.

Ich holte meine aktuelle Lektüre raus – *Leitfaden für spirituelle Praktiken Todesbegabter* – und fing an, das Kapitel zu lesen, bei dem ich stehen geblieben war. Ich hatte das Buch aus dem Stapel in meinem Zimmer gezogen in der Hoffnung, dass es Dylan davon abhalten würde, über den unausweichlichen Tod zu philosophieren und mich daraufhin dazu zu drängen, mit genau derselben Leidenschaft zu verkünden, dass wir alle dem Ende geweiht waren. Lieber beschäftigte ich mich mit den spirituellen Ritualen der Tuatha De Danann und ihren Auswirkungen auf Körper, Geist und Seele. Ich holte gerade meine Federtasche hervor, um weitere Notizen zu machen, als daraus ein Zettel zu Boden fiel. Stirnrunzelnd beugte ich mich vor. Ich faltete ihn zwei Mal auseinander und las die Blockbuchstaben darauf.

Hört auf zu suchen.

Kurz fragte ich mich, was zum Henker das bedeuten sollte. Doch dann begriff ich und riss die Augen auf. Plötzlich schlug mir das Herz bis zum Hals. Gänsehaut trat auf meine Arme. Ich wirbelte mit dem Kopf herum und sah mich im Frühstückssaal um. Niemand außer mir war hier.

Jemand hatte mir eine Drohung zugesteckt. Wahrscheinlich schon am Vortag in der Bibliothek, denn danach hatte ich meine Tasche nicht mehr angerührt. Mit einem Mal war mein Mund staubtrocken, denn mir wurde klar, was das bedeutete.

Wir waren auf der richtigen Spur. Die Person, die für Finns Tod verantwortlich war, hatte bemerkt, was wir trieben. Wahrscheinlich hatte derjenige Panik bekommen und mir danach die Nachricht zugesteckt. Konzentriert überlegte ich, ob mir jemand aufgefallen war, der mir nahe gekommen oder in irgendeiner Weise auffällig erschienen war. Allerdings kam mir niemand in den Sinn.

Da Dylan nicht auftauchte, räumte ich mein Zeug schnell zusammen. In diesem menschenleeren Frühstückssaal zu sitzen, kam mir mit einem Mal wie eine ganz schlechte Idee vor, und ohne es zu wollen, ärgerte ich mich über Dylans Abwesenheit und die Stille, mit der er mich strafte. Ich stopfte auch die Drohung in meine Tasche und sah zu, dass ich zum Hauptgebäude der Akademie kam.

Am Nachmittag traf ich mich nach dem Unterricht mit Kenna und Murphy bei der Schmiede. Ich lief los vom Hauptgebäude der Akademie, vorbei an Grüppchen, die in lebhafte Unterhaltungen vertieft waren und wiederum anderen Schülern, die in Richtung Mensa hetzten, als gäbe es heute ein Drei-Sterne-Menü. Hier und da schnappte ich Gesprächsfetzen über den neuesten Tratsch, magische Prüfungen, aber auch Finn Thompsons Tod auf. Ich war froh, als ich den halben Campus überquert hatte und an den viktorianischen Gärten vorbeikam. Die sorgfältig gepflegten Pflanzen wirkten wie ein farbenfroher Fleck auf den sonst bloß begrünten Flächen des Innenhofs, und ich sog den vertrauten Duft tief ein. Meine Schultern entspannten sich dabei, und am liebsten wäre ich noch ein bisschen dort stehen geblieben – aber das ging nicht. Schließlich lag eine wichtige Aufgabe vor mir. Nicht nur wegen der Informationen, die wir über Finn bekommen wollten, sondern auch wegen des Briefes, der in meiner Tasche gesteckt hatte und von dem ich Kenna und Murphy dringend berichten musste.

Ich sammelte mich und setzte meinen Weg fort. Als die Schmiede in Sicht kam, entdeckte ich Murphys hoch aufragenden feuerroten Haarschopf schon von Weitem. Er und Kenna standen unter der Überdachung des mittelgroßen Gebäudes.

Die Schmiede war der Ort der Handwerkskunst an der Everfall Academy, und das sah man bereits, wenn man vor ihr stand. Robuste Steinmauern bildeten das Gebäude, und die Verzierungen über dem Haupteingang waren detailreich und wunderschön. Über dem Eingang prangte auf einem bronzenen Wappen das Symbol der Bronze Wolves – ein großer Wolfskopf, der die Zähne fletschte. Ich trat durch das schmiedeeiserne Tor, auf dem Runen und andere Symbole eingeprägt waren, und konnte bereits hier den Geruch von brennender Kohle und einem Hauch von Magie wahrnehmen, der meine Nase kitzelte. Rhythmisches Klirren drang gedämpft an meine Ohren, als ich die wenigen Stufen hinauflief, zu Kenna und Murphy trat, beide an den Armen packte und sie mit mir zog, bis wir hinter einer großen Palette verborgen standen, die bis oben hin mit Feuerholz befüllt war.

»Alles okay?«, fragte Murphy und sah mich eingehend an.

Ich holte die zerknitterte Notiz raus und hielt sie den beiden hin. »Das hier habe ich heute Morgen in meiner Tasche gefunden.«

Murphys Kiefermuskeln mahlten, als er die Worte las und den Zettel schließlich an Kenna weiterreichte. Ihre Augen weiteten sich. Sie sah aus, als würde sie genauso reagieren wie ich am Morgen. Als würde ihr eine Gänsehaut über den Rücken rieseln, gleichzeitig schien ihre Miene aufzuleuchten.

»Ihr wisst, was das bedeutet, oder?«, fragte sie leise, aber nicht minder eindringlich.

Ich nickte. »Wir sind da an etwas dran, wenn jemand uns bedroht. Ganz sicher.«

»Und was für eine schlechte Drohung. Die Person erwähnt ja nicht mal, welche Konsequenzen folgen würden«, sagte Murphy trocken und verschränkte die Hände hinter dem Kopf.

»Ich bin mir nicht sicher, ob makabere Konsequenzen die Drohung besser gemacht hätten«, merkte Kenna an.

Unschlüssig hob ich die Schultern. »Gruseliger wäre es auf jeden Fall.«

»Hast du eine Ahnung, wer dir das zugesteckt haben könnte?«, fragte meine Mitbewohnerin.

Ich schüttelte den Kopf. »In der Bibliothek waren wir mehrere Stunden. Es sind unzählige Leute an uns vorbeigekommen, das hätte jeder tun können. Zumal es den einen Zeitpunkt gegeben hat, wo wir alle losgezogen sind, um Finns letzte Bücher zu suchen.«

Murphy brummte nachdenklich. »Auch wieder wahr.«

»Wir gehen trotzdem in die Schmiede, oder?« Kenna klang beinahe verunsichert.

»Natürlich gehen wir. Kommt.« Ich hakte mich bei Kenna unter und konnte ihre Erleichterung förmlich spüren. Murphy bildete das Schlusslicht und gemeinsam betraten wir die Schmiede.

Dieser Teil der Akademie bestand aus mehreren Räumen, darunter zwei Klassenzimmern, in denen Unterricht stattfand und die so spät am Nachmittag verlassen dalagen. Es gab Schließfächer für die Handwerksschüler, lauter Staffeleien, auf denen Skizzen und Entwürfe neuer Waffen zu sehen waren, und mich erinnerte das Ganze fast an eine Art Atelier. Kenna und ich betraten den Klassenraum, während Murphy Schmiere stand. Er hatte gesagt, er würde krähen, sobald Gefahr drohte – wortwörtlich.

Wir sahen uns um und traten an die Schließfächer. Es war unschwer zu erkennen, welches davon Finn gehörte, denn es war über und über mit Karten beklebt, Blumen und kleine Kerzen und Teelichter waren davorgelegt worden. Ein Foto von Finn war auf die Tür des Schließfachs geheftet worden, bei dessen Anblick sich mein Herz zusammenzog. Er strahlte darauf, der Wind wehte ihm das braune Haar aus dem Gesicht und er sah einfach … glücklich aus. Ich warf Kenna einen Blick von der Seite zu. Ihre Augen hatten sich verdunkelt, der Zug um ihren Mund wirkte bitter.

»Jetzt tun sie alle, als wäre Finn ihr bester Freund gewesen, aber eigentlich hat sich kaum jemand für ihn interessiert. Schon komisch.«

Ich gab ein zustimmendes Brummen von mir und tätschelte ihren Arm. Dann trat ich an den Spind, der bereits offen war – natürlich waren die Hüter bereits hier gewesen. Ich hielt den Atem an, als ich den Spind öffnete … und wurde gleich darauf ernüchtert. Bis auf ein paar zerknüllte Papierkugeln war er leer geräumt. Hätte ich mir eigentlich auch denken können.

»Scheint, als hätten die Hüter hier schon alles mitgenommen«, sagte ich.

Kenna beugte sich runter und hob den Müll vom Boden des Schließfachs. Sie öffnete die Zettel nacheinander, und ich musterte sie. Es waren nur Skizzen von weiteren Waffen, ähnlich wie die, die wir bereits in Finns Zimmer gefunden hatten. »Wollen wir die auch mitnehmen?«, schlug ich vor. Kenna nickte und stopfte die Skizzen in ihren Rucksack. Danach schloss ich den Spind wieder. Ich betrachtete die Karten, die dort angepinnt worden waren, las die trauernden Worte und schaute mir die Zeichnungen an. Da hielt ich inne.

»Kenna«, entfuhr es mir.

»Hm?«

»Hast du zufällig die Karte dabei, die wir in Finns Zimmer gefunden haben?«

Sofort wühlte Kenna in ihrem Rucksack herum. Wenig später förderte sie die Karte zutage, auf der der Kussmund neben die Worte »*Das werde ich dir nie vergessen*« gedrückt worden war. Ich deutete auf eine Karte, die einen Sonnenuntergang zeigte, und auf der mit schwarzem Stift in einer ähnlichen Schreibschrift etwas geschrieben stand. Kenna hielt sie direkt daneben.

Tut mir leid, dass es so gekommen ist, hieß es dort.

Mein Puls beschleunigte sich. »Das klingt beinahe wie ein Schuldgeständnis.«

»Das kann kein Zufall sein«, flüsterte Kenna.

Ich nahm die Karte ab, und Kenna steckte sie zu den anderen Sachen in ihrem Rucksack. Dann zogen wir weiter und verließen das Klassenzimmer. Murphy hüpfte vor der Tür gerade auf und ab, als würde er sich fürs Training aufwärmen. Ich glaubte, ich hatte ihn noch nie ganz still gesehen.

»Habt ihr was gefunden?«, fragte er.

Ich gab ihm die Kurzzusammenfassung, da Kenna geradezu geschockt aussah. Seine Augen weiteten sich. »Das klingt wirklich sehr schuldig. Als hätte da jemand ein schlechtes Gewissen.«

Ich nickte langsam. Besorgt sah ich zu Kenna. Ihr Blick wirkte verklärt, als wäre sie gedanklich an einem vollkommen anderen Ort.

»Alles okay?«, raunte ich.

Sie blinzelte und war wieder ganz da. »Ja. Lasst uns schauen, ob jemand hier ist, den wir befragen können.«

Wir setzten unseren Weg fort, der hinter den Seminarräumen in der Schmiede mündete. Sie war weitläufig und das Herzstück bildete die Esse, die aus einer Feuerstelle mit wuchtigem Abzug darüber bestand. In der Feuerstelle glühte Kohle, und der Raum war erfüllt von Hitze.

Ein Schüler stand nahe bei einem Amboss und hieb auf ein glühendes Stück Metall ein, wobei Funken sprühten. Sein schweißfeuchtes dunkles Haar hing ihm in die Stirn, sein Blick war konzentriert und sein Gesicht angesichts der Hitze angespannt. Er formte das Stück Metall, und wie gebannt betrachtete ich ihn dabei. Man erkannte sofort, dass Magie von seinen Bewegungen ausging. Er war kein gewöhnlicher Schmied – ihm lag das Handwerk im Blut, was bedeutete, dass diese Waffe keine gewöhnliche Waffe war. Sie wurde mithilfe von Magie verstärkt und hatte eine bestimmte Funktion. Beau hatte mir mal erklärt, dass magisch verstärkte Waffen einen teilweise schneller machen konnten, andere wiederum schenkten einem in der Nacht bessere Sicht, wieder andere verliehen einem größere Treffsicherheit. Von dem Anblick, wie der Schüler mit hochgekrempelten Ärmeln, erfüllt von Magie und mit schweißüberströmtem Gesicht auf das Metall einhieb, konnte man sich nur schwer lösen, er übte eine merkwürdige Faszination aus.

»Du sabberst«, flüsterte Murphy. Ich war mir nicht sicher, ob er mich oder Kenna meinte, doch ich klappte den Mund schnell zu.

»Gucken ist erlaubt«, gab Kenna zu meiner großen Überraschung zurück. Ich presste die Lippen aufeinander.

»Recht hast du. Aber ich komme mir dabei ein bisschen fehl am Platz vor.«

»Keine Sorge«, sagte ich und klopfte Murphy auf die Schulter. »Wenn du uns mal deine Magie zeigst, werden wir auch viel Aufmerksamkeit für dich und dein Gefieder übrig haben.«

In dieser Sekunde blickte der ältere Schüler auf und tiefe Furchen erschienen auf seiner Stirn. »Was wollt ihr hier? Der Unterricht ist vorbei.«

Sein Blick fiel auf mich und blieb einen Moment an mir hängen. Die Furchen auf seiner Stirn glätteten sich, und er wischte sich mit dem Ärmel den Schweiß vom geröteten Gesicht. Ich warf mir das Haar über die Schulter und lief auf ihn zu, wobei mir die Hitze der Esse entgegenschlug.

»Hi«, sagte ich und setzte mein charmantestes Lächeln auf. »Ich habe ein Anliegen und ich dachte, vielleicht kannst du mir weiterhelfen.«

Er nahm sich eine Wasserflasche und trank einen Schluck, ohne den Blick von mir zu nehmen. »Kommt drauf an, was für mich dabei rausspringt.«

Er hatte angebissen. Sehr gut. »Darüber können wir verhandeln.«

Einer seiner Mundwinkel hob sich leicht. Dann hielt er mir die Hand hin. »Ich bin Rafael.«

»Zoey«, antwortete ich und schlug in seine Hand ein.

»Ich weiß, wer du bist.«

Überrascht blinzelte ich. Die anderen Schüler mieden mich so gut es ging, seit publik geworden war, was für eine Magie mir innewohnte. Rafael hingegen machte mit seinem warmen Lächeln einen gegenteiligen Eindruck. Er hielt meine Hand ein bisschen länger als nötig und ließ schließlich los.

»Es kann immer gut sein, wenn einem eine Ratsprinzessin einen Gefallen schuldet«, sagte er nach ein paar Sekunden.

Früher hätte es mich vielleicht aufgeregt, wenn jemand mich und den Status meiner Familie ausnutzen wollte. Heute war ich beinahe froh darüber. Nüchtern erwiderte ich seinen Blick. »Abgemacht.«

»Ich kann ihn jederzeit einfordern.«

Ich nickte bestätigend, auch wenn mir bei dem Gedanken, einem Fremden einen Gefallen zu schulden, unwohl zumute war. Doch das Rätsel um Finn stand jetzt im Vordergrund. »Alles klar.«

Er wirkte zufrieden und verschränkte die Arme vor der Brust. »Schieß los. Was braucht ihr?«

»Bist du oft nach dem Unterricht hier?«, fragte ich.

Er nickte. »Ich bin im Abschlussjahr und habe einige große Projekte, an denen ich arbeite.«

Ich räusperte mich. »Wenn man im fünften Jahr ist, ist das wahrscheinlich normal, oder?«

»Ja, schon.«

»Haben Erstklässler ein ähnliches Pensum?«

Er blinzelte und wirkte kurz irritiert. »Nicht wirklich. Da lernt man gerade erst die Grundlagen über die verschiedenen Metalle und die Handhabung von Schmiedemagie. Außerdem sind die Stunden in der Schmiede nur begrenzt für Erstklässler geblockt.«

Da er so offen war, fasste ich Mut. »Meine Mitbewohnerin dort hinten war eine gute Freundin von Finn Thompson. Wir wollten fragen, ob du vielleicht mitbekommen hast, wieso er so oft Nachmittage in der Schmiede verbracht hat?«

Etwas Dunkles flammte in seinem Blick auf. Einige Sekunden verstrichen, in denen er nichts sagte. »Das mit Finn ist echt eine Tragödie. Er war sehr talentiert.«

»Hör mal, wir wissen, dass er ständig Überstunden gemacht hat. Und wie du gerade erwähnt hast, ist das für einen Erstklässler eher ungewöhnlich. Wie wäre es also, wenn du uns die Wahrheit erzählst? Ansonsten ist unsere Abmachung hinfällig«, erklärte ich mit Nachdruck.

Ein Muskel an seinem Kiefer zuckte. Er rieb sich über den Hinterkopf und sah flüchtig zu Kenna und Murphy. »Sorry. Ich kann nicht mehr dazu sagen.«

Das konnte doch wohl nicht wahr sein. Anscheinend hatte er erst jetzt verstanden, worum es uns ging. Und über Finns Tod wollte er offenkundig nicht sprechen.

So würde das nichts werden. Wir benötigten dringend Informationen, und es war ziemlich deutlich, dass Rafael über welche verfügte.

Meine Gedanken rasten. Fieberhaft dachte ich nach, was einen Schüler im Abschlussjahr bei den Bronze Wolves interessieren könnte. Worauf er scharf sein könnte. Und dann kam mir eine Idee, die so offensichtlich war, dass ich mich fast über die halbe Minute ärgerte, die ich dafür gebraucht hatte, sie zustandezubringen.

»Du weißt, wer meine Mutter ist, oder?«, stellte ich die überaus überflüssige Frage, immerhin hatte er mich kurz zuvor Ratsprinzessin genannt.

Er zog bloß eine Braue in die Höhe. Das genügte mir als Antwort.

»Ich habe gehört, dass in der Ratsschmiede noch jemand gesucht wird. Wenn du uns weiterhilfst, werde ich bei meiner Mutter ein gutes Wort für dich einlegen.«

Kenna neben mir versteifte sich. Ich spielte diese Karte auch echt ungern, aber gerade war es ein notwendiges Übel. Ich hatte keine Ahnung, ob wirklich jemand in der Ratsschmiede gesucht wurde, doch ich wusste, dass das ungefähr die höchste Position war, die man als Schmied bekleiden konnte. Mum würde darauf eingehen, wenn ich sie darum bat. Zumindest hoffte ich das inständig.

Als Rafaels Augen leuchteten, wusste ich, dass ich ihn an der Angel hatte. Er trat von einem aufs andere Bein.

»Ich könnte in Schwierigkeiten kommen, wenn das die Runde macht.«

Ich winkte ab. »Wir werden dich da raushalten, Rafael. Versprochen.« Ich hoffte sehr, dass dieses Versprechen und eine Stelle in der Ratsschmiede genug waren, um ihn endlich dazu zu bekommen, aus dem Nähkästchen zu plaudern.

»Denk an unsere Abmachung«, erinnerte ich ihn. »Wir alle schulden dir was, wenn du uns erzählst, wieso Finn so viel gearbeitet hat.«

Rafael seufzte, bevor er sich wieder an mich wandte. »Wenn das irgendwo rauskommt, weiß ich, dass du es warst.«

Ich tat, als würde ich meinen Mund abschließen und den Schlüssel in die Glut der Esse werfen. Rafael schmunzelte. Dann senkte er den Blick, wog in Gedanken wohl das Für und Wider ab, und als er aufblickte, stand Entschlossenheit in seinem Gesicht.

»Finn hatte es ziemlich drauf für einen Erstklässler, die Lehrkräfte haben ihn zwischendurch schon als Hochbegabten bezeichnet. Das haben ein paar Leute mitbekommen und er hat unter der Hand Aufträge von einigen Nachfahren Lughs und Dagdas angenommen, um magische Waffen für Kämpfe zu schmieden.«

Stirnrunzelnd sah ich ihn an. »Meinst du für die Turniere der Häuser?«

Er schüttelte den Kopf. »Ich meine geheime Kämpfe. Kämpfe, bei denen viele Schüler der Akademie eine Menge Geld verwetten.«

Ich versteifte mich. Für einen Moment glaubte ich, etwas missverstanden zu haben. »Davon habe ich noch nie gehört.«

»Das ist ja auch der Sinn von Untergrundkämpfen«, gab Rafael zurück. Klugscheißer.

»Und du meinst, dabei treten sie gegeneinander an, oder was?«, fragte Murphy, sichtlich genauso irritiert wie ich selbst.

Rafael nickte langsam.

Das war unvorstellbar. An der Everfall durften Schüler außerhalb des Trainings und der Turniere nicht gegeneinander kämpfen. Niemals durfte die Magie oder ein Talent gegen andere Schüler eingesetzt werden – und selbst in bestimmten Fällen nur, wenn Lehrkräfte dabei waren und alles strengstens im Blick behielten. Wenn jemand das wirklich tat, dann riskierten sie alle eine gewaltige Strafe oder sogar einen Verweis.

»Aber wie genau stelle ich mir das vor? Kommen Schüler her und geben Aufträge unter der Hand an Erstklässler?«

Rafaels Blick zuckte zur Tür. Obwohl er eben noch so entschlossen gewirkt hatte, war der gehetzte Ausdruck nun in sein Gesicht zurückgekehrt. Es war ihm sichtlich unangenehm, darüber zu sprechen.

»Es ist nicht ganz so simpel. Aber ja, manchmal finden derartige Transaktionen statt.«

»Die Skizzen …«, murmelte Kenna neben mir. Bilder von Finns Zeichnungen kamen mir in den Sinn. Das hatte er also in der Schmiede gemacht. Deshalb war er so oft länger geblieben, daher hatte er das zusätzliche Geld trotz seines Stipendiums.

»Aber in seinem Zimmer waren keine Waffen«, merkte Murphy an.

»Oder die Hüter haben sie bereits mitgenommen«, widersprach ich.

»Wäre ich handwerksbegabt, würde ich meine illegalen Aufträge wahrscheinlich nicht in einem öffentlich zugänglichen Schrank oder Zimmer lagern«, wandte Kenna ein.

»Woher hatte er überhaupt das Material?«, fragte Murphy jetzt an Rafael gewandt. »Das alles wird doch streng katalogisiert. Fällt nicht auf, wenn etwas fehlt?«

»Ich denke, ihr solltet jetzt gehen. Ich habe ohnehin schon viel zu viel gesagt«, sagte Rafael mit angespanntem Gesichtsausdruck, und mal ehrlich, langsam reichte es mir.

Ich machte einen Schritt auf Rafael zu und stützte beide Hände auf den Amboss, wobei ich bedrohlich zu ihm hoch funkelte. »Jetzt hör mal, langsam reicht es mir. Wir haben eine Abmachung getroffen, und du hast dich trotzdem geziert. Wir haben dir Versprechen gegeben, und du machst immer noch den verdammten Mund nicht auf. Wenn du keine Lust hast, uns zu helfen und irgendwann in der Ratsschmiede zu arbeiten, dann sag das einfach, aber hör verflucht noch mal auf, unsere Zeit zu verschwenden.«

Rafael blinzelte. Schließlich gab er das resignierteste Stöhnen von sich, das ich jemals gehört hatte, rieb sich mit beiden Händen übers Gesicht und machte endlich – endlich! – den Mund auf.

»Der letzte Kampf hat auf der anderen Seite des Sees stattgefunden, aber die Orte wechseln jedes Mal, um es sicherer für alle Beteiligten zu gestalten«, erzählte er und fing dabei an, auf- und abzutigern. Sollte er ruhig, wenn es ihm half. »Zunächst ging es bloß im Nahkampf Schüler gegen Schüler, aber inzwischen werden die Anforderungen immer härter, und die Heilbegabten, die bei den Kämpfen anwesend sind, haben immer öfter schwerere Wunden zu versorgen. Ich habe einige Waffen hergestellt für diese Kämpfe. Doch neben dem Pensum für den Abschluss hatte ich irgendwann nicht mehr so viel Zeit für die ganzen Aufträge. Finn hat davon mitbekommen und seine Hilfe angeboten, weil er sich etwas Geld nebenher verdienen wollte.«

»Wir waren bereits in seinem Zimmer, da lagen einige Skizzen herum. Aber Bestellungen anderer Schüler waren nicht dabei«, sagte Kenna.

Ich wandte mich Rafael wieder zu. »Wo habt ihr den Kram für die Untergrundkämpfe gelagert?«

Ich gab mein Bestes, ihn weiter böse anzufunkeln, was Wirkung zeigte – er zierte sich nicht länger. Nach einem abermaligen gehetzten Blick zur Tür bedeutete er uns, ihm zu folgen. Wir durchquerten die Schmiede, entfernten uns von dem Amboss und folgten ihm zu einer Tür. Er stemmte sie auf und kalte Luft strömte uns entgegen. Wir befanden uns nun draußen auf der Rückseite der Schmiede, wo einige Tonnen nebeneinander standen.

»Hier wird der Abfall entsorgt«, erklärte Rafael. »Das dort ist Pappe, da drüben Metall- und Sondermüll.« Er deutete erst auf die linke, dann auf die zwei rechten Tonnen. Dann trat er zu der äußeren Tonne, beugte sich hinab und drückte gegen den unteren Teil der äußeren Fläche. Eine Art Schublade klappte auf, an der Rafael dann zog.

Kenna und Murphy stellten sich neben mich, als er den Inhalt preisgab. Einige Umschläge waren darin zu erkennen, außerdem mehrere zerfledderte Skizzen von Waffen.

»Hier werfen die Leute ihre Bestellungen ein. Wenn wir fertig mit ihnen sind, lagern wir die Bestellungen in der Tonne, getarnt unter den Metallresten.«

»Woher wissen die Leute, wann ihre Bestellung fertig ist?«, fragte Kenna.

»Innerhalb von einer Woche können die Bestellungen nach der Sperrstunde abgeholt werden. Die Regel ist, dass sie dafür aber von außen kommen müssen, also nicht über den Campus, sondern von hier.« Er deutete auf das Waldgebiet hinter der Schmiede, das durch einen Zaun abgegrenzt war.

»Können wir einen Blick auf die Bestellungen werfen?«, fragte ich und beugte mich vor.

Er nickte. »Nehmt sie mit. Seit Finns Tod ist es hier ruhig geworden. Wir können von Glück sagen, dass die Hüter hier nichts gefunden haben, sonst wäre die Schmiede wahrscheinlich komplett dichtgemacht worden.«

»Läuft das Ganze anonym?«, fragte Murphy, während ich mich vorbeugte und die Zettel an mich nahm, so wie bereits die Unterlagen aus Finns Zimmer und die Papierkugeln aus dem Schließfach.

Rafael nickte. »Zu großen Teilen schon. So gerät niemand in Schwierigkeiten.«

Ich tauschte einen Blick mit Kenna. Ich wusste, dass wir beide das Gleiche dachten. Lag in Finns Geheimjob vielleicht das Motiv für den Mord? Wer auch immer es auf Finn abgesehen hatte – womöglich war derjenige unter den Bestellern. Und diese Person wurde durch die Anonymität geschützt.

»Was soll das heißen, zu großen Teilen?«, hakte ich nach, denn Rafaels Wortwahl war mir nicht entgangen.

Er räusperte sich verhalten. »Ich war bei einigen der Kämpfe als Zuschauer dabei. Dort konnte ich sehen, wer mit den von Finn und mir geschmiedeten Waffen gekämpft hat.«

»Du hast nicht zufällig Lust, uns ein paar Namen zu nennen?«, fragte Murphy.

Er schüttelte den Kopf. »Ich habe jetzt echt zu viel gesagt. Aber vielleicht solltest du deinen Freund nach seinem letzten Kampf fragen«, sagte er unvermittelt an mich gewandt.

Ich horchte auf. Was zum Henker sollte Beau bitte mit dieser Sache zu tun haben? »Wie bitte?«

Rafael schob seine Ärmel hoch und deutete mit dem Daumen über seine Schulter. »Ich muss weitermachen. Aber stell Maguire deine Fragen. Ich bin mir sicher, es gibt einiges, was ihr besprechen solltet.«

Mit diesen Worten ließ er uns stehen und lief zurück in die Schmiede. Kenna hatte sich runtergebeugt und die restlichen Bestellungen in ihren Rucksack gestopft. Meine Gedanken rasten. Das konnte doch nicht sein. Es fiel mir schon schwer, mir vorzustellen, dass Schüler gegen einander kämpften und dafür illegal Waffen in Auftrag gaben. Aber Beau sollte da mit drinstecken? Unmöglich.

»Magie darf nicht gegen andere Schüler eingesetzt werden. Auf diese Sache würde wahrscheinlich eine große Strafe stehen«, sagte Murphy und riss mich damit aus der Grübelei.

»Was wiederum bedeutet, dass es jetzt eine viel größere Anzahl an Leuten gibt, die Finn im Visier gehabt haben können«, fügte ich hinzu.

Kenna sah mich eindringlich an. »Du musst Beau nach den Kämpfen fragen.«

Ich schluckte schwer. Es fiel mir nicht leicht, zu glauben, dass mein Freund tatsächlich ein solches Geheimnis vor mir gehabt haben sollte. Gleichzeitig war mir bewusst, dass ihm das Kämpfen im Blut lag und wie sehr sein Vater ihn stets darauf drillte, besser zu werden. Jedoch konnte ich mir beim besten Willen nicht vorstellen, dass Beau etwas gemacht haben sollte, das eine solch schwere Strafe nach sich ziehen könnte. Aber vielleicht war das auch der Grund, weshalb so viele Schüler daran teilnahmen? Ich wusste es nicht. Doch ich würde es herausfinden.

»Ich kümmere mich darum«, sagte ich an Kenna und Murphy gewandt.

Ich schulterte meinen Rucksack, um mich auf den Weg zu meinem Freund zu machen. Ihn mit dieser Sache zu konfrontieren, stand in völligem Gegenteil zu der Harmonie, die sich gerade erst wieder zwischen uns eingestellt hatte, und ich fragte mich, ob ich damit wohl einen Fehler beging. Doch mir war auch klar, dass das hier unsere erste, richtige Spur war. Und wir waren es Finn schuldig, dieser nachzugehen.

18

Es war sehr merkwürdig, das Wohnheim der Golden Leaves zu betreten. Es fühlte sich beinahe an, wie nach Hause zu kommen – nur dass dieser Ort nicht länger mein Zuhause war.

Beau hatte noch Training gehabt, und so hatte er vorgeschlagen, dass wir uns bis zur Sperrstunde in seinem Zimmer trafen. Ich wollte ihn nicht direkt mit dieser Sache überfallen, deshalb hatte ich uns Smoothies aus der Cafeteria geholt und mein Make-up noch mal aufgefrischt. Außerdem trug ich die Bluse mit aufgeplusterten Ärmeln, die am Rücken mehrere Schnürungen hatte, bei denen Beau schon das eine oder andere Mal versucht gewesen war, sie zu öffnen. Sie gab mir Sicherheit, und die brauchte ich gerade dringend, da ich den Mut aufbringen musste, Beau mit dieser Sache zu konfrontieren. Seit wir bei der Schmiede gewesen waren, hatte sich in meinem Kopf ein Tornado aus Fragen gebildet, in dem eine über die andere stolperte, und ich musste unbedingt Klarheit bekommen. Für Finn, aber auch für mich selbst. Denn dass Beau ein solch riesiges Geheimnis vor mir gehabt haben sollte, war mir immer noch unerklärlich. Ich konnte mich an keinen Moment in unserem Leben erinnern, in dem er mir etwas verheimlicht hatte. Eigentlich erzählten wir einander alles. Doch Rafael hatte es geschafft, mit wenigen Worten Zweifel in mir zu säen, die mich nicht losließen.

Meine Handflächen fühlten sich kalt an, als ich die Hand hob und mit den Fingerknöcheln an Beaus Zimmertür klopfte. Es dauerte nicht lang, bis er sie aufzog, und mein Mund wurde ganz trocken. Beau hatte offensichtlich gerade geduscht und trug nur ein Handtuch um die Hüfte geschlungen. Das dunkelblonde Haar hing ihm feucht in die Stirn und irgendwie erlitt mein Gehirn bei dem Anblick einen Kurzschluss. Ich tat einen Schritt vor und stellte mich auf die Zehenspitzen. Bevor ich ihn zu einem Kuss zu mir ziehen konnte, schlang er die Arme um meine Taille und umarmte mich fest. Seine nackte Haut war gegen mich gedrückt, der markante Duft seines Duschgels drang in meine Nase und für einen Moment schloss ich die Augen und ließ alle Gedanken an Finn Thompsons Tod und Beaus angebliche Geheimnisse verschwinden. So verharrten wir, wobei Beau kurz einen Arm von mir löste, um die Tür zuzustoßen.

»Ich habe dich vermisst«, murmelte ich an seinem Schlüsselbein und drückte einen raschen Kuss darauf.

Er festigte seinen Griff um mich, was ich als Zustimmung deutete. »Du riechst nach Rauch«, bemerkte er und ließ mich wieder los.

Noch war ich nicht bereit für diese Art der Konfrontation und hielt ihm den Smoothie hin. Er schnappte ihn sich und strahlte mich an.

»Du bist die Beste. Danke.« Sofort trank er einen großen Schluck. Dann deutete er auf sein Bett, das ganz durcheinander war, als hätte er eben noch dringelegen. Zögerlich nahm ich mit meinem eigenen Smoothie Platz und fing an, am Strohhalm herumzuspielen. Stille erfüllte das Zimmer, als Beau an seinen Schrank trat und sich Unterwäsche und eine Jogginghose rausholte. Ich sah betont konzentriert auf meinen Becher, während er sich anzog. Dann kam er zu mir und setzte sich so auf sein Bett, dass er sich mit dem Rücken gegen das Kopfteil lehnen konnte.

Ich sammelte mich kurz und überlegte, wie ich das Thema am besten anschneiden konnte. Allerdings gab es dafür keinen subtilen Weg. Außerdem war das hier Beau. Wir kannten uns ewig, waren Freunde und mehr, und ich vertraute ihm.

»Ich war heute in der Schmiede«, sagte ich. »Deshalb rieche ich nach Rauch.«

Beau hielt mitten im Trinken inne. Langsam drehte er den Kopf zu mir. Etwas blitzte in seinen Augen auf, was ich nicht genau benennen konnte.

»Meine Mitbewohnerin Kenna und ich versuchen gerade herauszufinden, ob Finns Tod vielleicht kein Unfall gewesen ist«, fuhr ich fort. »Dabei haben wir das mit den Untergrundkämpfen mitbekommen.«

Mehr sagte ich nicht. Ich wollte ihm die Gelegenheit geben, mir von sich aus von der Sache zu erzählen. Rote Flecken bildeten sich auf Beaus Hals, und er senkte den Blick auf den Saft, wobei er anfing, mit dem Strohhalm darin herumzustochern.

»Machst du jetzt einen auf Detektivin, oder was?«

Bei seinen Worten blieb mir kurz der Mund offen stehen. Diese Reaktion stand in völligem Kontrast zu dem Beau, der gemeinsam mit mir in den Saal gegangen waren, um sich die Zerstörung dort zu besehen. Ich rang den Impuls nieder, etwas Scharfes zu entgegnen, und atmete tief durch. »Kenna und Finn waren Freunde. Sie nimmt sein Tod sehr mit.«

»Und was geht dich das an?«

Ich war wie vor den Kopf gestoßen und ließ meinen Becher sinken. »Wieso reagierst du so merkwürdig?«

Er zuckte mit den Schultern und sagte nichts mehr. Ich atmete tief durch. Beau konnte es nicht leiden, wenn man ihn in eine Ecke drängte. Ich musste sanfter sein, einfühlsamer, wenn ich wollte, dass er sich mir anvertraute.

»Ich weiß, dass du an diesen Kämpfen beteiligt warst. Für mich ist auch okay, dass du mir davon nichts erzählt hast«, sagte ich möglichst friedfertig.

Sein Blick zuckte zu mir. »Das ist ja nett. Mir war nicht klar, dass ich deine Erlaubnis brauche, um tun und lassen zu können, was ich möchte.«

Es fühlte sich an, als hätte er mir einen weiteren Hieb verpasst und langsam verlor ich die Lust, ihn zu verhätscheln. »Was ist los mit dir? Wieso sagst du das?«

»Weil du so tust, als hättest du mich bei etwas erwischt, für das ich mich nun rechtfertigen muss. Dabei dachte ich, wir treffen uns heute, um – keine Ahnung – uns mal wieder wie Freund und Freundin zu benehmen.«

Ich zog eine Braue in die Höhe. »Also dachtest du, ich komme nur her, um mit dir rumzumachen?«

Erneut zuckte er so leichtfertig mit den Schultern. Obwohl ich mir gewünscht hatte, dass wir uns heute mal wieder zusammen in sein Bett legten und innig küssten, war dieser Wunsch mit einem Mal wie weggeblasen. Wenn er so drauf war, würde ich überhaupt nichts mit ihm machen. Außer vielleicht ihn anschreien, weil er sich wie ein Idiot aufführte.

»Ich will doch nur wissen, was diesem armen Jungen widerfahren ist«, versuchte ich es noch mal.

»Nur weil du jetzt diese dumme Magie hast, bedeutet das nicht, dass du plötzlich Hüterin spielen und ermitteln kannst.«

»Hör auf, das so zu nennen«, knurrte ich und drängte mit einigem Aufwand all die anderen Worte zurück, die sich aus meiner Kehle befreien wollten.

Er seufzte tief. »Was willst du von mir, Zoey?«

»Ich würde gern erfahren, was bei diesen geheimen Kämpfen geschieht. Wie du dazu gekommen bist. Und weshalb du geglaubt hast, mir das verheimlichen zu müssen.«

Beau biss die Zähne so fest zusammen, dass sein Gesicht komplett verkrampft wirkte. Einige Sekunden verstrichen, in denen keiner von uns etwas sagte.

»Das war etwas, was ich nur für mich machen wollte«, meinte er schließlich leise.

Ich horchte auf. Am liebsten hätte ich nachgehakt, doch ich spürte, dass er sich sammelte, um weiterzusprechen.

»Ich fand die Idee erst mehr als nur hirnrissig. Aber je länger ich drüber nachgedacht habe, desto größer wurde der Reiz. Kämpfen, ohne dabei an den Rat, meinen Vater oder Verpflichtungen zu denken. Nur für mich.«

Diese Erklärung war nachvollziehbar und einfach so Beau. In diesem Moment wusste ich, dass er mir die Wahrheit sagte. Es gab nicht viel, was Beau für sich tat, und manchmal … manchmal erdrückte ihn das Erbe seiner Familie. Das wusste ich, weil er immer, wenn er sich so fühlte, mit mir darüber sprach und wir zusammen etwas unternahmen, damit es ihm besser ging. Gerade deshalb verpasste mir das mit den Geheimkämpfen einen Stich. Vor allem die Tatsache, dass ich es ausgerechnet von Rafael aus der Schmiede erfahren musste. »Wenn du mir das erklärt hättest, hätte ich es sicher verstanden.«

Zweifelnd sah er mich an. »Oder du hättest versucht, es mir auszureden.«

»Das stimmt nicht.«

»Komm schon, Zoey. Ich kenne dich. Ich weiß genau, dass du mir einen ellenlangen Vortrag über Verantwortungsbewusstsein gehalten hättest.«

Diese Worte trafen mich genauso wie alles andere, was er bisher von sich gegeben hatte. »Du lässt es klingen, als wäre ich dein Vater.«

»So meine ich das nicht.« Er rieb sich frustriert übers Gesicht. »Es hat sich gut angefühlt. Mal etwas zu tun, was keiner von mir erwartet. Das hat nichts mit mangelndem Vertrauen in dich zu tun. Eher damit, dass ich dich für sehr viel verantwortungsbewusster als mich selbst halte.«

Aus zusammengekniffenen Augen sah ich ihn an. »Hör auf, das wie ein verdrehtes Kompliment klingen zu lassen.«

Sein dämliches Lächeln zupfte an der Unruhe in meinem Inneren und besänftigte sie. Zumindest ein Stück weit. Ich spürte, dass wir uns wieder auf sichereres Terrain begaben.

»Wie ist das Ganze abgelaufen?«, fragte ich.

Beau überlegte kurz. »Ronan hat über mehrere Ecken von den Kämpfen mitbekommen. Es hieß, sie würden händeringend nach Leuten suchen, die die Wetten weiter anheben.«

»Weißt du, wer das alles organisiert hat?«

Er schüttelte den Kopf. »Die Teilnehmenden erhalten eine anonyme Nachricht, wo der Kampf stattfindet. Der Schauplatz wechselt jedes Mal. Wir sind dort hingekommen und wurden unseren Gegnern zugeteilt. Es haben an die dreißig Leute zugesehen. An jedem Abend haben vier Paare gegeneinander gekämpft, dann noch einmal die Sieger gegeneinander, bis einer übrig geblieben ist.«

»Hast du gewonnen?«

Er grinste. »Nicht beim ersten Mal.«

»Aber beim letzten Kampf?«

Jetzt nickte er. »Nach dem ersten Kampf wurde mir klar, dass alle magisch verstärkte Waffen nutzen, also habe ich auch eine in Auftrag gegeben. Allerdings bei Rafael Garcia – nicht bei Finn Thompson.«

»Hast du den Hütern von den Kämpfen und Finns Verbindung berichtet?«, fragte ich weiter.

Er schüttelte den Kopf. »Cree hat mir erzählt, dass sie bereits eine Spur verfolgen. Er hat es von einer seiner Verflossenen gehört, die bei den Hütern in der Lehre ist.«

Ich setzte die neuen Informationen in meinem Kopf zu einem großen Ganzen zusammen.

»Wann findet der nächste Kampf statt?«, fragte ich.

»Scheiße, Zoey, ich komme mir vor wie bei einem Verhör«, sagte Beau und rieb sich über den Nacken. Darauf erwiderte ich nichts und sah ihn einfach nur ruhig an. Es war offensichtlich, dass er keinen seiner Freunde in diese Sache reinreiten wollte, aber ich brauchte mehr Antworten. Und die würde ich am besten bekommen, wenn ich mich bei einem dieser Kämpfe umsehen konnte.

Schließlich gab Beau nach und seufzte resigniert. »Der nächste Kampf soll kommendes Wochenende stattfinden.«

Mit geweiteten Augen starrte ich ihn an. »Und hast du vor, noch einmal mitzumachen?«

Er schluckte schwer. »Ich bin der aktuelle Titelverteidiger. Meine Anwesenheit ist quasi Pflicht.«

Mein Kopf rauchte.

»Sag mir, wann und wo der nächste Kampf ausgetragen wird«, forderte ich.

»Babe …«

»Babe mich nicht, Beau. Ich meine es ernst.« Ich griff nach seiner Hand und verschränkte meine Finger mit seinen. »Außerdem … wie sähe es denn aus, wenn deine Freundin dich nicht anfeuert?«

Zwar erwiderte er den Druck meiner Hand, doch der gequälte Ausdruck in seinen Augen verriet mir, wie wenig begeistert er von diesem Vorschlag war. »Wenn ich es dir sage, können wir das Thema dann jetzt sein lassen?«

Ich nickte schnell.

»Großartig«, sagte er. Beau lächelte und zog an meinem

Arm, bis ich gegen ihn prallte. Dann schlang er die Arme um mich. Obwohl er mich hielt, fühlte es sich nicht so an wie sonst. Denn in meinem Kopf hallten seine harschen Worte nach. Vor allem die Tatsache, dass er meine Magie als dumm bezeichnet hatte.

Ich schob das schlechte Gefühl beiseite und schmiegte mich eng gegen ihn. Doch je mehr ich es versuchte, desto intensiver spürte ich, dass sich etwas zwischen uns gedrängt hatte wie eine dritte, schattenhafte Gestalt, die uns auf Armeslänge voneinander entfernt hielt.

Ich hätte nicht gedacht, dass es möglich war, aber als mein Wecker am nächsten Tag um fünf Uhr klingelte, war ich so gerädert, dass ich kurz in Erwägung zog, nicht aufzustehen und die Nachhilfe mit Dylan sausen zu lassen – zumal es auch gut sein konnte, dass er mich wieder sitzen ließ. Leider erinnerte ich mich daran, wie wahnsinnig schlecht ich immer noch in Weissagung und Seelenführung war, und als Professor Cusacks unzufriedenes zerknittertes Gesicht vor meinem inneren Auge auftauchte, war ich mit einem Mal so wach, dass ich freiwillig unter die Dusche sprang.

Die halbe Nacht hatte ich mich hin und her gewälzt und über die Erkenntnisse des gestrigen Tages nachgedacht. Immer wieder war ich in Gedanken durchgegangen, was wir erfahren hatten. Am meisten verstörte mich, dass es nun tatsächlich mehrere Leute mit einem Motiv gab, Finn umzubringen – wobei mir der bloße Fakt, dass er illegal magische Waffen hergestellt hatte, eigentlich nicht stark genug vorkam. Es schien so willkürlich, denn immerhin hätte die Person es dann auch auf Rafael absehen können. Aber ich hoffte sehr, dass wir in Finns Unterlagen und seinen zuletzt ausgeliehenen Büchern mehr Informationen finden würden.

Als ich aus dem Bad kam, blinzelte ich überrascht. Kenna war bereits wach. Sie stand vor dem Giebel und drehte sich mit einem Thermosbecher mit Tee zu mir um. Ihre Augen waren ganz geschwollen vor Müdigkeit, und sie trug einen Schlafanzug mit Herzchen und eine dazu passende Haarhaube. Vorsichtig tapste sie durchs Zimmer und stellte den Tee auf meinem Schreibtisch ab.

»Womit habe ich das verdient?«, fragte ich.

»Als Dankeschön für deine Hilfe.« Ihre Stimme klang rau, und bevor ich noch etwas erwidern konnte, wankte sie schlaftrunken zurück zu ihrem Bett und setzte sich auf die Kante. Dann gähnte sie ausgiebig, wobei sie einen eigenen Becher in der Hand hielt. Sie blickte von dem Inhalt darin zu mir und wieder zurück. Plötzlich wirkte sie beinahe befangen.

»Ist … ist es okay, wenn ich vor dir trinke?«, fragte sie.

Ich konnte nur blinzeln. »Natürlich ist es okay, wenn du vor mir trinkst. Ich trinke doch auch vor dir.«

»Ja, aber kein Blut. Zumindest wäre es mir neu, dass du seit dem Erwachen deiner Magie welches zum Überleben brauchst.« Während ich noch verdaute, was sie gerade gesagt hatte, tippte sie sich nachdenklich ans Kinn. »Oder benötigen Banshees auch Blut zum Überleben? Wenn das so ist, kann ich deinen Tee gern noch verfeinern.«

Ich umklammerte den Becher fest und hielt ihn mir vor die Brust gedrückt. »Nein, danke.«

Schweigen breitete sich zwischen uns aus und ich spürte, dass Kenna noch mehr Rückversicherung brauchte. Also räusperte ich mich. »Und meine Antwort ändert sich nicht, jetzt, wo ich weiß, was du mit trinken meinst. Wir wohnen zusammen. Natürlich kannst du vor mir Blut trinken. Du kannst auch gern nackt durchs Zimmer tanzen oder mir aus deinen historischen Liebesromanen vorlesen, wenn du willst.«

Jetzt zeigte sich ein kleines Lächeln auf Kennas Gesicht. »Nein zum Nackttanzen, ja zum Vorlesen. Und zum Trinken.«

Ich hob meinen Becher und prostete ihr zu. »Na dann. Sláinte.«

Grinsend schüttelte sie den Kopf und nahm einen Schluck, während ich an meinem Tee nippte.

»Bisher hast du aber noch kein Blut in meiner Gegenwart getrunken, oder?«

Sie schüttelte den Kopf. »Ich brauche nur alle paar Wochen welches, allerdings stets in regelmäßigen Abständen. Und es kommt immer drauf an, was gerade ansteht. Wenn ich viel Kraft einsetze, benötige ich mehr Blut. Doch das ist von Dearg Due zu Dearg Due unterschiedlich.«

»Und essen musst du trotzdem, oder?«, fragte ich.

Sie nickte. »Ja, auch. Essen gibt mir genauso Energie wie dir, aber ohne Blut würde mein Körper nicht mehr richtig funktionieren. Es … es ist ein fester Bestandteil von dem, was ich jetzt bin.«

Das klang fast, als wäre sie noch nicht lange eine Dearg Due. Ich zögerte, ob ich mehr Fragen stellen sollte oder lieber nicht, wenn man bedachte, wie Dearg Dues geboren wurden. Aus Rachsucht heraus. Aus dem Wunsch, ihren Peiniger zu finden und ihm das Blut auszusaugen. Ich war mir nicht sicher, ob Kenna so weit war, das mit mir zu teilen. Und ich wollte sie nicht drängen. Wenn sie mir mehr über sich erzählen wollte, sollte sie sich geborgen fühlen und das aus eigenem Willen tun und nicht, weil meine Neugierde überhandnahm.

»Also … der Tee schmeckt auch ohne Verfeinerung deinerseits vorzüglich«, sagte ich lächelnd, nachdem ich daran genippt hatte. »Danke noch mal.«

Sie erwiderte mein Lächeln warm, wobei das Blut rot auf ihren Zähnen glänzte. »Gern.«

»Ich muss jetzt los zur Nachhilfe. Wir sehen uns später, okay?«

Sie nickte und reckte den Daumen ihrer freien Hand in die Höhe, während sie mit der anderen den Becher ansetzte und weitertrank.

In den letzten Tagen hatten wir große Fortschritte gemacht, und das machte mich sehr froh. Zwar war dieses Zimmer immer noch muffig, feucht und eindeutig zu eng – aber immerhin verstanden Kenna und ich uns, was ich nach unserem ersten Abend echt nicht gedacht hätte. Langsam schloss ich sie richtig ins Herz.

Von ihrer lieben Geste und unserem Gespräch beschwingt, packte ich meine restlichen Sachen ein, schulterte meinen Rucksack sowie den Thermosbecher und ging zur Tür. Als ich sie öffnete, entdeckte ich Dylan, der an der Wand gegenüber lehnte. Heute trug er ein dunkelgraues Baumwollshirt, dessen Ärmel er hochgekrempelt hatte, zwei Silberketten um den Hals und eine schwarze Stoffhose, dazu die schweren Boots, die ich schon kannte. Unter seinen Augen lagen dunkle Ringe, die die Tage zuvor noch nicht da gewesen waren. Ich fragte mich, was ihm schlaflose Nächte bescherte, obwohl ich mich sofort dafür rügte. Schließlich ging es mich nichts an, was er nachts so trieb.

»Wo warst du gestern?«, fragte ich dennoch statt einer Begrüßung.

»Ich hatte etwas zu erledigen.«

Ich sah ihn eingehend an. An seinem Hals war ein tiefer Kratzer zu erkennen, der unter dem Kragen seines Shirts verschwand. Der Rand war blutig und wirkte fast ausgefranst. Wie von selbst wollte ich die Hand danach ausstrecken und die Wunde untersuchen. Statt dem Drang nachzugeben, ballte ich die Hände zu Fäusten.

»Du bist verletzt«, sagte ich langsam. »Was ist passiert?«

»Vorsicht, Miss Everfall«, gab er zurück. »Du klingst fast, als würdest du dich um mich sorgen.«

Hitze stieg in meine Wangen. »Tue ich nicht. Ich bin mir sicher, du kannst gut auf dich selbst aufpassen.«

Ich wollte gerade losgehen, da knisterte etwas unter meinem Schuh. Stirnrunzelnd beugte ich mich runter – und erstarrte. Auf dem Boden vor unserer Zimmertür lag das gleiche gelbliche Papier, das ich auch schon in meiner Tasche gefunden hatte. Ich hob es auf und faltete es auseinander. In meiner Brust zog sich etwas zusammen, und mein Puls beschleunigte sich, als ich die großen Blockbuchstaben darauf las.

Hört auf zu suchen. Andernfalls müsst ihr mit den Konsequenzen leben.

Mein Mund wurde ganz trocken, und eine Gänsehaut überzog mich. Der Zettel in meiner Hand fing an zu zittern.

»Was ist los?«, erklang Dylans Stimme wie aus weiter Ferne. Ich konnte den Blick nicht von den Worten lösen. Plötzlich fiel mir das Atmen viel zu schwer.

Dylan tat einen Schritt vor und nahm mir den Zettel aus der Hand. Ich reagierte zu langsam, als ich die Finger danach ausstreckte, hielt er ihn außer Reichweite und las die Worte darauf.

»Was ist das?«, fragte er und ließ den Arm sinken. Sofort ergriff ich die Chance und nahm ihm den Zettel wieder weg.

»Nichts«, sagte ich schnell und stopfte ihn achtlos in meine Tasche. Dann holte ich meinen klobigen Schlüssel raus und schloss Kennas und mein Zimmer damit ab. Wahrscheinlich würde Kenna sich wundern, aber sicher war sicher. Als ich loslaufen wollte, fasste Dylan mich am Arm, und bei der Berührung zuckte ich zusammen.

»Wer bedroht euch?«, fragte er. Es war das erste Mal, dass ich eine andere Regung als Spott oder Zorn auf seiner Miene erkannte.

Innerhalb eines Wimpernschlags wirkte alles an ihm düster, seine Augen verdunkelten sich und ich meinte, einen Funken seiner finsteren Macht zu spüren. Mir wurde eiskalt. Als hätte er das gespürt, ließ er meinen Arm los und trat einen Schritt zurück. Sein Blick blieb jedoch dunkel und eindringlich.

»Es ist nichts«, sagte ich lahm.

Alles an der Art, wie er mich ansah, verriet mir, dass er mir das nicht abkaufte. Ich versuchte, mich davon nicht aus dem Gleichgewicht bringen zu lassen, und lief los.

Dylan fragte nichts mehr, als wir in Richtung Frühstückssaal liefen. Ich sammelte mich und versuchte, die Drohung nicht zu sehr an mich heranzulassen. Es war nicht leicht. Kenna schien recht zu behalten – wir waren auf der richtigen Spur, wenn jemand so weit ging, uns mehrfach zu bedrohen. Doch jetzt musste ich einen klaren Kopf bekommen und mich auf die Nachhilfe konzentrieren.

»Du musst mich übrigens nicht mehr abholen. Ich finde den Weg auch allein«, sagte ich und räusperte mich, weil meine Stimme viel zu heiser klang.

»Noch nie hat jemand derart schlecht vom eigentlichen Thema abgelenkt«, sagte er trocken.

»Ich lenke nicht ab. Ich meine es ernst.«

Sein Blick verriet mir deutlich, was er von dieser Lüge hielt. Zum Glück ging er trotzdem drauf ein. »Eigentlich könnte ich mir den Umweg gut sparen. Aber ich warte noch auf den Tag, an dem dein Elan nachlässt und ich dich aus dem Bett zur Nachhilfe schleifen muss.«

Erleichtert warf ich ihm einen Seitenblick zu. Er wirkte wieder ganz normal und trug seine stoische, steinerne Miene zur Schau. Keine Spur mehr von Sorge zu erkennen.

»Da kannst du lange drauf warten«, gab ich großspurig zurück. Von Tag zu Tag fiel mir das Pensum und das frühe Aufstehen schwerer, aber ich würde den Teufel tun und aufgeben. Und schon gar nicht würde ich mich von Dylan aus dem Bett zerren lassen.

Im Frühstückssaal war zu meiner Überraschung bereits eine kleine Gruppe anderer Schüler, obwohl es sechs Uhr morgens war. Sie trugen die schwarze Montur, die in der Trainingshalle die meisten Schüler anhatten, und ich fragte mich, welcher Wahnsinnige freiwillig um diese Uhrzeit trainierte. Ob sie ebenfalls an den geheimen Kämpfen teilnahmen? Wobei … würde ich an Untergrundkämpfen teilnehmen, würde ich mich wahrscheinlich nirgends in Trainingskleidung blicken lassen. Das wäre zu auffällig.

Dylan und ich holten uns unser gewohntes Frühstück, wobei er die Kaffeemaschine wieder zuerst ansteuerte.

»Kaffee scheint eines deiner Laster zu sein«, merkte ich an, während ich mir Orangensaft einschenkte. Inständig versuchte ich mich von der Drohung abzulenken, leider klappte es nur mittelmäßig.

Allerdings antwortete Dylan nicht und trug eine finstere Miene zur Schau. Ich fragte mich, was in ihm vorging. Ob er sauer darüber war, dass ich seiner Frage zuvor ausgewichen war, oder ob es an unserer Begegnung in der Bibliothek lag, wo ich ihn beim Dealen erwischt und damit konfrontiert hatte. Wir waren dort echt nicht gut auseinandergegangen und eigentlich hatte ich gedacht, dass er mir das so übel nahm und deshalb gestern nicht gekommen war. Allerdings klang seine Erklärung, etwas Wichtiges erledigen zu müssen, nicht nach einer bloßen Ausflucht. Durch die Augenringe und den tiefen Kratzer fragte ich mich, ob ihm vielleicht etwas zugestoßen war. Ich wusste jedoch nicht, ob ich ihn darauf ansprechen oder es lieber lassen sollte. Ich schob das auf später und konzentrierte mich darauf, ein möglichst gutes Frühstück zusammenzustellen.

Die Schülerinnen und Schüler in Trainingskleidung holten sich ebenfalls Frühstück, wobei einige von ihnen Dylan und mich schräg beäugten. Ich war mir nicht sicher, ob gemeinhin bekannt war, was er und ich morgens um diese Uhrzeit hier taten. So wie sie uns ansahen, war das nicht der Fall. Ich drehte mich gerade um und holte mir eine Portion frisch geschnittenes Obst, da hörte ich jemanden meinen Namen sagen.

»Sie wurde aus dem Komitee geworfen.«

»Ehrlich?«

Jemand kicherte.

Ich drückte die Schultern nach hinten und versuchte, mir nichts anmerken zu lassen. Bei allem, was passiert war, hatte ich diesen Vorfall fast verdrängt. Jetzt geisterten mir die Worte von Mrs Walsh wieder durch den Kopf.

Doch nach Rücksprache mit dem Kollegium habe ich festgestellt, dass sich Ihre neue Laufbahn an dieser Akademie in Kontrast zu dem befindet, wofür das Amt der Miss Everfall steht.

Dazu gesellte sich Beau, der meine Magie als dumm bezeichnete und unsere Nachforschungen als naive Spielerei abtat. Fest biss ich die Zähne zusammen. Als hätten sich meine inneren Werte nach dem Erwachen der Magie plötzlich um hundertachtzig Grad gedreht. Als könnte ich etwas dafür, welche Magie in mir erwacht war. Ich fragte mich, wie es gewesen wäre, wenn Beau statt Lughs Kampfkunst eine andere Fähigkeit erhalten hätte. Meine Gefühle für ihn hätten sich garantiert nicht verändert. Bei ihm war ich mir nach unserem gestrigen Gespräch nicht so sicher.

Ich musste dringend einen klaren Kopf bekommen, damit ich mich auf das fokussieren konnte, was vor mir lag. Ich musste mich auf die Nachhilfe konzentrieren. Darauf, das Rätsel um Finns Tod zu lösen, Drohungen hin oder her. Und ich wollte lernen, wie ich meine Magie gezielter einsetzen konnte, damit in meiner Gegenwart nicht noch mal jemand ums Leben kam und ich nie wieder von derartigen Schuldgefühlen geplagt wurde. Mit meinem jetzigen Wissensstand hätte ich womöglich mehr ausrichten können. Ich hätte bereits am Vortag zu den Lehrkräften gehen und von meinem Unwohlsein berichten können. Ich hätte eine Meditation durchführen können, in der Hoffnung, früher eine Vision oder zumindest ein Gespür für die drohende Gefahr zu bekommen. Und ich wollte noch mehr lernen. Mit jedem Kapitel, das ich über Todesmagie las, mit jeder Stunde mit Dylan begriff ich ein bisschen mehr.

Dylan saß bereits an unserem gewohnten Platz ganz hinten und trank sein Lebenselixier. Ich kam an dem Tisch vorbei, wo sich die eine Hälfte der Gruppe Schüler niedergelassen hatte, und warf ihnen ein geradezu aufforderndes Lächeln zu. Sollten sie ruhig sehen, dass mir ihr Getratsche nichts ausmachte.

Als ich mich Dylan gegenübersetzte und den Löffel in mein Porridge schob, merkte ich, dass er mich eingehend ansah. Genau genommen musterte er mich wie eine Bakterie unter einem Mikroskop.

»Was ist?«, fragte ich.

»Ist das nicht anstrengend?«

Ich stutzte. Mit diesen Worten hatte ich nicht gerechnet. »Wie meinst du das?«

Er hob eine Schulter und betrachtete mich weiter über den Rand seines Bechers, als könnte er die Antwort auf seine Frage finden, wenn er nur genau genug hinsah. »Ich hab noch nie jemanden getroffen, der so besessen davon ist, anderen Leuten zu zeigen, wie gut es ihm geht. Und ich frage mich, wen du eigentlich wirklich davon überzeugen willst. Die anderen? Oder dich selbst?«

Seine Worte trafen mich wie ein Schlag, und ich ließ den

Löffel sinken. Es gefiel mir überhaupt nicht, dass er mich so durchschaute. Denn wenn er das konnte, würden es andere an der Akademie früher oder später auch tun, und das konnte ich mir nicht erlauben.

»Ich habe keine Ahnung, wovon du sprichst«, antwortete ich spitz. »Es geht mir bestens.«

»Ich habe den Zettel gelesen. Jemand bedroht dich, nachdem er versucht hat, dich in der Bibliothek umzubringen. Keine Ahnung, was du und deine Freunde in der Bibliothek im Hauptgebäude gemacht habt, doch es sah nicht sehr legal aus. Offensichtlich behandeln dich deine anderen Freunde wie eine Aussätzige, ganz zu schweigen davon, dass du aus deinem ach so tollen Komitee geschmissen wurdest. Aber du sitzt hier und willst mir und der Welt weismachen, es wäre alles okay.«

Mit allem, was er sagte, holte er die dunklen Gefühle aus der Kiste, in die ich sie mit Mühe gezwängt hatte. Ich wollte nicht, dass sie rauskamen. Es musste alles genau so geordnet bleiben, wie es war. Nur so konnte ich weitermachen.

»Das ist es ja auch«, brachte ich zwischen zusammengebissenen Zähnen hervor.

»Es ist okay, offen zuzugeben, dass im Moment alles Scheiße ist«, gab Dylan zurück und trank seelenruhig einen weiteren Schluck Kaffee.

»Diese Art von Pessimismus passt nicht zu mir.«

»Passt sie nicht zu dir oder kannst du sie dir aufgrund deiner Stellung nicht erlauben?«

Ich knirschte mit den Zähnen. »Ich bekomme den Eindruck, du wünschst dir förmlich, dass ich einknicke.«

Er hob gleichgültig eine Schulter.

»Was erwartest du denn von mir? Dass ich ganz viel weine, weil ich das alles so ungerecht finde?«

»Das wäre wenigstens ehrlich.«

Ich schüttelte den Kopf. Die anderen Schüler waren immer noch im Frühstückssaal und mein Vorsatz blieb bestehen: Ich würde mein Gesicht nicht verlieren. Ich würde ihnen nicht das geben, wonach sie sich so sehr sehnten. Wenn sie darauf warteten, mich zerbrechen zu sehen, mussten schon viel schlimmere Dinge geschehen. Aufrecht stehen zu bleiben war, was meine Mutter – die ganze Welt – von mir erwartete.

»Das sagt der Richtige«, gab ich zurück und lehnte mich mit den Ellenbogen auf den Tisch, um mich dichter zu ihm zu beugen. »Du sprichst mit niemandem über deine Gefühle. Ich kenne nicht mal jemanden an der Akademie, der mehr als zwei Sätze mit dir gewechselt hat, weil du niemanden an dich ranlässt. Du dealst mit Gott weiß was und wurdest gestern offensichtlich angegriffen.« Mein Blick zuckte zu seinem Kragen, und flüchtig berührte Dylan den tiefen Kratzer. Oder war es doch ein Schnitt? »Wo liegt da der Unterschied? Was macht deinen Panzer so viel besser als meinen?«

Dylan ließ die Hand sinken. Dann imitierte er meine Haltung und stützte sich mit den Armen auf den Tisch. »Ich lüge der Welt nichts vor, nur weil es von mir erwartet wird. Wenn ich mich jemandem öffne, tue ich das zu meinen Bedingungen. Ich sage nicht, dass das besser ist. Aber ich glaube, es ist weit weniger anstrengend als das, was du die ganze Zeit tust.«

Nun war ich diejenige, die schnaubte. »Du hast keine Ahnung, was in mir vorgeht. Nur weil wir gezwungen sind, das Jahr miteinander zu verbringen, gibt dir das nicht das Recht, über mich zu urteilen.«

»Ich will nicht über dich urteilen, Miss Everfall. Ich denke nur, du machst dir diese ganze Sache schwerer, als sie ohnehin schon ist.«

»Nenn mich nicht so«, fauchte ich. Dann schob ich mein

Porridge beiseite und holte stattdessen meine Notizen zu den Büchern hervor, die ich hatte lesen sollen. »Vielleicht solltest du lieber anfangen, das zu machen, wofür Professorin Chen dich mir zugewiesen hat.«

»Alles klar. Erzähl mir doch bitte etwas über die Göttin Morrigan.«

Perplex starrte ich ihn an. »Was?«

»Du hast mich schon verstanden. Erzähl mir, was du bisher über Morrigan gelesen hast. Immerhin lebst du jetzt in dem Wohnheim, wo die meisten ihrer Nachkommen untergebracht sind.«

Ich unterdrückte den Impuls, genervt auszuatmen. Das hatte ich nun davon. Aber gut, ich würde ihm zeigen, dass ich auch in einer solchen Situation einen kühlen Kopf bewahren konnte – und dass ich nicht, wie er anscheinend so sehr hoffte, kleinzukriegen war.

»Morrigan war die keltische Göttin des Krieges, der Macht und des Schicksals«, fing ich an. »Sie wird oft als eine Art Dreifach-Göttin bezeichnet, wobei sie Macha, die Göttin des Kampfes, Badb, die Vorbotin des Krieges, und Nemain, die Göttin der Raserei, repräsentiert. Es hieß außerdem …«

»Nicht so oberflächlich«, unterbrach Dylan mich mit einem beinahe gelangweilt wirkenden Gesichtsausdruck. »Ich meine nicht nur ihre Eigenschaften. Ich meine eher, inwieweit Morrigan das Leben prägt, wie wir es kennen.«

Ich dachte über seine Worte nach, keine Ahnung, worauf er hinauswollte. »Morrigan hat den Tuatha De Danann durch Kriege hindurchgeholfen. Mithilfe ihrer Fähigkeiten hat sie Schlachten für sich entschieden und …«

Wieder winkte Dylan ab. »Du kratzt nur an der Oberfläche, Miss Everfall. Ich möchte wissen, was Morrigan für uns bedeutet. Was ihre Macht dir bedeuten könnte.«

Ich schüttelte nur den Kopf, weil ich keine Ahnung hatte, was er hören wollte. Und das machte mich rasend. Ich hasste es, wenn ich keine Antworten hatte. Dylan lehnte sich auf dem Stuhl zurück, nippte an seinem Kaffee und sprach dann weiter. »Ich finde beispielsweise, dass die Geschichten um Morrigan nicht nur mit Krieg und Tod zu tun haben. Der Symbolismus dahinter drückt für mich aus, dass das Schicksal unausweichlich ist und es eigentlich keinen Sinn hat, dagegen anzukämpfen. Ihre Macht zeigt mir, dass Konflikte nicht nur in einer Tragödie enden müssen, sondern dass es das wert ist, zu kämpfen, wenn man einen Sieg davonträgt. Sie zeigt mir außerdem, dass nicht alles ausweglos ist – und dass selbst in einer schier unmöglichen Situation ein Weg hinausführt. Man muss nur wagen, ihn zu beschreiten.«

Finster starrte ich ihn an. Ich konnte nicht glauben, dass er Morrigan gerade dazu nutzte, um mir durch die Blume mitzuteilen, dass ich mich meinen Gefühlen stellen sollte. Kurz war ich versucht, ihm den Mittelfinger zu zeigen. Aber ich hielt mich zurück und überdachte seine Worte. Es nervte mich tierisch, dass er da mit seiner unsäglichen Klugscheißermiene saß und so schlaue Sachen sagte. Und noch weitaus mehr nervte mich, dass seine Worte so etwas wie Hoffnung in mir weckten. Dabei wusste ich nicht mal genau, worauf eigentlich. Und irgendwie machte mich das noch viel wütender, als ich ohnehin schon war.

19

Es dauerte bis Verteidigung, bis ich Murphy und Kenna das nächste Mal zu Gesicht bekam. Erst dort hatte ich die Gelegenheit, mit den beiden über den Drohbrief zu reden, der heute Morgen vor unserer Tür gelegen hatte. Doch als ich meine Mitbewohnerin entdeckte, blieben mir die Worte im Hals stecken.

Kenna stand am Rand der Trainingshalle und drängte sich mit dem Rücken gegen die Wand. Ihr Blick zuckte nervös hin und her. Sie war aschfahl, und man konnte ihr deutlich ansehen, dass die letzten Tage sie ziemlich mitgenommen hatten. Eigentlich sollte ich sie darüber in Kenntnis setzen, dass der Täter auch von unserem gestrigen Ausflug etwas mitbekommen hatte. Aber wie sie so dastand, in sich zusammengesunken und umgeben von Leuten, die sich aufwärmten, brachte ich es irgendwie nicht über mich. Stattdessen trat ich zu ihr, aber bevor ich etwas fragen konnte, kam Murphy dazu.

»Na, seid ihr bereit für eine Runde Training?«, fragte Murphy und lehnte sich mit der Schulter gegen die Wand. Dann musterte er Kenna eingehend. Wahrscheinlich merkte auch er, dass unsere Suche nach Antworten ihr zusetzte.

Ich warf ihm einen Blick mit hochgezogener Augenbraue zu. »Sehe ich so aus?«

Er nickte, aber wahrscheinlich war das gelogen. Seit mich Georgina Donovan vor allen Leuten verprügelt hatte, kam es mir jedes Mal, wenn Verteidigung anstand, so vor, als würde ich mich selbst zur Schlachtbank führen. Vor allem, weil Georgina mich immer gruselig anlächelte wie der Bösewicht eines schlechten Films, wenn ich an ihr vorbeilief.

»Ich finde, sie sieht eher wie ein rosa Marshmallow aus«, sagte meine Mitbewohnerin. Ich blickte an mir hinab und begutachtete das rosa Set, das ich heute trug.

»Hast du eigentlich auch Klamotten, die nicht pastellfarben sind?«, fragte Murphy an mich gewandt.

»Ja, schon ein paar«, gab ich zurück. »Du bist nur neidisch, weil sich viele Pastelltöne mit deinen Haaren beißen.«

Er stieß mir den Ellbogen in die Seite, woraufhin ich nach ihm schlug, allerdings halb im Scherz. Ich bemerkte, wie sehr sein Shirt über dem Bizeps spannte, und da fiel mir ein, wie erpicht Murphy sich ständig zum Extratraining meldete. »Wieso machst du eigentlich so viel freiwilliges Training?«

»Ich würde nach dem Abschluss gern als Späher bei den Rittern arbeiten. Die Aufnahmeprüfungen sollen richtig hart sein, deswegen versuche ich alles, um jetzt schon einen Vorsprung zu bekommen.«

Die Tätigkeit bei den Rittern war nicht ohne. Es war ein Job, der einem jeden Tag den Tod bringen konnte. Jedoch hatte Murphy als Shifter die besten Voraussetzungen. Die Nachfahren Morrigans kamen oft in Gestalt eines Raben oder Wolfes und wurden vom Rat seit jeher gern als Späher für Feinde genutzt. Gleichzeitig war dies eine sehr ernsthafte Tätigkeit, die ich mir bei dem humorvollen und ständig herumalbernden Murphy bloß schwer vorstellen konnte.

»Sind deine Eltern eigentlich auch Shifter?«, fragte Kenna.

Murphys Miene verschloss sich, als hätte man ein Buch zugeknallt. Professorin Chen fing in diesem Moment mit dem Unterricht an, und das schien ihm sehr gelegen zu kommen.

»Heute trainieren wir eine Folge von Ausweichmanövern. Wer hilft mir bei der Demonstration der Übungen?«, fragte sie in die Runde und sofort schoss Murphys Hand nach oben. »Sehr gut, Murphy. Kommen Sie.«

Murphy trat zu unserer Professorin auf die Übungsmatte. Er überragte sie um einen Kopf, aber ich vermutete, dass er ihr trotzdem unterlegen war.

»Bei einem Angriff ist es wichtig, entsprechend reagieren zu können. Ausweichmanöver sind unerlässlich, sie müssen einem ins Blut übergehen, sodass man ganz automatisch kontert und dem Gegner keine Gelegenheit für einen Treffer gibt. Schnelle Reaktionsfähigkeit ist von Nutzen. Wenn man flinker als der Gegner ist, kann man beobachten, abwarten und dann einen gezielten Treffer landen.«

Sie nickte Murphy zu und dieser nahm Kampfhaltung ein. Sie tat dasselbe, die Knie gebeugt, beide Hände erhoben, die Arme zu den Seiten angewinkelt.

»Ich glaube, sie macht das für dich«, wisperte Kenna in diesem Moment. Fragend sah ich sie an. Sie neigte den Kopf zu mir und fuhr fort: »Das ist damals eine von ihren ersten Lektionen gewesen. Aber ich glaube, sie will dir helfen, aufzuholen, indem wir alle Grundlektionen noch einmal durchgehen.«

Überrascht sah ich Professorin Chen an. Murphy sprang blitzschnell nach vorn und sie duckte sich unter seinem plötzlichen Angriff weg. Ich war bereits beeindruckt von dieser schnellen Reaktion, aber das war erst der Anfang. Murphy drängte die Professorin bis an die Matte, zielte auf ihre Rippen, woraufhin sie eine halbe Drehung vollführte und dann um Murphy herumtänzelte. Ihre Bewegungen waren rasant und nahmen an Kraft und Tempo zu. Unerbittlich griff Murphy an, einen Hieb nach dem nächsten, und Professorin Chen schien jeden einzelnen davon vorauszusehen. Wahrscheinlich, weil Murphy all das von ihr gelernt hatte.

»Ausweichen«, sagte sie mit gefasster Stimme, als würde sie nicht gerade kämpfen. Bei Murphys nächstem Schlag ging sie in Abwehrhaltung, und seine flache Handkante traf auf ihren Unterarm. Auf Murphys Stirn glitzerte Schweiß, als sie mit der Übung fortfuhren. »Abhalten.« Wieder griff Murphy an, diesmal mit einem gezielten Kopftritt. Professorin Chen reagierte augenblicklich – sie packte Murphys Schienbein und hielt es fest. »Und zuletzt Kontern.« Sie riss Murphy von den Füßen, und er knallte geräuschvoll auf die Matte. Schneller als ich blinzeln konnte, war er wieder auf beiden Beinen. Zu meiner Überraschung grinste er, als hätte er den Spaß seines Lebens.

Plötzlich drehte sich der Kampf. Jetzt, wo Professorin Chen einen Konter gelandet hatte, war Murphy derjenige, der auswich. Seine Bewegungen wirkten bei Weitem nicht so anmutig wie die der Professorin, aber dafür war er kraftvoll, jede Reaktion scharf und überlegt.

»Ausweichen«, wiederholte die Professorin und Murphy entging ihrem Faustschlag nur knapp. »Abhalten.« Er packte ihren Ellenbogen und zog sie mit einem Ruck zu sich heran. »Kontern.«

Murphy riss die Faust hoch, und ich schnappte nach Luft. Doch er stoppte seinen nächsten Schlag direkt vor dem Gesicht der Professorin. Sie erwiderte sein Lächeln schmal. »Sehr gut, Murphy.«

Sein Grinsen wurde breiter. »Immer wieder gern.«

»Der kleine Streber«, flüsterte ich Kenna zu. Als sie nicht antwortete, warf ich ihr einen Seitenblick zu – und stutzte. Kennas Kiefer war heruntergeklappt, sie starrte Murphy ungläubig an. Wie hatte Murphy das in der Schmiede ausgedrückt?

»Du sabberst«, flüsterte ich.

Kenna schloss ertappt den Mund. »Ich habe nur geguckt.«

»Und gucken ist erlaubt, ich weiß.« Ich lächelte sie an, und sie erwiderte es, wobei es ein bisschen zittrig wirkte. Ich konnte nicht anders – ich musste sie fragen. »Ist alles okay bei dir?«

»Ja.«

Skeptisch sah ich sie an. »Du kannst mit mir reden. Nur, damit du Bescheid weißt. Ich bin mir im Klaren, dass das in den letzten Tagen wahrscheinlich viel für dich war.«

Sie hob die Hände beschwichtigend und winkte ab. »Nein, nein, das ist es nicht.« Sie senkte den Blick zu Boden. »Ich bin nicht gern hier.«

»Du magst nicht trainieren. Das kann ich gut verstehen.«

Sie stieß langsam den Atem aus. »Ich will niemanden verletzen.«

Ich erinnerte mich daran, wie sie mir erzählt hatte, einst eine andere Schülerin gebissen zu haben, und wie sehr sie alle mieden, weil sie eine Untote war. Aber ich hatte Kenna kennengelernt. Sie war sanftmütig und lieb, trug ständig Blumen in ihrem Haar und hegte eine beinahe ungesunde Vorliebe für historische Liebesromane. Sie war nicht gefährlich, das wusste ich tief in meiner Seele. Und wenn, dann nur auf die richtige Weise, so wie eine Schlange, die zubiss, wenn man ihr zu nahe kam. Oder eine Katze, die kratzte, wenn man sie provozierte.

»Ich vertraue darauf, dass du niemandem wehtust«, sagte ich. »Und du solltest das auch.«

Als sie mich diesmal anlächelte, wirkte es schon gleich viel weniger zittrig.

»Sie suchen sich jetzt jeder einen Partner, der in etwa Ihrem Kampfniveau entspricht«, sagte Professorin Chen gerade.

Ich wandte mich Kenna wieder zu, doch bevor ich sie fragen konnte, ob wir die Übung zusammen machen wollten, kam

Murphy zu uns zurückgeschlendert, die Hände hinter dem Kopf verschränkt.

»Zoey, Sie werden mit Dylan trainieren«, rief die Professorin in diesem Moment und ich versteifte mich.

Kenna sah mich mit großen Augen an, dann zuckte ihr Blick zu Murphy.

»Was denkst du, Sully? Kriegen wir das hin?«, fragte er sie gerade.

Ich hörte die Antwort auf ihren neuen Spitznamen nicht mehr, weil Dylan nun auf mich zukam. Keine Ahnung, ob er wieder zu spät gekommen war, jedenfalls hatte ich ihn bis eben noch nicht gesehen. Und ehrlich gesagt hatte ich auch überhaupt keine Lust, mit ihm zu trainieren nach dem Vortrag, den er mir heute Morgen gehalten hatte. Aber nun gut. In der letzten Zeit hatte ich gelernt, dass es keinen Sinn hatte, mich gegen mein Schicksal zur Wehr zu setzen. Lieber würde ich mich jetzt mit allem, was ich hatte, gegen Dylan zur Wehr setzen.

Wir positionierten uns genau wie alle anderen Schüler auf einer eigenen Übungsmatte. Eine Weile schaffte ich es nicht, den Blick von der Art loszureißen, wie sein Shirt über dem Brustkorb und den Schultern spannte. Mit Gewalt löste ich den Blick von ihm und hob die Hände, wie ich es in den letzten Stunden Verteidigung bei den anderen Schülern beobachtet hatte.

»Nicht so. Du willst dein Gesicht damit schützen, nicht deine …« Er ließ den Satz in der Luft stehen und deutete auf seinen Brustkorb.

»Im Ernst?«, fragte ich ungläubig und passte meine Haltung an. »Du tust dich schwer damit, das Wort ›Brüste‹ auszusprechen? Irgendwie hätte ich dich nicht für prüde gehalten.«

Dylans Miene wurde finsterer als ein Gewitter. »Wie wäre es, wenn du das Training ernst nimmst, statt Quatsch zu reden?«

Sein Angriff kam aus dem Nichts. In dem einen Moment stand er noch da, im nächsten stieß seine flache Hand so kräftig gegen meine Schulter, dass ich auf der Matte zurückrutschte. »Hey!«, rief ich aufgebracht.

»Ich werde dich nicht schonen, nur weil du hinterherhängst«, sagte er bloß. Dann folgte der nächste Angriff, und ich machte einen Satz zurück, bis meine Sportschuhe auf dem Hallenboden quietschten.

»Auf den Matten bleiben!«, bellte Professorin Chen.

Keine Ahnung, was sie und Dylan von mir erwarteten, aber ich war keine Kämpferin. Ich konnte mit Mühe und Not ausweichen, die Manöver hingegen, die Murphy eben zustande gebracht hatte, würde ich in dieser Form nicht hinbekommen.

»Es ist wie ein Tanz«, sagte Dylan. »Du kannst doch tanzen, oder?«

Ich knirschte mit den Zähnen. »Ich tanze seit meinem vierten Lebensjahr.«

»Sieht nicht danach aus, wenn du wie ein verirrtes Huhn auf den Matten herumstolperst«, gab er zurück. »Nimm Haltung an. Führ deine Bewegungen mit mehr Präzision aus. Wie bei einem Tanz.«

Er bewegte sich wieder so schnell, dass es fast verschwommen wirkte. Diesmal traf er mich an der Hüfte, und ich presste die Lippen aufeinander, um keinen Schmerzenslaut von mir zu geben. Die Genugtuung würde er nicht von mir bekommen.

»Sicher, dass du tanzen kannst?«, fragte Dylan jetzt.

Ich riss die Arme verzweifelt in die Höhe. »Du bist zu schnell!«

Wieder ein unerbittlicher Angriff, wieder rutschte ich beim Ausweichen von der Matte. Ich sprang einfach wie ein Flummi hin und her, weil ich keine blauen Flecken von seinen Schlägen bekommen wollte.

»Zoey, wenn Sie nicht für Extratraining eingetragen werden wollen, bleiben Sie auf der Matte«, rief Professorin Chen jetzt. Diese verdammte Kuh.

Als Dylan erneut angriff, drehte ich mich so, wie Murphy es eben getan hatte. Leider erwischte er mich trotzdem, diesmal am Kopf. Wütend funkelte ich ihn an.

»Schläge auf den Kopf sind verboten«, fauchte ich.

»War ein Versehen«, log er. »Du bist zu klein.«

»Deshalb ist dieser Kampf auch ausgesprochen unfair.«

Dylan bewegte sich schattenhaft. Plötzlich war er hinter mir. Sein Atem kitzelte mein Ohr. »Es wird deine Feinde nicht interessieren, dass du einen Kopf zu kurz geraten bist, Miss Everfall.«

Diesmal hakte er einen Fuß um meinen, versetzte mir einen Stoß in den Rücken, der so sanft war, dass mein darauffolgender Sturz fast peinlich war. Gerade so konnte ich mich mit den Armen abfangen. Heiße Wut durchströmte mich. Ich war heute Morgen schon sauer gewesen, aber da hatte ich es noch bewerkstelligen können, diese aufgewühlten Emotionen unter Verschluss zu halten. Doch mit jedem von Dylans Angriffen und Spitzen wurde an dieser sorgfältig verschlossenen Schublade gerüttelt. Ich sprang weiter auf der Matte umher, geriet außer Atem bei den vergeblichen Versuchen, ihm ebenbürtig zu sein.

»Dein Freund sieht zu«, raunte er bei seinem nächsten Angriff. »Ob es ihn diesmal interessiert, wenn man dir die Nase bricht?«

Ich riskierte einen Blick zur anderen Hälfte der Halle, wo der Kurs von Professorin Mulligan trainierte. Beau schaute wirklich her, ein hölzernes Schwert in der Hand. Diesmal traf mich Dylans Hieb in die Seite und ich strauchelte, konnte mich aber gerade so fangen.

»Du sagst das nur, weil du es dir heute zur Aufgabe gemacht

hast, mich aus der Reserve zu locken«, sagte ich und hob die Hände wieder. Inzwischen pochte mein Körper an Stellen, bei denen ich nicht mal gewusst hatte, dass sie wehtun konnten.

»Tue ich nicht«, antwortete Dylan, während wir uns langsam umkreisten. »Das kann jeder hier in der Halle bezeugen. Dein Freund hat gesehen, wie Donovan auf dich losgegangen ist. Und als du blutend am Boden gelegen hast, hat er den Blick abgewandt, statt dir zu helfen.«

Zorn durchströmte mich heiß und unaufhaltsam. Der Ort, an den ich die negativen Gefühle gesperrt hatte, drohte aufzubersten.

»Hör auf mit den Lügen«, knurrte ich.

»Ich lüge nicht. Das ist das, was ich heute Morgen meinte. Du verschließt die Augen vor dem Offensichtlichen. Sie alle trampeln auf dir herum und behandeln dich wie Dreck – aber du stehst da und lässt es dir gefallen.«

Statt auszuweichen, trat ich impulsiv einen Schritt auf ihn zu. »Ich sagte, du sollst aufhören.«

»Es wirkt beinahe, als würdest du dir *wünschen*, schlecht behandelt zu werden«, fuhr er unerbittlich fort.

Mein Blut kochte immer heißer. »Dylan«, knurrte ich warnend.

»Wie wäre es, wenn wir ein Experiment starten? Ich breche dir die Nase, wie Donovan es getan hat, und dann werden wir sehen, wie Maguire reagiert.«

Er holte aus und etwas in mir entgleiste. All die negativen Gefühle erhoben sich aus dieser dunklen Ecke meines Geistes. Sie strömten durch mich hindurch, ließen mein Blut hochkochen und meine Gliedmaßen erzittern. Als Dylan sich diesmal bewegte, wirkte der Angriff geradezu langsam. Ich sah seine Bewegung kommen, packte seinen Arm und riss ihn herum. Dann kam ich mit dem Gesicht dicht an seines.

»Ich sagte, *hör auf.*« Ich erkannte meine eigene Stimme nicht wieder, sie klang heiser und vollkommen fremdartig. Mein Körper bewegte sich von selbst – ich stieß Dylan mit aller Kraft von mir. Seine Augen weiteten sich, als er nach hinten geschleudert wurde, mit dem Rücken gegen die Wand krachte und dann zu Boden sackte. Bewegungslos blieb er liegen und etwas in mir jauchzte glücklich.

Dann erstarb das Rauschen in meinen Ohren plötzlich. Ich wurde mir der Stille in der gesamten Halle bewusst. Genauso wie der Tatsache, dass Dylan bewusstlos am Boden lag und ich breit darüber grinste. Meine Hände fingen an zu zittern, ebenso wie meine Knie. Es war, als wäre jegliche Wut und Energie aus mir herausgeflossen, und ohne mein Zutun gaben meine Beine unter mir nach.

20

Wie unter Strom tigerte ich vor der Krankenstation auf und ab. Zwar hatte mich die Kraft nach meinem Ausbruch völlig verlassen, und ich war ausgelaugt, aber ich konnte auch nicht einfach still auf den Bänken vor der Doppelflügeltür sitzen, so wie Kenna und Murphy es taten.

»Das war ja keine Absicht von dir«, sagte meine Mitbewohnerin.

»Das macht es nicht besser«, gab ich zurück. Ich fühlte mich schrecklich wegen dem, was geschehen war. Niemals hätte ich gedacht, dass diese Kraft in mir schlummerte. Vor meinem inneren Auge sah ich Dylan immer noch gegen die Wand krachen und anschließend in sich zusammensacken. Das ohrenbetäubend laute Knacken ging mir nicht mehr aus dem Kopf.

Er war mittlerweile seit einer guten Stunde im Krankenzimmer und wurde dort von Heiler Sheehan behandelt. Auch Professorin Chen war mit reingegangen. Ich hatte keine Ahnung, was mich jetzt erwartete. Ob ich eine Strafe bekommen würde so wie Georgina, nachdem sie mich angegriffen hatte.

»Zerbrich dir nicht den Kopf. Ich bin mir sicher, Park hat schon weitaus Schlimmeres erlebt.«

Das half der Sache jedoch auch nicht, selbst wenn ich Murphys Einsatz, mich aufzuheitern, zu schätzen wusste. Plötzlich ging die Tür auf und Heiler Sheehan reckte den Kopf nach draußen. »Sie können jetzt reinkommen.«

Ich wandte mich meinen Freunden zu. Kenna sah mich mitfühlend an. »Alles wird gut, Zoey.«

»Mach ganz in Ruhe. Wir können uns Finns Notizen und die Bücher auch morgen angucken«, raunte Murphy gerade so laut, dass ich ihn verstehen konnte. Ich nickte wie betäubt.

»Bis später«, sagte Kenna noch.

Auf wackeligen Beinen folgte ich Heiler Sheehan durch die Tür. Er schloss sie hinter mir und mein Hals wurde eng, als ich nach links auf das einzig belegte Bett schaute. Das Kopfteil der Matratze war hochgestellt worden, damit Dylan halb sitzen konnte. Er hatte ein Kühlpack auf dem Kopf und war wieder wach. Professorin Chen hatte sich einen Stuhl neben das Bett gerückt. Als sie mich erblickte, winkte sie mich zu sich. Unsicher trat ich zu den beiden. Bis auf das Kühlkissen sah Dylan unversehrt aus. Allerdings fragte ich mich, ob sich auf seinem Rücken eventuell Blutergüsse befanden – oder ob ich ihm vielleicht sogar Knochen gebrochen hatte.

»Nehmen Sie Platz, Zoey.« Auffordernd klopfte Professorin Chen auf den Stuhl neben sich.

Zögerlich ließ ich mich nieder. »Es tut mir so leid. Ich weiß nicht, was in mich gefahren ist. Das ist mir noch nie passiert, ich kann mir nicht erklären, wie es dazu kommen konnte und –« Die Professorin hob eine Hand und brachte mich damit dazu, innezuhalten. Ich presste die Lippen fest aufeinander.

»Ich muss mich bei Ihnen entschuldigen. Bei Ihnen beiden«, sagte Professorin Chen und fuhr sich durch ihr gesträhntes braunes Haar.

»Ich …« Da wurde mir die Bedeutung ihrer Worte bewusst. »Wie bitte?«

Professorin Chen seufzte und rieb sich übers Gesicht. Ich nahm jetzt erst wahr, wie müde sie aussah.

»Nachdem Ihre Magie erwacht ist, habe ich damit gerechnet, dass Sie sie nur schwer in den Griff bekommen würden. Aber das Gegenteil ist passiert. Obwohl sie zu Beginn so stark war, hat es zwischendurch auf mich den Eindruck gemacht, als hätten sich Ihre Fähigkeiten wieder verborgen. Dabei ist es unerlässlich, dass Sie sie besser in den Griff kriegen.«

Ich versuchte, zu begreifen, was sie mir damit sagen wollte, stand aber auf dem Schlauch.

»Also habe ich Dylan heute darum gebeten, die Magie aus Ihnen rauszukitzeln«, fuhr sie schließlich fort.

Puzzlestücke setzten sich in meinem Kopf zusammen. Die Art, wie sie darauf gepocht hatte, dass er mit mir trainierte. Wie er nicht lockergelassen hatte und immer weiter auf Punkten herumgeritten war, von denen er wusste, dass sie mich schmerzten.

Wieder loderte Wut in mir auf, diesmal jedoch als eine deutlich kleinere Flamme als noch zuvor. Ich funkelte die Professorin an. »Ist das alles eine Art Spiel für Sie?«, fuhr ich sie an. »Sind wir nicht mehr als Schachfiguren, die Sie nach Belieben hin und her rücken?«

»Miss Everfall«, sagte Dylan warnend.

»Was denn? Ich sage nur die Wahrheit«, gab ich zurück, ohne den Blick von Professorin Chen zu nehmen. Immerhin besaß sie den Anstand, beschämt dreinzublicken.

»Es tut mir leid, dass ich die falsche Methode angewandt habe, um die Macht Ihrer Magie zu testen. Ich wollte nur sichergehen, dass sie noch da ist«, sagte sie.

Ich antwortete nichts mehr, was nicht bedeutete, dass ich nichts zu erwidern hatte. Allerdings fürchtete ich, dass mir sonst etwas nicht ganz Jugendfreies herausrutschte und ich dadurch eine weitere Verwarnung riskierte. Das konnte ich mir nicht erlauben.

»Aber wie wir festgestellt haben, ist der Quell Ihrer Magie stark. Sie sind wie ein Rohdiamant, Zoey. Es ist nur eine Frage der Zeit, denn wenn Sie weiter trainieren und lernen, werden Sie Großes vollbringen können. Sie können andere vor Unheil bewahren und retten. Und das ist doch genau das, was Sie sich immer gewünscht haben, oder nicht?«

Das Herz schlug mir bis zum Hals, während ihre Worte ein Echo in meinem Kopf bildeten. Ja, ich wollte andere retten, wie meine Mum es tat. Nur hätte ich nie gedacht, dass es auf diese Weise geschehen würde. Mit diesem Satz weckte Professorin Chen widersprüchliche Gefühle in mir, die ich im Moment nicht richtig einordnen konnte. Dafür war ich schlichtweg zu überfordert mit der gesamten Situation.

»Es tut mir wirklich leid«, wiederholte die Professorin noch mal. Und dann tat sie eine weitere Sache, die mich völlig überraschte: Sie beugte sich vor und wuschelte Dylan durchs Haar. Schockiert hob ich die Brauen.

»Schon okay, Tante Grace.«

Mein Mund klappte auf. Professorin Chen zog den Vorhang um Dylans Bett zu und verließ die Krankenstation ohne ein weiteres Wort. Völlig verblüfft starrte ich ihr hinterher. Dann sah ich Dylan an. Zurück zur Tür, die ins Schloss fiel. Wieder zu Dylan.

»Tante Grace?«, wiederholte ich ungläubig.

Er nahm das Kühlpack von seinem Kopf und legte es auf dem kleinen Plastiktablett ab, das an das Bett angebracht war. »Ich verstehe die Frage nicht.«

Ich deutete mit dem Daumen über meine Schulter zur Tür, durch die Professorin Chen gerade verschwunden war. »Du verstehst sehr wohl. Professorin Chen ist deine Tante?«

Er nahm das Glas Wasser vom Tisch und trank einen Schluck. Danach nickte er langsam. »Angeheiratet, ja.«

Ich lehnte mich auf dem Stuhl zurück, verschränkte die Arme vor der Brust und dachte über diese neue Erkenntnis nach. »Wenn sie deine Tante ist – wieso droht sie dir dann mit einem Schulverweis?«

»Ich weiß ja nicht, ob du sie schon richtig kennengelernt hast, aber … sie ist streng. Wenn ich Mist baue, werde ich dafür ordentlich zur Rechenschaft gezogen. Wahrscheinlich noch mehr als jeder andere Schüler der Akademie.«

»Mein Beileid«, sagte ich halb im Scherz.

Dylan schmunzelte nur, aber dann verzog er das Gesicht, als würde ihm das Schmerzen bereiten. Sofort löste ich meine Haltung und rutschte ein Stück auf der Sitzfläche vor. Besorgt musterte ich ihn. »Ist alles okay?«

Sein Blick zuckte zu mir, und das Schmunzeln verblasste. »Nur ein bisschen Schmerzen. Du siehst zwar nicht danach aus, aber du hast ganz schön viel Kraft.«

»Ich weiß nicht, ob das ein Kompliment oder eine Beleidigung war«, merkte ich trocken an.

»Ein Kompliment. Nicht jeder hätte es geschafft, mir mit einem Schlag zwei Rippen zu brechen.«

Ich atmete scharf ein. »Es tut mir so leid. Ich wollte dir nicht wehtun.«

»Ich weiß.« Dylans Adamsapfel hüpfte, als er schluckte. »Mir tut es auch leid. Dass ich diese ganzen Sachen gesagt habe, meine ich.«

Ich hielt inne, während seine harten Worte in mein Gedächtnis drangen. »Stimmt es?«, fragte ich leise. »Was du über Beau gesagt hast, meine ich.«

In Dylans Augen flackerte es dunkel auf. Dann nickte er kurz.

Ein Teil meines Herzens, der ohnehin schon beschädigt war, brach bei seiner Bestätigung entzwei. Ich versuchte, mir das nicht anmerken zu lassen, und rang um Fassung.

Wie hatte Beau so tun können, als hätte er von der Sache nichts mitbekommen? Wie hatte er zulassen können, dass Murphy mich zur Krankenstation brachte? Und mir danach gegenüberzutreten, als wäre zwischen uns alles normal, obwohl das für ihn anscheinend nicht der Fall war?

»Tut mir leid. Das ist wahrscheinlich nicht das, was du hören wolltest.« Mit diesen Worten riss Dylan mich aus der Starre.

Mir fiel ein, dass er einmal erwähnt hatte, er entschuldigte sich nur, wenn er es auch so meinte. So wusste ich, dass es von Herzen kam. Gleichzeitig schmerzte mich das, was Dylan gesagt hatte, immer noch. Er hatte meine Schwachstellen erkannt, geistig wie körperlich, und hatte diese voll und ganz ausgenutzt.

»Ich will nicht schlecht behandelt werden«, brachte ich nach einem Moment leise hervor.

Etwas in Dylans dunklem Blick veränderte sich, nur für einen Wimpernschlag. »Ich weiß«, sagte er wieder.

»Und es ist nicht so, als würde ich das Schicksal herausfordern wollen, mir noch mehr Mist entgegenzuwerfen. Inzwischen frage ich mich manchmal, ob es überhaupt Sinn hat, morgens aufzustehen.« Die letzten Worte erstarben in einem Flüstern. Aber sie waren ehrlich. Auch wenn es unglaublich schwierig war, mir – und ihm – das einzugestehen.

»Ich habe diese Dinge nicht zu dir gesagt, um gemein zu sein.« Ich sah ihn mit hochgezogener Braue an, bis er die Augen verdrehte. »Okay, vorhin beim Kampf wollte ich gemein sein, um dich zu provozieren. Aber das, was ich im Frühstückssaal gesagt habe, sollte nicht dazu dienen, dir ein schlechtes Gefühl zu vermitteln. Es ist nur …« Er hielt inne. Ich fragte mich, ob er überhaupt schon mal so viel auf einmal mit mir geredet hatte. »Ich beobachte täglich, wie du versuchst, den Ansprüchen aller möglichen Leute gerecht zu werden. Du schulterst dir immer mehr auf, manchmal werde ich vom Zusehen schon müde. Wie es dir dann wohl geht?«

Seine Worte wiederholten sich in meinem Kopf, immer und immer wieder, allem voran die Frage: *Wie es dir dann wohl geht?*

Hinter meinen Augen bildete sich ein schrecklicher Druck. Jetzt verstand ich, wieso er mir diese Worte im Frühstückssaal an den Kopf geworfen hatte, auch wenn mir die Wahrheit dahinter immer noch nicht gefiel. Denn damit machte er mir bewusst, dass mich das in der letzten Zeit niemand gefragt hatte. Und dass ich die Antwort auf die Frage kannte, mir aber nicht eingestehen wollte. Ich kämpfte gegen den Impuls, in Tränen auszubrechen, gleichzeitig wollte das perfekt einstudierte Lächeln meiner Mutter zurück auf mein Gesicht kehren. Innerlich wurde ich von den widersprüchlichen Empfindungen schier vernichtet.

Ich dachte an den Abend von Finns Tod, der mich so sehr aus meinem Leben gerissen hatte. Ich dachte an Kennas Worte, an die Enttäuschung in der Stimme meiner Mum, an Georginas Faust, die mich im Gesicht traf, an das Gemurmel der Leute, an Beau, der mich seit dem Erwachen meiner Magie links liegen ließ, meine Fähigkeit als dumm bezeichnete und mir damit das Gefühl gab, unzulänglich zu sein.

Der Druck hinter meinen Augen verwandelte sich in ein unsägliches Brennen, gegen das ich nicht länger ankam.

»Es geht mir überhaupt nicht gut«, flüsterte ich.

Jetzt erkannte ich, was da in Dylans Blick war: Mitgefühl. Der eiskalte Reaper, der niemanden an sich heranließ und sich wie der Tod höchstpersönlich verhielt, fühlte mit mir. Sein Gesicht verschwamm vor mir, als sich die ersten Tränen ihren

Weg über meine Wangen bahnten. Wieder war da die Stimme meiner Mutter, streng und unerbittlich, ein zunehmendes Stakkato in meinem Kopf, das mich für diese Schwäche rügte und mir das Atmen erschwerte. All das, was ich in den letzten Wochen versucht hatte zu verdrängen, brach über mich hinweg wie eine tosende, unaufhaltsame Welle.

Dylan ließ mich weinen. Er versprach mir nicht, dass alles wieder gut werden würde. Stattdessen saß er dort, hörte mir zu und reichte mir irgendwann ein Taschentuch, das ich so nass machte, dass schließlich ein zweites und dann auch noch ein drittes folgte. Es dauerte, bis ich mich einigermaßen gefasst hatte. Ich starrte auf die Taschentücher in meinem Schoß und fing an, das am wenigsten vollgerotzte zu zerrupfen.

»Es ist okay, mal alles rauszulassen«, sagte Dylan nach einer Weile in die Stille hinein.

»Nicht dort, wo ich herkomme.« Meine Stimme klang nasal und kratzig.

»Zoey.«

Als er meinen Namen zum ersten Mal sagte, blickte ich auf. Die mitfühlende Miene war wieder verschwunden, das wie in Stein gemeißelte Gesicht war zurückgekehrt.

»Ich meine es ernst. Es ist okay, dass dich das alles so rausreißt. Und es ist okay, deswegen traurig zu sein und die ganze Welt zu verfluchen. So geht es uns fast allen zu Beginn«, sagte er. »Es ist wichtig, dass du lernst, diesen Schmerz zu handhaben, damit du deine Magie lenken kannst. Sonst wird so etwas wie vorhin öfter passieren.«

Ich schluckte schwer. »Das klingt beinahe, als würdest du aus Erfahrung sprechen.«

Dylan schien den Atem anzuhalten. Langsam nickte er. »Bei mir war es damals auch so.«

Ich setzte mich aufrechter hin. »Wirklich?«

Er brummte zustimmend, ging aber nicht weiter darauf ein. »Wieso hast du das Gefühl, dass du das alles in dich reinfressen musst?«

Das war eine schwierige Frage. Sie ließ sich auf eine simple Antwort herunterbrechen. »Meine Mutter ist der Meinung, dass man niemals irgendwen an seinem Innenleben teilhaben lassen sollte. Damit gibt man den Leuten Macht, die sie nicht über einen haben dürfen.«

»Ich verstehe.« Hinter Dylans dunklen Augen konnte ich es arbeiten sehen. »Aber denkst du nicht, dass deine Mutter ihre Meinung diesbezüglich nicht inzwischen geändert haben könnte?«

Energisch schüttelte ich den Kopf. »Auf keinen Fall. Sie war diejenige, die mir gesagt hat, dass ich mich benehmen soll, als wäre nichts geschehen.« Das klang, als wäre ich nicht mehr als eine Marionette meiner Mutter, und das sollte er auch nicht denken. »Ich mag es nicht, wenn andere mich als schwach empfinden. Ich finde es schrecklich, wie sie seit dem Erwachen meiner Magie mit mir umspringen. Das Geflüster der halben Akademie folgt mir den ganzen Tag lang. Würde ich ihnen zeigen, wie es wirklich in mir aussieht, könnten sie das ausnutzen. Und das kann ich mir nicht erlauben. Nicht nur wegen meiner Mutter. Auch um meiner selbst willen.«

Er kaute eine Weile auf meinen Worten herum. »In deinem Kopf zu stecken, klingt verflucht anstrengend.«

Ich wusste nicht wieso, aber darüber musste ich kurz auflachen. »Die Beschreibung ist tatsächlich sehr treffend.« Ich atmete tief durch und rieb mir übers Gesicht. »Man hat mir diesen Kram mein Leben lang eingetrichtert. Es ist nicht so leicht, sich innerhalb von so kurzer Zeit davon loszumachen. Ich meine, stell dir vor, man würde dir eröffnen, dass du ein Nachfahre Cliodhnas bist. Wie würdest du reagieren?«

Er hob gleichgültig eine Schulter. »Ich würde herzlich lachen.«

Ich zog eine Augenbraue in die Höhe. »Erst mal habe ich dich noch nie herzlich lachen gehört, ich weiß nicht mal, ob du dazu überhaupt imstande bist. Außerdem glaube ich nicht, dass das stimmt. Du würdest bestimmt auf deine Weise komplett durchdrehen und inständig hoffen, dass niemand etwas davon mitbekommt.«

»Vielleicht. Vielleicht würde ich das Ganze aber auch genießen. Denkst du, eine Krone würde mir stehen?«

Stirnrunzelnd sah ich ihn an. »Hast du gerade versucht, einen Witz zu machen?«

»Habe ich.«

Ich schätzte seinen Versuch, mich aufzuheitern, gleichzeitig wurde mir etwas bewusst. »Bestimmt habe ich die Misswahl nur gewonnen, weil die Leute dachten, es wäre mein Erbe und sie hätten keine andere Wahl. Wenn ich jetzt darüber nachdenke, dass ich mich jahrelang wie die Göttin der Schönheit und Liebe höchstpersönlich aufgeführt habe, könnte ich mich in Grund und Boden schämen.«

»Wieso?«, fragte Dylan, und in diesem einen Wort schwang so viel ehrliches Interesse mit, dass ich ihn wieder ansehen musste.

»Weil das alles purer Schwachsinn ist. Weil ich nicht die Gabe der Heilung oder Verzauberung geerbt habe und ganz bestimmt niemanden damit in den Bann ziehen kann.«

Dylan schüttelte den Kopf. Sein Blick wanderte über mein Gesicht. »Da bin ich mir nicht so sicher.«

Ich hielt den Atem an. Ich war mir nicht sicher, ob er mit der Aussage implizierte, was ich glaubte, herauszuhören, aber meinem Körper war das egal. Wärme bildete sich in meinem Magen, die nach oben, unten, und in alle Richtungen davonjagte.

Ich wandte den Blick ab und wischte mir über die Augen. Als ich meine Finger betrachtete, waren darauf schwarze und graue Schlieren zu erkennen.

»Oh je«, murmelte ich. »Ist es sehr schlimm?«

»Willst du darauf eine ehrliche Antwort?«, entgegnete er.

»Immer.«

Er zögerte keine Sekunde. »Du siehst aus wie ein gebeutelter Waschbär.«

Jetzt sah ich ihn doch wieder an, diesmal aus zusammengekniffenen Augen. »Du musst gerade reden. Du wolltest doch, dass ich in Tränen ausbreche. Das hast du nun davon«, sagte ich und machte keine Anstalten, mich um die verwischte Schminke zu kümmern.

Dylan musterte mich nachdenklich. Dann setzte er sich plötzlich auf, nahm ein weiteres Taschentuch aus der Box auf dem Tisch seines Krankenbettes und beugte sich vor. Vorsichtig wischte er mit dem Tuch unter meinen Augen entlang, wobei sein Blick konzentriert auf mir lag. Ich wagte es nicht, mich zu rühren, geschweige denn zu atmen. Mein Herz raste, während er bedächtig fortfuhr.

»So«, sagte er nach einer Weile und wirkte zufrieden.

Ich räusperte mich. »Kein Waschbär mehr?«

»Kein Waschbär mehr.«

Dylans Blick glitt erneut über mein Gesicht. Dann riss er sich von mir los, zerknüllte das Taschentuch und legte es zurück auf den Tisch. »Ab sofort musst du offener mit deinen Gefühlen umgehen. Und wenn es nur bei mir oder deinen Freunden ist. Andernfalls entlädt sich deine Magie immer heftiger, und das kann schwerwiegende Folgen haben.«

Langsam nickte ich. Gleichzeitig fragte ich mich, wie er das verlangen konnte, wo er selbst doch jedes Detail seines Lebens für sich behielt.

»Ich denke, es würde mir helfen, wenn du mehr mit mir redest und mir von deinen Erfahrungen erzählst«, schlug ich vorsichtig vor.

Dylan verzog das Gesicht, als hätte er in etwas Saures gebissen.

»Ich meine ja nur«, fuhr ich fort. »Vertrauen ist keine Einbahnstraße.«

Er rang sichtlich mit sich. Dann lehnte er sich wieder zurück und starrte gegen die Decke der Krankenstation, als hätte er sich seinem Schicksal ergeben. »Ich versuch's.«

Ich lächelte. Obwohl Dylan mich nicht noch mal ansah, hoben sich auch seine Mundwinkel ein kleines Stück, und der Anblick sorgte nicht dafür, dass sich mein Herzschlag in der nächsten Zeit beruhigte.

21

Endlich war es Wochenende. Bedeutete, ich konnte es mir gut gehen lassen und ausschlafen. Das hatte ich nach dem Stress der letzten Tage auch bitter nötig. Ich ignorierte alle Geräusche um mich herum und drehte mich selig schlummernd auf die andere Seite.

»Ist das wirklich okay?«, hörte ich jemanden flüstern.

»Klar. Es wird ihr schon nichts ausmachen.«

Ich brummte und zog mir die Decke über den Kopf.

»Das ist ein Zeichen. Ich sollte nicht hier sein.«

»Du hast Frühstück mitgebracht. Ich finde, du solltest auf jeden Fall hier sein«, gab Kenna hitzig zurück.

Plötzlich drang der Geruch von Pancakes an meine Nase. Ich ließ die Decke ein Stück sinken. Der Duft wurde intensiver. Mein Magen kündigte seinen Unmut mit einem lauten Knurren an.

»Zoey«, flüsterte Kenna und fuchtelte neben meinem Bett mit den Händen herum, das spürte ich an dem Luftzug, der mein Gesicht traf.

Ich öffnete ein Auge. Kenna strahlte mich an und sah für meinen Geschmack viel zu wach aus. Ihre Afrolocken trug sie in einem hohen Zopf, an dem vorn eine türkisfarbene, übergroße Schleife gebunden war.

»Wir wollten heute Finns Unterlagen durchgehen, weißt du

noch?«, fragte sie mit lieblicher Stimme und hielt mir einen Teller Pancakes hin. »Und der liebe Murphy hat uns Frühstück besorgt.«

Die zweite Stimme. Ich riss den Kopf hoch und starrte Murphy an, der an meinem Schreibtisch Platz genommen hatte.

»Kenna, ich trage nur ein Nachthemd«, zischte ich.

»Ich weiß. Ein sehr hübsches Nachthemd, andernfalls hätte ich ihn natürlich nicht reingelassen.« Sie grinste teuflisch, und ich nahm mein Kissen, um es nach ihr zu werfen. Mahnend hob sie einen Finger und hielt den Teller mit dem überaus großen Stapel Pancakes hoch, die mich anlächelten. »Sei vorsichtig, nicht dass ich sie fallen lasse.«

»Murphy, Augen zu«, befahl ich. Er tat, wie geheißen, und drehte sich auf dem Stuhl um, sodass sein Gesicht auf die Wand gerichtet war.

Schnell stand ich auf, trat an den winzigen Schrank und suchte einen Pullover mit dem Schriftzug der Akademie und eine schwarze Leggings raus, die ich anzog. Dann setzte ich mich zurück auf mein Bett und hielt Kenna auffordernd die Hand entgegen. Endlich reichte sie mir die Pancakes mit einer Gabel, und ich machte mich über die Köstlichkeit her. Dann folgte ein schwarzer Tee, den Kenna wie auch am Vortag auf meinen Nachttisch stellte, und dankbar lächelte ich sie an. Wenn man so verwöhnt wurde, war es fast schon erträglich, am Wochenende so früh aufzustehen.

»Darf ich mich wieder umdrehen?«, wollte Murphy wissen.

»Nein«, gaben Kenna und ich unisono zurück. Wir grinsten uns an.

»Wie war es gestern? Hast du eine Standpauke bekommen?«, fragte Kenna und aß nun selbst.

Ich kaute eine Weile und überlegte, ob ich den beiden von Professorin Chens dämlichem Test erzählen sollte – und von dem offenen Gespräch, das ich danach mit Dylan geführt hatte. Aber dann erinnerte ich mich an das, worüber ich mit Dylan geredet hatte. Dass ich ab sofort meine Gefühle nicht mehr wegsperren und Dinge aussprechen sollte, die mich beschäftigten, statt sie in mich reinzufressen. Es war, wie ich ihm gesagt hatte: Das fiel mir überhaupt nicht leicht. Doch hier war eine Chance, das Ganze umzusetzen. Also holte ich tief Luft und gab Murphy und Kenna eine Zusammenfassung meines gestrigen Nachmittags. Einzig das Detail, dass Professorin Chen Dylans Tante war, ließ ich weg, denn ich wollte sein Vertrauen nicht missbrauchen und war mir nicht sicher, ob er wollte, dass mehr Leute über ihre Verbindung Bescheid wussten.

»Wie kann eine Professorin der Akademie so einen idiotischen – und dazu noch unsicheren – Test abziehen?«, fragte Kenna und stach aufgebracht in ihre Pancakes.

»Kann ich mich jetzt umdrehen, oder bist du noch zu unsittlich gekleidet?«, fragte Murphy, der immer noch mit dem Gesicht zur Wand dasaß.

»Mach ruhig.«

Er kam der Aufforderung nach und sah stirnrunzelnd zu mir. »Professorin Chen hat eigenwillige, aber sehr wirksame Lehrmethoden.«

»Was soll daran denn bitte wirksam gewesen sein?«, fragte Kenna.

Murphy zuckte mit den Achseln. »Immerhin ist Zoeys Magie so aus ihr hervorgebrochen. Sie weiß jetzt, was sie triggern kann, wenn sie zu viel in sich anstaut.«

»Ich hatte ja keine Ahnung, dass das möglich ist«, sagte ich nachdenklich. »Ich meine, mir war klar, dass Banshees im Falle einer Bedrohung ihre Schützlinge durch unbändige Kraft bewahren können … aber irgendwie hätte ich nicht gedacht, dass mir das passiert. Schon gar nicht so heftig. Mir war nicht klar, dass so eine Stärke in mir steckt und dass sie einfach so aus einem rausplatzen kann, ohne dass man in der Lage ist, es richtig zu kontrollieren.«

»So ist es meistens, wenn Magie erwacht. Sie entfaltet sich im Körper und man kann es zunächst nicht steuern. Wenn du wüsstest, wie oft ich mich damals in einen Raben verwandelt habe«, sagte Murphy und sein Blick verklärte sich kurz. Dann schüttelte er sich, als würde er sich an etwas Unangenehmes erinnern. »Einmal war ich in einem Supermarkt mit meiner Mutter, als es passiert ist. Überall waren Normalsterbliche, die Hüter mussten ein Sondereinsatzkommando schicken, damit die Erinnerungen der Anwesenden manipuliert werden konnten.«

»Das klingt tatsächlich eher unangenehm«, sagte ich und nahm den nächsten Bissen Pancakes.

»Jedenfalls wissen wir jetzt, dass Zoeys Magie im Moment noch nicht richtig gesteuert werden kann. Und dass sie ihre Gefühle nicht in sich reinfressen soll«, fasste Murphy zusammen.

»Du klingst fast schon wie Dylan«, gab ich mit vollem Mund zurück.

Die beiden sahen mich mit unverhohlener Neugier an. »Geht es ihm gut?«, fragte Kenna nach ein paar Sekunden.

Ich nickte. »Heiler Sheehan hat ihm einen von seinen Tränken gegeben. Die Brüche sind bereits verheilt und er sollte wieder auf den Beinen sein. Allerdings wollten sie ihn gestern noch da behalten.« Mein Blick streifte Kenna und ich realisierte, dass sie mich immer noch so ungläubig anstarrte. »Was?«

Sie zuckte mit den Schultern. »Nichts, nichts. Ich habe mich nur gefragt, wieso du gestern erst nach der Sperrstunde nach Hause gekommen bist.«

Meine Wangen wurden warm, was ich selbst nicht verstand – immerhin hatte ich nichts Verbotenes getan. Nachdem ich Dylan vollgeheult hatte, war ich noch bei ihm geblieben, wobei unsere Gesprächsthemen deutlich leichter geworden waren.

»Ich war in der Krankenstation, bis Heiler Sheehan mich regelrecht rausgeworfen hat. Außerdem hat er mich darum gebeten, in der kommenden Woche nicht in der Krankenstation vorbeizuschauen – ob nun als Patientin oder Besucherin.« Ich verdrehte die Augen. Inzwischen verstand ich die Fehde zwischen ihm und meiner Mutter besser.

»Das ist ein Wunsch, den auch ich hege«, merkte Kenna trocken an.

»Ich habe nicht vor, noch mal verprügelt zu werden. Oder jemandem wehzutun«, setzte ich schnell hinterher.

»Das klingt doch nach einem tollen Vorhaben.« Murphy stellte seinen leeren Teller beiseite und klatschte in die Hände. »Sollen wir jetzt anfangen, die Unterlagen durchzugehen?«

Ich war froh, dass sich das Gespräch nicht mehr um mich drehte, nickte und nahm schnell die letzte Gabel Pancakes. Während Murphy und Kenna anfingen, Finns Skizzen, Notizen und die ausgeliehenen Bücher auf dem Boden auszubreiten, drehte ich eine kurze Runde im Bad, putzte mir die Zähne, cremte mich ein und band mein Haar zu einem unordentlichen Knoten auf meinem Kopf. Ich warf einen kurzen Blick auf mein Handy und sah, dass sowohl Beau als auch Violet mir geschrieben hatten. Beide fragten, wie es mir ging. Violet antwortete ich rasch, dass alles okay war, bei Beau wusste ich nicht so recht, ob und was ich ihm schreiben sollte. Dylans Worte, dass mein Freund den Angriff von Georgina sehr wohl mitbekommen hatte, kreisten in meinem Kopf, und mir war nicht klar, wie ich mit der Situation umgehen sollte. Ich schob die Gedanken an Beau beiseite und stieß wenig später zu den anderen, nahm ein paar der Dekokissen aus dem Kasten unter meinem Bett und legte sie auf dem Boden aus, damit wir es uns gemütlich machen konnten.

»Ich würde sagen, einer studiert die Notizen, einer scannt die Kapitelüberschriften in den Büchern auf Gemeinsamkeiten und einer sieht sich die Skizzen der Waffen an«, schlug ich vor.

»Ich nehme die Skizzen«, sagte Murphy sofort.

»Dann mache ich die Notizen. Finns Schrift ist ganz schön krakelig, aber zumindest kenne ich sie schon und kann sie wahrscheinlich besser entziffern als ihr zwei«, meinte Kenna.

Blieben die Bücher für mich. Vermutlich war das gar keine schlechte Idee – immerhin hatte ich mich wohl oder übel inzwischen daran gewöhnen müssen, Bücher auf hilfreiche Informationen zu prüfen, und das innerhalb von kürzester Zeit. Und sobald ich die jeweiligen Kapitel herausgesucht hatte, konnten wir diese unter uns aufteilen.

Zuerst machte ich mich an *Keltische Anderwelt*. Es war ein Buch über Tír na nÓg, der keltischen Anderwelt. Mir war von Kindesbeinen an erzählt worden, was für ein wunderbarer Ort die Anderwelt sein sollte – der Ort, an den sich die Tuatha De Danann nach ihrer letzten verheerenden Schlacht gegen die Milesier zurückgezogen hatten. Danach wurden sie nur noch Sidhe genannt, Leute aus den Hügeln. In manchen Legenden hieß es, das Volk der Danu hätte von da an in Dunkelheit und Niederlage gelebt, doch unsere Überlieferung sagte, sie hätten sich nach Tír na nÓg, dem heiligen Land der ewigen Jugend, zurückgezogen.

In dem Buch fanden sich verschiedene Abhandlungen über den Standort von Tír na nÓg. In manchen hieß es, der heilige Ort befände sich aller Wahrscheinlichkeit nach im Westen Irlands, an anderer Stelle vermutete man ihn auf einer kleinen Ansammlung von Inseln. Weiter hinten im Buch wurde die These aufgestellt, man könne Tír na nÓg nur auf den persönlichen Ruf eines Gottes finden oder es mithilfe eines Schlüssels betreten, doch dass dafür eine lange, beschwerliche Reise vonnöten war.

Ich machte mich an das nächste Buch. *Die vier großen Städte: Falias, Gorias, Finias und Murias* war dünner als sein Vorgänger. Hier fand ich Abhandlungen über die vier heiligen Städte der Danu, in denen jeweils ein Lehrbeauftragter das Volk der Danu in unterschiedlichen Künsten unterrichtet hatte. Ich blätterte durch das Buch. Dabei stach mir eine farbige Markierung ins Auge. Ich schlug die Seite ganz auf und hob das Buch dichter an mein Gesicht. Ein langer lilafarbener Strich an der Seite markierte einen kompletten Absatz, neben dem eine schwarz-weiße Illustration zu sehen war. Darauf war eine breitschultrige Gestalt abgebildet, die einen langen Speer in der Hand hielt. Darunter stand: *Lughs Speer aus Finias*. Direkt daneben hatte jemand mit Bleistift etwas gekritzelt: *Schicksal!*

Ich überflog den markierten Absatz. Der Text handelte von den vier Schätzen der Danu: von Lughs Speer auf Finias, dem Kessel des Dagda aus Murias, dem Schwert des Nuada aus Gorias und dem Stein von Falias. Jedes dieser Heiligtümer erfüllte eine bestimmte Funktion. Mit Lughs Speer und Nuadas Schwert konnte jede Schlacht gewonnen werden. Der Stein beispielsweise schrie auf, wenn er in Berührung mit dem wahren König Irlands kam. Der Kessel brachte Wohlstand für diejenigen mit reiner Seele. Mehr stand dort nicht. Aber ich spürte instinktiv, dass die Markierung kein Zufall sein konnte, schon gar nicht die Notiz daneben.

»Leute«, sagte ich, legte das Buch hin und schob es in die Mitte. »Ich habe etwas gefunden.«

Sofort beugten Kenna und Murphy sich über die Seiten. Ich deutete auf den Absatz. »Diese Stelle ist markiert. Natürlich weiß ich nicht, ob Finn das gewesen ist – aber hier geht es um die Schätze der Danu.«

Kenna hielt die Luft an, während es in Murphys blauen Augen aufblitzte. »Also, das sieht eindeutig aus wie Finns Sauklaue.«

Murphy tippte auf die Markierung. »Damit hat er garantiert *Klingen des Schicksals* gemeint.«

»Er hat das direkt daneben geschrieben, da muss es eine Verbindung geben«, sagte Kenna langsam.

»Und ausgerechnet dieses Buch ist nicht auffindbar«, fügte ich hinzu.

Murphy stieß einen Fluch aus. »Aber inwieweit soll uns das etwas bringen? Natürlich hat Finn sich mit heiligen Waffen auseinandergesetzt. In der Schmiedekunst lag immerhin seine Magie.«

»Aber dieses Buch gibt es nur ein einziges Mal an der Akademie«, warf Kenna ein. »Und Informationen zu den Schätzen der Danu gibt es nur in ganz ausgewählten Werken.«

Ich brummte zustimmend. »Was wisst ihr über die Schätze der Danu?«

»Es gibt vier Stück. Sie alle haben den Tuatha De Danann bei ihren Schlachten geholfen und wurden wie Heiligtümer verwahrt, als die Schlachten vorbei waren. Bis heute sollen sie von den Ratsfamilien beschützt werden, wobei niemand weiß, ob das wirklich stimmt, weil ein Riesengeheimnis daraus gemacht wird«, sagte Murphy.

»Ich habe gehört, dass die Familien alle paar Jahrzehnte rotieren«, erwiderte ich. »Aber um darüber in Kenntnis gesetzt zu werden, muss man einen Eid ablegen. Das geschieht erst bei Ratseintritt.«

»Also weißt du zum Beispiel nicht, ob deine Familie einen der Schätze besitzt?«, fragte Kenna.

Ich schüttelte den Kopf.

Murphy rieb sich nachdenklich übers Kinn. »Interessant.«

»In seinen Notizen steht etwas von einem Schwert geschrieben, an dem er unentwegt gearbeitet hat. Anscheinend hat er sogar mehrere angefertigt und war nie zufrieden mit dem Ergebnis«, sagte Kenna langsam. »Denkt ihr …«

Sie sprach den Satz nicht zu Ende, da wühlte Murphy in den Skizzen herum und hob eine davon hoch. »Die sind datiert. Das hier ist der neueste Entwurf.«

Wir sahen uns die Skizze des Schwertes an. Eine solch aufwendige Waffe hatte ich noch nie gesehen. In die Parierstange war ein Kristall eingelassen, über den sich feine Fäden aus Gold zogen, die zu den Seiten breiter ausliefen und sich mehrfach um den unteren Teil der Klinge wanden. Auch die Klinge war mit einem verworrenen Muster überzogen, auf dem sich ineinander verschlungene Linien wie die Wellen eines aufbrausenden Meeres an dem Schwert hinabzogen.

»Das ist eine beeindruckende Klinge«, sagte Murphy jetzt.

»Sind da noch mehr Illustrationen?«, fragte Kenna und blätterte durch das Buch. Ich schüttelte den Kopf. Einzig Lughs Speer war auf der Zeichnung zu sehen, wobei es sich dabei auch nicht um das tatsächliche Abbild handeln musste.

»Lasst uns in dem anderen Werk über Schmiedekunst nachsehen«, schlug Murphy vor und nahm das Buch an sich.

Wir alle schienen denselben Gedanken zu haben. Ich schnappte mir mein Tablet und öffnete den Browser der Akademie. Dort gab ich ins Suchfeld »Nuadas Schwert« ein. Mir wurde eine Reihe Ergebnisse ausgespuckt, fast alle verwiesen auf *Klingen des Schicksals*, das Buch, das wir nicht finden konnten und von dem es in der Bibliothek lediglich ein Exemplar gab. Am Ende stand ein Artikel, den ich sofort anklickte … und dann genervt ausatmete.

»Was ist los?«, fragte Kenna und rutschte dichter zu mir.

»Hier ist ein Artikel über Nuadas Schwert – aber mir fehlt die Zugangsberechtigung, um ihn zu lesen.«

Kenna runzelte die Stirn. »Anscheinend kommt man an diese Information nur mit gutem Grund.«

Kurz überlegte ich, ob wir uns wieder an Mrs Wolfs Computer setzen konnten. Aber wir waren beim letzten Mal bereits beinahe erwischt worden. Noch einmal würden wir garantiert nicht mit einer fadenscheinigen Ausrede davonkommen. Doch wir konnten auch nicht die Lehrkräfte einweihen und offen um eine Zugangsgenehmigung bitten. So würden wir zugeben müssen, was wir in der letzten Zeit alles getan hatten, und ich hatte keine Ahnung, was für eine Strafe uns blühte, wenn herauskam, dass wir quasi in die Schmiede eingebrochen waren oder die Ausleihhistorie eines toten Schülers fotografiert hatten.

Allerdings gab es noch einen anderen Weg. Einen, den ich auf gar keinen Fall gehen wollte. Frustriert stöhnte ich auf.

»Was ist?«, fragte Murphy.

»Ich hatte gerade einen Gedanken. Einen hilfreichen, aber gleichzeitig schrecklichen Gedanken.«

Kenna machte eine auffordernde Bewegung mit der Hand. »Nun sag schon.«

Ich zog die Nase kraus. »Ich könnte meine Mutter um Hilfe bitten.«

Kennas Gesicht leuchtete auf. »Das ist eine großartige Idee! Sie weiß bestimmt eine Menge, wenn sie seit Jahren im Rat tätig ist und all deren Geheimnisse kennt.«

»Freu dich nicht zu früh«, sagte ich möglichst behutsam. »Meine Mum nimmt das mit der Verschwiegenheit des Rats sehr ernst. Wenn sie auch nur ansatzweise Wind davon bekommt, was wir hier machen, könnte es sein, dass wir in Schwierigkeiten geraten. Sie würde es gar nicht gern sehen, wenn ich ihr Ansehen durch diese Sache ruiniere.«

»Dann tun wir einfach so, als würdest du die Information für ein Essay brauchen«, schlug Murphy vor.

Das war keine schlechte Idee. »Ich werde ihr später schreiben und sie um einen Anruf bitten. Lasst uns doch bis dahin das Ganze einmal durchspielen: Jemand erfährt von den Geheimkämpfen. Derjenige geht zu Finn und beauftragt eine Nachahmung des heiligen Schwertes, weil man damit angeblich jede Schlacht gewinnen kann. Und Finn sucht sich die jeweiligen Informationen zusammen, versucht es nachzubauen und lässt dabei seine Magie in das Material fließen.«

»Du lässt es klingen, als wäre das so einfach möglich. Aber diese Schätze sind heilig, und Finn war ein verdammter Erstklässler, der erst seit einigen Monaten an der Akademie war«, sagte Murphy.

»Alle reden nur davon, was für ein riesiges Talent Finn hatte. Er hat wie ein Besessener in der Schmiede gearbeitet und hat offensichtlich Geld gebraucht«, erwiderte Kenna.

»Außerdem macht es mehr Sinn, sich mit so etwas Illegalem eher an einen Erstklässler zu wenden, der als Eigenbrötler galt, als an jemanden in einem höheren Jahrgang, der über unzählige Kontakte verfügt und so eher in die Lage gerät, sich aus Versehen zu verplappern«, fügte ich hinzu.

Einen Moment lang schwiegen wir. Es war Murphy, der das Wort ergriff. »Ob Finn sich der Konsequenzen bewusst war? Wenn die vier Schätze Eingeweihten erst nach Ablegen eines Eids offenbart werden, gibt es dafür garantiert eine saftige Strafe.«

Kenna richtete sich auf. »Was, wenn Finn aussteigen wollte?

Was, wenn er der Person gedroht hat, jemandem davon zu erzählen? Das würde dem Täter ein starkes Motiv geben.«

Das wäre auf jeden Fall eine passende Theorie. »Bisher sind das alles nur Vermutungen. Wir müssen dieses Buch finden oder auf andere Weise bestätigen, dass er wirklich an einer Kopie von Nuadas Schwert gearbeitet hat.«

»Und wir müssen bei dem Geheimkampf vorbeischauen und prüfen, ob jemand das von Finn geschmiedete Schwert benutzt«, sagte Murphy.

Das war auf jeden Fall ein Plan. Ich holte mein Handy raus und wünschte mir inständig, dass meine Mum einen möglichst guten Tag gehabt hatte. Hoffentlich würde dieser Anruf dann leichter über die Bühne gehen.

22

Am Sonntag rief meine Mutter mich endlich zurück. Ich hatte schon fast nicht mehr damit gerechnet und sprang förmlich von meinem Schreibtischstuhl auf, als ihr Name auf dem Handydisplay leuchtete.

»Hi, Mum«, sagte ich möglichst fröhlich.

»Deine Nachricht klang dringlich. Was gibt es?«

Was für eine nette Begrüßung.

»Ich könnte deine Hilfe in einer Sache für den Unterricht gebrauchen.«

Im Hintergrund rauschte es, als wäre sie draußen und zu ihrem nächsten Auftrag als Emissärin unterwegs. »Zoey, ich bin keine Lehrkraft. Wenn du Hilfe im Unterricht brauchst, wende dich doch an deine Professoren oder deinen zugewiesenen Mentor.«

»Es geht aber um ein Thema, über das du als Ratsmitglied am besten informiert bist.«

Am Rande bemerkte ich, wie Kenna von ihrem Schreibtisch zu mir kam und neben mich trat. Am anderen Ende der Leitung konnte ich meine Mutter resigniert ausatmen hören. »Warte einen Moment.« Sie hielt den Hörer zu und murmelte etwas zu jemandem. Gedämpft nahm ich mehrere Befehle und unmittelbar darauf zustimmende Laute wahr. Dann war sie wieder dran. »Worum geht es?«

Ich wappnete mich. »Was darfst du mir über die Schätze der Danu sagen?«

Es wurde gespenstisch still in der Leitung. Die Sekunden zogen sich ins Endlose.

»Wer will das wissen?«, fragte Mum in demselben Tonfall, in dem sie kurz zuvor Befehle erteilt hatte.

»Ich brauche das für ein Essay.«

»Bei wem?«

Ich starrte zu Kenna und räusperte mich. »Für Professorin Chen.«

»Meines Erachtens unterrichtet Professorin Chen Verteidigung, nicht Folklore. Oder wofür brauchst du diese Information?«, bohrte sie nach.

Ich musste mir irgendwas aus den Fingern saugen. »Ich bekomme doch Nachhilfe und muss dort einen Extratest jeden Monat schreiben. Es dient meiner Vorbereitung.«

Kurz breitete sich Stille zwischen uns aus. Mum räusperte sich vernehmlich. »Ich bin nicht befugt, dir für ein Essay vor Ratseintritt Informationen zukommen zu lassen. Diese werden sorgfältig unter Verschluss gehalten – und das aus gutem Grund.«

Ich horchte auf. »Aber wieso? Ich meine … es gibt doch sogar Bücher in der Bibliothek dazu. Die sind nur leider gerade alle ausgeliehen.«

»Die Ratsfamilien hüten die Geheimnisse der vier Schätze seit mehreren Jahrhunderten und steuern ganz gezielt, welche Informationen relevant für akademische Zwecke sind. Würde auch nur eine falsche Information an die Öffentlichkeit geraten, könnte das schwerwiegende Folgen für unsereins haben. Wir beschützen die Schätze aus gutem Grund.«

Ich beschloss, aufs Ganze zu gehen. »Was wäre, wenn …«

»Nutz deine Position als Mitglied einer Ratsfamilie nicht

dafür aus, an geheime Informationen zu gelangen, Zoey. Auch wenn ich deinen Einsatz für den Test sehr löblich finde«, unterbrach sie mich. Jemand rief etwas im Hintergrund. »Ich muss Schluss machen. Wir hören uns bald wieder.«

»Trotzdem danke, Mum.« Sie hatte bereits aufgelegt.

Ich lehnte mich zurück und stieß hörbar die Luft aus.

»Ich habe das meiste verstanden«, sagte Kenna und ich drehte mich auf dem Stuhl zu ihr.

»Das war ganz schön ernüchternd.«

Kenna brummte zustimmend. Ich ließ das kurze Gespräch noch mal Revue passieren. Mum hatte sich geräuspert und eine Pause gemacht, als müsste sie einige Sekunden lang abwägen, was sie mir sagen durfte und was nicht.

»Ich frage mich, ob diese heiligen Schätze in irgendeiner Weise gefährlich sind. Wieso sonst sollte der Rat so ein riesiges Geheimnis darum machen?«, dachte ich laut nach.

»Aber es passt zu allem anderen, was wir bisher rausgefunden haben. Bleibt nur noch die Frage, wie wir jetzt an weitere Informationen kommen. Das hier war ja leider eine Sackgasse.«

Zerknirscht sah ich Kenna an. Ich wollte gerade den Mund aufmachen, um mich für die Sackgasse, aka meine Mutter, zu entschuldigen, als mir eine Idee kam. Eine, die so offensichtlich war, dass ich mich fast schon schämte, nicht früher darauf gekommen zu sein.

»Ein Glück, dass wir jemanden kennen, der weiß, wie man an verbotene Dinge kommt.«

Kenna und ich standen vor der Tür und keiner von uns machte Anstalten, die Hand zu heben, um zu klopfen. Ich trat von einem Bein aufs andere.

»Das war eine bescheuerte Idee. Wir müssen uns doch besser etwas anderes einfallen lassen.« Ich wollte kehrtmachen und verschwinden, Kenna umfasste allerdings mein Handgelenk und zog mich sanft, aber bestimmt zurück.

»Du wirst nicht flüchten.«

Es lag nicht nur daran, dass ich Dylan verletzt hatte. Es war auch die Tatsache, dass ich vor ihm in Tränen ausgebrochen war und all meine Schutzwälle fallen lassen hatte, die es mir erschwerte, an seine Tür zu klopfen. Zu gut erinnerte ich mich daran, wie er mir die Schminke vom Gesicht gewischt hatte, wie sein Blick dabei auf mir gelegen und mein Herz immer schneller geschlagen hatte. Wie er mir zugehört und mit mir gefühlt hatte. Ich hatte keine Ahnung, wie ich ihm gegenübertreten sollte. Geschweige denn, wie wir ab jetzt miteinander umgehen würden.

»Dylan hat dir offensichtlich verziehen. Wir können ihn sicher um Hilfe bitten«, fügte Kenna hinzu. Ich setzte gerade zu einer Antwort an, als die Tür jäh aufgezogen wurde.

Dylan blinzelte. Dann lehnte er sich gegen den Türrahmen und verschränkte die Arme vor der Brust. »Besuch. Wie nett.«

Einen Moment lang konnte ich ihn nur anstarren. Er trug eine karierte Schlafanzughose, die tief auf seinen Hüften saß, war barfuß und hatte ein schlabbriges schwarzes Shirt an. Sein Haar trug er offen, was er nur selten tat, und der Anblick war so ungewohnt, dass ich ihn länger als angemessen ansah. Mit Mühe riss ich mich aus der Starre und setzte mein strahlendstes Lächeln auf.

»Guten Morgen«, sagte ich möglichst heiter und hielt ihm die Bestechung hin, die wir mitgebracht hatten – einen großen Kaffee und einen Muffin aus dem Frühstückssaal. Dylan beäugte die Mitbringsel, als würden wir versuchen, ihn zu vergiften.

»Wenn du es nicht nimmst, werden Kenna und ich uns bedienen«, sagte ich. Das schien Wirkung zu zeigen. Schneller als ich blinzeln konnte, nahm Dylan mir die Sachen ab. Er biss in den Muffin und sah kauend zwischen Kenna und mir hin und her.

»Wir könnten deine Hilfe bei etwas gebrauchen«, sagte ich schließlich.

»Also ist dieser Besuch nicht aus reiner Sorge um mein Wohlbefinden?« Er presste sich die Hand mit dem Kaffee auf die Brust. »Wie bedauerlich.«

»Natürlich interessiert mich, wie es dir geht«, murrte ich, doch so, wie er sich benahm, schien tatsächlich wieder alles in Ordnung zu sein.

Dylan hörte mit der Show auf. »Was braucht ihr?«

Ich blickte mich im Flur um, um sicherzugehen, dass niemand uns belauschte. Dann trat ich einen Schritt vor und senkte meine Stimme. »Kannst du uns Zugang zu gesperrten Artikeln im Netzwerk der Akademie beschaffen?«

Er blinzelte. Dann presste er die Lippen aufeinander und sah aus, als müsste er mit aller Kraft seine Belustigung unterdrücken. »Ich weiß ja nicht, was man dir über mich erzählt hat, aber ich klaue Dinge, bei denen andere nicht erwischt werden wollen. Ich bin kein Hacker.«

»Du hast mir selbst gesagt, dass du viel auf dem Campus rumkommst und dabei eine Menge hörst. Kennst du jemanden, der uns helfen könnte?«, hakte ich weiter nach.

»Es ist wirklich wichtig«, fügte Kenna hinzu. Verzweiflung schwang in ihrer Stimme mit, und das ließ das amüsierte Funkeln in Dylans Augen erlöschen. Plötzlich war sein Blick ganz ernst.

»Habt ihr noch eine Drohung bekommen?«, fragte er und sah mich wieder an.

Ertappt kniff ich die Augen zusammen, als Kenna zu mir herumfuhr. »Wovon redet er?«

Vielen Dank auch, Dylan.

Kurz druckste ich herum, aber mir war klar, wie wenig Sinn es hatte, ihr etwas vorzumachen. »Ich habe einen weiteren Brief gefunden, diesmal vor unserer Tür. Dylan war dabei, als ich ihn entdeckt habe.«

Kennas Mund öffnete sich und schloss sich wieder. Einen Moment lang fehlten ihr die Worte. »Wieso hast du mir das nicht erzählt?«

Sie klang, als hätte ich sie hintergangen, dabei war das Gegenteil meine Intention gewesen. »Ich wollte nicht, dass du dir Sorgen machst.«

»Das ist unnötig, denn ich mache mir ohnehin den ganzen Tag Sorgen.« Sie sah mich ernst an. »Verheimliche so was nicht vor mir. Du machst diese Sache vor allem meinetwegen. Wir stecken da zusammen drin.«

Sie hatte recht – selbst wenn ich inzwischen auch so nach dem Schuldigen gesucht hätte.

»Soll ich euch zwei sonst allein lassen?«, fragte Dylan und nahm einen Schluck Kaffee.

Ich funkelte ihn an. »Nein, du sollst uns helfen. Kennst du jemanden, der uns Zugang zu einem gesperrten Artikel beschaffen kann?«

Seine Miene wurde hart. »Wenn du mir sagst, wieso ihr bedroht werdet, vielleicht.«

»Ich lasse mich nicht von dir erpressen.«

»Dann habt ihr Pech gehabt. Viel Erfolg noch.« Er machte Anstalten, die Tür zu schließen. Gerade so schaffte ich es, meinen Boot dazwischenzuschieben.

»Komm schon, Dylan. Ich habe noch einen gut bei dir.«

Er sah mich mit hochgezogener Braue an. »Nachdem du mir die Rippen gebrochen hast, dachte ich eigentlich, der Gefallen wäre hinfällig.«

»Dann tu es aus der Güte deines Herzens heraus«, warf Kenna ein.

»Das ist keine Währung, die ich kenne.«

»Willst du ernsthaft, dass wir dich bezahlen?«, fragte ich.

Fest sah er mich an. »Ich habe dir meinen Preis bereits genannt.«

Ich erwiderte seinen Blick stur. Stumm lieferten wir uns ein Duell. Ich wollte ihn nicht in diese Sache reinziehen. Es wussten ohnehin schon zu viele Leute, was wir vorhatten. Und wenn wir die Drohung ernst nahmen, gab es jemanden, der es aufgrund unserer Nachforschungen auf uns abgesehen hatte. Ich wollte niemanden sonst wissentlich in diese Sache involvieren. Aber ich hatte versucht, Informationen von meiner Mutter zu bekommen und war gescheitert. Wir brauchten die Gewissheit, dass unsere Vermutung, was Finns Kopie von Nuadas Schwert betraf, richtig war. Darum sammelte ich mich und nickte schließlich.

»Also gut. Du hast gewonnen.«

Dylan sah mich siegessicher an.

»Aber ich werde es dir erst morgen früh bei der Nachhilfe erzählen. Allein und in Ruhe. Und da wir keine Zeit verlieren dürfen, musst du mir unbedingt jetzt schon die Information besorgen, die wir brauchen.« Ich stellte mich aufrechter hin und sah mit gerecktem Kinn zu ihm hoch, in der Hoffnung, ihm damit zu signalisieren, dass ich keine weiteren Eingeständnisse machen würde.

»Wieso sollte ich dir glauben, dass du es mir morgen erzählst?«, fragte er skeptisch.

»Hast du vergessen?«, hielt ich dagegen und sah ihn mit schräg gelegtem Kopf an. »Wir vertrauen einander jetzt.«

Er starrte mich bloß finster an. Es schien eine Ewigkeit zu vergehen, in der er nachdachte. Schließlich murmelte er: »Na schön. Ich werde sehen, was sich machen lässt. Um was für einen Artikel handelt es sich?«

Ich strahlte. Dann gaben Kenna und ich ihm eine Kurzzusammenfassung.

23

Am späten Nachmittag bekam ich eine Nachricht von Dylan. Er hatte bloß wenige Stunden gebraucht, den Artikel zu besorgen, und schrieb, dass wir uns im Frühstückssaal treffen sollten, der um diese Zeit mit großer Wahrscheinlichkeit leerer war als der Gemeinschaftsraum. Bevor wir hingingen, gaben Kenna und ich Murphy Bescheid, der von einem weiteren freiwilligen Training zu uns stieß.

Ich trat als Erste in den Saal, wobei Kenna und Murphy mir dicht auf den Fersen waren. Dylan stand nahe bei den Getränkeautomaten und schob gerade seine Karte in einen, der kurz darauf eine Dose Limonade ausspuckte. Ich warf einen Blick über die Schulter und deutete auf die leeren Tische.

»Setzt euch schon mal. Ich komme gleich nach.«

»Alles klar, Boss«, sagte Murphy lächelnd und rieb sich mit dem um seinen Hals geschlungenen Handtuch über das feuchte Haar. Kenna wirkte, als würde sie lieber mit zu Dylan gehen, aber ich wollte ihn kurz allein sprechen. Sie schien das zu verstehen, denn sie folgte Murphy und setzte sich mit ihm an einen Vierertisch.

Ich trat zu Dylan, der immer noch vor dem Automaten stand, als könnte er sich nicht entscheiden, ob noch ein Snack folgen sollte.

»Und?«, flüsterte ich.

Wortlos reichte er mir einen Umschlag. Ich nahm ihn entgegen und wollte ihn schon aufmachen, aber er hielt mich mit einem Wort davon ab.

»Nicht.«

Ich blickte auf und sah in sein Gesicht. Die steinerne Miene war zurückgekehrt, ausdruckslos und unergründlich.

»Ich weiß nicht, wo du da drinsteckst, aber … wenn es um die Schätze der Danu geht, solltest du besser aufpassen.«

»Wieso?«, fragte ich und trat einen Schritt dichter zu ihm, um meine Stimme weiter zu senken. »Was weißt du darüber?«

Er schüttelte bloß den Kopf. »Du hast genug um die Ohren. Bring dich nicht in noch mehr Schwierigkeiten.«

»Du klingst ja fast, als würdest du dir Sorgen um mich machen«, wiederholte ich die Worte, die er einst zu mir gesagt hatte, woraufhin Dylans Blick sich kaum merklich veränderte. Er wurde eine Spur dunkler, beinahe verärgert.

»Und wenn es so wäre?«, entgegnete er.

Darauf wusste ich nichts zu sagen, ich unterbrach unseren Blickkontakt. Meine Kehle fühlte sich mit einem Mal ganz trocken an, als ich verzweifelt um Worte rang, leider aber kein einziges hervorbrachte.

»Sag nicht, ich hätte dich nicht gewarnt.«

Damit machte er kehrt und durchquerte den Frühstückssaal. Ich rief ihm noch ein »Danke« hinterher, doch er zeigte mit keiner Geste, ob er es gehört hatte.

Einen Moment lang senkte ich den Blick auf den braunen Umschlag und ließ unser Gespräch Revue passieren, während ich mir mit bebenden Fingern das Haar hinters Ohr strich. Dylans Worte klangen in meinem Kopf nach. Sowohl seine implizierte Aussage, sich um mich zu sorgen, als auch die Warnung, die darauf gefolgt war. Doch wir konnten jetzt nicht einfach aufhören. Wir standen ganz kurz davor, dieses Rätsel zu lösen – das spürte ich deutlich. Also straffte ich die Schultern, umfasste den Umschlag fest und lief zu dem Tisch, an dem meine Freunde Platz genommen hatten.

»Okay, da wären wir«, sagte ich und legte den Umschlag auf dem Tisch ab. Noch bevor ich mich überhaupt richtig hingesetzt hatte, zog Kenna ihn zu sich und riss ihn auf. Sie holte den Artikel heraus und wie gebannt sahen wir ihr dabei zu. Ihre Augen flogen förmlich über die Zeilen … dann stieß sie einen kleinen Triumphschrei aus. Sie schob die Kopie über den Tisch zu mir und ich scannte die Seite. Bevor ich jedoch irgendeinen Textfetzen richtig lesen konnte, erregte die Bebilderung des Artikels meine Aufmerksamkeit.

Da war es. Eine schwarz-weiße Abbildung von Nuadas Schwert. Die haargenau so aussah wie die Skizze jenes Schwertes, das wir wiederholt in Finns Notizen gefunden hatten, mitsamt Kristall, Symbolen und den wellenförmigen Linien auf der Klinge selbst.

»Das ist es. Hier haben wir den Beweis«, sagte Kenna und tippte energisch auf das Bild. »Damit können wir zu Rektorin Baskerville gehen.«

Zwar wollte ich ihr den Wind nicht aus den Segeln nehmen, aber ich hatte keine andere Wahl. »Ich denke nicht, dass das reicht.«

Kennas Kopf fuhr zu mir herum. »Wieso nicht?«

»Weil wir immer noch bei den Kämpfen vorbeischauen müssen, um das Schwert live und in Farbe zu sehen«, sagte Murphy. Er klang genauso zerknirscht, wie Kenna jetzt aussah.

»Wir wissen nun, dass Finn tatsächlich an einer illegalen Kopie einer heiligen Waffe gearbeitet hat, wir haben die Drohungen, und wir wissen auch von diesen Kämpfen. Das sind zahlreiche Hinweise, denen die Hüter nachgehen können.«

»Es sind alles nur Indizien. Wenn wir jetzt einen Fehler machen, könnte es sein, dass derjenige, der uns bedroht, das mitbekommt und die Kämpfe absagt. So würden wir riskieren, dass diese Spur im Sand verläuft«, sagte ich möglichst behutsam.

Murphy brummte zustimmend. »Das sehe ich auch so. Die Geheimkämpfe könnten der Durchbruch sein. Und wenn ich nur in Rabengestalt ausspähe, wer die Waffe in seinem Besitz hat.«

Ich schüttelte sofort den Kopf. »Ich werde auf jeden Fall hingehen. Und sei es nur, um zu sehen, was Beau dort treibt.«

Kenna neigte sich wieder vor. »Hast du inzwischen noch mal mit ihm gesprochen?«

Ich schluckte schwer. Langsam schüttelte ich den Kopf. »Er hat mir geschrieben, aber bisher habe ich nicht geantwortet. Ich ... ich wusste nicht, was ich sagen soll.«

»Wie wäre es mit der Wahrheit?«, schlug Murphy nonchalant vor. »Hey, Babe. Du hast dich in den letzten Wochen wie ein Arschloch verhalten und mich im Stich gelassen, als ich am Boden lag. Was? Dir gefällt nicht, dass ich dir die Wahrheit um die Ohren knalle? Vielleicht wären dir meine Fäuste lieber.« Er fing an, die Luft vor sich zu boxen, was mich zu einem traurigen Lächeln brachte.

»Du bist so ein Spinner«, sagte Kenna, kam aber auch nicht gegen ein Grinsen an. Als sie sich mir erneut zuwandte, verschwand es jedoch schnell und sie sah wieder ernst aus.

»Wenn du willst, kannst du ihn sonst auch in unser Zimmer einladen. Er war seit deinem Umzug noch nicht bei uns, oder? Ich könnte mich für den Abend verkrümeln und im Gemeinschaftsraum lesen oder so.«

Dankbar lächelte ich ihr zu. »Das ist lieb von dir. Vielleicht komme ich im Laufe der Woche noch mal darauf zurück.«

Früher oder später würde ich wirklich mit Beau reden müssen. Aber ich wollte das nicht tun, wenn ich wütend war, denn dann kam ohnehin nur Mist aus mir raus. Gleichzeitig erinnerte ich mich an Dylans harte Worte und an mein Vorhaben, offen über meine Gefühle zu sprechen. In den letzten Tagen war so viel los gewesen, dass ich selbst kaum wusste, wo mir der Kopf stand, also nahm ich mir vor, meine Gedanken zu sortieren und mich danach bei meinem Freund zu melden.

Kurz vor der Sperrstunde kamen Kenna und ich zurück in unser Zimmer. Ich war dran mit Aufschließen und kämpfte eine Weile mit dem klobigen Schlüssel, bis ich es hinbekam. Ich öffnete die Tür, ließ Kenna den Vortritt und lief prompt in sie hinein.

»Was …«

Der Rest des Satzes blieb mir im Hals stecken, als mir bewusst wurde, dass ich in etwas Feuchtes getreten war. Kenna stieß ein ersticktes Keuchen aus.

Für einen Moment schien mein Herz stehen zu bleiben. Ich starrte auf die roten Spuren zu meinen Füßen und folgte ihnen mit dem Blick. Sie zogen sich bis zur Wand, an der sich mein Bett befand. Ich stieß einen Schrei aus und wich zurück.

Jemand hatte eine tote Ratte an die Wand genagelt. In roten Lettern stand daneben:

Hört auf, oder ihr werdet sehen, wozu ich fähig bin.

Blut lief in kleinen Rinnsalen an der Wand hinab auf mein Bett. In mir wurde alles eiskalt. Es fühlte sich an, als würde jemand meinen Brustkorb zerquetschen. Ich senkte den Blick und erkannte Fußspuren, die durch unser Zimmer zur Tür führten. Große Abdrücke mit eindeutiger Profilsohle, wobei einige davon verwischt worden zu sein schienen, einzig die direkt vor der Tür waren klar und deutlich zu erkennen. Meine Gedanken rasten und Übelkeit überschwemmte mein Bewusstsein, als der metallische Geruch von Blut an meine Nase drang.

»Du hattest recht«, flüsterte ich rau. »Vielleicht sollten wir Rektorin Baskerville Bescheid geben.«

Kenna fuhr zu mir herum. Ich zuckte zusammen, als ich die Veränderung in ihrem Gesicht wahrnahm. Ihre Augen leuchteten förmlich und ich bemerkte einen roten Schimmer darin. Außerdem erkannte ich, dass sich ihre Zähne verändert hatten; sie waren spitzer und länger geworden. Sie sah beängstigend aus.

»Nein«, knurrte sie, wobei ihre Stimme rauer klang als sonst. »Diese Person hat meinen Freund umgebracht, versucht dich zu töten und will uns nun davon abhalten, die Wahrheit herauszufinden. Sie hat unser Zimmer betreten und ein totes Tier an die Wand genagelt. Wir werden jetzt nicht aufgeben.«

Kenna kam auf mich zu und nahm meine Hand. Ich drückte sie, um ihr zu zeigen, dass ich mich zwar erschreckt hatte, sie aber dennoch nicht fürchtete.

»Diese Person will, dass wir Angst haben, weil sie weiß, dass wir kurz davorstehen, sie dranzukriegen. Wenn wir sie finden, wird sie merken, dass wir genauso beängstigend sein können«, sagte ich, obwohl ich mir das im Moment eher einredete, als dass ich es wirklich glaubte.

Ich versuchte, mich zusammenzureißen, holte mein Handy raus, trat auf wackeligen Beinen weiter ins Zimmer und schoss mehrere Fotos von der Wand mit der Drohung und dem Fußabdruck. Beim Anblick meines Bettes erschauerte ich.

»Lass uns sauber machen«, sagte Kenna dann, und ich brummte zustimmend.

»Ich glaube, ich werde heute in deinem Bett schlafen müssen. Oder ich mache es mir im Gemeinschaftsraum gemütlich.«

»Zum Glück bist du handlich. Es wird so sein, als würde ich ein großes Kuscheltier haben«, erwiderte sie.

Ich zog bloß eine Grimasse. Dann ging ich ins Bad, holte

alles an vorrätigen Handtüchern und Waschlappen heraus und ließ Wasser ins Waschbecken laufen. Anschließend fingen Kenna und ich an, unser blutiges Zimmer zu reinigen. Dafür stellte ich eine möglichst fröhliche Playlist auf meinem Tablet an, wobei die Musik ein makabrer Gegensatz zu dem war, was wir taten. Kenna und ich losten mit Schere, Stein, Papier aus, wer die tote Ratte entsorgen musste, und noch nie war ich glücklicher darüber, in diesem Spiel gewonnen zu haben. Wir stießen beide kleine angewiderte Schreie aus, als Kenna sie mit einer provisorischen Zange aus zwei Stiften in den Mülleimer unter ihrem Schreibtisch beförderte und damit dann nach draußen brachte, um sie zu beseitigen. Anschließend machten wir uns an die Wand, wobei wir ungefähr alle Textilien, die unsere Schränke hergaben, verwendeten, um das Blut wegzuschrubben. Ich hatte keine Ahnung, woher der Täter das ganze Blut hatte, aber es war so viel, dass er mit Sicherheit eine ganze Horde von Ratten auf dem Gewissen hatte, und dieser Gedanke schürte die Übelkeit in meinem Inneren so sehr, dass ich ihn schnell verdrängen musste. Mir wurde immer schlechter von dem Anblick und auch dem Gestank, aber ich biss die Zähne fest zusammen. Kenna hatte recht. Wir würden uns von niemandem in Angst und Schrecken versetzen lassen. Da konnte dieser Wahnsinnige tun, was er wollte. Plötzlich kam mir ein Gedanke.

»Wer auch immer dafür verantwortlich ist, scheint uns die ganze Zeit zu beobachten. Ich mache mir Sorgen um Murphy und Dylan. Nicht, dass derjenige uns zusammen gesehen hat«, teilte ich meine Gedanken mit Kenna.

Sie grübelte eine Weile über meine Worte nach. »Aber bisher hat keiner von beiden eine Drohung bekommen, oder?«

Ich schüttelte den Kopf. »Nicht, dass ich wüsste. Sonst hätten sie es uns sicher gesagt.«

»Ich kann immer noch nicht glauben, dass du mir von der zweiten Drohung nichts erzählt hast.«

Zerknirscht sah ich sie an. »Ich wollte ja, doch dann hat es wegen Verteidigung nicht gepasst.«

»Aber Dylan hast du davon erzählt.« Es schwang ein unüberhörbarer Vorwurf in ihrer Stimme mit.

»Er war dabei, als ich die Drohung gefunden habe.«

»Also lag sie vor der Tür?«, fragte sie.

Ich nickte, nicht wissend, worauf sie hinauswollte. »Wieso?«

Stirnrunzelnd sah sie zur Tür, als würde sie sich den Kopf über etwas zerbrechen. »Findest du es nicht merkwürdig, dass er den Zettel nicht einfach aufgehoben hat?«

Ich dachte an jenen Morgen zurück. Wie ich Dylan auf den Kratzer an seinem Hals angesprochen hatte und er einer Antwort ausgewichen war. »Wir haben in der Sekunde über etwas anderes geredet.«

»Darf ich fragen, über was?«, hakte Kenna nach.

Ich konnte ihr nicht folgen. »Willst du mir vielleicht sagen, worüber du gerade nachdenkst?«

Kenna biss sich auf die Unterlippe. Einen Moment lang wirkte es, als würde sie mit sich hadern und sich nicht trauen, die folgenden Worte auszusprechen. »Die erste Drohung hattest du in deiner Tasche, nachdem wir in der Bibliothek gewesen sind.«

»Ja«, sagte ich gedehnt.

»An dem Tag hast du Dylan auch gesehen. Er hat uns geholfen, als wir beinahe erwischt wurden.«

Die Zahnräder in meinem Kopf rasteten ein. Mit geweiteten Augen sah ich sie an. »Bitte sag mir nicht, dass du ernsthaft denkst, Dylan würde hinter dieser Sache stecken.«

Kenna richtete sich auf und fing an, im Zimmer auf und ab zu gehen. Sie zählte an ihren Fingern auf: »Dylan war der

Erste, der bei Finn nach dessen Zusammenbruch ankam. Praktischerweise war er auch da, als du beinahe von mehreren Regalen erschlagen worden bist – um dich genau im richtigen Moment zu retten. Du hast ihn gesehen, kurz bevor du die erste Drohung in deiner Tasche gefunden hast. Er stand vor unserem Zimmer, als du über die zweite Drohung gestolpert bist. Er *wusste*, dass wir mit Murphy im Frühstückssaal gesessen haben, weil wir seinen Artikel gelesen haben. Bedeutet, er hätte das hier vorbereiten können.«

Ihre Worte verschlugen mir den Atem. Die Härchen an meinen Armen stellten sich auf.

Nein, dachte ich.

Nein, nein, *nein*.

»Und genau jetzt, wo wir dem Täter immer weiter auf die Schliche kommen, schließt Dylan eine Art Frieden mit dir, nachdem er sich die ganze Zeit derart abweisend benommen hat. Das kommt mir einfach merkwürdig vor. Fast schon berechnend.«

Bilder flackerten vor meinem inneren Auge auf. Dylan, der mich gerettet hatte, obwohl wir uns davor auf Kriegsfuß befunden hatten. Dylan im Waschraum der Bibliothek, als ich ihn konfrontiert hatte und er mir beim Rausgehen ganz nahe gekommen war – so nah, dass er ohne Probleme etwas in meine Tasche hätte gleiten lassen können. Dylan, der mir die Drohung aus der Hand riss und in dessen Augen ich so etwas wie Verärgerung hatte erkennen können. Der mir überraschend ehrlich offenbarte, dass er sich um mich sorgte, nachdem er zuvor stets so verschlossen gewesen war.

Das konnte nicht sein.

Es *durfte* einfach nicht sein.

»Ich glaube das nicht«, flüsterte ich. Meine Beine fühlten sich so wackelig an, dass ich mich auf die Kante von Kennas

Bett sinken ließ. Kennas Worte ergaben Sinn für mich, aber gleichzeitig nagte Zweifel in mir.

»Und wir haben ausgerechnet ihn um Hilfe gebeten«, murmelte Kenna und blieb vor mir stehen, die Brauen immer noch nachdenklich zusammengezogen. »Er wusste also, dass es ernst ist und wie dicht wir ihm auf der Spur sind.«

Weitere Puzzlestücke setzten sich in meinem Kopf zusammen. »An dem Morgen, als ich die zweite Drohung gefunden habe, hatte Dylan eine Schnittwunde am Hals.«

»Bestimmt hat er trainiert. Wahrscheinlich sogar mit der Kopie von Nuadas Schwert.«

In meiner Brust schnürte sich etwas zusammen. Ich sah Dylan vor mir im Krankenbett. Wie er zum ersten Mal offen, ehrlich und für seine Verhältnisse sanftmütig mit mir sprach. Wie er zum ersten Mal meinen Namen sagte und mich fragte, wie es mir ging. Wie er mir sagte, dass ich meinen Gefühlen freien Lauf lassen sollte.

War das alles bloß eine Show gewesen?

Der Gedanke erschütterte mich. Ich konnte kaum noch atmen, so sehr tat es weh.

Ohne es zu merken, hatte ich Dylan als festen Bestandteil meines neuen Lebens gesehen und ihn mitsamt seinen Kanten, seiner ruppigen Art und seiner steinernen Seele ins Herz geschlossen, ohne dass es mir wirklich bewusst gewesen war. Und genau deshalb fiel es mir so schwer, tatsächlich anzunehmen, er wäre in der Lage dazu, uns auf diese Weise zu bedrohen.

»Aber was sollte er davon haben?«, fragte ich mit kratziger Stimme.

Kenna zuckte mit den Achseln. »Es verkaufen an irgendeinen irren Sammler? Profit draus schlagen? Es selbst benutzen? Ich habe keine Ahnung. Aber es sind zu viele Zufälle, als dass wir das einfach ignorieren könnten.«

Ich würgte den riesigen Kloß in meinem Hals runter. »Was sollen wir jetzt tun?«, fragte ich und hasste die Verzweiflung in meinem Tonfall. Würde meine Mutter mich so sehen, hätte sie enttäuscht den Kopf geschüttelt.

»Wir werden so tun, als wäre alles bestens. Und wir werden uns einen Plan überlegen.«

Ich hatte keine Ahnung, wie sie sich das vorstellte. Im Moment erfüllte mich die Annahme, dass Dylan ein Mörder sein könnte, mit so viel Grauen, dass ich keinen klaren Gedanken fassen konnte. Ich brauchte ein bisschen, aber dann setzte ich mich mit Kenna zusammen. Wir grübelten die halbe Nacht lang und nahmen uns fest vor, herauszufinden, was Sache war. Ich warf einen Blick an die ruinierte Wand auf meiner Seite des Zimmers und hieß die eisige Kälte willkommen, die mich dabei durchfuhr. Ich ließ zu, dass sie alles in mir gefror; den Schmerz, die Verzweiflung und den schieren Unglauben über diese neue Vermutung. Ich wurde zu Eis. Zu brennender, eisiger Kälte, mit kristallklarer Intention. Nur so würde ich unser Vorhaben in die Tat umsetzen können.

24

Obwohl ich die halbe Nacht nicht geschlafen hatte, war ich hellwach. Seit Stunden hinterfragte ich einfach alles. All die Dinge, die Dylan zu mir gesagt hatte. All das, was mich dazu animiert hatte, mich ihm zu öffnen. Als ich meine Tasche schulterte, drängte ich den sengenden Schmerz in meiner Magengrube mit Gewalt zurück. Er hatte nichts dort zu suchen. Ich brauchte einen klaren Verstand, um das hier durchzuziehen.

Ich strich ein letztes Mal über meinen Rock, richtete die Bluse unter meinem Blazer, drückte die Schultern nach hinten und öffnete die Tür. Dylan lehnte wieder an der Wand gegenüber. Darauf war ich vorbereitet. Ich setzte ein Lächeln auf, das hoffentlich genauso unbekümmert wie auch sonst wirkte.

»Guten Morgen, Mentor«, sagte ich.

»Zieh dich um«, gab er statt einer Begrüßung zurück.

Stirnrunzelnd blickte ich an mir hinab. »Das ist eines meiner Lieblingssets. Magst du kein Limettengrün?«

»Ich habe keine Meinung zu Limettengrün. Wir gehen heute in die Trainingshalle.«

Einen Moment lang wusste ich nicht, was ich sagen sollte. Meine Gedanken rasten. Kenna und ich hatten einen Plan – und dieser würde so nicht funktionieren.

»Wieso?«, brachte ich bemüht beherrscht hervor. Dylan durfte mir um keinen Preis etwas anmerken. Ich bemühte mich um eine neugierige Miene, immerhin war das nur logisch und würde hoffentlich meine innere Panik verbergen.

»Weil wir die Lektion von Freitag noch mal durchgehen sollen. Tante Grace meint, es ist wichtig, dass du auch in Verteidigung aufholst.«

Meine verkniffene Miene war keineswegs gespielt, denn ich war immer noch wütend auf Professorin Chen. Sie hatte die Situation von Freitag inszeniert, und obwohl sie sich entschuldigt hatte, nahm ich es ihr nach wie vor übel. Außerdem konnte ich mich nicht daran gewöhnen, dass Dylan sie »Tante Grace« nannte.

Ich sah ihm ins Gesicht, das so steinern wie immer wirkte mit den finster dreinblickenden Augen und dem stoischen Zug um den Mund. Heute hatte er sich das schwarze Haar wieder zu einem lockeren Knoten im Nacken zusammengebunden, aus dem sich einige dunkle Strähnen lösten, die er sich hinter die Ohren geschoben hatte. Er trug Trainingskleidung und darüber einen schwarzen Mantel, dessen Kragen auf einer Seite hochgeklappt war. Meine Finger kribbelten. Das unbändige Bedürfnis keimte in mir auf, den Kragen zu richten. Der bescheuertste und wohl unangebrachteste Impuls aller Zeiten. Schnell wandte ich den Blick ab.

Ich hatte eine Aufgabe. Mein Herz wurde schwer bei dem Gedanken, aber ich musste es durchziehen. Für Kenna. Für Finn. Und auch für mich.

»Ich habe Trainingskleidung dabei«, sagte ich und deutete auf meine übervolle Tasche. »Ich ziehe mich einfach in der Umkleide um.«

Dylan nickte, stieß sich von der Wand ab und wir liefen los. Ich bemühte mich darum, mit ihm Schritt zu halten. Mit seinen langen Beinen hatte er wie gewohnt einen Vorsprung, und mit jedem Schritt wurde mir das Schweigen zwischen uns bewusster. Sonst plapperte ich ihn immer voll. Das musste ich auch jetzt tun, ganz gleich, wie schwer es war.

»Du hättest mir auch eine Nachricht schreiben können«, sagte ich in die Stille hinein, als wir beim Treppenhaus ankamen. »Hey Zoey, heute bitte in Sportkleidung. Bis später, D.«

»D?«, fragte Dylan, anscheinend ernsthaft verwirrt.

»Na ja, wie auch immer du Nachrichten unterschreibst.«

»Ich schreibe selten Nachrichten. Und wenn, unterschreibe ich sie nicht, schließlich hat die Person, an die die Nachricht geht, meine Nummer eingespeichert.«

»Du hättest trotzdem Bescheid sagen können. So bin ich unvorbereitet.«

Er brummte bloß. »Es war nicht meine Entscheidung.«

Darauf fiel mir keine Erwiderung ein. Bestimmt hatte seine Tante ihm aufgetragen, dass wir heute lieber Verteidigung trainieren sollten, und dagegen konnte ich nichts sagen. Schließlich lag es in Professorin Chens Ermessen, mich dieses Jahr bestehen zu lassen.

Wir liefen nach draußen über den Campus in Richtung Trainingshalle. Kalte Morgenluft wehte mir das Haar aus der Stirn. Ich warf Dylan einen kurzen Seitenblick zu. Wieder wurde mein Magen flau, doch ich verdrängte das Gefühl in die hinterste Ecke meines Kopfes, um mich auf mein Vorhaben zu konzentrieren.

Bei der Halle angekommen gingen Dylan und ich in die jeweiligen Umkleiden. Mit zittrigen Händen zog ich mir meine Sportsachen an. Ich brauchte mehrere Anläufe, um die Schnürsenkel meiner Trainingsschuhe zuzubinden, und als ich es geschafft hatte, atmete ich auf. Ich machte mir einen schnellen Zopf und lief dann durch den dunklen Flur in Richtung Halle.

Es war merkwürdig, allein hier zu sein. Die Halle wirkte so gleich viel riesiger. Ich richtete den Blick zur gewölbten Decke, durch die sonst immer grelles Sonnenlicht schien, doch so früh am Morgen erkannte ich einzig ein mit Sternen gesprenkeltes Blau. Wir steuerten auf den Spätherbst zu und es wurde immer kälter und später hell. Dylan war bereits da, er rückte gerade eine der großen Matten auf dem Hallenboden zurecht und ich trat zu ihm. In mir kämpfte die Angst vor dem, was er getan hatte, mit dem, was *ich* letzten Freitag getan hatte. Einerseits wollte ich ihm nicht wieder wehtun, auf der anderen Seite war der Wunsch, ihm noch mal einen Stoß zu versetzen, übermäßig groß. Ich bekam den Dylan von Freitag nicht mit der Version überein, zu der er innerhalb der letzten Nacht für mich geworden war.

Ein Mörder.

Jemand, der mir Böses wollte.

Jemand, der nur eine Rolle spielte und mir etwas vorgemacht hatte.

»Hier«, sagte Dylan in diesem Moment und warf mir einen Trainingsstab zu, den ich gerade so fing. »Heute üben wir mit Waffen. Das ist weniger persönlich.«

Ich fragte mich, ob das seine Worte waren – oder die seiner Tante. Unwillkürlich keimte der Gedanke in mir auf, dass Professorin Chen womöglich wusste, was Dylan getan hatte. Und ob sie ihn vielleicht deckte.

»Was soll ich damit machen?«, fragte ich mit rauer Stimme. Noch nie hatte ich eine Waffe benutzt. Ich hatte keine Ahnung, wie ich diesen Holzstab richtig einsetzen konnte.

»Wir gehen die Lektion von Freitag noch mal durch. Diesmal in Ruhe. So, dass du sie vollständig verinnerlichen und schließlich aktiv kontern kannst.«

Er positionierte sich vor mir und hob den Übungsstab gerade vor sich. Ich tat es ihm gleich. Das Holz fühlte sich kühl unter meinen Fingern an, der Stab ein schweres Gewicht in meinen

Händen. Dylan tat einen Schritt vor, ganz langsam, und hieb mit dem Stab wie in Zeitlupe nach mir. »Ausweichen«, erinnerte er mich an Professorin Chens Lektion. Ich machte einen Rückwärtsschritt, woraufhin Dylan mit der Zunge schnalzte.

»Beweg dich zur Seite, immer in eine andere Richtung – nicht bloß rückwärts. So erkennt man, dass du flüchtest und unterlegen bist«, sagte er.

Wieder führte er den Stab in einer langsamen Bewegung zu mir, diesmal ein Schlag von unten. Ich wich nach rechts aus. Jetzt, wo er die Bewegungen so behutsam vollführte und ich Zeit hatte, mir zu überlegen, was ich tat, kam es mir gar nicht so schwer vor. Allerdings hatte das hier nichts mit einem richtigen Kampf zu tun, das war mir mehr als bewusst.

Wieder und wieder schlug Dylan mit dem Stab nach mir, während ich mal links, mal rechts und mal schräg nach hinten auswich, immer darauf bedacht, auf der Matte zu bleiben.

»Wenn du bereit bist, versuchst du, mich abzuhalten«, sagte Dylan jetzt.

Ich nickte und konzentrierte mich. Nach und nach erkannte ich, dass Dylan in einem Muster angriff. Oben rechts, oben links, unten, seitlich. Oben rechts, oben links, unten, seitlich. Beim nächsten Hieb von oben riss ich meinen Stab hoch und parierte den Schlag. Dylan nickte, ein Leuchten trat in seine Augen.

»Sehr gut. Noch einmal.«

Wieder führte er dieselbe Bewegung aus – nur dass er diesmal den seitlichen Hieb am Schluss ebenfalls von oben kommen ließ. Da ich mich nach und nach an seine Art zu kämpfen gewöhnte, erkannte ich an der Anspannung seiner Arme, inwieweit er die Bewegung veränderte – und parierte den Schlag erneut. Holz traf auf Holz.

»Noch einmal.«

So ging es weiter. Minute um Minute führte Dylan leichte Hiebe gegen mich aus, die ich nach bestem Gewissen versuchte zu parieren. Je mehr Zeit verstrich, desto schneller wurden Dylans Bewegungen. Ich wich weiter aus, wir drehten uns auf der Matte. Wieder parierte ich einen Schlag. Dylan wurde noch schneller, ich reagierte entsprechend. Wir tänzelten über die Matte, er schlug und schlug nach mir. Fast jeden seiner Hiebe konnte ich parieren. Unwillkürlich breitete sich ein Lächeln auf meinem Gesicht aus. Wenn man langsam an die Sache heranging, machte das hier schon beinahe Spaß. Und es war wirklich, wie Dylan gesagt hatte: Die Bewegungsfolgen glichen einer Art Tanz. Zwar war unser Tanz bei Weitem nicht so präzise wie der Kampf, den Murphy und Professorin Chen vorgeführt hatten, aber ich fühlte mich nicht so unterlegen wie beim letzten Mal. Dylan kämpfte auf Augenhöhe mit mir, wenn ich etwas falsch machte, wies er mich mit knappen Anweisungen darauf hin und leitete mich an, wie ich meine Haltung verbessern konnte.

»Und jetzt kontern«, sagte er unvermittelt.

Mein Atem ging inzwischen abgehackt. »Aber wie?«

»Greif mich an.«

Ich blinzelte. »Ich kann mich nur wiederholen: Aber wie?«

Dylan sah an die Decke und atmete hörbar aus. Dann wanderte sein Blick wieder zu mir zurück. »Probier's einfach.«

Na schön, wenn er so scharf darauf war, würde ich es versuchen. Ich setzte zu einem Sprung an, holte mit dem Stab aus und hieb damit nach ihm, wobei ich auf seine Schulter zielte. Innerhalb eines Wimpernschlags parierte er den Schlag, vollführte eine halbe Drehung, schlug dabei den Stab aus meiner Hand und versetzte mir einen Stoß, sodass ich das Gleichgewicht verlor und unsanft auf dem Hintern landete.

Wütend funkelte ich ihn an. »Aua.«

»Aufstehen, weitermachen«, sagte er nur und reichte mir den Stab zurück. Ich nahm ihn an mich und erhob mich schwerfällig. Mein Hintern und Steißbein pochten schmerzhaft.

Abermals ging ich in Kampfhaltung. All das Selbstbewusstsein, das ich eben noch geschöpft hatte, verschwand Stück für Stück. Immer wieder versuchte ich zu kontern, und jedes Mal beförderte Dylan mich auf die Matte. Ich wurde immer wütender und schlug härter zu, was er mir mit gleicher Münze heimzahlte. Allerdings kamen Dylans Hiebe mit einer Heftigkeit, die meine Zähne beim Parieren klappern ließen. Wenn ich nicht schnell genug reagierte, traf er meinen Arm, einmal meinen Oberschenkel, dann mein Schienbein. Als ich kurz davor war, frustriert aufzuschreien, hörte er auf.

»Die Stunde ist vorbei«, sagte er mit einem Blick auf die Uhr über den Ausgängen. Atemlos folgte ich seinem Blick. Die Zeit war so schnell vergangen, dass ich beinahe vergessen hatte, was ich zu tun hatte. Ich konnte nicht glauben, dass es jetzt so weit war.

»Du hast dich nicht schlecht angestellt.« Dylan nahm mir den Holzstab ab.

Ungläubig sah ich ihn an. »Weil du mich langsam angegriffen hast. Und weil du mir Zeit gegeben hast, angemessen zu reagieren. In einem echten Kampf wäre ich weit unterlegen.«

»Wenn du dich anstrengst, kannst du dich und andere verteidigen. Bis dahin üben wir«, verkündete er und verstaute die Stäbe in dem dafür vorgesehenen Schrank.

Ich nickte bloß und wischte mir den Schweiß von der Stirn. Dann gingen wir zu den Umkleiden. Davor hielt ich inne, um eine möglichst normale Miene bemüht. »Und mit deinen Rippen ist wirklich alles wieder gut?«

Dylan trank einen Schluck aus seiner Wasserflasche. »Es gibt nichts, was Heiler Sheehan nicht wieder hinbekommt.«

»Wenn meine Mum das hören würde, würde sie durchdrehen.« Die Worte kamen wie von selbst.

»Wieso?«, fragte er.

»Weil sie und Sheehan sich nicht ausstehen können. Zwischen ihnen herrscht eine Art Rivalität. Er denkt, er ist besser, weil er wahre Heilkunst mit Kräutern und Medizin erlernt hat, und sie hält ihn für unterbelichtet, weil sie nur die Hand auflegen muss, um Leute wieder zusammenzuflicken.« Keine Ahnung, wieso ich ihm das erzählte. Anscheinend wusste er ebenfalls nichts mehr zu sagen, denn er deutete mit dem Kopf in Richtung Umkleide.

»Ich gehe mal duschen. Wir sehen uns morgen früh.«

Wenn man es genau nahm, würden wir uns nachher noch in Selbstbeherrschung sehen, aber da würde er wahrscheinlich wieder ganz woanders sitzen, wegen irgendeines undurchsichtigen Deals zu spät kommen und wie üblich schnell verschwinden.

»Alles klar«, sagte ich und hob die Hand zum Abschied, bevor ich die paar Schritte zu meiner eigenen Umkleide lief. Erst als die Tür hinter mir ins Schloss fiel, sah ich zu, dass ich mich in Blitzgeschwindigkeit umzog. Ich stopfte meine Sachen in die Tasche und legte meine Boots obenauf, um mich möglichst lautlos bewegen zu können. Dann trat ich aus der Umkleide zurück in den Flur, ging zu Dylans Umkleide und lauschte. Die Dusche lief. Das war meine Chance. Vorsichtig stieß ich die Tür auf und ließ sie geräuschlos ins Schloss gleiten. Ich blickte mich in der Umkleide um und entdeckte Dylans Rucksack und einen Kleiderhaufen auf einer Bank links. Die Tür zur Dusche auf der rechten Seite stand einen Spalt offen, und ich vernahm deutlich das Plätschern.

Ich schlich durch die Umkleide zu Dylans Sachen. Mit zittrigen Fingern öffnete ich den schwarzen Rucksack, der an einigen Stellen Risse aufwies und schon bessere Tage gesehen hatte. Ich zog die obere Partie auf, darunter verbarg sich ein Band, mit dem man den Rucksack zuziehen konnte. Vorsichtig löste ich es und stieß als Erstes auf lauter Ordner und Hefte. Ich nahm eines der Notizhefte in die Hand, holte die zweite Drohung aus meiner Tasche und hielt sie dagegen. Die Drohung war in schwarzen Blockbuchstaben geschrieben worden. Auf Dylans Heft stand in ebenfalls schwarzen, dicken Buchstaben *Seelenführung*. Ich achtete auf jeden Strich, jeden Schwung der Buchstaben, um eine Übereinstimmung zu finden. Leider waren beide Beschriftungen mit unterschiedlichen Stiften vorgenommen worden – Dylans Hefter war mit Kugelschreiber beschriftet, die Drohung schien mit einem dicken Filzstift geschrieben worden zu sein. So ließ sich schwer eine Gemeinsamkeit erkennen. Ich schlug Dylans Heft auf und glich die Drohung vorsichtshalber noch einmal mit seiner normalen Handschrift ab. Es könnte übereinstimmen … oder auch nicht. Ich biss die Zähne fest zusammen, schob das Heft zurück in seinen Rucksack und wühlte mich durch den restlichen Inhalt. Ich stieß auf ein Jutesäckchen und holte es aus dem kleinen Fach auf der Rückseite. Vorsichtig zog ich es auf und betrachtete die getrockneten Kräuter darin, die aus weißen, gelben und orangefarbenen Blättern bestanden. Dann beugte ich mich vor und schnupperte daran. Ein betörend süßlicher Geruch schlug mir entgegen und sofort nahm ich Abstand, weil mein Kopf sich direkt benebelt anfühlte.

Ich kannte diesen Geruch.

Ich kannte ihn, weil ich die Eigenschaften dieser Blüte in Botanik bei Heiler Sheehan mehrfach durchgegangen war, denn sie war Teil des Lehrplans. Der Geruch und die Farbe der Blüte ließen auf Engelstrompete schließen, eine Pflanze, die hochgiftig war und gern als Droge missbraucht wurde, da sie Halluzinationen und einen Rauschzustand hervorruft. In der verkehrten Dosis jedoch führte die Blüte zu einer Intoxikation, die für Krämpfe, Übelkeit und auch Herzrasen bis hin zu Kammerflimmern sorgte.

Alles Anzeichen, die Finn Thompson kurz vor seinem Tod gehabt hatte.

Ein Rauschen erfüllte meine Ohren, das alle anderen Geräusche übertönte. Ich starrte auf das Säckchen mit den getrockneten Blüten und wollte meinen Augen kaum trauen. Dann dachte ich an Dylans und meine Begegnung in der Bibliothek und seine Worte an Ronan, als er diesem etwas verkauft hatte.

In zu hohen Dosen ist das Zeug verflucht gefährlich, hatte er gesagt. Dylan war sich deutlich im Klaren, was er da verkauft hatte, und ich wusste ohne Zweifel, dass es Engelstrompete gewesen sein musste.

»Kann ich dir helfen?«

Ich erstarrte. Langsam drehte ich mich um. Die Dusche lief noch, doch Dylan stand mit feuchten Haaren und einem um die Hüften gewickelten Handtuch in der Tür. Ich hatte ihn nicht kommen gehört. Alles in mir wurde heiß und kalt zugleich.

Dylan heftete den Blick auf meine Hände. In der einen hielt ich immer noch die Drohung, in der anderen das Säckchen mit den Kräutern.

»Ich …«, fing ich an, doch ich brauchte zu lange, um mir eine passende Ausrede einfallen zu lassen. »Ich habe …«

»Meine Sachen durchgewühlt?«, fragte er erstaunlich ruhig. Langsam kam er auf mich zu, meine Alarmglocken begannen zu schrillen und ich wich zurück. Verzweifelt suchte ich nach einer Waffe, die ich im Notfall gegen ihn verwenden konnte. Wenn er wirklich derjenige war, der uns bedrohte, wenn er derjenige war, der Finn auf dem Gewissen hatte, musste ich hier schnellstmöglich weg. Er hatte mich auf frischer Tat ertappt, und wenn ich den Drohungen Glauben schenkte, schreckte er vor nichts zurück.

»Ich habe Kenna geschrieben, wo ich bin«, log ich. »Wenn ich nicht zurückkomme, wird sie es Rektorin Baskerville melden.«

Eine Falte bildete sich auf Dylans Stirn. Er senkte den Blick auf den Zettel in meiner Hand. Erkenntnis blitzte in seinen Augen auf. Dann flackerte etwas über sein Gesicht, eine so schnelle Emotion, dass ich sie nicht richtig greifen konnte. Langsam schüttelte er den Kopf, bevor er die restliche Distanz zwischen uns überbrückte. Ich war in die Ecke gedrängt, versuchte, dieselbe Kraft zu beschwören, die auch beim Training schon in mir aufgekommen war … als Dylan seinen Rucksack nahm und den kompletten Inhalt ausschüttete. Unzählige Hefte, Stifte und Geld ergossen sich auf dem Boden. Er nickte darauf.

»Tu dir keinen Zwang an.«

Es hatte mir die Sprache verschlagen. Ich wusste nicht, ob das hier Teil eines scharf kalkulierten Spiels war, oder ob er tatsächlich unschuldig war.

»Das ist es doch, was du möchtest, oder?«, fragte er, der Tonfall immer noch geradezu beunruhigend gefasst. »Los. Durchsuch alles. Wenn du willst, lasse ich dich auch in mein Zimmer, dann kannst du dich da ebenfalls noch in Ruhe umsehen, ob ich etwas mit Finn Thompsons Tod zu tun habe.«

Ich versteifte mich. »Woher …«, fing ich an, doch bevor ich weitersprechen konnte, stieß Dylan ein Schnauben aus.

»Ich bin nicht dumm, Zoey. Ich habe euch in der Bibliothek gesehen, ich habe die Drohung gelesen, die du bekommen hast, und ihr verhaltet euch verflucht auffällig.«

Ich presste die Lippen aufeinander, als mich Scham überkam.

Kopfschüttelnd sah er mich an. »Ich glaube das nicht.«

»Was?«

»Du bist eine talentierte Schauspielerin. Ich habe dir die Tränen echt abgekauft. Hast du das gemacht, weil du dachtest, du könntest mich so weichklopfen und leichter an meine Sachen kommen?« Er sprach so ausdruckslos, doch in seinen Worten schwang ein deutlicher Vorwurf mit, der mich wütend machte.

»So ein Quatsch. Das hatte überhaupt nichts mit der Sache mit Finn zu tun«, entgegnete ich scharf.

»Ist klar.«

Ich tat einen Schritt auf ihn zu und funkelte ihn an. »Ich habe nicht so getan, als würde ich weinen. Du bist die erste Person, mit der ich offen über all das geredet habe, was mich belastet, und das habe ich dir auch gesagt.«

»Anscheinend sagst du vieles, um deinen Willen zu bekommen. Hör mal, kann ich mich jetzt anziehen?«

Er war offensichtlich wütend darüber, dass wir ihn für den Täter hielten. Aber nun, da er mich erwischt hatte und keine Anstalten machte, mich anzugreifen, konnte ich auch offen sprechen.

»Ich habe dich in der Bibliothek gesehen, kurz bevor ich die erste Drohung in meiner Tasche gefunden habe«, erklärte ich.

In seinen Augen blitzte etwas Dunkles auf. »In der Bibliothek arbeiten jeden Tag Hunderte Schüler. Jeder hätte an deiner Tasche vorbeigehen können.«

»Aber du warst auch da, als ich die zweite gefunden habe. Du hast den Zettel nicht aufgehoben und …«

»Wieso sollte ich Post vor deinem Zimmer aufheben?« Er war sichtlich irritiert.

»Und gestern …«, fing ich mit rauer Stimme an.

Er sah mir ins Gesicht, der Blick finster, und wartete darauf, dass ich weitersprach.

»Gestern wusstest du, dass wir mit Murphy im Frühstückssaal waren. Du hast mich wortwörtlich gewarnt – und wenig später haben wir das Blut in unserem Zimmer entdeckt.«

»Wovon zum Teufel redest du?« Er klang so aufrichtig, und das, obwohl er sichtlich zornig war. Ich war hin- und hergerissen zwischen der Enttäuschung, die ich seit gestern Abend empfunden hatte, und dem Funken Hoffnung, der bei Dylans offensichtlich aufgewühlter Reaktion in mir aufkeimte. Kurzerhand holte ich mein Handy raus, öffnete das Foto, das ich von der Wand geschossen hatte, und hielt es ihm hin. Dylans Augen bewegten sich über die Worte der dritten Drohung. Seine Miene verschloss sich. Als er mir wieder ins Gesicht sah, wurde mir eiskalt.

Das Weiße in seinen Augen war schwarz geworden. Eine dunkle Aura schien ihn zu umgeben, ein schwarzer Schimmer tanzte über seine nackte Haut.

»Du hast das da in deinem Zimmer gefunden – und das Erste, was dir in den Sinn kommt, ist mich zu verdächtigen?« Seine Stimme klang tiefer als sonst, volltönender. Seine Magie war erwacht und umgab ihn wie ein Sturm. Mein Puls nahm an Tempo zu, als er näher kam. Ich fühlte die Endgültigkeit seiner Magie wie eine Art Zupfen in meinem Inneren. Sie war da, lauerte und konnte fest zupacken, wenn sie wollte. Seine Magie hätte in dieser Sekunde mein Inneres entzweireißen können.

»Ausgerechnet du hältst mir einen Vortrag über Vertrauen und dass ich mich dir öffnen soll.« Seine Stimme bebte vor unterdrücktem Zorn und mein Herz vollführte einen Satz. Seine Magie war gefährlich. *Er* war gefährlich. Und doch … machte ich keine Anstalten, mich vom Fleck zu rühren, als er auf mich zukam.

»Es waren zu viele Zufälle. Und du dealst mit Drogen. Du

hast Rauschgift in deinem Rucksack, das auch gut für Finns Tod hätte verantwortlich sein können. Ich dachte …«

Die kaum merkliche Berührung in meinem Inneren verschwand. Dylans Magie zog sich zurück, die Kälte verebbte mit jeder Sekunde ein bisschen mehr. Seine Augen wurden wieder klarer, einzig ein grauer Schleier schien über seinem Blick zu liegen.

»Gut zu wissen, was du von mir hältst.« Dylan fing an, seine Haare trocken zu rubbeln, wobei jede seiner Bewegungen vom dunklen Schein seiner Todesmagie begleitet wurde.

»Ich wollte dich nicht verurteilen, aber die Hinweise waren eindeutig und …«

Er fuhr zu mir herum, sichtlich um Fassung bemüht, die er sonst immer so mühelos zu beherrschen schien. »Du verurteilst mich nicht?« Er stieß ein verächtliches Schnauben aus. »Du urteilst über alles und jeden, weil du dich für etwas Besseres hältst, Ratsprinzessin. Und obwohl es haufenweise andere Indizien gibt, hast du wegen deiner elenden Vorurteile beschlossen, dass natürlich nur ich in der Lage dazu bin, einen Erstklässler umzubringen.« Er wandte sich ab, entfernte sich einen Schritt von mir, um dann wieder zu mir herumzufahren. »Du weißt nicht, wie es ist, wenn man jemandem mit einer falschen Bewegung die Seele entreißen könnte. Ich würde niemals jemanden absichtlich töten. *Niemals.*«

Während ich vergeblich um Worte rang, schnappte er sich seine Kleidung und ging zurück in die Dusche, die immer noch lief. Er zog die Tür hinter sich zu und ließ mich mit dem Inhalt seines Rucksacks allein. Allerdings war das Bedürfnis abgeflaut, ihn mir anzusehen.

Ich hatte einen riesigen Kloß im Hals, als ich mich runterbeugte und anfing, Dylans Sachen in seinem Rucksack zu verstauen, wobei ich darauf achtete, dass all die Hefte ordentlich sortiert waren. Ich suchte den Boden nach den Münzen ab, die aus seinem Geldbeutel gefallen waren, und schob sie zurück an Ort und Stelle. Vorsichtig schnürte ich das Band zu und legte den Rucksack wieder auf die Bank. Dann lief ich zum Ausgang. In der Tür verharrte ich mit klopfendem Herzen. Aber Dylan kam nicht zurück. Er gab mir nicht mehr die Chance, irgendetwas zu ihm zu sagen. Und ich wusste nicht, ob ich darüber froh oder am Boden zerstört sein sollte.

25

Beaus Nachricht kam mir gerade recht. Ich hatte ihn seit ein paar Tagen nicht mehr gesprochen, und als er mich am Abend in sein Wohnheim einlud, konnte ich es kaum erwarten, dort hinzugehen. Anscheinend veranstaltete Cree Whelan eine kleine Party, zu der Beau mich mitnehmen wollte. Seine Einladung überraschte mich – immerhin war er letztes Mal auch ohne mich gegangen. Aber ich beschwerte mich nicht. Diese Party war für mich eine Art, all den anderen Kram, der gerade in meinem Leben lief, für einen Abend zu pausieren. Ich brauchte dringend Ablenkung, und diese Feier bot eine Gelegenheit dafür. Es war ein Zufluchtsort vor all den Dingen, die in den letzten Tagen so aus dem Ruder gelaufen waren. Ich hatte mich den Tag über zurückgezogen und Kenna nur eine knappe Nachricht geschrieben, in der ich eine Kurzzusammenfassung der Geschehnisse gab. Allerdings ging ich nicht weiter darauf ein, da ich selbst nicht darüber nachdenken wollte, was das mit Dylans Reaktion zu bedeuten hatte. Er hatte so ehrlich verletzt gewirkt, dass ich an seiner Beteiligung an der Tat zweifelte. Gleichzeitig fragte ich mich, ob das naiv von mir war. Und weil mich das alles so überforderte, sehnte ich mich danach, das Ganze für einen Abend einfach aus meinem Kopf zu verdrängen.

Beau holte mich unten ab und nahm mich in den Arm. Er

drückte einen Kuss auf meine Schläfe, und Gänsehaut trat auf meine Arme. Ich vergrub das Gesicht an seinem Hals und atmete tief ein. Obwohl ich eigentlich wütend auf ihn war, tat die Vertrautheit seiner Berührung und seines Duftes unglaublich gut, und ich gab mich dem Moment hin.

»Alles okay?«, fragte er.

Ich wollte nicht reden. Nicht über das Chaos in meinem Leben und all die Dinge, die viel zu schwer auf meinen Schultern lasteten. Das alles wühlte mich mehr auf, als ich zugeben wollte. Außerdem hatte ich mir vorgenommen, diesen Abend zu genießen. Mir war klar, dass ich mein altes Leben nicht zurückhaben konnte – aber in dieser Nacht würde ich so tun. Ich würde die Zoey von früher sein, schließlich steckte ein Teil von ihr noch tief in mir. Ich hatte nicht verlernt, wie man sich amüsierte. Und genau das brauchte ich im Moment. Also zwang ich ein Lächeln auf meine Lippen und nickte.

»Du hast nicht auf meine Nachrichten geantwortet«, sagte Beau jetzt und nahm meine Hand. Ich strich mit dem Daumen über seinen Handrücken und sah zu ihm hoch.

»Ich hatte eine Menge zu tun«, antwortete ich.

»Wegen … der Sache beim Training?« Zwischen seinen Brauen lag eine kleine Falte. Er schien wirklich besorgt zu sein, was mich wunderte – schließlich war er nach der Sache mit Georgina nicht beunruhigt gewesen, und da war ich verletzt worden. Diesmal hatte ich jemanden verletzt und das war offenbar ein größerer Grund zur Sorge. Ein dumpfes Pochen machte sich bei dem Gedanken in mir breit.

Ich versuchte, mich zusammenzureißen, und nickte. »Ich wusste nicht, dass so eine Kraft in mir steckt. Vielleicht werde ich dich also wirklich bald auf die Matten werfen, Sohn Lughs.« Damit bezog ich mich auf unsere Scherze aus meiner ersten Stunde Verteidigung. Es schien eine Ewigkeit her zu sein und kam mir beinahe wie aus einem anderen Leben vor.

»Willst du mir davon erzählen?«, fragte Beau.

Ich wusste zu schätzen, dass er sich jetzt Mühe gab und Interesse zeigte. Dennoch schüttelte ich den Kopf. Darüber zu sprechen, was mit Dylan geschehen war oder was unsere Nachforschungen ergeben hatten, war wirklich das Letzte, worüber ich gerade reden wollte.

»Ich will diesen ganzen Kram für einen Abend vergessen«, sagte ich, und Beaus Mundwinkel verzogen sich zu einem verschmitzten Lächeln.

»Ablenkung ist eine meiner Spezialitäten, das weißt du.« Er schlang mir einen Arm um die Schulter, und ich schmiegte mich an ihn, als wir die Treppe in den ersten Stock hochliefen.

Schon von Weitem konnte ich die Musik hören, die aus Crees Zimmer tönte. Als wir bei seinem Zimmer ankamen, wurde die Tür aufgestoßen und jemand taumelte heraus – Ronan, wie ich wenig später erkannte. Als er mich sah, wurden seine Augen groß.

»Banshee-Girl«, sagte er gedehnt und fasste mich an der Schulter. »Du bist so stark. Ich habe gesehen, wie du Dylan Dae Park zermalmt hast.« Er ballte eine Faust und gab dabei explosionsartige Geräusche von sich. »Irre, Mann. Einfach irre.«

Er war offensichtlich betrunken und schien deshalb kurzzeitig die Angst, die er zuvor vor mir und meiner Magie empfunden hatte, vergessen zu haben.

»Auch schön, dich zu sehen, Ronan«, gab ich zurück.

»Und jetzt Finger weg von meiner Freundin«, sagte Beau und zog mich in den Raum.

Jemand hatte eine Partyleuchte an der Decke angebracht, die Crees Zimmer in rötliches Licht tauchte. Ich war schon bei anderen Partys hier gewesen, wobei mir das Zimmer zu jenen Zeitpunkten nicht derart groß vorgekommen war. Jetzt wirkte es geradezu riesig. Überall tummelten sich Leute: auf dem Kingsizebett, den Stühlen am Schreibtisch, der Fensterbank und auch dem Boden. Orla kam gerade lachend aus dem angrenzenden Bad und hielt inne, als sie Beau und mich entdeckte. Ihre Wangen waren rosa und ihre Frisur ganz durcheinander, als hätte jemand ihre Haare zerwühlt.

»Die zwei goldenen Nachkommen, endlich wieder glücklich vereint«, sagte sie, lachte laut auf und torkelte dann zurück ins Zimmer.

»Was war das denn bitte für ein Spruch?«, flüsterte ich Beau zu.

Er zuckte bloß mit den Schultern. Zusammen betraten wir das Partygetümmel. Laute Beats drangen aus den Boxen auf Crees Schreibtisch, wo auch eine provisorische Getränkestation aufgebaut worden war. Ich entdeckte Bier, Whisky und sogar mehrere teuer aussehende Champagnerflaschen. Sie lächelten mich förmlich an, doch bevor ich darauf zusteuern konnte, kam die nächste Person und fiel mir um den Hals.

»Du bist hier! Ich freue mich so!«

Eindeutig Violets Kreischen. Außerdem waren mir ihre schwarzen Haare ins Gesicht geweht, weshalb es mir schwerfiel, noch etwas vom Zimmer ihres Bruders zu erkennen.

»Ich freue mich auch«, antwortete ich und meinte es von Herzen. Ich erwiderte ihre Umarmung genauso fest und klammerte mich förmlich an sie.

»Erwürg meine Gäste nicht«, merkte Cree trocken an. Violet löste sich von mir und verdrehte die Augen. Ich wandte mich Cree zu und lächelte ihn an.

»Schön, dich zu sehen, Zoey«, sagte er, trat an seinen Tisch und goss Champagner in ein Kristallglas. Er füllte noch zwei

Gläser, reichte eines davon mir, eines Beau und nahm selbst eines in die Hand. Dann hob er es in die Höhe.

»Auf einen glorreichen Abend. Sláinte!« Sein Tonfall war geradezu feierlich, als er mit seinem Glas gegen meines und dann Beaus stieß.

Ich trank den Champagner in großen Schlucken. Das hier tat gut. Ich merkte jetzt schon, dass es die richtige Entscheidung gewesen war, heute Abend herzukommen. Meine Freunde mochten anfangs Schwierigkeiten mit meiner neuen Gabe gehabt haben, doch jetzt legten sie sich richtig ins Zeug. Sie hatten sich schlichtweg daran gewöhnen müssen, genau wie ich selbst. Und das konnte ich ihnen nicht zum Vorwurf machen. Schon gar nicht, wenn sich jetzt alle so viel Mühe gaben, mich mit offenen Armen zu empfangen.

Ich legte den Kopf in den Nacken und trank das Glas aus. Dann hielt ich es Cree erneut hin, der anerkennend pfiff.

»Anscheinend ist jemand in Feierlaune«, sagte er grinsend.

»Bin ich. Und dafür brauche ich Nachschub«, erwiderte ich.

Er kam der Aufforderung nach und schenkte mir ein weiteres Glas ein, während er für sich und Beau Getränke mit härterem Zeug mischte. Unterdessen hakte Violet sich bei mir unter und führte mich zu Crees Bett, von dem gerade zwei Mädchen aufgestanden waren und in Richtung Toiletten liefen. Sie setzte sich mit mir hin, wobei sie die Beine elegant übereinanderschlug und sich das seidige Haar über die Schulter warf.

»Erzähl mir alles. Wie war es am Freitag für dich?« Ihre Augen leuchteten so interessiert auf, dass ich eigentlich nicht anders konnte, als darüber zu reden – auch wenn das gerade so ziemlich das Gegenteil von dem war, was ich tatsächlich wollte.

»Keine Ahnung. Dylan hat mich provoziert. Irgendwie ist dadurch die Magie heftiger hervorgebrochen.«

»Unglaublich. Man hat mir erzählt, du hättest ihn zwanzig Meter durch die Halle befördert.« Violet grinste hinter ihrem Glas und trank einen weiteren Schluck.

Wieder erschien Dylans Gesicht vor meinem geistigen Auge, und innerlich fluchte ich. Ich wollte nicht an ihn denken. Dieser Abend sollte für mich sein, er sollte dazu dienen, mich für ein paar Stunden vergessen zu lassen, was geschehen war. Doch in diesem Moment schien das nicht möglich.

Dylans Panzer hatte Risse bekommen, und er hatte Emotionen gezeigt, die in so schneller Abfolge über sein Gesicht gehuscht waren, dass ich sie nicht richtig hatte erkennen können. Aber der Anblick hatte sich förmlich in mein Hirn gebrannt. Genau wie sein Tonfall, als er beteuerte, niemals jemanden töten zu wollen. Die Art, wie er das gesagt hatte, ließ Spielraum für Vermutungen. Unter anderem, dass er womöglich schon einmal jemandem die Seele geraubt hatte – und dass das nicht mit Absicht geschehen war.

Ich schüttelte den Kopf, einerseits, um die Gedanken an Dylan zu verdrängen, andererseits als Antwort auf Violets Frage. »Das ist ein bisschen übertrieben. Es waren höchstens zwei Meter. Aber ich habe ihm ein paar Rippen gebrochen.«

Ihre Augen weiteten sich. »Scheiße, Zoey. Und da erzählst du mir, du würdest dich nicht stark fühlen.«

Ich erinnerte mich an unser Gespräch von neulich, als sie mir das Gefühl der Stärke schilderte, das sie empfunden hatte, nachdem ihre Magie erwacht war. Jetzt konnte ich das besser nachempfinden.

»Es war wirklich unglaublich. Allerdings kann man wohl nicht ständig auf diese Kraft zugreifen. Immer nur, wenn ein Schutzbefohlener in Gefahr schwebt. Oder aber, wenn man emotional aufgewühlt oder so wütend ist, dass die Emotionen überkochen.«

»Was hat er denn Schlimmes gemacht?«, fragte sie stirnrunzelnd.

»Mich absichtlich provoziert, weil Professorin Chen es ihm aufgetragen hat.«

Violet hob beide Brauen. »Vielleicht solltest du beim nächsten Mal einfach sie vermöbeln.«

Darauf stieß ich gleich ein weiteres Mal an diesem Abend an, und Violet lachte. Ich trank mein zweites Glas aus, wenig später reichte man mir ein drittes, das ich auch beherzt austrank.

Anscheinend fanden die meisten Anwesenden es unglaublich cool, was mit Dylan in Verteidigung geschehen war. Offenbar gefiel es ihnen deutlich besser, wenn ich übermenschliche Stärke an den Tag legte, als wenn ich den Tod von jemandem voraussah. Und mir gefiel es besser, an diesem Abend ausnahmsweise mal nicht schräg beäugt zu werden und wieder wie jemand behandelt zu werden, der dazugehörte. War das traurig? Vielleicht. Aber vielleicht blendete ich das für diese paar Stunden einfach aus.

Als Violet zum Tanzen aufstand, tat ich es ihr gleich. Ich ließ mich vom Takt der Musik mitreißen, tanzte zum ersten Mal seit Wochen, während meine Gedanken herrlich gedämpft und wie in Watte gepackt waren. Es gab nichts Schlechtes, keine Gewichte, die mich hinabzogen. Da waren einzig meine Freunde, der Rhythmus des Songs und eine grenzenlose Schwerelosigkeit, die mich von Kopf bis Fuß erfasste.

Irgendwann meldete sich leider meine Blase, und ich drängte mich durch die kleinen Grüppchen in Richtung Bad. Nachdem ich erledigt hatte, was zu erledigen war, wusch ich mir die Hände, trocknete sie ab und öffnete die Tür. Schnell trat ich zurück an den Spiegel, um noch kurz eine neue Schicht Lipgloss aufzutragen, da hörte ich durch den Türspalt jemanden im Flur meinen Namen sagen.

»Zwischen ihm und Zoey läuft doch seit Wochen nichts mehr«, flüsterte jemand. »In meinen Augen hast du freie Bahn.«

»Ich weiß nicht. Sie sind heute Hand in Hand hier reingekommen und alles wirkt wie immer.« Diese Stimme erkannte ich. Das war Orla. Die Orla, die am Mittagstisch meinen Platz eingenommen hatte, seit ich den Zweig gewechselt hatte.

»Findest du? In meinen Augen ist das eine riesige Show, die sie uns auftischen, weil sie keine Wahl haben. Du weißt, dass sie in den Augen des Rats einander quasi versprochen sind. Ihre Mutter und Beaus Vater planen die Hochzeit doch schon, seit die beiden laufen können.«

Orla lachte leise. »Ich bin mir nicht sicher, ob ich eine gute Mätresse wäre.«

»Du wärst die schönste Mätresse. Beau könnte sich glücklich schätzen«, antwortete das zweite Mädchen.

In meinem Magen schienen plötzlich ein Haufen Steine zu liegen. Ich stieß die Tür auf. Die beiden fuhren zu mir herum und Orla besaß wenigstens genügend Anstand, geschockt dreinzublicken.

»Zoey … ich …«, stammelte sie, beendete den Satz aber nicht.

Ich sah sie eine Weile lang finster an und kämpfte gegen die Wut an, die mich durchströmte. Dann lief ich an ihnen vorbei, zurück in Crees Zimmer. Ich fand Beau augenblicklich. Er saß halb auf der Fensterbank und unterhielt sich immer noch mit Cree. Kurzerhand durchquerte ich den Raum, bis ich bei ihm angekommen war. Dann schlang ich ihm die Arme um den Hals und schmiegte mich gegen ihn. Sofort legte er den Arm um mich und hielt im Gespräch inne.

»Alles okay?«, fragte er dicht an meinem Ohr.

Ich nickte und löste mich gerade so weit von ihm, dass ich ihm in die Augen sehen konnte. »Bitte küss mich.«

Beau blinzelte. Dann trat Röte auf seine Wangen, und sein Blick zuckte kurz im Raum umher. Ich wusste, dass er nicht der größte Freund von öffentlichen Zuneigungsbekundungen war, aber ich brauchte die Gewissheit, dass das hier immer noch echt war – dass das hier noch *wir* waren.

»Mir fehlt das, weißt du«, fuhr ich leise fort und zeichnete Muster auf seinen Brustkorb. »Diese Nähe zu dir. Seit meine Magie erwacht ist, steht irgendwie so viel zwischen uns. Sollte … sollte ich mir Sorgen machen?« Es kostete mich jede Menge Mut, diese Worte auszusprechen. Doch mein Mut wurde belohnt. Beau umfasste meine Wangen mit den Händen und neigte meinen Kopf nach hinten.

»Es ist einfach viel passiert. Das heißt allerdings nicht, dass ich mich nicht zu dir hingezogen fühle oder das ich nicht mehr will.« Er küsste mich, und mein Herz jauchzte vor Erleichterung. Ich ließ eine Hand in sein Haar gleiten und zog ihn enger an mich, als Beau den Kuss vertiefte. Cree neben uns stieß einen leisen Pfiff aus, aber darum kümmerte ich mich nicht. Es zählte nur Beau. Seine Hände auf mir, seine Lippen, die über meine glitten und Orlas Worte Lügen strafte. Wärme durchfuhr mich, und ich wollte mehr davon. Mehr von diesem berauschenden Gefühl, mehr von dem Wissen, begehrt zu werden. Ich drängte mich gegen Beau, hielt ihn fest und nahm mir, was ich wollte. Als unsere Zungen aufeinandertrafen, durchfuhr es mich wie ein Schock. Mein Inneres summte förmlich und ich vertiefte den Kuss, um diesem Gefühl nachzujagen.

Bis die Stimmung plötzlich kippte. Eiskaltes Entsetzen strömte durch mich hindurch, lähmte meine Gliedmaßen und stellte alles in meinem Magen auf den Kopf. Ich verzog das Gesicht vor Schmerz und krallte die Finger in Beaus Shirt. Er küsste mich weiter und schien von meinem Stimmungswechsel nichts mitzubekommen. Tief in mir surrte etwas, stieg weiter hinauf und brachte mich dazu, zu keuchen.

Ich riss mich von Beaus Lippen los und lehnte mich gegen ihn. Dann atmete ich. Irgendetwas stimmte nicht. Irgendetwas stimmte ganz und gar nicht. Das Blut rauschte kräftig in meinen Adern, und unter meiner Haut schien Säure zu fließen. Meine Intuition meldete sich, und inzwischen hatte ich gelernt, was das zu bedeuten hatte.

Meine Magie, realisierte ich.

Meine Magie war erwacht. Und sie schrie mir lauthals zu.

Ich blinzelte und sah für einen Moment lang nicht mehr richtig. Die Welt schien zu verschwimmen, ein einziges Durcheinander aus Farben. Ich blickte Beau an und hielt die Luft an, weil ich fürchtete, er würde jegliche Farbe verlieren. Aber er sah ganz normal aus. Stattdessen schlug meine Magie auf andere Weise Alarm. Ich schüttelte den Kopf, wusste selbst nicht, wohin mit mir.

»Zoey, was …«, fing Beau an, doch ich hörte den Rest des Satzes nicht.

Meine Magie schrie mich an, dass von Beau Gefahr ausging. Was ich mir nicht erklären konnte – denn im Moment hielt er mich einfach nur fest und hatte mich kurz zuvor besinnungslos geküsst. Aber ich erkannte dieses Gefühl. Ich hatte es am Abend des Balls empfunden. Ich hatte es in der Bibliothek gespürt. Und jetzt … jetzt durchflutete mich die Magie auf eine ähnliche Weise. Als würde sich etwas Schreckliches anbahnen. Nur konnte ich nicht erkennen, was genau das war. Ich drehte mich und versuchte, meinen Fokus auf andere Gäste der Party zu legen, doch mein Kopf war benebelt. Da war nur das Wissen, dass hier etwas lauerte.

Gefahr.

Gefahr.

Gefahr.

Alles in mir schrie auf, wie eine laute, alles übertönende Sirene. Es drängte mich dazu, Abstand zu nehmen. Ich wich vor Beau zurück und prallte mit dem Rücken gegen jemanden.

»Babe«, sagte Beau mit gerunzelter Stirn. »Was ist los?«

Es fühlte sich an, als stünde meine Haut in Flammen. Ich musste hier weg. Und zwar ganz, ganz schnell.

»Es … es tut mir leid«, krächzte ich. »Ich muss gehen.«

Dann machte ich kehrt und flüchtete. Ich zwängte mich durch die Grüppchen und taumelte in den Flur. Jemand rief meinen Namen, aber ich hörte es nur gedämpft. Das Kreischen der Magie übertönte alles, und ich presste mir die Hände auf die Ohren. Es half nicht, mein Inneres brannte lichterloh, und ich bekam keine Kontrolle darüber.

Die nächsten Minuten vergingen wie im Rausch. Ich hörte nichts. Ich sah nichts. Meine Füße trugen mich wie von allein, ich taumelte und drängte vorwärts, als wäre ein Seil um mich geschlungen, das mich in eine bestimmte Richtung zog. Am Rande nahm ich wahr, dass mich Kälte umfing, dann wenig später wieder Wärme. Etwas in mir riss mich vorwärts, obwohl ich kaum noch einen Fuß vor den anderen setzen konnte. Meine Magie trieb mich an, und ich gab mich ihr hin, eine andere Wahl blieb mir nicht. Sie nahm alles in mir in Beschlag, kämpfte und schrie und quälte mich, bis ich kaum noch atmen konnte.

Irgendwann hielt ich inne. Ich blinzelte die Zimmernummer an. Wie von selbst hob ich die Hand und klopfte. Niemand öffnete. Doch ich gab nicht auf. Wieder und wieder schlug gegen die Tür, immer noch das Gefühl, dass mir die Gefahr im Nacken saß. Plötzlich hörte ich jemanden dahinter einen Fluch ausstoßen. Endlich wurde die Tür aufgestoßen. In mir stoben die Flammen höher, die Magie stieß ein Jauchzen aus und kurze Erleichterung durchflutete mich.

»Ich glaube, du wirst bald sterben«, keuchte ich.

Mehr konnte ich nicht hervorbringen, bevor ich über die Schwelle stolperte und zusammenbrach. Das Letzte, was ich hörte, war Dylan, der meinen Namen rief.

26

Ich war nicht richtig bei Bewusstsein, aber dennoch hörte ich, was um mich herum geschah. Jemand lief auf und ab. Eine Tür klickte, dann erklang das Geräusch eines Wasserhahns. Wenig später trat jemand neben mich. Plötzlich wurde ein kalter Lappen auf meine Stirn gelegt. Meine Haut, die immer noch in Flammen zu stehen schien, seufzte vor Erleichterung förmlich auf.

Mehrmals blinzelte ich. Das Zimmer war in den sanften Schein einer Nachttischlampe getaucht. Dylan saß auf einem Stuhl neben dem Bett, auf dem ich lag, und sah mich an. Ruckartig setzte ich mich auf, wobei der nasse Lappen von meinem Gesicht in meinen Schoß fiel und dort sofort einen feuchten Fleck hinterließ. Die Wände drehten sich, und ich kippte zur Seite, wobei ich mit dem Kopf gegen die Wand stieß.

»Autsch«, murmelte ich, stützte mich an der Wand ab, um mich wieder aufzurichten. Die Welt wirkte aufs Neue wie in Watte gepackt. Mein Herzschlag hatte sich beruhigt, er ging gleichmäßig. Einzig meine Haut schien am ganzen Körper zu spannen, als hätte ich stundenlang heiß geduscht. Ich nahm den Lappen zwischen meine Hände und rieb ihn erst auf dem einen, dann dem anderen Handrücken. »Wie lange war ich weg?«, fragte ich nach einigen Sekunden, wobei ich Dylan nicht ansehen konnte.

»Nicht mehr als fünf Minuten.«

Ich fuhr fort, meine Haut zu kühlen. Dann legte ich den Lappen auf den hölzernen Nachttisch, strich mir die Haare hinter die Ohren und schwang die Beine über die Bettkante. Einen Moment lang fiel die Welt aus dem Gleichgewicht und wieder blinzelte ich mehrmals.

»Was hast du vor?«, fragte Dylan leise.

»Ich mache mich auf den Weg«, antwortete ich und wollte gerade aufstehen – da rückte er mit dem Stuhl ans Bett, so dicht, dass sich unsere Knie beinahe berührten. Ich starrte auf seine schwarze Hose.

»Zoey.« Etwas in seinem Tonfall wollte mich dazu bringen, ihm ins Gesicht zu sehen, aber ich brachte es nicht über mich. »Erzähl mir, was passiert ist.«

Ich rieb mir über die Stirn. Noch gestern Abend war ich unendlich schockiert von der Vermutung gewesen, dass Dylan womöglich der Täter war. Jetzt war ich einfach nur verwirrt über den Ausbruch an Magie, der mich beim Kuss mit Beau überfallen hatte. Ich wusste nicht, was das zu bedeuten hatte, und noch immer waren meine Gedanken vom Alkohol benebelt. Durch den Nebel hindurch sah ich jedoch wieder das Bild von Dylan, wie er mir vorwarf, ihn getäuscht zu haben.

»Du hältst mich für eine Schauspielerin.« Meine Zunge schien am Gaumen festzukleben, ich brachte die Worte nur schwerfällig heraus.

»Und du mich für einen Mörder.«

Jetzt musste ich ihn doch ansehen. Sein dunkler Blick traf auf meinen, und mit einem Mal schlug mir das Herz bis zum Hals. Ich erkannte etwas darin, was ich noch nie zuvor bemerkt hatte: Hinter der Wut lag einen Funken Verletztheit. Offensichtlich hatte Dylan es wehgetan, dass wir ihn verdächtigt hatten. Und dass ich ihn hintergangen und in seinen Sachen herumgeschnüffelt hatte. Ohne es zu beabsichtigen, hatte ich ihn damit getroffen.

»Das tue ich nicht.« Die Worte verließen meinen Mund wie von selbst.

Er blinzelte. Dann neigte er den Kopf leicht auf die Seite. »Das klang heute Morgen aber noch ganz anders.«

»Heute Morgen habe ich Engelstrompete in deinem Rucksack gefunden. Diese Pflanze ist giftig. In der falschen Dosis kann die Einnahme tödlich sein«, sagte ich langsam.

»Das ist mir bewusst – und meinen Kunden auch, weil ich niemandem eine zu hohe Dosis verkaufe. Gerade genug, um eine gute Zeit zu haben«, entgegnete er.

»Aber wieso?«

Er zögerte kurz. »Weil ich Geld brauche. Und ja, dabei ziehe ich manchmal krumme Dinger ab, aber jemanden tödlich zu vergiften, gehört nicht dazu.«

Ich sah in seine dunklen Augen und horchte in mich hinein, obwohl das eigentlich nicht mehr nötig war. Tief in mir spürte ich, dass Dylan mir die Wahrheit sagte.

Inzwischen war ich mir seiner Unschuld sicher. Weil meine Magie mir zugeschrien hatte, dass jemand in Gefahr war, und sie mich direkt hierher geführt hatte – zu ihm. Jemand würde ihn in nicht allzu langer Zeit umbringen wollen. Und er konnte ja schlecht der Täter sein, wenn er derjenige war, auf den der Täter es anscheinend als Nächstes abgesehen hatte. Außerdem hieß es in den ganzen Artikeln und im Unterricht in Weissagung immer, dass wir unserer Intuition vertrauen sollten, besonders, wenn man mit einer Magie wie meiner gesegnet worden war. Und meine Intuition … sie sagte mir, dass Dylan nicht der Täter war. Ich spürte das tief in meinem Inneren. Aber es waren eindeutig zu viele Zufälle. Jedoch wirkten diese beinahe, als hätte jemand das Ganze eingefädelt, um ihn schuldig aussehen zu lassen. Darüber hinaus wurde mir noch etwas bewusst. Eine Sache, die ich niemals laut aussprechen wollte, die sich durch meine durch den Alkohol gelockerte Zunge einfach Raum schaffen musste.

»Ich bin so froh, dass du es nicht gewesen bist«, flüsterte ich. Eine Wahrheit, die mich selbst erschütterte, und ihn anscheinend auch.

Die Wut in seinem Blick verschwand gänzlich. All das Harte wich aus seinem Gesicht, und dann war nur noch der Schmerz darüber, zu erkennen, was ich ihm vorgeworfen hatte. Jetzt war er derjenige, der wegsah. Doch es war zu spät. Zwar wollte er es verbergen, aber ich hatte gesehen, was das mit ihm anstellte. Ich rutschte auf der Bettkante vor, bis meine Knie seine streiften.

»Dylan.« Meine Stimme war nicht mehr als ein raues Flüstern.

Er schüttelte kaum merklich den Kopf. Anscheinend wollte er nicht, dass ich ihm seinen Schmerz ansah. Aber er hatte letzte Woche von mir verlangt, ihm offen zu zeigen, wie es mir ging. Nun war er an der Reihe. Gleichzeitig war mir nur allzu bewusst, dass ich diejenige war, die offensichtlich schmerzhafte Erinnerungen in ihm wachgerüttelt hatte. Ich hatte das nicht gewollt. Irgendwie musste ich ihm das klarmachen.

Bevor ich wusste, was ich da eigentlich tat, streckte ich die Hand nach ihm aus. Vorsichtig strich ich ihm das Haar aus der Stirn. Er versteifte sich unter meiner Berührung und hob den Blick wieder.

Ich räusperte mich. »Es tut mir leid.«

Er erwiderte nichts. Ich wollte die Hand gerade sinken lassen, da schloss er seine Finger um mein Handgelenk, als würde er sie an Ort und Stelle halten wollen. Ich wiederholte die Bewegung und ließ meine Finger durch sein Haar gleiten. Dylan gab mein Handgelenk frei und schloss die Augen. Langsam entspannten sich seine Gesichtszüge.

»Ich wollte dir nicht wehtun.«

Er holte tief Luft, während ich noch mal durch sein Haar fuhr. Es war erstaunlich weich, und irgendwie konnte ich nicht damit aufhören. Ich wollte noch nicht, dass er seinen Panzer wieder anlegte.

»Es gefällt mir nicht, dass du dazu imstande bist.« Seine Stimme klang genauso rau wie meine. Seine Worte und deren Bedeutung wiederholten sich in meinem Kopf.

»Es ist okay, auch mal Gefühle zuzulassen, weißt du.« Das war eine Anspielung auf das, was er mir auf der Krankenstation gesagt hatte.

Jetzt öffnete er die Augen und Skepsis lag in seinem Blick. »Diese Gefühle waren aber schrecklich.«

»Weil sie implizieren, dass dir etwas an mir liegt«, sagte ich und ließ meine Hand langsam sinken.

Er verzog das Gesicht, als hätte er in eine Zitrone gebissen.

»Mir liegt auch etwas an dir. Deshalb war ich auch so aufgelöst, als …« Ich ließ den Satz in der Luft hängen.

»Als du mich des Mordes bezichtigt hast?«, schlug Dylan vor und ich widerstand dem Drang, die Augen zu verdrehen.

»Damit meine ich nur, dass das normal ist. Wir sind eben … so etwas wie Freunde. Freunde haben die Macht, einander wehzutun.«

Dylan furchte die Stirn. »Ich habe keine Freunde.«

»Wieso nicht?«, fragte ich.

Er zögerte einen Moment. »Weil ich mir nur Dinge erlauben kann, die ohne Bedeutung sind.«

»Aber wieso?«, hakte ich nach.

Er schüttelte nur den Kopf und machte mir damit deutlich, dass er nicht darüber sprechen konnte oder wollte. Ich hatte bereits in einer für ihn schmerzhaften Sache herumgestochert – noch mehr sollte nicht dazu kommen. Doch ich wollte ihn um jeden Preis besser verstehen.

»Also keine Freundschaften«, wiederholte ich langsam.

Er nickte.

»Auch keine Liebe?«

»Nein.«

»Was ist mit Affären?«

Er zog bloß eine Augenbraue hoch.

»Ich meine ja nur«, murmelte ich.

»Ich frage mich, worauf dieses Gespräch hinauslaufen soll. Auf mich wirkt es nämlich sehr sinnbefreit.«

»Ich frage mich nur, wie jemand ein so einsames Leben führen kann.«

Sein Kehlkopf hüpfte. »Ich mag die Einsamkeit.«

Jetzt war ich diejenige, die eine Braue in die Höhe zog. »Wenn du es noch ein bisschen überzeugter sagst, glaube ich dir das beim nächsten Mal vielleicht sogar.«

»Wieso bist du noch gleich hier?«, fragte er, woraufhin ich am liebsten etwas nach ihm geworfen hätte. Gleichzeitig rief er mir damit in Erinnerung, dass ich im Rausch meiner Magie hierhergetaumelt war und was das für eine Bedeutung hatte. Jeglicher Schalk verließ mich. Wieder rieb ich mir über die Stirn, dann weiter bis zu den Schläfen. Mein Kopf pochte und ich fragte mich, ob es an den Nachwirkungen der Magie oder eher am Alkohol lag.

»Ich bin hier, weil meine Magie mir lauthals zugeschrien hat, dass ich herkommen muss. Sie hat mich zu dir geführt. Deshalb glaube ich, dass du ihn Gefahr bist.« Ich war mir nicht sicher, ob diese Erklärung für ihn Sinn ergab.

»Wirst du mir jetzt erzählen, was passiert ist?«, fragte er.

Ich nickte. »Aber vorher muss ich wissen, ob wieder alles okay zwischen uns ist.«

Dylans Kiefer spannte sich an. »Erst hast du mir zwei Rippen gebrochen, dann hast du meine Sachen durchgewühlt, weil du geglaubt hast, dass ich einen Schüler umgebracht und eine tote Ratte über deinem Bett aufgehängt habe. Das ist nichts, was man schnell vergessen kann.«

Ich presste die Lippen fest zusammen und nickte. Er hatte recht. Ich wollte mich gerade noch einmal bei ihm entschuldigen, als er drei Finger hob.

»Ich habe drei gut bei dir.«

Die Steine in meinem Magen lösten sich bei seinen Worten auf und ich fühlte mich gleich um einiges leichter. Dann legte ich den Kopf schräg und erwiderte seinen Blick. »Gleich drei, hm?«

Er nickte. »Einen ziehe ich ab, weil du mir meinen Tod prophezeit hast.«

»Wie großzügig.«

»Ich bin in Spendierlaune. Wenn du mir jetzt noch erzählst, was du bisher vor mir verheimlicht hast und was heute Abend die Todesmagie in dir ausgelöst hat, werde ich einen weiteren Gefallen abziehen.«

Einen Moment lang wusste ich nicht, wo ich anfangen sollte, und musste meine Gedanken sortieren. Kurz überlegte ich, ob Kenna und Murphy es gutgeheißen hätten, dass ich Dylan in alles einweihte. Doch nach allem, was wir gerade besprochen hatten, wollte ich diese Sache nicht mehr vor ihm verheimlichen. Meine Gedanken jagten zwar wild durcheinander, aber tief in meinem Inneren spürte ich, dass ich ihm vertrauen konnte. Obwohl er ruppig und beängstigend sein konnte, trotz der ganzen Dinge, die ihn in Kennas und schließlich auch meinen Augen verdächtig hatten wirken lassen – ich vertraute Dylan. Also hörte ich auf dieses Gefühl, atmete tief durch und sammelte mich. Anschließend fing ich an zu erzählen. Es dauerte ein bisschen, weil so viel geschehen war. Angefangen von unseren Nachforschungen in Finns Zimmer und der Bibliothek über die Drohungen bis hin zu unserem Besuch in der Schmiede und Finns Notizen, in denen wir immer wieder dieselbe Skizze vom Schwert gefunden hatten, was uns – zusammen mit dem verschwundenen Buch – auf die vier Schätze der Danu gebracht hatte.

Dylan hörte aufmerksam zu. Zwischendurch lehnte er sich mit verschränkten Armen auf dem Stuhl zurück. Als ich fertig war, schwieg er eine Weile und schien seinen eigenen Gedanken nachzuhängen. Der Moment dehnte sich aus und wurde immer länger, also ließ ich den Blick durch sein Zimmer schweifen. Auf dem Schreibtisch gegenüber vom Bett herrschte ein schreckliches Durcheinander aus Papier, Büchern und auch Kleidung. Ich saugte jedes Detail auf. Beispielsweise den Schallplattenspieler, der auf der kleinen Kommode neben dem Schreibtisch stand, der kleine Kaktus neben seinem Bett oder das leere Muffinblech auf dem Boden. Bei dessen Anblick fragte ich mich, ob Dylan womöglich gern backte, und ob er das zum Spaß tat oder die Muffins eventuell mit magischen Kräutern versah, um sie mit großer Gewinnspanne verhökern zu können.

»Ihr glaubt also, dass eine Person Finn beauftragt hat, eine Kopie von Nuadas Schwert anzufertigen und sie nun in den illegalen Wettkämpfen einsetzt. Und Finn ist deshalb umgebracht worden?«, fasste Dylan zusammen, und ich sah wieder zu ihm.

»Genau.«

»Weil Finn für den Täter hätte gefährlich werden können«, fuhr er fort.

Ich nickte, und Dylan rieb sich nachdenklich übers Kinn. »Das klingt durchaus logisch. Nur frage ich mich, was die Person davon hat.«

Das hatte ich auch schon überlegt. »Das Schwert ist magisch verstärkt. Wenn es eine ähnliche Wirkung haben soll wie das echte Schwert von Nuada, müsste es jede Schlacht für sich entscheiden können.«

»Ich zweifle daran, dass es tatsächlich dieselbe Macht in sich trägt«, gab Dylan zu bedenken.

Der Gedanke war mir auch schon gekommen – so einfach konnte es nicht sein, einen der Schätze der Danu nachzuahmen. Doch wofür sollte das Schwert sonst angefertigt worden sein?

»Vielleicht geht es auch darum, diese Kopie für eine Menge Geld zu verkaufen«, sagte ich. »Jedenfalls müssen wir einfach herausfinden, was wirklich dahintersteckt. Das schulden wir Finn.«

Dylan grübelte wieder einige Sekunden lang. Er beugte sich auf dem Stuhl vor, während ich die Beine auf sein Bett zog, um mich im Schneidersitz hinzusetzen.

»Was ist heute Abend passiert? Wodurch hat sich deine Magie bemerkbar gemacht?«, fragte er weiter.

Auch das fasste ich kurz zusammen, wobei mir Hitze in die Wangen stieg, als ich von Orla und dem anschließenden Kuss mit Beau erzählte. Aber ich zog es durch und berichtete, wie ich die sich anbahnende Gefahr gespürt hatte und wie im Rausch aus Crees Zimmer geflüchtet war.

»Was denkst du?«, fragte ich abschließend.

Dylan öffnete den Mund und schloss ihn wieder. Er zögerte, die nächsten Worte auszusprechen.

»Jetzt spuck's schon aus.« Ich wedelte mit der Hand, damit er seine Gedanken mit mir teilte, so wie ich meine mit ihm geteilt hatte.

»Was ich als Nächstes sagen werde, wird dir aber garantiert nicht gefallen.«

Abwartend sah ich ihn an – schließlich konnte ich das nur beurteilen, wenn er weitersprach.

»Deine Magie ist erwacht, als du Maguire geküsst hast. Wir wissen, dass er am Wochenende bei den Kämpfen sein wird«, fuhr er fort, was mich stutzig machte. Davon, dass Beau dort kämpfte, hatte ich nichts gesagt, sondern nur, dass wir von den Kämpfen wussten, weil Rafael uns davon erzählt hatte.

»Woher weißt du das?«, fragte ich.

Er zögerte und stieß schließlich ein leises Seufzen aus, weil er sich daran zu erinnern schien, dass wir jetzt mit offenen Karten spielen wollten. »Weil ich auch an den Kämpfen teilnehme und die Namen der Gegner kenne.«

Fassungslos starrte ich ihn an. Einen Moment lang verschlug es mir die Sprache, während sich die verschiedenen Gedankenfetzen zu einem größeren Bild formten.

»Was, wenn der Täter das wusste?«, fragte ich und setzte mich aufrechter hin, weil ich plötzlich sehr aufgeregt war und das Gefühl hatte, vor etwas ganz Großem zu stehen. »Was, wenn derjenige dir das alles anhängen wollte, damit wir dich den Hütern melden?«

Dylan brummte zustimmend. »Du ignorierst trotzdem das Offensichtliche.«

Augenblicklich wurde mir bewusst, was er meinte, aber das konnte nicht sein. Resolut schüttelte ich den Kopf. »Nein. Beau hat damit nichts zu tun.«

»Wieso sonst sollte sich deine Gabe bemerkbar gemacht haben?«, entgegnete er.

»Weil … weil der Täter auf der Party war!«, stieß ich verzweifelt hervor.

»Weil die Zunge des Täters in deinem Hals gesteckt hat.«

Ich nahm das Kissen links neben mir und schlug damit nach ihm. Er fing es mühelos auf.

»Das ergibt keinen Sinn. Beau hatte nichts mit Finn zu tun – er hat eine Waffe bei Rafael in Auftrag gegeben, das hat er mir selbst gesagt. Und wäre er in die Sache involviert, hätte meine Magie das sicher früher erkannt und sich nicht erst heute Abend bemerkbar gemacht.«

»Geh noch mal in dich«, erwiderte Dylan ruhig und legte das Kissen zurück auf sein Bett. »Gab es irgendeinen anderen Anlass, bei dem du Symptome verspürt hast?«

»Nein«, sagte ich entschieden.

»Irgendwelche Gespräche, während deren du Unwohlsein oder Übelkeit verspürt hast?«, hakte Dylan weiter nach.

Ja, die hatte es gegeben, aber ich wollte es nicht aussprechen. Das war wieder eine Vermutung, der ich mich einfach nicht stellen wollte. Es kam nicht für mich infrage, dass Beau etwas damit zu tun haben sollte. Dennoch schaffte ich es nicht, auf Dylans Frage zu antworten. Was ihn jedoch dazu veranlasste, unerbittlich nachzuhaken.

»Hat es irgendwie den Eindruck gemacht, als hätte er dich bewusst gemieden?«

Ich sah ihm wieder ins Gesicht. Die Antwort darauf musste er eigentlich kennen. Er selbst hatte mich mit der Tatsache konfrontiert, dass meine Freunde mir seit dem Erwachen meiner Magie öfter aus dem Weg gegangen waren.

»Du weißt, dass meine Freunde mich gemieden haben. Aber sie haben sich bemüht. Ich habe sowohl mit Violet als auch mit Beau darüber gesprochen, dass sich bloß nichts zwischen uns verändern soll, und das haben sie sich zu Herzen genommen, deshalb heute auch die Party. Er kann es nicht gewesen sein. Das spüre ich tief im Inneren, genau wie die Tatsache, dass du es nicht gewesen bist.«

Dylan wirkte nicht überzeugt, nahm es aber hin.

»Ich werde Kenna und Murphy erzählen, was heute passiert ist. Am Samstag gehen wir zusammen zu den Kämpfen und werden prüfen, wer die Kopie des Schwertes bei sich trägt. Dann wirst du sehen, dass er unschuldig ist«, fuhr ich fort.

Dylan wirkte nicht überzeugt, nickte aber trotzdem. »Meinst du, du schaffst es, Maguire bis dahin vorzumachen, dass alles normal ist?«

»Ich muss ihm nichts vormachen. Ich weiß, dass er mit der Sache nichts zu tun hat.« Meine Stimme klang schärfer als beabsichtigt.

Man konnte Dylan seine Skepsis vom Gesicht ablesen. Vorhin hatte ich mir noch gewünscht, er würde seinen Panzer nicht erneut anlegen. Jetzt sehnte ich mich beinahe danach. Dass er Beau verdächtigte, wühlte mich nämlich noch mehr auf, als ich ohnehin schon war. Ich wollte wieder über etwas Unverfänglicheres reden und suchte verzweifelt nach einem Thema – da fiel mir etwas ein.

»Warst du deshalb verletzt? Weil du für die Kämpfe trainiert hast?«, fragte ich.

Wieder ein Zögern. Dann schüttelte Dylan den Kopf. Ich wartete geduldig, ob er noch mehr sagen würde, aber er wand sich förmlich um eine Antwort herum, und irgendwie war es nicht schön, dabei zuzuschauen.

»Ist schon okay. Du musst mir nicht alles erzählen«, sagte ich schnell.

»Vielleicht irgendwann.«

»Irgendwann klingt gut.«

Ein zaghaftes Lächeln zupfte an meinen Mundwinkeln. Dylan sah beinahe aus, als würde er es erwidern wollen, aber irgendetwas hielt ihn davon ab. Vermutlich, weil er an die Sache dachte, die ihm die Verletzung am Hals beschert hatte. Ich versuchte, meine Neugier zurückzudrängen, und konzentrierte mich stattdessen auf das Wichtigste.

»Du darfst auf keinen Fall an den Kämpfen teilnehmen«, sagte ich möglichst sanft. Ich wusste, wie ich reagierte, wenn jemand mir etwas vorschreiben wollte, und irgendwie hatte ich im Gefühl, dass er da ähnlich tickte.

»Ich habe keine andere Wahl«, gab er zurück.

Stirnrunzelnd sah ich ihn an. »Wieso nicht?«

»Weil ich mich seit Wochen darauf vorbereite und zum ersten Mal teilnehme. Eine Menge Leute haben einen Haufen Geld darauf verwettet, dass ich deinem Freund und den anderen Kämpfern in den Hintern trete – und ich habe nicht vor, mir die Provision entgehen zu lassen.«

Ich fragte mich, was er mit dem ganzen Geld tat, das er auf eigentümliche Arten verdiente. Aber da er mir eben durch die Blume zu verstehen gegeben hatte, dass er noch nicht bereit dazu war, all seine Geheimnisse mit mir zu teilen, versuchte ich, es dabei zu belassen und mich darauf zu konzentrieren, ihn von diesem wahnsinnigen Vorhaben abzubringen.

»Die Provision wird dir auch nichts nützen, wenn dich jemand umbringt.«

Er schüttelte nur den Kopf. »Es geht wirklich nicht anders. Ich muss kämpfen.«

Ich stand kurz davor, vor Frustration zu schreien. Er schien sich des Ernstes der Lage überhaupt nicht bewusst zu sein. »Du hast schon verstanden, dass ich deutlich gespürt habe, dass jemand dich abmurksen möchte, oder? Ich weiß ja nicht, wofür du das Geld brauchst, aber ich denke nicht, dass es sich lohnt, dafür zu sterben.«

»Und wenn doch?«, entgegnete er scharf.

Darauf fiel mir nichts ein. Ich wusste nicht, was sich in seinem Privatleben abspielte, aber es musste unglaublich wichtig für ihn sein, wenn selbst die Vorstellung, bei diesen Kämpfen tödlich verletzt zu werden, ihn nicht von seinem Vorhaben abbringen konnte. Ich versuchte, einen Kompromiss zu finden.

»Du wirst nicht davon ablassen, oder?«, fragte ich schließlich.

Er schüttelte den Kopf.

»Dann lass uns wenigstens eine Art Notfallplan aufstellen«, schlug ich vor.

»Was stellst du dir darunter vor?«

Hilflos hob ich die Schultern. »Das weiß ich noch nicht genau, das müssen wir mit Murphy und Kenna besprechen.«

»Kenna, die mich ebenfalls für einen Mörder hält«, sagte er tonlos.

»Wir erzählen ihr das, was wir besprochen haben, dann wird sie vom Gegenteil überzeugt sein. Und dann werden wir einen Plan entwickeln, wie wir verhindern können, dass du bei dem Kampf stirbst.«

Dylan sah mich einen Moment lang schweigend an. Sein Blick glitt über mein Gesicht. »Du machst dir wirklich Sorgen um mich.«

»Das tue ich.«

Je länger er mir in die Augen sah, desto unruhiger wurde ich. Ich ignorierte den Kloß, der sich in meinem Hals bildete, und was das womöglich zu bedeuten hatte. Genauso wie ich den Impuls ignorierte, ihn wieder zu berühren.

»Einverstanden«, sagte er schließlich. »Dann lass uns mit Kenna und Murphy sprechen.«

27

»Ich halte das für eine miserable Idee«, sagte Kenna missmutig. Sie stand mit verschränkten Armen vor uns und sah zwischen Dylan und mir hin und her.

»Also mir gefällt sie«, meinte Murphy. »Ich habe eh nicht dran geglaubt, dass Park böse ist. Wie sagt man so schön? Hunde, die bellen, beißen nicht.«

In Dylans Blick stand stumme Mordlust. »Ich kann dir gern das Gegenteil beweisen, wenn du so scharf drauf bist.«

Murphy grinste. »Bin ich. Ich stehe auf beißen.«

Das hier war wahrscheinlich eine der dämlichsten Diskussionen, die ich je geführt hatte. »Wie wäre es, wenn wir uns auf den Plan konzentrieren?«, schlug ich möglichst diplomatisch vor.

»Du hast recht«, stimmte Kenna zu. »Außerdem friere ich mir den Hintern ab. Wie können die sich alle so anziehen?«

Ich folgte Kennas Blick. Wir standen oberhalb unseres Wohnheims, etwas abseits hinter einer Gruppe von Bäumen und Büschen verborgen, die den Waldrand markierten. Von hier aus konnte man den Hang hinab auf den still daliegenden See und die spitzen Dächer der Akademie schauen, aus der wir uns kurz nach Mitternacht geschlichen hatten. Es war eine mondhelle Nacht, sodass wir die Taschenlampen unserer Handys ausgeschaltet lassen konnten. Von unserer Position aus erkannten wir, wie vereinzelt Gestalten und kleine Gruppen über den Trampelpfad, den wir gekommen waren, in Richtung Wald huschten.

Obwohl ich sonst eine der größten Verfechterinnen von Röcken war, musste ich Kenna zustimmen. Die Leute, die wir auf dem Weg erkannten, waren teilweise so dünn angezogen, dass mir allein vom Anblick fröstelte. Und das, obwohl ich eine gefütterte Jacke, eine Thermostrumpfhose unter meiner Cargohose und meine dicksten Boots mit Kunstfell angezogen hatte.

Irgendwie konnte ich immer noch nicht richtig glauben, was wir hier eigentlich taten. Es war eine Sache, hinter dem Rücken der Hüter nach Hinweisen für Finns Tod zu suchen ... aber heute Nacht gehörte ich offiziell zu den Regelbrechern und riskierte damit eine saftige Strafe. Allerdings war der Wunsch nach Antworten auf die unzähligen Fragen, die wir hatten, weitaus größer.

»Das sind bestimmt Kämpfer. Die müssen solche Klamotten tragen. Beweisstück A«, sagte ich und deutete auf Dylan neben mir, der ebenfalls Kampfmontur anhatte und in meinen Augen für die Temperatur viel zu dünn angezogen war.

»Dicke Kleidung schränkt die Beweglichkeit ein«, sagte er trocken.

»Eine erstaunlich kluge Erkenntnis. Danke für diesen wertvollen Beitrag zur Diskussion, Dylan.« Murphy schien sich einen Spaß daraus machen zu wollen, Dylan zu provozieren. Dieser wiederum sah aus, als würde er wirklich jeden Moment auf Murphy losgehen.

»Konzentration«, erinnerte ich sie.

»Weiß jeder, was zu tun ist?«, fragte Kenna in die Runde. Wir alle nickten. »Dann los.«

Das war Murphys Signal. Noch immer grinste er, doch sein Gesicht veränderte sich. Seine Konturen bewegten sich, wurden schmaler und kleiner, und aus seinen Wangen wuchs schwarzes Gefieder und seine Nasen- und Mundpartie wurde länger. Innerhalb weniger Sekunden wandelte Murphy die Gestalt, stieß ein Krächzen aus und erhob sich als Rabe in die Luft. Kurz darauf landete er auf Kennas Schulter, die ihn mit dem gleichen faszinierten Gesichtsausdruck betrachtete wie ich.

In seiner Shifter-Gestalt war Murphy etwas größer als ein normaler Rabe. Sein tiefschwarzes Gefieder glänzte, und als ich näher hinsah, erkannte ich, dass eine seiner Schwanzfedern in demselben Feuerrot seiner menschlichen Haarfarbe leuchtete.

»Das ist so cool«, flüsterte Kenna und hob wie ferngesteuert die Hand, um über Murphys Flügel zu streichen. Als sie es tat, stupste er ihre Wange mit dem Schnabel an, woraufhin sie kicherte, als würde die Berührung kitzeln.

»Ich würde auch gern fliegen können«, sagte ich und betrachtete seine Flügel ehrfürchtig. Wie aufs Stichwort stieß sich Murphy von Kennas Schulter ab und verschwand irgendwo über uns in den Baumkronen. Seine Aufgabe lag heute darin, die Anwesenden auszukundschaften. Als Shifter hatte Murphy die Chance, Dinge zu sehen, die womöglich hinter den Kulissen vor sich gingen.

»Ich mache mich auch auf den Weg«, sagte Dylan jetzt.

Ich wandte mich ihm zu. »Bitte sei vorsichtig.«

»Bin ich.«

Das reichte mir noch nicht. »Sobald die Sache aus dem Ruder gerät – egal bei welchem Kampf –, brichst du ab.«

»Ich werde mich schon nicht umbringen lassen.«

Ich zog skeptisch eine Braue in die Höhe, denn das hatte vor einigen Tagen noch ganz anders geklungen. Ich tat einen Schritt auf ihn zu und senkte die Stimme. »Ich meine es ernst. Kein Geld der Welt ist deinen Tod wert.«

»Ich verspreche es. Zufrieden?«

Ich sah ihn eindringlich an, weil ich an der Aufrichtigkeit seiner Worte zweifelte, aber dann erinnerte ich mich an den Plan. Selbst wenn es zu einer Ausnahmesituation käme, wären wir alle bereit, Dylan zu beschützen, damit das, wovor meine Magie mich gewarnt hatte, nicht eintreten würde.

»Okay«, sagte ich und schüttelte meine Hände aus, weil sie sich zittrig anfühlten.

Einen Moment lang wirkte es, als wollte er noch etwas hinzufügen, entschloss sich aber dagegen. Dann nickte er Kenna und mir ein letztes Mal zu, vergrub die Hände in den Hosentaschen und setzte sich in Bewegung. Wenig später verschwand er zwischen den Bäumen, und ich sah ihm nach.

»Oh, Zoey«, murmelte Kenna.

Ich warf ihr einen Blick zu. »Was?«

»Also Murphy hast du kein Versprechen abgeluchst, ja vorsichtig zu sein.«

Mein Herz machte einen Satz. »Du vergisst, dass ich Murphys Tod nicht prophezeit habe.«

Sie sah mich an, dann schaute sie in die Richtung, in die Dylan verschwunden war, und zurück. »Auch wieder wahr. Komm.«

Sie lief vor und ich sah zu, dass ich aufholte. Wir kämpften uns durch das Gebüsch, um auf den Weg zu den anderen Schülern zu gelangen, die in Scharen zu den Geheimkämpfen strömten. Es dauerte ein paar Minuten, bis die Lichtung in Sicht kam. An ihrem Rand waren in einigen Metern Abstand große Fackeln in den Boden gerammt. Dazwischen standen etliche Schüler versammelt. Je näher wir kamen, desto deutlicher sah ich, dass vier Flächen in einiger Entfernung voneinander getrennt ebenfalls mit brennenden Fackeln abgesteckt worden waren. Weiter hinten zwischen den Bäumen befand sich eine Reihe von Schülern, die sich aufwärmten. Es dauerte einen

Moment, bis ich Beau entdeckte, und sofort hielt ich mitten in der Bewegung inne. Ich hatte gewusst, dass er hier sein würde, ich musste nicht so schockiert reagieren. Dennoch tat ich es und brauchte ein paar Sekunden, bis ich mich wieder gefasst hatte. Beau hatte das hier schon öfter getan. Ohne mich. Ohne mir davon zu erzählen. Ich hatte meinen Frieden damit geschlossen, oder es zumindest versucht, aber die Gefühle, die in mir hochbrodelten, wühlten mich erneut auf.

Da niemand bei den Kämpfern stand, ging ich davon aus, dass wir keinen Zutritt hinter die provisorische Absperrung aus Fackeln bekommen würden. Dabei wäre ich zu gern zu ihm gegangen. Nach der Party hatten wir bloß eine Handvoll Worte per Nachricht ausgetauscht und uns gegenseitig gefragt, ob alles okay war. Ich war froh, dass er es dabei beließ. So blieb ich kurz mit dem Blick auf ihm hängen, wie er sich zusammen mit Ronan und Orla aufwärmte. Mein Herz machte einen Satz, als ich sie dort sah. Ihre Worte klangen wieder in meinen Ohren. Dass sie Gefühle für Beau hatte, war komplett an mir vorbeigegangen, und der Gedanke gefiel mir nicht. Zumal sie zusammen mit ihrer Freundin beschlossen hatte, ihre Pläne in die Tat umzusetzen. Ich fragte mich, wie lange das bereits ging. Und wieso Beau ihr anscheinend schon vorher von diesen Kämpfen erzählt hatte. Ob es daran lag, dass sie eine Nachfahrin Lughs war und gemeinsam mit ihm trainierte? Oder steckte mehr dahinter?

Ich wandte den Blick ab und versuchte, meine Gedanken zu fokussieren. Wir waren wegen der Mission hier, herauszufinden, wer die Kopie von Nuadas Schwert bei sich trug. Darauf sollte ich mich konzentrieren.

»Siehst du das?«, flüsterte ich Kenna zu und deutete mit dem Kopf in Richtung der verschiedenen Kämpfer hinter der Reihe von Fackeln.

Sie nickte. »Keiner von ihnen trägt eine Waffe.«

»Sie kommen bestimmt erst bei offiziellem Beginn zum Einsatz.«

Wir reihten uns bei den anderen Zuschauern ein. Hier konnte man die Hitze der magischen Flammen spüren, langsam tauten meine gefrorenen Finger auf. Da trat zwischen die provisorischen Kampfflächen eine schwarz gekleidete Gestalt. Georgina Donovan, wie ich wenig später erkannte. Als ich sie sah, krampfte sich etwas in meiner Brust zusammen. Das Bild, wie ihre Faust auf mich zuschoss, tauchte aus meiner Erinnerung auf. Schnell blinzelte ich es weg.

Georgina war in Trainingsmontur gekleidet und hatte ihr kurzes dunkles Haar mit Gel nach hinten frisiert. Ihre Augen waren dunkel umrandet und in einer Hand hielt sie eine brennende Fackel, während sie den Blick in der Menge umherwandern ließ.

»Willkommen, Nachtkämpfer«, rief sie.

»Kein besonders kreativer Name«, murmelte ich, und Kenna senkte mit zusammengepressten Lippen den Kopf.

»Ihr wisst alle, wie sehr wir durch die strengen Regeln an der Everfall Academy eingepfercht werden.« Georginas Stimme hallte durch den Wald, und ich blickte mich in den Reihen der Schüler um. Ich erspähte Rafael, den Schmied. Er hatte die Arme vor der Brust verschränkt und wirkte, als wäre er nicht sicher, ob er die Kämpfe noch gutheißen konnte. Einige Meter weiter entdeckte ich Cree, dessen schwarzes Haar in alle Richtungen abstand, weil der Nachtwind es so zerzauste. Ich musste tatsächlich zweimal hinsehen, um zu realisieren, dass es wirklich Cree war. Der Cree, der den Hütern beitreten wollte. Ich konnte es nicht glauben – noch weniger, als Beau hier zu sehen.

Gerade tippte jemand Cree auf die Schulter und er drehte sich um. Eine Schülerin, die ich nicht kannte, sprach ihn an.

Sie reichte ihm etwas, und ich kniff die Augen zusammen. Da erkannte ich es. Sie hatte ihm Geld zugeschoben.

»Es werden immer noch Wetten angenommen«, flüsterte ich Kenna zu.

»Ich frage mich, wie viel Geld die alle verwetten.«

»Es muss ein riesiger Batzen sein, so versessen, wie Dylan darauf war, dabei zu sein. Was mich aber wundert, ist, dass ausgerechnet Cree der Buchmacher ist. Er wollte immer zu den Hütern.«

Kenna machte ein zustimmendes Geräusch. »Würde das rauskommen, wäre das so was von gelaufen. Die Aufnahmebedingungen dort sind echt hart, habe ich gehört. Ein Eintrag in deiner Akte, und du bist raus.«

Zumal Crees und Violets Eltern komplett durchdrehen würden. Ich verstand auch ehrlich gesagt nicht, wieso ausgerechnet Cree, der ständig Partys schmiss und haufenweise Kohle hatte, Wetten abschloss. Vielleicht war es eine Art Laster. Stirnrunzelnd betrachtete ich, wie noch eine Person zu Cree ging und ihm etwas zusteckte.

»Wir werden dafür ausgebildet, für den Rat zu kämpfen«, fuhr Georgina nun mit ihrer Rede fort. Ihre Stimme war womöglich noch volltönender geworden. »Viele von uns werden Hüter oder Ritter. Aber an dieser Akademie gibt es eine strenge Reglementierung unserer Kräfte. Wir sollen Übungskämpfe führen, doch wir dürfen uns nie ernsthaft verletzen oder gar richtige Waffen benutzen.«

Buhrufe tönten. Die Flammen der Fackeln ließen Schatten über Georginas feine Gesichtszüge tanzen.

»Hier gelten diese Regeln nicht.« Bei diesen Worten verzogen sich ihre Lippen zu einem Lächeln. »Bei den Nachtkämpfern ist alles erlaubt: der Einsatz von Magie. Magisch verstärkte Waffen. Und jegliche Gesetze für einen gesitteten

Kampf sind in dieser einen Nacht außer Kraft getreten. Die einzige Regel: Wenn jemand uns an die Professoren verrät, ist er geliefert. Also schaut zu, genießt und fiebert mit. Heißt die Kämpfer des heutigen Abends willkommen!«

Lauter Jubel erklang, als die ersten Nachtkämpfer nach vorn traten. Ich stellte mich auf die Zehenspitzen, um Beau besser sehen zu können. Er stand auf der rechten vorderen Fläche und sofort senkte ich den Blick, um seine Waffe anzusehen.

Es war ein gewöhnliches Schwert. Silbern mit schwarzem Heft und einer ganz normalen Klinge ohne jegliche Verzierungen. Vor Erleichterung knickten mir beinahe die Knie ein.

»Er hat es nicht«, flüsterte ich aufgeregt und stieß Kenna den Ellenbogen in die Rippen.

»Das sehe ich«, gab sie zurück und klang fast so erleichtert wie ich.

Georgina Donovan ließ einen Pfiff zwischen den Fingern erklingen. Dann grinste sie breit in die Runde. »Alle werden kämpfen, bis einer von beiden kampfunfähig ist. Dann werden die Sieger gegeneinander antreten, bis wir zum Finale kommen.«

»Das wird doch ewig dauern. Dann stehen wir morgen früh noch hier«, flüsterte Kenna.

Ein Schüler rechts von uns wurde auf uns aufmerksam. Er neigte uns den Kopf zu. »Die ersten Kämpfe dauern manchmal nur wenige Sekunden. Wenn Magie eingesetzt werden darf oder magisch verstärkte Waffen im Einsatz sind, geht das Ganze meist schneller als in Verteidigung.«

Ich nickte ihm dankend zu.

»Alles ist erlaubt, nichts ist verboten. Auf eine großartige Nacht!«, rief Georgina jetzt.

Der Junge hinter ihr hob auf ihr Signal hin die Finger zur Pistole geformt in die Höhe. Georgina zählte an, da schoss aus den Fingern des Jungen eine Stichflamme empor, die den gesamten Kreis aus Schülern und die beiden darin stehenden jungen Männer hell erleuchtete. Die Kämpfe begannen. Die Zuschauer stoben auseinander, alle in andere Richtungen, und reihten sich nach und nach um die vier Kampfflächen, auf denen sich nun alle Kämpfer des Abends positioniert hatten. Kenna und ich trennten uns, wie wir es zuvor besprochen hatten. Während sie zu den linken beiden Kampfflächen lief, ging ich nach rechts zu der Fläche, wo Beau und seine Kontrahentin standen. Auf der zweiten Fläche befanden sich Ronan und ein anderer Junge, den ich nicht kannte. Ich zwängte mich zwischen zwei Schüler und ignorierte ihre Blicke, als ich mich nach ganz vorn stellte, wobei ich mir sagte, dass ich das schließlich zu ihrem eigenen Wohl tat.

Ich betrachtete jeden einzelnen der drei anderen Teilnehmer. Beaus Gegnerin war zwar einen Kopf kleiner als er, hatte aber ein breites Kreuz und hielt in jeder Hand ein alt wirkendes Athame mit leicht gebogener Klinge. Rasch wandte ich mich der zweiten Fläche auf meiner rechten Seite zu, wo Ronan bereits eine Armbrust anhob. Sein Gegenüber stieß ein tiefes Knurren aus. Er schien sich wandeln zu wollen – vielleicht war er ebenfalls ein Nachfahre Morrigans –, da zielte Ronan auf sein Bein und schoss. Mitten in seiner Wandlung ging der Junge mit einem Schmerzenslaut zu Boden. Ronan machte einen Satz auf ihn zu, und ich wollte schon die Hand vor den Mund schlagen, als Beaus Gegnerin ein triumphales Brüllen ausstieß. Ich riss den Kopf zu ihnen herum und erkannte, dass sie meinem Freund auf den Rücken gesprungen war und einen Arm um seinen Hals legte. Beau wirkte nicht im Mindesten aus der Ruhe gebracht und warf sich mit übermenschlicher Stärke nach vorn, woraufhin das Mädchen zu Boden krachte. Bevor sie sich erheben konnte, machte Beau einen Satz vor, streckte den Arm mit der Klinge aus und hielt sie ihr direkt an die Kehle. Das Mädchen stieß einen frustrierten Laut aus. Beau machte keine Anstalten, die Klinge sinken zu lassen.

Es hatte nicht einmal fünf Minuten gedauert, bis er den Kampf für sich entschieden hatte.

»Unser Titelverteidiger Beau Maguire hat den ersten Kampf des Abends gewonnen – und das in Rekordzeit!«, rief Georgina und schien sehr erfreut über diesen Erfolg. Die Flammen zu den Seiten von Beaus Kampfbereich schossen in die Höhe, anscheinend das Signal, dass der Kampf in dieser Ecke vorbei war. Die Zuschauer stoben abermals auseinander, die meisten wandten sich Ronan und dessen Kontrahenten zu, die immer noch miteinander kämpften. Ich jedoch blieb mit dem Blick an Beau haften, der sich gerade zu mir drehte. Er entdeckte mich am Rand der Fläche, und seine Mundwinkel hoben sich leicht. Ich wollte ihm zuwinken, da wandte er sich bereits wieder um und lief zurück in den Bereich der Kämpfer. Wahrscheinlich wollte er sich auf den nächsten Kampf vorbereiten, was ich ihm nicht übel nehmen konnte.

Die folgenden Kämpfe wurden innerhalb der nächsten zehn Minuten abgepfiffen. Ronan entschied einen für sich, dann wurde Dylan als Sieger ausgerufen, und schließlich eine Phoebe, die ich nicht kannte. Die mittleren Fackeln, die die zwei Bereiche auf meiner Seite der Fläche trennten, erloschen, sodass sich der Kampfbereich für das Halbfinale vergrößerte. Dann folgten die nächsten beiden Kämpfe, wobei Dylan gegen Phoebe antrat und Ronan gegen Beau. Ich stellte mich auf die Zehenspitzen und versuchte, einen Blick auf Dylan und seine Gegnerin zu erhaschen, aber dafür standen sie zu weit weg und zu viele Zuschauer versperrten mir die Sicht. Also beobachtete ich Beau und Ronan, die einander nach dem Startsignal langsam umkreisten. Plötzlich riss Ronan die Armbrust hoch und schoss einen Bolzen auf Beau, was mich – und mehrere Leute in meinem Umfeld – zu einem unterdrückten Schrei veranlasste. Allerdings ohne Grund, denn Beau wich blitzschnell aus, vollführte eine halbe Drehung mit dem Schwert und hieb Ronan die Armbrust aus der Hand. Dieser starrte Beau mit offenem Mund an.

Diese Kämpfe kamen mir nicht wie ein Tanz vor, wie Dylan es mir erklärt hatte. Vielmehr ging es darum, dem Gegner innerhalb möglichst kurzer Zeit den größtmöglichen Schaden zuzufügen. Wobei keiner der Kämpfer ein Schwert bei sich zu tragen schien, in das ein Kristall gefasst war oder auf dessen Klinge ein wellenartiges Muster zu erkennen war.

Eigentlich hatte ich geglaubt, Ronan hätte längst verloren, doch er gab noch nicht auf – und immerhin war er auch nicht kampfunfähig. Er startete einen Frontalangriff und holte mit der Faust aus. Beau parierte den Hieb mit seinem Unterarm. Im selben Moment warf er sein Schwert beiseite, um Ronan ebenbürtig entgegenzutreten. Beide bewegten sich unglaublich agil, und wenn man genau hinsah, erkannte man, dass sie seit Jahren miteinander trainierten. Beau schien jeden von Ronans Angriffen kommen zu sehen, und bei Ronan war es nicht anders. Sie schlugen und wichen aus, gerieten richtig ins Schwitzen, bis Beau einen Treffer in Ronans Gesicht landete, der ihn von den Füßen schleuderte.

»Tut mir leid, Mann«, sagte Beau, bevor er die Faust noch mal zurückriss und sie in Ronans Gesicht donnerte. Das Ganze erinnerte mich schwer an Georginas Schlag in mein Gesicht, und ich musste den Blick abwenden, als Blut aus Ronans Mund und Nase floss. Wenig später verkündete Georgina, dass Beau auch den zweiten Kampf für sich entschieden hatte.

»Unsere Finalgegner stehen fest«, rief Georgina in diesem Moment aus. Wieder veränderten sich die umstehenden Fackeln. Die Schüler verteilten sich, als die zwei übrig gebliebenen abgesteckten Flächen zu einer großen erweitert wurden. Einige Nachtkämpfer zogen die mittleren Fackeln aus dem Boden, während sich die Zuschauer um die finale Kampffläche scharten. Ich wurde von der Reihe von Menschen im Gedränge mitgezogen.

Georgina positionierte sich wieder in der Mitte und breitete die Arme aus.

»Der aktuelle Titelverteidiger tritt gegen einen neuen Kandidaten an. Macht ein bisschen Lärm für Beau Maguire!«

Applaus brandete auf, einige der Nachtkämpfer pfiffen scharf, und auch ich klatschte mit, als mein Freund den provisorischen Kampfring betrat. »Auf seinen Titel abgesehen hat es: Dylan Dae Park!« Der folgende Applaus war deutlich verhaltener, und mein Herz machte einen Satz, als Dylan in den Ring aus Feuer schritt. Er wischte sich über den Mundwinkel, aus dem ein kleines Rinnsal Blut lief. Auch sein Haar war durcheinander, und als er die Hände hob, um seinen Knoten neu zu binden, wirkte seine Bewegung geradezu schleppend. Er hatte sichtlich schon einiges an diesem Abend mitgemacht, und tief in mir verknotete sich alles bei der Erinnerung an das, was meine Magie mir zugeschrien hatte.

Dylan und Beau standen einander gegenüber, die Waffen kampfbereit erhoben. Ich sah von einem zum anderen, und mein Magen wurde flau. Dabei war ich mir so sicher, dass Beau Dylan nicht ernsthaft verletzen würde. Er war ein fairer Kämpfer. Daran würde sich jetzt nichts verändern. Zumindest hoffte ich das. Etwas anderes blieb mir in dieser Sekunde, wo die beiden kurz vor ihrem Kampf standen, nicht übrig.

28

»Entschuldigung«, murmelte jemand gedämpft. Ich drehte mich um und entdeckte Kenna in der Reihe hinter mir. Ich streckte die Hand nach ihr aus und bekam ihren Arm zu fassen. Dann zog ich sie zu mir. Sie pustete sich eine ihrer Locken aus der Stirn und wirkte atemlos.

»Und?«, flüsterte ich aufgeregt.

Sie schüttelte den Kopf. »Nichts. Auf meiner Seite des Kampfrings hatte niemand ein auffälliges Schwert mit Kristall im Heft.«

Ernüchterung machte sich in mir breit. »Ich war mir so sicher, dass wir es finden würden«, flüsterte ich zurück.

»Ich mir auch.« Kennas Blick wirkte traurig. Was, wenn wir doch auf dem Holzweg waren und Finn das Schwert gar nicht angefertigt hatte? Uns war klar, dass vieles, was wir bisher hatten, auf Annahmen beruhten. Auf der anderen Seite war es alles so logisch erschienen.

»Wir werden etwas finden, Kenna. Nicht den Mut verlieren«, sagte ich.

Sie lächelte mich traurig an, doch bevor sie etwas erwidern konnte, fing die Schülerin vor uns an zu sprechen. »Auf wen hast du gesetzt?«, fragte sie an ihren Begleiter gewandt.

»Natürlich auf Park, den Underdog.«

»Ehrlich? Niemals gewinnt der. Hast du Maguire mal beim

Training gesehen? Der hält sich in Verteidigung immer zurück und ist trotzdem stärker als Mulligan.«

Ihr Begleiter schnaubte. »Bullshit. Park braucht nur seine Magie einsetzen und Maguire wird winseln wie ein Welpe.«

Mein Herz machte einen Satz bei seinen Worten. Ich hatte gefühlt, welch eine Furcht Dylans Todesmagie in einem auslösen konnte. Und das wollte ich für Beau auf keinen Fall.

»Du glaubst doch nicht ehrlich, dass Park Maguires Seele angreifen wird«, sagte das Mädchen skeptisch.

»Eine falsche Bewegung von Maguire und das war's mit seinem Seelenheil.«

Ich versteifte mich. Jetzt war Kenna diejenige, die meinen Arm sanft drückte. »Das war nur eine Floskel, Zoey. Ich denke wirklich nicht, dass Dylan Beaus Seele in irgendeiner Weise schaden wird.«

Ich nickte langsam und blickte wieder nach vorn. Kenna beugte sich dichter zu mir und senkte ihre Stimme.

»Aber findest du es nicht auch merkwürdig, dass deine Gabe bei dem Kuss mit Beau aktiv geworden ist und dich zu Dylan geführt hat – und jetzt kämpfen die beiden gegeneinander?«

Sie hatte recht. Wenn ich mir um jemanden Sorgen machen sollte, war das vermutlich Dylan. Aber nach dem zu urteilen, wie Beau zuvor gekämpft hatte, war er auf einen ebenbürtigen Kampf bedacht.

»Ich bin mir nicht sicher, ob die Gefahr von Beau ausgeht. Eben hat er beim Kampf gegen Ronan sogar das Schwert weggeworfen, nachdem er ihn entwaffnet hatte«, flüsterte ich zurück.

»Macht euch bereit für das große Finale!«, rief Georgina laut, riss ihre Hände runter und wieder schickte der Junge hinter ihr als Startsignal eine Stichflamme in die Höhe, wobei alle Flammen der Fackeln im Kampfring gleichzeitig hochschossen.

Ich hielt den Atem an, als Beau und Dylan anfingen, einander zu umkreisen. Dylan war zwar größer als Beau, dafür aber weniger durchtrainiert. Er hatte ebenfalls ein Kurzschwert in der Hand, das allerdings eher an eine Übungswaffe erinnerte, weil es so mitgenommen aussah. Ich fragte mich, ob er es aus den Vitrinen in der Halle gestohlen hatte.

Beaus Bewegungen schienen weitaus weniger vorsichtig zu sein als Dylans. Stark und selbstsicher schritt er durch den Kreis, das Schwert mit einer Hand erhoben, die andere ebenfalls in der Luft. Dylan hingegen setzte mit Bedacht einen Fuß vor den nächsten, eine Wachsamkeit in seinem Gesicht, als würde er jeden Moment mit einem Angriff rechnen. Und er behielt recht.

Beau preschte in einer so schnellen Bewegung vor, dass ich sie mit bloßem Auge kaum wahrnehmen konnte. Die Menge stieß ein überraschtes »Oh« aus, als Beau Dylan mit dem Schwert am Arm traf. Dylan wich zurück, riss sein eigenes Schwert hoch und parierte den nächsten Hieb, wobei Metall kreischend auf Metall traf. Von der Wucht des Schlages rutschten Dylans Füße auf dem Boden zurück, seine Boots hinterließen Spuren in der Erde. Während Dylan die Zähne fest zusammenbiss, lächelte Beau beinahe siegessicher. Er wirkte Dylan überlegen, und genau das strahlte er in dieser Sekunde auch aus. Dylan hielt dagegen und riss das Schwert zur Seite, woraufhin Beau einen Satz zurück machte. Wieder umkreisten sich die beiden. Erneut war Beau derjenige, der zuerst angriff. Diesmal sah Dylan es jedoch kommen, wich in einer schnellen Bewegung aus, bis er sich seitlich von Beau befand. Dann verpasste er ihm einen Schlag gegen die Schläfe.

Beau blinzelte irritiert und schüttelte den Kopf. Einige Sekunden lang stand er bloß dort, und in der Menge erhob sich ein verwundertes Gemurmel. Ich beugte mich vor und versuchte, zu erkennen, was passiert war. Da nahm ich es wahr: einen Funken dunkler Magie. Die Düsternis, die schon am Tag in der Bibliothek von Dylan ausgegangen war, war auch jetzt zu spüren. Kälte schien den Kampfring zu umgeben, die mir selbst aus der Entfernung eine Gänsehaut auf die Arme trieb.

»Nichts ist verboten, alles ist erlaubt«, murmelte Kenna neben mir. »Er hat seine Magie gegen Beau eingesetzt.«

Beaus Augen weiteten sich, als er zu Dylan herumfuhr und das Schwert aufs Neue hochriss. »Du Arschloch«, knurrte er.

Dann griff er erneut an, noch aggressiver und schneller als zuvor. Wieder und wieder schlug er nach Dylan, der nach und nach offenbar ein Muster in Beaus Angriffen erkannte und dagegenhielt, bis er fast jeden seiner Angriffe parierte. Er suchte nach einer Schwachstelle, realisierte ich. Eine Lücke in Beaus Muster, um sie auszunutzen, um den Kampf zu seinen Gunsten zu nutzen. Aber Beau ließ es nicht dazu kommen. Seine Bewegungen wurden immer kraftvoller. Dem Leuchten auf seinem Gesicht nach zu urteilen, schien seine Magie erwacht zu sein. Er genoss den Kampf richtiggehend, jedes Mal, wenn ihre Schwerter aufeinanderklirrten. Plötzlich bewegte Dylan sich in einer schattenhaften Bewegung um Beau herum und schlug erneut mit der Hand zu – diesmal auf seine andere Schläfe.

Mit einem Brüllen fuhr Beau herum. Sein nächster Schwerthieb ging ins Nichts, Dylan war bereits wieder auf der anderen Seite und versetzte Beau einen Stoß. Ein Knurren verließ dessen Lippen, als er versuchte, Dylan einen weiteren Hieb zu versetzen, dieser aber immer nur auswich.

»Nette Bilder, die du dir da ausgesucht hast«, brachte er zwischen abgehackten Atemzügen hervor. »Leider durchschaue ich deine Magie, Reaper.« Beau spie das Wort wie einen Fluch aus.

Mir wurde flau, als er ein Manöver vollführte, bei dem er mit dem Schwert hochsprang und von oben nach Dylan schlug, der es diesmal nicht rechtzeitig schaffte, ganz auszuweichen. Beau erwischte ihn an der Taille, wo sein Shirt riss. Etwas glitzerte im Fackelschein, und ich schluckte den Kloß in meinem Hals runter, als ich erkannte, dass es Blut war. Kenna tätschelte meine Hand. Ohne es zu realisieren, hatte ich ihren Arm umklammert.

»Wie wäre es, wenn du endlich anfängst, richtig zu kämpfen, statt nur Visionen in meinen Kopf zu pflanzen?« Beau spuckte aus und Dylan ... Dylan lächelte. Ein Schauer rieselte mir über den Rücken.

»Wie du wünschst«, sagte er leise.

Im nächsten Moment erloschen die Fackeln, und der Wald war in tiefschwarze Dunkelheit getaucht. Ausrufe erklangen, jemand stieß gegen mich und ich blinzelte hektisch, damit sich meine Augen an die Finsternis gewöhnten.

Ich hörte das Surren von Beaus Schwert, das die Luft durchschnitt. Schemen waren auf der Fläche zu erkennen. Ich meinte, Dylans Ausweichschritte ausmachen zu können, dann Beau, der ihn immer weiter an den Rand der Kampffläche drängte.

»Da bist du ja.« Dylans Stimme klang, als würde sie aus mehreren Richtungen gleichzeitig ertönen. Die Fackeln entzündeten sich wieder schwach, und nach und nach konnte ich die beiden erkennen. Zischend holte ich Luft.

Dylan stand hinter Beau, eine Hand an dessen Hals gelegt, die Augen von der Schwärze seiner tödlichen Magie erfüllt, das Schwert in der anderen Hand erhoben. Ich stieß einen unterdrückten Schrei aus. Dylans schwarzer Blick zuckte kurz zu mir am Rand des Kreises. Beau nutzte seine Chance sofort, ließ den Kopf zurückschnellen und verpasste Dylan eine Kopfnuss. Dieser taumelte nach hinten. Beau verlagerte sein Gewicht, riss Dylans Arm nach unten und befreite sich aus der Umklammerung. Dann grinste er, hob sein Schwert und versetzte Dylan einen Hieb auf den Brustkorb. Dylan stieß einen schmerzerfüllten Laut aus, der mir durch und durch ging. Er schien mit Schwindel zu kämpfen, schlug mit seinem Schwert nach Beau, der auswich und in einer Kombination aus mehreren Hieben erneut angriff. Diesmal traf er Dylan an der Schulter. Das Shirt war inzwischen an etlichen Stellen gerissen und dunkle Flecken zeigten sich auf dem grauen Stoff. Mein Herz pochte immer schneller.

Dylan startete einen erneuten Angriff, den Beau parierte, und streckte die Hand aus, als wollte er seine Magie rufen. Doch Beau hatte verstanden, dass darin seine Stärke lag, und ließ es kein weiteres Mal dazu kommen. Er warf sich auf Dylan, das Schwert in einer Hand erhoben. Dylan war zu abgelenkt davon, dass er Beaus eigentlichen Angriff nicht kommen sah. Beau rammte ihm die Faust ins Gesicht, wie er es auch schon bei Ronan getan hatte. Wieder taumelte Dylan. Jetzt knallte Beau ihm den Schwertgriff gegen den Kopf. Dylan rührte sich nicht mehr. Doch Beau erhob erneut das Schwert – und etwas in der Atmosphäre veränderte sich.

Der Wald und alles um mich herum verlor an Konturen. Die Zeit schien langsamer zu vergehen. Ich konnte nur Dylan anstarren, der den Kopf schwerfällig zu mir drehte, ein stummes Flehen im Blick. Ein Schwert ragte aus seiner Brust und Blut sickerte unaufhörlich aus der Wunde. Sein Gesicht wurde immer fahler, bis es ganz bleich und leblos war. Er blinzelte noch einmal … und dann bewegte er sich nicht mehr.

Ich keuchte auf, als sich um mich herum alles wieder materialisierte. Beau riss das Schwert hoch, das Gesicht wütend verzogen. Und dann begriff ich nicht richtig, was geschah. In meiner Kehle baute sich ein Druck auf, der sich mit einer kraftvollen Welle entlud, und ohne es bewusst zu tun, preschte ich mit einem Schrei nach vorn. Mitten durch die vielen Fackeln hindurch, bis ich mich im Kampfring befand und auf Beau warf. Die Wucht des Aufpralls riss ihn von Dylan weg zu Boden. Beau schlug nach mir und stieß mich von sich. Schmerzhaft kam ich auf den Knien auf und spürte, wie sie aufschürften, doch darum konnte ich mich nicht kümmern. Ich fuhr herum, suchte nach irgendeiner Waffe, die ich verwenden konnte, fand aber nicht mehr als einen faustgroßen Stein. Also nahm ich ihn mir und drehte mich zu Beau. Inzwischen hatte er sich wieder erhoben und hielt das Schwert wie zum Angriff bereit, obwohl Dylan bereits bewusstlos am Boden lag. Ich hechtete vor, stellte mich zwischen die beiden und reckte die Hand mit dem Stein in die Luft.

»Du hast den Kampf längst gewonnen, Beau. Wenn du so weitermachst, wirst du ihn umbringen!«

Beau blinzelte. Verwirrung huschte über seine Miene. Er sah mich an, als würde er erst jetzt begreifen, dass ich vor ihm stand. Dann ließ er das Schwert zu Boden fallen. Da trat Georgina bereits in den Kreis und zog Beau auf die Beine. Sie riss seinen Arm in die Höhe.

»Maguire konnte seinen Titel erneut verteidigen!«

Die Menge fing an zu jubeln. Ungläubig starrte ich die Leute an, die alle im Kreis um uns herum standen und den Ernst der Situation nicht zu begreifen schienen. Wäre ich nicht eingeschritten, hätte Beau Dylan umgebracht. Das spürte ich tief in meinem Inneren. Ich hatte Dylans Tod gesehen, und die Vision erschütterte mich immer noch bis tief in die Knochen.

Panisch kroch ich auf dem kalten Boden zu Dylan. Ich beugte mich über ihn und hielt den Atem an. Ein leichter Luftzug traf meine Wange. Er war nur bewusstlos. Zittrig neigte ich mich zurück und überprüfte seine Verletzungen. Er blutete am linken Arm, hatte einen langen Schnitt auf dem Brustkorb und auch einen an der rechten Schulter. Auf seiner Stirn nahe bei der Schläfe prangte eine Platzwunde vom Aufprall des Schwertgriffs, aus der Blut sickerte. Ich stieß einen unterdrückten Fluch aus, wickelte mir mit bebenden Händen den Schal vom Hals und drückte ihn auf die Wunde. Jemand hockte sich neben mich.

»Was zum Henker war das denn?«

Ich wandte mich zu Kenna und sah sie atemlos an. »Er hätte ihn fast umgebracht.«

Kenna wirkte genauso verstört wie ich. Ich drehte den Kopf halb und sah Beau, der von Ronan, Darragh und einer Handvoll anderen Leuten gefeiert wurde. Dann fiel mein Blick auf Cree, der herumging und die Wettschulden eintrieb.

Dylan regte sich unter meinen Händen. Er schlug die Augen auf und setzte sich gleich darauf langsam auf. Ein schmerzerfülltes Stöhnen kam ihm über die Lippen. Ich hielt meinen Schal immer noch auf die Wunde an seiner Stirn gedrückt. Er zuckte zurück, und mein Arm rutschte ab. Sofort rann wieder Blut über seine Stirn, bis in sein Auge, und Dylan fluchte.

»Halt ihn weiter auf die Wunde gedrückt«, sagte ich und erhob mich vom Boden. Meine Knie bluteten, meine Hose war zerrissen und meine Haut brannte. Ich wischte die Erde von meinen Beinen, wobei ich bei dem kurzen Schmerz zusammenzuckte. Dann biss ich die Zähne zusammen und marschierte zu Beau und seinen Anhängern. Er hatte das Schwert zurück in die Scheide an seiner Hüfte geschoben und jemand hatte ihm ein Wasser und ein Handtuch gereicht.

»Was zum Teufel stimmt nicht mit dir?«, fuhr ich ihn an.

Beau drehte sich zu mir und wirkte beinahe überrascht. »Hey, Babe.«

Ich schüttelte bloß den Kopf, warf einen raschen Blick zu

Ronan, Orla, Georgina und Darragh, bevor ich mich ihm wieder zuwandte. »Können wir kurz reden? Unter vier Augen?«

Ronan johlte und stieß Darragh den Ellenbogen in die Seite, während Orla sich an Georgina wandte und ihr etwas zuflüsterte. Ich versuchte, das zu ignorieren.

Beau nickte seinen Freunden kurz zu. Dann lief er neben mir her, bis wir etwas abseits zwischen zwei Bäumen standen.

»Beau, ich habe gespürt, dass du Dylan mit dem Schwert erstechen wolltest«, sagte ich eindringlich.

Er runzelte die Stirn. »So ein Quatsch.«

»Du weißt, was meine Magie ist. Ich spüre, wenn jemand in meiner Nähe dem Tod geweiht ist. Und so war es auch schon, als wir uns auf Crees Party geküsst haben.«

Er hob beide Brauen. »Du hast gespürt, dass ich jemanden umbringen werde? Bist du deshalb so schnell abgehauen?«

Ich nickte. Er besaß tatsächlich die Frechheit, leise zu lachen, antwortete aber nicht. Vorsichtig machte ich einen Schritt auf ihn zu.

»Bitte sag mir, was los ist. Wieso bist du so?«, fragte ich eindringlich.

Er riss den Kopf hoch. »Ich? Ich bin nicht derjenige, der merkwürdig drauf ist, Zoey.«

»Was soll das denn heißen?«

»Soll heißen, dass ich eben einen Kampf gewonnen und daher keine große Lust auf Diskussionen habe. Was willst du von mir?«

»Ich will, dass du mir sagst, wieso du Dylan erstechen wolltest. Er hat dir nichts getan.«

Beau kam mit dem Gesicht ganz dicht an meines. »Du hast nicht gesehen, was für Bilder er in meinem Kopf geweckt hat.«

»Dann erzähl es mir.« Meiner Meinung nach gab es keine Bilder, die rechtfertigten, jemanden kaltblütig zu erstechen.

»Er hat mit meinen Ängsten gespielt. Ich musste ihm zeigen, dass er das nicht mit mir machen kann.«

»Du kannst nicht rumrennen und wahllos Leute abstechen«, fauchte ich.

Er sah mich mit hochgezogener Braue an. »Du scheinst dir mehr Sorgen um ihn als um mich zu machen.«

»Diese dämliche Aussage will ich eigentlich keiner Antwort würdigen, aber: *Dylan* ist derjenige, der blutend am Boden liegt, nicht du. In meiner Vision habe ich *ihn* sterben sehen, nicht dich.«

Er sah mich kopfschüttelnd an. Dann wandte er sich von mir ab, aber kam nur eine Sekunde später mit erhobenem Finger zurück zu mir. »Ich erkenne dich überhaupt nicht wieder. Früher hättest du mich gefeiert. Immer, wenn ich Übungskämpfe hatte, hast du dich mit mir gefreut, statt mir anschließend eine verdammte Predigt zu halten.«

»Das gerade war aber kein Übungskampf! Du hast eben fast jemanden getötet und willst mir verkaufen, dass das völlig normal ist.«

»Anscheinend haben sich unsere Maßstäbe verändert.« Beau rieb sich den Hinterkopf. »Ich meine, in den letzten Wochen ist doch ohnehin schon klar geworden, dass wir uns nicht mehr auf demselben Weg befinden.«

Ich starrte ihn fassungslos an. »Wie bitte?«

»Du weißt schon, wie ich das meine.«

»Weiß ich nicht, aber erklär es mir gern.«

»Ich hasse es, wenn du dich dumm stellst.« Seine Stimme war eiskalt und traf mich mitten ins Herz.

»Für mich klingt es, als würdest du mir nicht glauben. Du stellst meine Magie infrage und hast sie neulich sogar als dumm bezeichnet, genau, wie du mich gerade so genannt hast. Ich habe das Gefühl, ich genüge dir und deinen Ansprüchen nicht.«

Jetzt war er derjenige, dessen Stirn sich in Falten legte. »Dreh mir nicht die Worte im Mund um. Ich bin nur der Meinung, dass wir direkt eingreifen sollten, bevor das Ganze aus dem Ruder läuft.«

Seine Worte erklangen wieder und wieder in meinen Gedanken und formten dort ein undurchdringliches Echo. »Du willst unsere Beziehung also beenden.«

»Ich will nicht, dass wir bis zu unserem Abschluss so weitermachen und es dann umso komplizierter wird, einen Schlussstrich zu ziehen.« Seine Stimme klang heiser. Beinahe, als würde es ihm schwerfallen, die Worte über die Lippen zu kriegen.

»Aber ist es jetzt leicht für dich?« Meine Stimme war ebenfalls belegt.

»Nein, nur ist es die sinnvollste Entscheidung. Ich … ich vermisse, wie es mit uns gewesen ist. Alles, was wir uns erträumt haben, ist nicht mehr möglich. Stell dir vor, wir machen den ganzen Scheiß, den unsere Eltern sich von uns erhoffen. Heiraten, gründen eine Familie … was, wenn unsere Kinder deine Magie erben? Diese Gabe ist mehr Fluch als Segen. Das würde ich nicht mal meinem schlimmsten Feind wünschen.«

Beau hätte genauso gut ein Messer nehmen und es mir mehrmals zwischen die Rippen stechen können – es hätte nicht minder wehgetan. Tränen bildeten sich in meinen Augen, und mit aller Kraft drängte ich sie zurück. Ich krallte die Nägel in meine Handflächen und klammerte mich an dem Schmerz fest. Er wütete durch mich hindurch und ließ den Rest von dem in die Brüche gehen, was noch übrig geblieben war.

Beau griff nach meiner Hand und drückte sie sanft. Es kam mir vor, als würde er mich verspotten.

»Fass mich nicht an«, flüsterte ich heiser.

Er ließ meine Hand los.

»Ich denke bloß langfristig. So, wie man es mir immer beigebracht hat«, sagte er.

Ich stieß ein tonloses Lachen aus. »Mir hat man auch einige Dinge beigebracht, aber sich wie ein Arschloch aufzuführen, gehört nicht dazu.«

Seine Kiefermuskeln spannten sich an. »So eine Scheiße muss ich mir nicht geben.«

»Oh, und wie du das musst. Du konntest es nicht erwarten, mich ins Bett zu kriegen – aber kaum ist meine Magie erwacht und ich gebe dir Konter, weil du dich wie ein Wahnsinniger aufführst, machst du Schluss mit mir?«

»Was soll ich denn deiner Meinung nach bitte tun?«, schoss er zurück.

Ich tippte mir gespielt nachdenklich mit dem Finger gegen das Kinn. »Ich weiß nicht. Für unsere Beziehung kämpfen vielleicht? Um gemeinsam eine Lösung zu finden?«

»Du bist eine Banshee, Zoey.« Er sprach die Worte geradezu sanft aus. »Das ist ein Problem, für das es keine Lösung gibt.«

Zum ersten Mal keimte das Bedürfnis in mir auf, jemandem einen harten rechten Haken zu verpassen. Nur mit Mühe konnte ich die Wut und den Schmerz im Zaum halten. Wie er dort stand, nachdem er fast jemanden umgebracht hatte, und mir diese Worte an den Kopf knallte, mit diesem dämlichen Gesichtsausdruck, als hätte *ich ihm* wehgetan, obwohl es andersherum war.

»Du hast recht. Es war eine dumme Idee, daran festzuhalten.« Leider verriet meine zitternde Stimme, wie es mir gerade wirklich ging.

»Zoey, komm schon. Ich wollte dir nicht wehtun, ich bin doch nur ehrlich.«

»Du kannst mich mal.«

Mit diesen Worten ließ ich ihn stehen. Ich blinzelte heftig

gegen die Tränen an, die sich in meinen Augen gesammelt hatten. Aber ich sah es nicht ein, ihm und den anderen Anwesenden die Genugtuung zu geben, mich weinen zu sehen, obwohl der Rest meines alten Lebens soeben in die Brüche gegangen war.

29

Es dauerte eine gefühlte Ewigkeit, bis wir zurück beim Wohnheim angekommen waren. Am schwierigsten war es, Dylan durch das Fenster der Toilette zu bekommen, durch die Kenna und ich uns nach der Sperrstunde nach draußen geschlichen hatten. Während sie sich mit Murphy traf, um herauszufinden, ob er in Rabengestalt noch etwas hatte herausfinden können, würde ich Dylan zusammenflicken. Ich atmete auf, als wir im zweiten Stock angekommen waren. Ich musste ihm dabei helfen, die Tür aufzuschließen, weil er immer noch mit dem Gleichgewicht haderte. Er hatte echt ganz schön einen abbekommen.

»Wo ist dein Bad?«, fragte ich.

Er deutete nach rechts, und ich steuerte die Tür mit ihm an. Es dauerte einen Moment, bis ich den Lichtschalter fand. Dylan kniff die Augen zusammen, als würde ihm der grelle Schein zusätzliche Schmerzen bereiten. Ich half ihm dabei, sich hinzusetzen. Dann schnappte ich mir meine Tasche und holte das kleine Beautycase heraus, in dem ich Pflaster, Salben und für diesen Moment unwichtige Dinge wie Haargummis und Lippenbalsam verstaut hatte.

Ich machte mich an meinem Schal zu schaffen, den ich um Dylans Kopf geknotet hatte, und zog ihn langsam ab. Danach ließ ich am Waschtisch warmes Wasser ins Waschbecken laufen und holte zwei Lappen aus dem darunterliegenden Schränkchen. Ich machte einen der zwei Waschlappen nass, dann trat ich zurück zu Dylan und fing an, die Wunde zu säubern. Zischend atmete er ein, während ich meine gesamte Konzentration auf diese Aufgabe legte. Andere Gedanken ließ ich nicht zu. Ich konnte schlichtweg nicht, ohne komplett zusammenzuklappen.

»Zoey«, sagte Dylan leise, aber ich ignorierte ihn. Wahrscheinlich wollte er mit mir über das sprechen, was nach dem Kampf geschehen war. Bestimmt hatte jeder, der dort anwesend gewesen war, mitbekommen, dass Beau mit mir Schluss gemacht hatte, und die Sache verbreitete sich wie ein Lauffeuer.

Ich fuhr fort, Dylans Wunde zu säubern, diesmal mit ein wenig mehr Druck. Er zuckte unter meiner Berührung zusammen.

»Selbst Heiler Sheehan ist sanfter«, murmelte er kaum hörbar.

»Das Blut ist schon getrocknet und hängt in deinen Haaren«, gab ich zurück, versuchte aber gleichzeitig, die Wunde vorsichtiger zu versorgen.

Er brummte bloß, während ich fortfuhr, das Gröbste zu beseitigen. Dann legte ich den Lappen auf dem Waschtisch ab und beugte mich vor, um die Platzwunde genauer in Augenschein zu nehmen. Zwar hatte sie heftig geblutet, doch nach eingehender Betrachtung erkannte ich, dass sie nicht allzu tief war. Am liebsten hätte ich die Hand an die Haut gelegt und die leisen, melodischen Worte gesagt, die meine Mum beim Heilen stets murmelte. Noch ein Verlust, den ich betrauerte. Eine weitere Enttäuschung in meinem beschissenen Leben. In meiner Brust krampfte sich alles zusammen.

Ich drängte das Gefühl zurück und konzentrierte mich wieder auf die Aufgabe, die vor mir lag. »Zieh dein Shirt aus.«

Dylan blinzelte mich an. »Normalerweise bekomme ich vor einer solchen Aufforderung ganz andere Signale gesendet.«

Ich verdrehte die Augen. »Du wurdest auch an der Schulter, der Brust und am Arm getroffen. Ich würde mir die Verletzungen gern ansehen.«

Dylan zögerte. Nach einigen Sekunden kam er der Bitte nach, wobei mir auffiel, wie schleppend seine Bewegungen waren. Dann saß er oberkörperfrei vor mir. Seine Muskeln waren sehnig, seine Statur verriet, wie viel er trainieren musste. Man erkannte es an den Wölbungen an seinen Armen, dem Bauch und auch den Schultern, und mein Herz machte einen Satz. Schnell wandte ich mich seinen Verletzungen zu. Ich begutachtete zunächst den Schnitt an seinem Arm kurz oberhalb des Ellenbogens und säuberte die Wunde. Danach betrachtete ich seine Schulter, machte auch diese Wunde sauber, und widmete mich schließlich dem länglichen Schnitt auf seinem Brustkorb. Dabei fielen mir ein paar kürzere Narben auf, die unterhalb des Schnittes verliefen, als hätte dort schon einmal jemand zugestochen. Ich schluckte schwer und setzte meine Arbeit fort. Dylan schien den Atem anzuhalten, als ich auch den Schnitt säuberte.

»Zoey«, sagte er wieder in diesem Tonfall, der mir verriet, worüber er sprechen wollte. Ich reagierte nicht und nahm stattdessen die Wundheilsalbe, die wir vor einiger Zeit im Unterricht mit Heiler Sheehan zubereitet hatten und die ich seitdem immer in meiner Tasche mit mir herumtrug. Vorsichtig fing ich an, die Salbe auf seinen Arm zu tupfen, dann weiter hoch zu seiner Schulter.

»Du hast mir da oben das Leben gerettet.«

Ich bestrich den langen Schnitt auf seiner Brust mit Salbe.

»Und das, obwohl du eine der schlechtesten Kämpferinnen bist, die ich jemals gesehen habe«, fuhr er fort, und ich hob den

Blick. In seinen Augen blitzte so etwas wie Triumph auf. Ich sah schnell wieder auf die Wunde. In meinem Brustkorb war immer noch alles verknotet und fühlte sich zu eng an.

»Beau hat gesagt, dass meine Gabe ein Fluch ist.« Mit rauer Stimme wiederholte ich das, was er mir an den Kopf geworfen hatte. Wahrscheinlich würde ich mich auf ewig daran erinnern.

»Ohne deine Gabe wäre ich jetzt vermutlich nicht mehr am Leben.«

In Dylans dunklen Augen stand nichts als Aufrichtigkeit. Dennoch hallte das Echo von Beaus Stimme in meinem Kopf nach. Und nicht nur das. Auch die Tatsache, dass er überhaupt so weit gegangen war, Dylan wahrhaftig umbringen zu wollen, schockierte mich tief. Ich hatte ihn gar nicht wiedererkannt. Noch nie war er so drauf gewesen. In meinen Augen war er einer der sanftmütigsten, liebenswertesten Personen gewesen, die ich je getroffen hatte. Wir kannten uns unser ganzes Leben, und ich konnte nicht glauben, dass er jetzt kein Teil mehr von meinem sein würde. Gleichzeitig merkte ich, wie mir Schuld die Brust zuschnürte. Schon seit Wochen spürte ich, dass sich etwas zwischen uns gedrängt hatte und sich die Dinge nicht mehr wie früher anfühlten. Trotzdem hatte ich daran festgehalten, dabei hätte ich dasselbe tun können. Ich hätte ihm zuvorkommen sollen. Wie unglaublich dumm von mir.

Meine Finger an Dylans Brustkorb begannen zu zittern. Tränen stiegen in meine Augen und ich blinzelte mehrmals.

»Er war dein erster Freund, oder?«

Ich nickte.

»Es werden noch viele weitere folgen.«

Ich wischte mir mit dem Ärmel meines Pullis über die Augenwinkel.

»Eine ganze Schar an Männern oder Frauen. Du wirst dir einen richtigen Harem zulegen.«

Ein trauriges Lächeln zupfte an meinen Mundwinkeln, als ich mich der Wunde auf Dylans Stirn zuwandte.

»Warst du schon mal verliebt?«, fragte ich mit belegter Stimme.

Sein Blick blieb auf meinem Gesicht haften; er zögerte. Schließlich nickte er langsam.

»Wie war es für dich, als es auseinandergegangen ist?«

»Es gab nichts, was hätte auseinandergehen können. Ich habe nicht zugelassen, dass sich überhaupt etwas daraus entwickelt.«

Ich seufzte. »Mit dir zu reden, kommt mir manchmal vor, als würde ich mit einem Stein sprechen. Ich mag vielleicht eine schlechte Kämpferin sein, aber dafür bist du nicht besonders talentiert darin, andere zu trösten.«

Er atmete tief ein. Dann legte er plötzlich einen Arm um meine Taille und zog mich an sich, wobei ich zwischen seine Beine stolperte und halb auf ihn fiel. Langsam fuhr seine Hand über meinen Rücken.

»Besser?«, fragte er leise.

Kopfschüttelnd sah ich auf sein dunkles Haar. Ich ragte ein Stück über ihm auf, während meine Hände auf seinen Schultern lagen und er mich festhielt. Einen Moment lang gab ich mich der Umarmung und dem Trost hin, den er mir spendete.

»Deine Wunden«, murmelte ich nach ein paar Sekunden.

»Sind kurz zweitrangig. Ich habe etwas zu beweisen.«

Ich zog eine Braue hoch. »Dass du kein miserabler Tröster bist?«

Er brummte und fuhr fort, über meinen Rücken zu streicheln. Mein Herzschlag war aus dem Gleichgewicht gebracht. Dylan löste sich ein Stück von mir und sah zu mir auf. Meine Hände lagen immer noch auf seinen nackten Schultern, er hielt meine Hüften umfasst und fuhr mit dem Daumen über die empfindliche Stelle dort. Dabei streifte er die Haut zwischen Hosenbund und Pullover, und ich holte scharf Luft. Meine Haut schien mit einem Mal in Flammen zu stehen.

Ich wollte nicht, dass mein Herz auf diese Weise ins Stolpern geriet. Genauso wenig wie ich mir eingestehen wollte, wie ich seine Berührung genoss.

»Du hast dich für mich in einen Kampf gestürzt«, sagte Dylan mit rauer Stimme. »Du bist furchtlos und bemerkenswert und deine Gabe ist ein Geschenk.«

Das Blut rauschte kochend heiß durch meine Adern, mein ganzer Körper schien bei seinen Worten unter Strom zu stehen.

Mein Leben lang hatte man mir eingetrichtert, wie ich zu sein und wie ich mich zu benehmen hatte. Und während all meine Bezugspersonen mich angesichts meiner neuen Magie wie eine Aussätzige behandelt hatten, saß hier ein Junge, der mir das Gefühl gab, genau richtig zu sein. Schon immer hatte man mich aufgrund unserer Blutlinie als schön bezeichnet – doch noch nie hatte ich mich so schön gefühlt wie in dem Moment, als Dylan mich furchtlos nannte.

Sein Blick glitt über mein Gesicht, und als er an meinen Lippen hängen blieb, fühlte sich mein Mund staubtrocken an. Ich dachte nicht nach, wehrte mich nicht mehr gegen mich selbst. Stattdessen tat ich einmal sofort das, wonach mein Innerstes verlangte.

Ich beugte mich vor und küsste Dylan.

Seine Finger gruben sich in meine Hüfte, als wüsste er einen Moment lang nicht, ob er mich wegstoßen oder an sich ziehen sollte. Doch als ich sanft an seinen nackten Schultern hinauf bis in seinen Nacken strich, gab er den Kampf ebenfalls auf, schlang die Arme um mich und zog mich zwischen seine Beine. Ich fing an, meinen Mund auf seinem zu bewegen, und das tief aus seiner Brust kommende Geräusch ging mir durch und durch; meine Knie drohten nachzugeben. Mit einer Hand fuhr ich in sein Haar, und ich war vollkommen von dem überwältigenden Gefühl erfüllt, das er in mir auslöste. Vor gar nicht allzu langer Zeit hatte ich Dylan für eiskalt gehalten, doch jetzt zeigte er mir, wie falsch diese Annahme gewesen war. Alles in mir stand lichterloh in Flammen, als Dylans Zunge über meine strich, und ich drückte mich enger an ihn, während seine Hände sich durch den Stoff meiner Kleidung brannten. Kurz löste ich mich von ihm, sah ihm in die Augen, um mich zu vergewissern, dass er das hier genau so sehr wollte wie ich auch. In seinen dunklen Augen stand eine Leidenschaft geschrieben, die mir den Atem verschlug. Bevor ich das genauer analysieren konnte, schob Dylan eine Hand in mein Haar und zog mich zurück zu sich. Diesmal war er derjenige, der mich küsste, und dieser Kuss … dieser Kuss war so hungrig, dass ich keinen vernünftigen Gedanken mehr zustande brachte. Ich berührte ihn an all den Stellen, die nicht verletzt waren, glitt mit der Hand über seine nackte Brust, was mir ein weiteres Stöhnen einbrachte, das geradewegs Hitze in meinen Magen sandte. Den sonst so beherrschten Dylan auf diese Weise zu erleben, so kurz davor, die Kontrolle zu verlieren, fühlte sich unglaublich an. Ich bog mich seiner Berührung entgegen, als seine Hände über meinen Rücken nach oben glitten, bis er mit den Fingern über meine Rippenbögen an der Unterseite meiner Brust entlangstrich. Ich seufzte in seinen Mund, als eine Welle der Lust über mich hinwegwogte.

In diesem Moment klingelte mein Handy. Ich schreckte zurück und stieß mit dem Hintern gegen den Waschtisch. Plötzlich prasselte all das, was in den letzten Stunden geschehen war, wieder auf mich ein. Atemlos starrte ich Dylan an. Er wirkte genauso benommen wie ich. Schnell drehte ich mich von ihm weg und angelte das Handy aus meiner Tasche. Meine Hände zitterten.

Violet rief mich an. Mein Puls donnerte mir in den Ohren, als ich ranging.

»Hey«, stieß ich hervor und hasste, wie heiser ich dabei klang.

»Ich habe gehört, was mit Beau passiert ist«, sagte meine Freundin statt einer Begrüßung völlig selbstverständlich, als sei es nicht mitten in der Nacht. »Brauchst du jemanden zum Reden?«

Kurz warf ich einen Blick zu Dylan, der seine Arme auf den gespreizten Oberschenkeln ablegte und mit geröteten Wangen zu Boden sah.

Ich räusperte mich. »Ja, gern.«

»Komm zu mir. Ich habe einen Haufen Schokolade, auf dem dein Name steht.«

Ich lächelte, wobei sich das genauso flau anfühlte wie mein Magen in dieser Sekunde. »Das klingt toll. Ich bin gleich da.«

Wir beendeten das Gespräch, und ich wollte gerade das Handy zurück in meine Tasche schieben, als ich bemerkte, dass Kenna mir geschrieben hatte.

Habe Murphy verpasst, gehe kurz zu meinem Spind und hole ein Buch, weil mir noch etwas eingefallen ist. Wir sehen uns später bei uns, okay? – K

Ich antwortete, dass ich noch kurz bei Violet vorbeischauen würde und wir die Lagebesprechung auf später verschoben, dann sperrte ich mein Handy und verstaute es in der Tasche. Anschließend wandte ich mich Dylan zu, der immer noch wie versteinert dasaß. Einen Moment lang wusste ich nicht, was ich sagen sollte.

Das, was ich gerade getan hatte … es veränderte alles zwischen uns. Und es war in der denkbar falschesten Nacht passiert.

Ich öffnete den Mund, doch er kam mir zuvor, indem er sich erhob. »Ich lege mich hin.«

Mir fiel auf, wie heiser er klang. Ich räusperte mich, bevor ich antwortete. »Okay.«

Als er mich wieder ansah, war ich diejenige, die den Blick abwandte. Ich nahm Abstand und schulterte meine Tasche. Mit einem Mal kam mir sein Badezimmer zu klein für uns beide vor, und so schnell ich konnte, lief ich hinaus. Im Flur hielt ich noch mal inne. Dann warf ich einen Blick über die Schulter. Dylan lehnte seitlich im Türrahmen zum Badezimmer. Ich konzentrierte mich darauf, in sein Gesicht zu sehen, statt auf seinen nackten Oberkörper zu starren. Diese ganze Situation war dermaßen unangenehm, obwohl sie sich vor wenigen Minuten so verdammt richtig angefühlt hatte. Ich verstand nicht wirklich, wie das sein konnte.

»Lass es morgen ruhig angehen. Wenn es noch mal bluten sollte oder die Wunden anschwellen, geh am besten doch zur Krankenstation«, sagte ich.

Er nickte knapp. Ich drehte mich um und legte die Hand auf die Türklinke, als er sich hinter mir räusperte.

»Danke noch mal, Zoey.«

Ich wollte mich wieder zu ihm umdrehen, gleichzeitig kam es mir wie eine außerordentlich blöde Idee vor. Deshalb blieb ich, wo ich war.

»Hab ich gern gemacht. Und dir Danke fürs Trösten. Gute Nacht.«

Mit diesen Worten verließ ich sein Zimmer. Ich zog die Tür hinter mir ins Schloss. Dann lehnte ich mich mit dem Rücken gegen die Wand daneben, berührte meine Lippen und versuchte, mit tiefen Atemzügen mein rasendes Herz zu beruhigen.

30

Ich war wieder durchgefroren, als ich bei Violet ankam. Es war noch mitten in der Nacht, aber ich war längst über den Punkt hinaus, an dem ich mich um Sperrstunden oder sonstige Regeln kümmerte. Ich hatte kaum richtig angeklopft, da zog sie die Tür auf und umarmte mich fest.

»Es tut mir so leid, Zoey«, sagte sie.

Abermals fingen meine Augen an zu brennen. Zum einen wegen Beau, zum anderen wegen der Sache mit Dylan. Violet hielt mich noch einen Augenblick lang fest, bevor sie sich von mir löste, mir die Jacke abnahm und mich in ihr Zimmer führte. Wenn man zu ihr kam, roch es immer nach Blumen – was kein Wunder war, bei so vielen Pflanzen, wie sie herumstehen hatte. Blumentöpfe stapelten sich auf der Fensterbank, dem Boden neben ihrem Schreibtisch und selbst auf ihrem Nachttisch fanden sich drei kleinere Übertöpfe. Einen davon erkannte ich, denn wir hatten ihn damals zusammen in Kunst mit Herzchen und Punkten bemalt.

»Hier«, sagte Violet und reichte mir einen Becher mit dampfendem Tee. Ich nahm ihn in die kalten Hände und setzte mich auf die kleine Couch an der Wand zwischen Schreibtisch und Bett, wo Violet auf einem Beistelltisch mit Dekorationsbüchern und einer Vase einen Teller mit haufenweise Schokolade gestellt hatte. Ich nickte darauf.

»Du hast nicht übertrieben«, scherzte ich.

Traurig lächelte sie mich an. »Das war das Einzige, was ich machen konnte. Aber jetzt erzähl erst mal. Was ist passiert?«

Ich biss auf die Innenseite meiner Wange. Dann blies ich in den Tee und trank einen Schluck, um Zeit zu schinden. Doch mir war klar, wie wenig Sinn das hatte. Wenn Violet über drei Ecken mitbekommen hatte, dass Beau mich abserviert hatte, wusste es wahrscheinlich ganz Everfall, bevor der Morgen graute. Mein Handy gab mit einem kurzen Klingeln den Eingang einer Nachricht bekannt, aber ich ignorierte es. Vermutlich noch jemand, der sich wegen Beau erkundigen wollte, und darauf konnte ich gerade echt gut verzichten.

»Ich will eigentlich gar nicht so viel darüber sprechen. Auf jeden Fall ist unsere Beziehung vorbei.« Ich blinzelte gegen die Tränen an, schaffte es aber nicht. Violet setzte sich neben mir auf die Couch und legte einen Arm um mich. Sie strich mir sanft über den Rücken, während ich weinte. »Ich hätte niemals gedacht, dass sich innerhalb von so kurzer Zeit einfach so viel verändern kann, weißt du? Ich habe gemerkt, dass er irgendwie merkwürdig war und gezögert hat, mich zu küssen, und so … aber vorhin hat er geradezu angewidert von mir gewirkt.«

»Das kann ich mir nicht vorstellen«, sagte Violet leise.

»Er hat gesagt, er würde meine Magie nicht einmal seinem schlimmsten Feind wünschen.«

Violet atmete scharf ein. »Das geht gar nicht.«

»Und dann meinte er noch, er wollte mir ja nicht wehtun.«

»Der spinnt echt komplett. Ich werde ihm eine reinhauen, wenn ich ihn das nächste Mal sehe.«

»Auf der Party bei Cree habe ich auch noch etwas mitbekommen.« Ich berichtete ihr von dem, was Orla und ihre Freundin vor der Toilette besprochen hatten. Violets Augen wurden riesig.

»Wie bitte? Das klingt ja, als hätte sie es schon länger auf ihn abgesehen.«

Ich schniefte. »Scheint irgendwie so. Meinst du … meinst du, da lief etwas? Hinter meinem Rücken, meine ich.«

Sofort schüttelte sie den Kopf. »Das glaube ich nicht. Ich meine … Beau war verrückt nach dir.«

Mir entging die Vergangenheitsform nicht. Aber so war es wohl. Beau *war* verrückt nach mir gewesen. Und jetzt war er es eben nicht mehr. Gleichzeitig fühlte ich mich schuldig, weil ich Dylan geküsst hatte. Es hatte sich wundervoll angefühlt, doch ich fragte mich auch, ob mich das zu einem schlechten Menschen machte. Immerhin war es erst wenige Stunden her, dass mein Freund mich abserviert hatte. Außerdem war diese Aktion Dylan gegenüber nicht fair, es war einfach falsch gewesen. Weitere Tränen rannen aus meinen Augenwinkeln. Ich wischte sie mit dem Handrücken fort. Violet nahm eine Box mit Taschentüchern vom Stapel mit den dekorativen Coffee-Table-Büchern und hielt sie mir hin. Ich zog eines heraus und rieb mir damit über die Wangen. Anschließend putzte ich mir die Nase und liebäugelte doch noch mit der Schokolade. Da fiel mein Blick auf die Bücher daneben. Die, die ich für bloße Dekoration gehalten hatte. Auf dem teilweise ramponierten Buchrücken von einem der braunen Einbände prangte in goldenen Lettern *Klingen des Schicksals*.

Ich hielt den Atem an. Sah noch mal hin. Blinzelte.

Kein Zweifel. Dort war eine Ausgabe von dem Buch, das wir die ganze Zeit vergeblich gesucht hatten.

»Wo hast du dieses Buch her?«, fragte ich und griff danach.

»Das da? Von meiner Mutter.«

Ich schlug den Deckel auf, in Gedanken sofort wieder bei Nuadas Schwert, als eine weiße Karte aus dem Buch fiel. Ich hob sie auf und die Schrift darauf stach mir ins Auge.

Ich werde nichts sagen, du hast mein Wort. Danke für den schönen Abend, Violet. – Finn

Als ich die Worte las, versteinerte ich. All meine Muskeln spannten sich an, während ich versuchte, zu begreifen, was dort vor mir lag. Mein Mund wurde trocken und Schwindel schien Besitz von mir ergreifen zu wollen, aber ich kämpfte mit aller Kraft dagegen an. Ich umklammerte die Lehne des Sofas, während ich mit der anderen Hand die Karte festhielt.

»Was ist das?«, fragte ich rau.

Violet riss mir die Karte aus der Hand. Ihr Hals war ganz rot geworden. »Nichts.«

»Lüg mich nicht an«, brachte ich mit bebender Stimme hervor. Dann hielt ich das Buch hoch. »Dieses Buch ist aus der Bibliothek verschwunden. Die letzte Person, die es ausgeliehen hat, war Finn Thompson. Wieso liegt es in deinem Zimmer?«

Violet leckte sich über die Lippen und schien nach Worten zu suchen. Die nicht kamen. Sie räusperte sich, hob die Arme, um sich das Haar hinter die Ohren zu streichen, wobei mir ihre Bewegungen ruckartiger vorkamen, beinahe mechanisch. Mein Puls hämmerte mir in den Ohren.

»Hör zu, es ist nicht, wie du denkst, okay?«, sagte sie schließlich eindringlich.

Ich blinzelte und erinnerte mich an die Karte in Finns Zimmer mit dem Kussmund darauf. Jetzt, da sich die Puzzlestücke zusammenfügten, erkannte ich, dass es Violet gewesen sein musste, der Finn einen großen Gefallen erwiesen hatte. Violet, die … die etwas mit der Sache um Nuadas Schwert zu tun hatte. Und die das alles offensichtlich vor mir – und allen anderen – geheim gehalten hatte.

»Was hast du getan?«, flüsterte ich und wich vor ihr zurück. »Was hast du mit Finn gemacht?«

Violet schaute mich noch einen Moment lang gequält an. Dann vergrub sie das Gesicht in den Händen. Für eine Sekunde glaubte ich, sie würde weinen. Doch als sie kurz darauf das Gesicht wieder hob, erkannte ich, dass sie leise lachte.

»Oh Mann, du müsstest dein Gesicht sehen. Einfach herrlich.«

All meine Alarmglocken schrillten. Ich sprang auf, aber Violet war schneller. Sie murmelte etwas in einem undeutlichen Singsang, eine Beschwörung, bei der ich ihr schon unzählige Male zugeschaut hatte, und im nächsten Moment schlang sich etwas um meine Handgelenke. Ich wurde zu Boden gerissen und knallte mit einer solchen Wucht auf den Hinterkopf, dass mir vom Aufprall lauter schwarze Flecken vor Augen tanzten. Ich blinzelte mehrmals, drehte den Kopf auf die Seite und erkannte, dass die Pflanzen auf Violets Fensterbank zum Leben erwacht waren. Dornige Ranken hatten sich um meine Handgelenke geschlungen. Blutstropfen quollen aus meiner Haut, doch ich nahm den Schmerz gar nicht richtig wahr, zu schockiert über das, was gerade geschah. Von dem Wissen, das sich nach und nach in mir ausbreitete.

Violet baute sich über mir auf. Die roten Flecken überzogen nun auch ihre Wangen, und ihr Blick wirkte beinahe gequält.

»Du hättest das echt nicht fragen sollen, Zoey. Dann hätte ich dich trösten können und alles wäre gut gewesen.«

Zittrig atmete ich ein und sah zu meiner Freundin hoch. Unglauben erfüllte mich, aber gleichzeitig war da eine bittere Gewissheit. Finn hatte Violet eine Karte geschrieben. Das Buch, in dem es um Nuadas Schwert und die anderen Schätze der Danu ging, lag in ihrem Zimmer. Was wiederum bedeutete, dass sie von den Kämpfen wusste und in diese Sache verwickelt war. Unzählige Fragen keimten in mir auf, aber ich schien keine davon richtig greifen zu können.

»Warum?«, flüsterte ich heiser.

Sie fing an, in ihrem Zimmer auf und ab zu gehen. »Das ist keine richtige Frage, Zoey.«

Mein Körper fühlte sich taub an. Ich konnte es nicht begreifen. Dort stand meine beste Freundin. Der Mensch, mit dem ich aufgewachsen war. Diejenige, der ich alles zuerst erzählte, die Person, mit der ich die meisten Erinnerungen teilte. Wir waren in den letzten Wochen durch unsere unterschiedlichen Stundenpläne ein bisschen auseinandergedriftet, ja, aber das hier? Ich konnte es nicht glauben. Nicht verstehen, wie es dazu hatte kommen können. Und das, obwohl Kenna, Murphy und ich uns Tag und Nacht mit Finns Fall beschäftigt hatten.

»Bitte erklär es mir«, krächzte ich.

In diesem Moment klingelte mein Handy erneut und kündigte eine weitere Nachricht an, die eingetroffen war. Ich riss an den Ranken-Fesseln, wobei mir die Dornen heftiger in die Haut schnitten und ich zischend Luft einsaugte. Violet schnalzte mit der Zunge und trat zu mir. Sie streckte die Hand aus, schob sie in meine vordere Hosentasche und nahm mein Telefon an sich. Sie entsperrte es und las mit schräg gelegtem Kopf die Nachrichten auf dem Display.

»›Du glaubst nicht, was ich rausgefunden habe. Ich bin bei der Schmiede, komm so schnell wie möglich da hin‹«, las Violet laut vor. »Anscheinend muss ich mich zuerst um deine neue beste Freundin kümmern. Wir reden später weiter.«

Sie tippte eine Antwort ein und wieder riss ich an den Fesseln. Doch je kräftiger ich zog, desto höher wanderten die Ranken an meinen Armen hinauf. Ich verstand nicht, was für einen Zauber sie gewirkt hatte, aber die Übertöpfe, in denen die Pflanzen wuchsen, regten sich kein Stück, ganz gleich, wie heftig ich daran zerrte.

»Zumindest wenn du bis dahin noch nicht ausgeblutet bist«, setzte Violet hinterher und blickte auf meine Arme, die inzwischen bis oben hin mit Ranken bedeckt waren. »Dabei solltest du eigentlich wissen, wie ein solcher Zauber funktioniert. Wir haben ihn zusammen im Gewächshaus geübt, erinnerst du dich?«

Ich schüttelte nur den Kopf, während der Schwindel mich einfach nicht loslassen wollte. Wobei ich mich inzwischen fragte, ob das an meinem Aufprall oder doch eher der Erkenntnis lag, dass Violet offensichtlich wahnsinnig war. Eine unendliche Schwere legte sich auf meinen Brustkorb, als sie sich über mich beugte. Sie griff über meinen Körper hinweg in einen der Pflanzentöpfe, rupfte eine Blüte ab und neigte sich dicht zu mir. Dann blies sie mir eine Art Staub ins Gesicht, den ich zwar nicht einzuatmen versuchte, der aber unweigerlich in meiner Lunge landete. Ich keuchte auf, hustete, während sich weitere bunte Flecken vor meinen Augen ausbreiteten und mir schummrig wurde.

Engelstrompete, wurde mir bewusst. Sie hatte mir den Staub einer Engelstrompete ins Gesicht geblasen. Dem gefährlichen Halluzinogen, das tödlich giftig war.

»Es tut mir leid«, hörte ich Violet sagen, wobei ich mir nicht sicher war, ob sie das tatsächlich aussprach, oder ob ich mir ihre Worte bloß einbildete. Eine Tür fiel ins Schloss.

Ich kämpfte noch eine Weile mit den Ranken, wobei meine Bewegungen immer träger wurden. Ich musste Kenna helfen. Ich durfte nicht zulassen, dass Violet ihr etwas antat. Doch je heftiger ich mich wehrte, desto schwächer wurde ich, bis ich mich irgendwann gar nicht mehr rühren konnte. Vehement weigerte ich mich, das Bewusstsein zu verlieren.

Mit aller Kraft kämpfte ich darum, meinen Geist zu klären und den Stoff, den Violet mir ins Gesicht gepustet hatte, aus meinem System zu bekommen. Es war vergebens. Meine Lider waren so schwer, dass ich sie kaum noch offen halten konnte. Mein Kopf sackte zur Seite. Der Boden war voller Blut, dort, wo die Dornen meine Arme durchdrungen hatten. Ich spürte nichts mehr. Keinen Schmerz. Keine Trauer. Keine Angst. Mit dem letzten Rest Kraft klammerte ich mich an den Funken Widerstand, der noch in mir war.

Nicht aufgeben, befahl ich mir. *Deine Freundin braucht dich.*

Meine Lider schlossen sich. Und dann tat ich etwas, was ich noch nie getan hatte: Ich betete. Zu Cliodhna, dank der ich überhaupt erst in diesen Schlamassel geraten war.

Ich weiß, dass wir alle immer dankbar für unsere Gaben sein sollen, sagte ich im Stillen. *Und ich weiß auch, dass ich das bisher total vermasselt habe. Aber wenn du mich hören solltest: Ich stecke gerade echt in der Klemme und könnte Hilfe gebrauchen. Bitte, Cliodhna. Oder auch alle anderen Tuatha De Danann, die mich hören sollten. Ich brauche dringend Hilfe, um meine Freundin zu retten. Also falls ihr irgendeinen tollen Zauber habt, der mir aus dieser Situation helfen könnte, wäre ich auf ewig dankbar.*

Nichts geschah. Die Ranken lösten sich nicht auf magische Weise, und auch mein Geist blieb benebelt. Ich kniff die Augen zusammen, als sie wieder anfingen zu brennen. Jetzt zu weinen, kam mir wie eine Verschwendung meiner Kraft vor.

Es war das erste Mal, dass ich voll und ganz auf mich selbst gestellt war. Mein ganzes Leben lang war ich behütet aufgewachsen. Erst hatte es meine Eltern gegeben, dann die Ritter, die im Dienst meiner Familie gestanden hatten. Es hatte nie eine Gefahr gegeben, die ich eigenständig hatte abwehren müssen. Dieser Zeitpunkt war jetzt jedoch gekommen. Ich musste mich irgendwie befreien. Und wenn die Götter mich nicht erhörten, würde ich es eben selbst bewerkstelligen müssen.

Ich schloss die Augen und erinnerte mich an all das, was ich in den letzten Wochen gelernt hatte. Ich rief mir ins Gedächtnis zurück, wie Dylan mich ermutigt hatte, zu meinen Gefühlen zu stehen. Wie er mir gesagt hatte, dass ich akzeptieren musste, was ich empfand, um so im Einklang mit meiner Gabe zu sein. Das stand im völligen Kontrast zu dem, was meine Mum mir seit meiner Kindheit eingetrichtert hatte. Aber Mum hatte auch geglaubt, ich hätte die Magie des Lebens in mir, genau wie sie. Dem war nicht so. Ich wusste, dass das eine Enttäuschung für sie war, und auch, dass meine Zukunft dadurch ungewiss war, weil nicht feststand, ob ich so die Nachfolgerin meiner Mutter im Rat werden konnte. Doch in dieser Sekunde … da spürte ich deutlich, dass Dylan recht hatte. Etwas, was er mir gesagt hatte, ging mir durch den Kopf.

Ihre Macht zeigt mir, dass Konflikte nicht nur in einer Tragödie enden müssen, sondern dass es das wert ist, zu kämpfen, wenn man einen Sieg davonträgt. Sie zeigt mir außerdem, dass nicht alles ausweglos ist – und dass selbst in einer schier unmöglichen Situation ein Weg hinausführt. Man muss nur wagen, ihn zu beschreiten.

Ich musste zu dem stehen, was ich war. Diese Magie hatte mich erst in diese Situation gebracht, ja. Aber sie war auch der Grund dafür, dass ich Dylan hatte retten können. Sie war der Grund dafür, dass ich über mich hinausgewachsen war. Und sie hatte auch den Grundstein der Freundschaft zwischen Kenna, Murphy und mir gelegt. Ohne meine Magie würde ich noch genau dasselbe Leben führen wie zu Beginn des Schuljahres. Mit Freundschaften, an deren Echtheit ich jetzt zweifelte. Einer Beziehung, die keinen Widerstand aushalten konnte. Und dem ständigen Nacheifern meiner Mum, das mir inzwischen ganz falsch vorkam.

Ich war nicht mehr dieselbe Person, die ich zu Beginn des Schuljahres gewesen war. Zwar wusste ich noch nicht, wohin mich dieser Weg führen würde … aber ich weigerte mich, zuzulassen, dass er hier endete. Ich hatte lange dagegen angekämpft, doch jetzt hatte ich erkannt, was ich war.

Ich, Zoey King, die goldene Tochter der Calliope King, war eine Banshee. Und es wurde Zeit, dass ich meine Magie akzeptierte.

Bei diesem Gedanken war es, als würde mich ein Blitz durchzucken. Das Gewicht auf meinem Brustkorb wurde leichter, ein zartes Flattern machte sich darin breit und wuchs zu einem kräftigen Vibrieren an, das durch meine Adern strömte und meine Seele zum Singen brachte.

Magie, realisierte ich. *Das ist meine Magie.*

Und meine Magie war kein Fluch. Sie war gleißend und mächtig, und sie würde mir verdammt noch mal dabei helfen, hier rauszukommen.

Diesmal war es ganz anders als die letzten Male. Es fühlte sich nicht kalt an, nicht bedrohlich oder angsteinflößend. Im Gegenteil. Die Magie, die mich vom Kopf bis in die Zehen durchströmte, war warm und golden. Sie rief mich zu sich, breitete sich in jeder Faser meines Körpers aus und vertrieb die Betäubung, die mich in ihren Klauen gehalten hatte. Tränen stiegen mir in die Augen, als mir klar wurde, wie schön sich diese Kraft anfühlte – und dass ich sie nicht länger zu fürchten brauchte.

Ich schlug die Augen auf. Dann biss ich die Zähne fest aufeinander, nahm all meine Kraft zusammen, ballte die Hände zu Fäusten und zerrte erneut an den Fesseln. Die Dornen drangen tiefer in meine Haut, ich stöhnte vor Schmerz. Doch ich gab nicht auf. Ein zweiter Ruck, und die erste Ranke riss. Sie peitschte ziellos durch die Luft, griff wieder nach mir und verfehlte dabei nur knapp mein Gesicht. Ich warf den Kopf zur Seite und atmete zischend ein. Die Kraft surrte in mir, und ich hieß sie weiter willkommen, ließ zu, dass sie höher in mir loderte. Ein letztes Mal riss ich an den Ranken – und kam endlich frei. Die Pflanzen stießen ein merkwürdiges Kreischen aus, das mir in den Ohren klingelte. Ich wich auf allen vieren zurück, immer weiter, bis ich mit dem Rücken gegen die Tür stieß. Mühevoll rappelte ich mich auf und taumelte rückwärts, als die Pflanzen ein weiteres Fauchen ausstießen. Dann machte ich kehrt und rannte los, um Kenna zu retten.

31

Es war vier Uhr morgens, als ich über den Campus in Richtung der Schmiede hetzte. Da Violet mein Handy mitgenommen hatte, konnte ich niemanden anrufen, und zum Hauptgebäude zu laufen, um Lehrkräfte zu alarmieren, schien mir wie bloße Zeitverschwendung. Violet hatte mehr als deutlich gemacht, was sie mit Kenna vorhatte, und ich würde nicht riskieren, auch nur eine Sekunde zu spät zu kommen.

Ich war mir nicht sicher, was am schlausten war, entschied mich aber dafür, den Hintereingang zu nehmen, den Rafael uns gezeigt hatte. Vorsichtig schlich ich am Zaun entlang und schob mich durch den kleinen Spalt, der direkt hinter der Schmiede lag. Einen kurzen Augenblick lang beobachtete ich den Hintereingang, sah aber niemanden. So schnell ich konnte, huschte ich dort hin, legte die Hand auf den Türknauf und drehte daran. Erleichtert atmete ich auf, als die Tür sich öffnen ließ.

Gedämpfte Stimmen drangen an mein Ohr. Ich versteifte mich, als ich die von Violet erkannte. Lautlos glitt ich in den Raum und schloss die Hintertür. Dann schlich ich langsam durch den hinteren Bereich der Schmiede. Ich drückte mich an die Wand und lauschte mit rasendem Puls.

»Du hältst dich wohl für besonders schlau, was?«, fragte Violet.

Ein gedämpftes Stöhnen erklang. »Ich habe keine Ahnung, wovon du redest.«

Mein Herz macht einen Satz – das war Kennas Stimme.

»Du brauchst nicht so tun, ich weiß genau, was du und Zoey geplant habt.«

»Wir haben überhaupt nichts geplant! Ich habe keine Ahnung, was du dir in deinem kleinen Spatzenhirn zusammengereimt hast, aber wir haben nichts damit zu tun.«

Meine ehemalige beste Freundin stieß ein Lachen aus, das mir völlig fremd vorkam. Sie wirkte beinahe wie besessen. Ich fragte mich, ob ich zu blind gewesen war, zu erkennen, was wirklich in ihr vorging. Oder ob sie mir einfach nur eine äußerst gute Show geliefert hatte.

»Mit wem hast du darüber gesprochen?«, fauchte Violet in diesem Moment.

Kenna stieß einen unterdrückten Schrei aus, und es kostete mich alles an Überwindung, nicht sofort zu ihr zu rennen. Verzweifelt blickte ich mich nach irgendeiner Waffe um, die ich benutzen konnte. Immerhin befand ich mich hier in einer Schmiede. In dem schmalen Flur hier waren die Wände von mehreren Kästen aus Holz gesäumt. Verstohlen beugte ich mich über den ersten und widerstand dem Drang, genervt auszuatmen. Das Einzige, was darin lag, waren Überreste von verschiedenen Metallen. Zwischen zwei Kisten entdeckte ich einen Schürhaken, der als Waffe herhalten musste. Ich zog ihn heraus und umklammerte ihn fest mit beiden Händen. Dann durchquerte ich den Rest des Flurs auf Zehenspitzen.

»Ich habe es niemandem gesagt. Ich schwöre«, beteuerte Kenna gerade und ich zog eine Grimasse. Violet hatte die Nachricht vorgelesen, die Kenna mir geschrieben hatte.

»Du kleine Lügnerin.« Ein Rascheln ertönte. »Das hier habe ich Zoey abgenommen, bevor ich hergekommen bin.«

Kenna keuchte auf. »Was hast du mit ihr gemacht?«

Violet stieß ein verächtliches Schnauben aus. »Witzig, wie ihr innerhalb von wenigen Wochen so gute Freundinnen geworden seid. Denkst du wirklich, Zoey würde sich weiterhin mit Abschaum wie dir abgeben?«

Ich umklammerte den Schürhaken mit beiden Händen. Dann beugte ich mich vor und linste um die Ecke. Fest biss ich die Zähne aufeinander, als ich meine Mitbewohnerin entdeckte, deren Hände mit einer schweren Eisenkette auf der Rücklehne eines Stuhls gefesselt worden waren. Violet stand mit dem Rücken zu mir, Kenna so vor sich, dass ich gerade so ihr Gesicht erkennen konnte. Ich versuchte, mich lautlos bemerkbar zu machen, hob die linke Hand und winkte damit in ihre Richtung. Kenna blinzelte. Ihre Augen weiteten sich, als sie mich entdeckte. Beim Anblick der Blutergüsse auf ihrem Gesicht stockte mir der Atem. Ich wedelte mit der Hand, um ihr zu signalisieren, dass sie Violet ablenken sollte, damit ich sie in der Zwischenzeit irgendwie befreien konnte. Ich war mir nicht sicher, ob sie verstand, aber sie wandte den Blick schnell ab und heftete ihn wieder auf Violet.

»Zoey ist ein besserer Mensch, als du jemals sein wirst«, sagte Kenna schließlich.

»Halt den Mund, Verfluchte.« Violet lief vor der Esse der Schmiede auf und ab. Es sah aus, als würde sie langsam, aber sicher die Kontrolle über die Situation verlieren. Ich konnte nicht sagen, ob das gut oder schlecht war. Wenn sie unachtsam wurde, würden meine Chancen besser stehen, Kenna befreien zu können. Ich suchte nach einem Weg, auf dem ich möglichst unauffällig zu meiner Freundin gelangen konnte. Kenna war direkt vor der Esse im Hauptteil der Schmiede gefesselt, der Bereich davor stand voll mit unzähligen Gerätschaften und mehreren kleinen Werkbänken. Wenn ich mich geschickt anstellte, konnte ich auf der rechten Seite hinter den dort stehenden Werkbänken und Regalen entlangschleichen, um zu ihr zu gelangen. War nur die Frage, ob ich die eisernen Fesseln mithilfe meiner Magie sprengen konnte, so wie ich es mit den Ranken hatte machen können. Aber das würde ich sehen, wenn ich dort war. Ein Schritt nach dem anderen.

»Ich werde meinen Mund nicht halten«, zischte Kenna. »Du bist dermaßen hinterhältig. Was stimmt bitte nicht mit dir? Wie kannst du deine Freundin derart hintergehen? Und vor allem: Wie … wie konntest du Finn das bloß antun?«

Violet fuhr zu ihr herum. »Es wäre besser für dich, wenn du den Mund hältst, damit diese ganze Geschichte niemals ans Licht kommt. Jetzt muss ich auch noch diesen Schlamassel beseitigen.«

Ich ging in die Hocke und schob mich vorsichtig um die Ecke, in der Hoffnung, dass Kenna es schaffte, Violet genügend abzulenken, dass sie unaufmerksam wurde und nicht auf ihr Umfeld achtete.

»Es erstaunt mich, dass du den Mord an einem Mitschüler als Schlamassel bezeichnest. Das zeigt nur, wie wenig du es bereust.«

Violet fuhr zu Kenna herum. »Du hast keine Ahnung, wovon du redest!«

Ich schaffte es hinter die zweite Werkbank. Schweißperlen traten auf meine Stirn. Je näher ich kam, desto unwohler wurde mir zumute. Mein Magen rumorte und Übelkeit überkam mich plötzlich und mit einer Heftigkeit, die mich schwindelig werden ließ. Je öfter das passierte, desto besser konnte ich es einordnen. Es war eine Warnung meiner Magie, ein Signal, dass ich achtgeben sollte und aufmerksam bleiben musste. Violet hatte vor, Kenna umzubringen. Sie stand nicht unmittelbar davor – sonst hätte mich bestimmt wieder eine Vision heimgesucht –, aber an ihrer Absicht bestand kein Zweifel. Andernfalls wäre meine Intuition nicht so stark.

»Du hast keine Ahnung, was Finn mir bedeutet hat«, flüsterte Kenna gebrochen.

»Das weiß ich sehr wohl. Er hat für dich geschwärmt, weißt du. Zumindest, bis ich mich mit ihm getroffen habe.«

»Wir haben nicht füreinander geschwärmt«, knurrte Kenna jetzt. »Wir waren Freunde.«

Aus dem Augenwinkel sah ich, wie Violet eine wegwerfende Bewegung mit der Hand machte. »Es ist mir ehrlich gesagt ziemlich egal, was da zwischen euch lief. Mir war nur wichtig, dass Finn die Klappe hält.«

»Wegen der Kopie von Nuadas Schwert, die du hast anfertigen lassen?«

Violet schnaubte bloß. Ich war fast da. Kenna war nur noch zweieinhalb Meter von mir entfernt. Ich rutschte auf den Knien vor und überlegte, ob ich den Schürhaken wohl unter die Eisenketten hindurchschieben konnte, um sie zu durchbrechen, als hinter mir ein leises Geräusch erklang. Bevor ich herumfahren konnte, packte jemand meine Haare und riss mich daran zurück.

»Wen haben wir denn da?«, ertönte eine mir ebenfalls vertraute Stimme.

Der Schürhaken wurde mir entrissen und fiel kurz darauf polternd zu Boden. Meine Arme wurden umfasst, und ich jaulte vor Schmerz auf, als sich Finger in die noch frischen Wunden gruben. Mit aller Kraft trat ich um mich, aber die Person hinter mir war deutlich stärker als ich. Wenig später wurde ich neben Kenna zu Boden geworfen und prallte schmerzhaft auf die Knie, die schon beim Kampf in Mitleidenschaft gezogen worden waren. Ich fuhr herum – und bekam die Bestätigung für meine Vermutung.

Neben Violet stand Cree. Mein Gehirn verarbeitete die neue Information noch, als er bereits anfing zu sprechen.

»Ihr werdet uns keinen Strich durch die Rechnung machen«, sagte Cree und sah mich beinahe mitleidig an.

Ich blickte zwischen ihm und Violet hin und her. Das Mädchen, das ich für meine beste Freundin gehalten hatte, wirkte fast fremd auf mich, wie sie dort stand, einen Dolch in der Hand, die Augen zu Schlitzen verengt, direkt neben ihr ihr großer Bruder, den ich ebenfalls seit meiner Kindheit kannte und der für mich eine der loyalsten Personen schlechthin gewesen war. Ich begriff nicht, wieso sie Finn ermordet hatten. Mein Verstand schien die Puzzleteile nur teilweise zusammensetzen zu können.

»Was zu Teufel machst du hier?«, fauchte Violet mich an. »Ich habe doch gesagt, wir unterhalten uns später.«

»Ich wollte das Gespräch aber lieber hier führen«, gab ich zurück und versuchte mich in eine aufrechte Position hochzurappeln. Bevor ich mich auch nur richtig aufsetzen konnte, richtete Cree ein Schwert auf mich. Als ich es erkannte, weiteten sich meine Augen – dabei hätte es mich nicht überraschen sollen.

Es existierte tatsächlich. Cree hielt die Kopie von Nuadas Schwert in der Hand. Es glänzte im Schein der lodernden Flammen der Esse. Ich erkannte den in die Parierstange gefassten Kristall, die wellenförmigen Linien auf der Klinge und die goldenen Ornamente am Griff. Es sah exakt so aus wie auf der Skizze in der Abhandlung – und genau wie auf Finns Skizzen. Als ich näher hinschaute, erkannte ich jedoch, dass es teilweise mit einer Art rußigen Schicht überzogen war.

Violet schnalzte mit der Zunge, während ich einen kurzen Blick zu Kenna riskierte. Auch sie starrte das Schwert an, und es leuchtete in ihren Augen auf, so als würde ihr dasselbe durch den Kopf gehen wie mir. Gleich darauf folgte ein sorgenvoller Gesichtsausdruck, wobei sie die Stirn furchte. Schuldgefühle keimten in mir auf. Kenna hatte zu Rektorin Baskerville gehen wollen, um ihr die Beweise zu zeigen, die wir gefunden hatten – und ich hatte sie davon abgehalten. Sie war meinetwegen verprügelt und gefesselt worden und nur meinetwegen überhaupt in diese Lage geraten. Es lag in meiner Verantwortung, sie hier rauszubekommen. Irgendwie würde ich es bewerkstelligen. Auch wenn die aktuelle Situation alles andere als vielversprechend für uns aussah.

Ich wandte mich wieder Cree und Violet zu. »Also ihr habt Finn umgebracht«, sagte ich mit festerer Stimme, als ich mir zugetraut hätte.

»Eigentlich war es nur ich«, antwortete Cree mit schräg gelegtem Kopf. »Aber Violet hat das Gift hergestellt.«

Ich brauchte einen Moment, um diese Neuigkeit zu verdauen. Allerdings hätte ich nach dem, was in Violets Zimmer geschehen war, nicht weiter überrascht sein sollen. Dennoch war ich fassungslos. Finn war vergiftet worden. Und statt auf die Idee zu kommen, dass jemand mit Pflanzenmagie an der Tat beteiligt gewesen war, hatten wir wirklich Dylan verdächtigt. Rückblickend verurteilte ich mich für diese Dummheit.

»Wie ich sehe, hat Finn es tatsächlich geschafft, eine Kopie von Nuadas Schwert für euch herzustellen«, sagte ich mit einem Nicken auf das Schwert in Crees Hand.

»Wie schlau du bist, Zoey.« Crees Stimme troff vor Spott.

»Was willst du damit? Du weißt, dass du mit dieser Klinge niemals in die Öffentlichkeit kannst, das würde vom Rat und den Hütern geächtet werden. Geht es dir um diese bescheuerten Kämpfe, die ihr nachts anzettelt? Wolltest du mit einem Imitat von Nuadas Klinge dafür sorgen, die Wetten hochzutreiben?«, sprudelte es aus mir hervor.

»Du hast deine Hausaufgaben gemacht«, erwiderte Cree und klang dabei beinahe beeindruckt. »Aber nein, das ist nicht der alleinige Grund. Auch wenn die zusätzlichen Einnahmen tatsächlich sehr angenehm waren.«

»Beau hat doch mit der Kopie des Schwertes gekämpft«, sagte Kenna mit rauer Stimme, und ich sah zu ihr auf dem Stuhl hoch.

»Wie meinst du das?«, fragte ich verwirrt.

»Beau hat sich beim Kampf so merkwürdig verhalten, das hat mich stutzig gemacht. Er wirkte beinahe wie besessen. Also habe ich in der Bibliothek noch mal in einem der Bücher über Schmiedekunst nachgesehen und habe herausgefunden, dass die Götter des Handwerks die Schätze für Schlachten manchmal mit einer besonderen Legierung getarnt haben. Dann bin ich in die Schmiede und wollte nachsehen, ob es irgendeinen Hinweis auf diese Art von Legierung gibt, weil Beaus Schwert ganz anders ausgesehen hat als Finns Skizze. Kaum dass ich hier ankam, wurde ich niedergeschlagen.«

Ich erinnerte mich an Beaus verwirrten Gesichtsausdruck beim Kampf. Garantiert war er deshalb so auf Dylan losgegangen. Er hatte ihn nicht töten wollen – er war dem Einfluss der magischen Waffe erlegen.

»Gutes Auge, Verfluchte«, sagte Cree und klang beinahe anerkennend, hätte er nicht so verärgert gewirkt.

»Nenn sie nicht so«, fauchte ich.

»Dich nenne ich auch so. Ungefähr jeder an der Akademie bezeichnet dich so, seitdem du den Saal in seine Einzelteile gesprengt hast«, gab er kühl zurück.

Weitere Puzzleteile setzten sich in meinem Kopf zusammen. Ich funkelte Cree an. »Du warst das in der Bibliothek. Du hast dafür gesorgt, dass die Regale einstürzen.«

Ein schmales Lächeln zeigte sich auf seinen Lippen. Dann

deutete er eine Verbeugung an. »Nichts für ungut, doch das musste sein, Zoey. Immerhin dachte ich, du hättest gesehen, dass ich Finn vergiftet habe.«

»So funktioniert meine Magie nicht. Aber das habe ich …« Ich starrte Violet an, die immer noch seltsam still war. »Ich habe es dir gesagt. Im Pavillon, als du dich zum ersten Mal für meine Magie interessiert hast.« Noch während ich sprach, war es, als würde ich ein weiteres Mal hintergangen werden. Violet hatte mich nicht aus der Güte ihres Herzens ausgefragt. Sie hatte wissen wollen, was genau ich am Abend von Finns Tod gesehen hatte, und sich dabei sehr geschickt angestellt. Mein Herz füllte sich mit bitterem, kaltem Schmerz. Dabei hatte ich eigentlich gedacht, dass es sich nicht mehr schlimmer anfühlen konnte.

»Violet hat sich als sehr nützlich erwiesen. Als Finn bei Baskerville petzen wollte, hat sie ihn mit einem hübschen Augenaufschlag besänftigt. Und als wir befürchtet haben, du könntest wissen, was ich getan habe, hat sie auch aus dir die notwendigen Informationen rausbekommen.«

Ich sah Violet wieder an. Sie blickte zu Boden und besaß wenigstens den Anstand, eine betroffene Miene zu zeigen.

»Das erklärt trotzdem noch nicht, wieso ihr das Schwert überhaupt erst in Auftrag gegeben habt.«

Cree legte den Kopf schief und schien zu überlegen, ob er uns auch an dieser Offenbarung teilhaben lassen wollte. »Ich dachte, darauf wärt ihr bereits gekommen.«

Es hieß, dass Nuadas Schwert jede Schlacht bestreiten und für sich entscheiden könnte. Ich konnte mir nicht vorstellen, dass eine Kopie eine ähnliche Macht haben könnte, aber es reichte vermutlich schon ein Bruchteil. Was, wenn Cree irgendeinen bestimmten Kampf damit anzetteln wollte, einen Kampf, den man mit normal verstärkten Waffen nicht gewinnen konnte?

»Führst du eine Art von Machtkampf gegen jemanden?«, fragte ich.

Abfällig schüttelte er den Kopf. Dann fing er an, wie auch Violet schon zuvor, in der Schmiede auf und ab zu gehen, wobei er das Schwert elegant herumwirbelte. »Es gibt so vieles, was ihr nicht wisst. Eigentlich ist es traurig.«

»Cree …« In Violets Stimme lag eine unterschwellige Warnung.

»Was denn? Die beiden werden die Schmiede ohnehin nicht lebend verlassen. Also kann ich ihnen auch einfach die Wahrheit sagen«, entgegnete ihr Bruder. Violet öffnete den Mund, um etwas zu erwidern, da sprach Cree bereits weiter. »Es gibt eine uralte Macht da draußen, die der Rat vor uns geheim hält. Eine Macht, die nur darauf wartet, genutzt zu werden. Doch der Rat hält sie verschlossen. Vor uns und allen, die andere Visionen für die Zukunft haben als sie. Diese Anbetung der Tuatha De Danann … das alles ist lächerlich und völlig veraltet.«

Das, was er da sagte, grenzte an Blasphemie. Die Verehrung unserer Vorfahren war ein fester Bestandteil unseres gesamten Daseins, da sie uns überhaupt erst die Magie geschenkt hatten.

»Aber du stammst aus einer Ratsfamilie ab, Cree. Wie kannst du so etwas sagen, wenn du selbst Hüter werden wolltest, um später den Platz deiner Eltern im Rat einzunehmen?«, fragte ich langsam.

Cree schüttelte bloß den Kopf. »Früher einmal wollte ich etwas verändern. Ich wollte dabei mithelfen, für Neuerungen einzutreten, bis …« Er hielt inne und hinter seinen Augen schien sich eine Erinnerung abzuspielen, zu der er uns keinen Zugang gab. Nach einem kurzen Moment klärte sich sein Blick wieder. »Bis ich festgestellt habe, dass es *mehr* gibt. Wir standen kurz vor etwas Großem, bis Finn damit gedroht hat, alles zu ruinieren, indem er Baskerville erzählen wollte, woran er gearbeitet hat.«

»Man kann auch Dinge verändern, ohne illegale Dinge zu tun, Cree«, sagte ich leise.

Er heftete den Blick auf Nuadas Schwert. »Nicht das, was wir vorhaben. Es ist eigentlich schade, dass du diese lästige Fähigkeit entwickelt hast, Zoey. Sonst hätten wir dich vielleicht davon überzeugen können, dich uns anzuschließen.«

Ich zog eine Braue in die Höhe. »Ich würde mich niemals wahnsinnigen Mördern anschließen. Nichts für ungut.«

Cree warf mir einen Blick aus zusammengekniffenen Augen zu. »Du solltest aufpassen, was du sagst, Verfluchte.«

Oh, wie nett. Nun bekam ich den hübschen Spitznamen auch mal ins Gesicht gesagt.

»Du warst derjenige, der die Drohungen geschrieben hat«, sagte Kenna jetzt, und Crees Blick zuckte zu ihr.

»Leider habt ihr nicht drauf gehört. Sonst würden wir uns nicht in dieser Lage befinden. Aber langsam bekomme ich das Gefühl, ihr wollt Zeit schinden. Es wird euch nichts nützen.«

Mein Puls schoss in die Höhe, als er direkt auf uns zu marschierte. Ich handelte, ohne richtig darüber nachzudenken, und warf mich vor Kenna. »Lass uns darüber sprechen, Cree. Bitte. Wir können einen Deal aushandeln.«

Er sah mich skeptisch an. »Du hast nichts, was von Interesse für mich ist, Banshee.«

Ich überlegte fieberhaft, wie ich Kenna und mich hier heil rausbekommen könnte. Da fiel mir etwas ein. Etwas, das Mum mir am Telefon erzählt hatte.

Würde auch nur eine falsche Information an die Öffentlichkeit geraten, könnte das schwerwiegende Folgen für unsereins haben. Wir beschützen die Schätze aus gutem Grund, hatte sie mir gesagt. Und da kam mir ein Gedanke – eine Überlegung, auf die wir schon viel früher hätten kommen müssen. Es ging nicht um einen Kampf. Es ging um eine weitaus verheerendere Sache.

»Du hast es auf alle vier Schätze abgesehen, oder? Du wolltest die Kopie von Nuadas Schwert anfertigen, um das Artefakt bei der Ratsfamilie auszutauschen, die es hütet«, sagte ich langsam.

In Crees Blick blitzte etwas auf. Er hielt mitten in der Bewegung inne. Als ich zu Violet sah und erkannte, wie sie zur Salzsäule erstarrt zu sein schien, nahm ich das als Bestätigung. Die beiden wollten tatsächlich die Ratsfamilien ausrauben und die heiligen vier Schätze durch Kopien ersetzen.

»Aber eines verstehe ich noch nicht ganz … wieso hast du Beau das Schwert gegeben?«, hakte ich weiter nach.

»Weil ich sichergehen musste, dass Finn tatsächlich gute Arbeit geleistet und nicht nur leere Versprechungen gemacht hat«, antwortete Cree.

Wieder machte er einen Schritt auf uns zu. Die Magie in meinem Inneren brandete auf, eine Welle aus Schmerz und tosenden Empfindungen, die durch mich hindurchrasten. Ich musste Kenna beschützen. Das war mein oberstes Ziel.

Ich reckte das Kinn. »Lass sie gehen, und ich werde euch dabei helfen, an die vier Artefakte zu kommen.«

Wieder hielt Cree inne.

»Sie lügt«, sagte Violet.

»Tue ich nicht«, knurrte ich.

»Du vergisst, dass ich dich schon mein Leben lang kenne, Zoey. Ich erkenne, wenn du bluffst.«

Ich warf ihr einen vernichtenden Blick zu. »Du hast keine Ahnung, wozu ich in der Lage bin, Violet.«

Sie wollte etwas Bissiges erwidern, aber Cree kam ihr zuvor. »Was schlägst du vor?«

»Ich werde dir dabei helfen, die vier Schätze ausfindig zu

machen und durch Kopien auszutauschen.« Zwar hatte ich keine Ahnung, wie ich das bewerkstelligen sollte, aber um Kenna vor dem Tod zu bewahren, hätte ich ihm ungefähr alles versprochen, ganz gleich, ob es in meiner Macht lag oder nicht.

Zu meiner Überraschung stieß Cree ein lautes Lachen aus. Er warf den Kopf in den Nacken und schien sich köstlich zu amüsieren. Dann sah er mich wieder an, hob das Schwert und schüttelte den Kopf. »Wir haben bereits einen Plan, Zoey. Vergiss nicht, dass auch wir aus einer Ratsfamilie stammen. Es gibt also tatsächlich nichts, was du uns anbieten könntest. Zeit, Lebewohl zu sagen.« Mit diesen Worten riss er das Schwert hoch und setzte zum Angriff an. Dann brach die Hölle los.

32

Noch während Cree sich auf uns stürzte, sprang ich vor und zielte mit den Armen auf seine Mitte. Ich umschlang ihn und riss ihn so von den Füßen. Es gab kein Zögern, kein Verhandeln mehr. Hinter mir ertönte ein Fauchen, bei dem ich mir nicht sicher war, ob Violet oder doch eher Kenna es ausstieß. In diesem Moment wälzte Cree sich mit einem Ächzen herum, bis sein Gewicht mich niederdrückte. Zorn blitzte in seinen Augen auf.

»Du dämliches Miststück«, knurrte er.

Es schien mir wie eine Verschwendung von Energie, darauf etwas zu erwidern. Ich drehte den Kopf nach links und sah, dass ihm das Schwert aus der Hand geglitten war. Blitzschnell blickte ich mich um und entdeckte einen hölzernen Eimer rechts von mir. Ich streckte mich, bekam ihn gerade so zu fassen und holte so weit damit aus, wie es ging. Dann schlug ich ihn mit voller Kraft gegen Crees Kopf. Er stöhnte auf und sackte zur Seite, den Moment nutzte ich, um nach dem Schwert zu greifen. Bevor ich es jedoch erreichen konnte, packte er wieder mein Haar und riss mich daran zurück. Er schlug mir mit dem Handrücken ins Gesicht, so kraftvoll, dass ich zu Boden ging und mir vor Schmerz Tränen in die Augen schossen.

Cree baute sich vor mir auf und wischte sich über den blutenden Mundwinkel. Ich wich auf allen vieren zurück, als ich sah, dass er Nuadas Schwert wieder in der Hand hielt. Mit dem Rücken stieß ich gegen den Amboss vor der Esse. Die Wärme des Feuers schlug mir entgegen und trieb mir Schweißperlen auf die Stirn. Ich sah mich nach irgendeiner Waffe um, etwas, was ich nach ihm werfen oder zu meiner Verteidigung nutzen konnte. Doch da war nichts. Nichts außer auf dem Boden liegende Metallspäne oder der viel zu schwere Amboss hinter mir. Verzweifelt horchte ich in mich hinein und versuchte, nach meiner Magie zu greifen. Die Kraft war immer noch da, sie surrte in meinen Adern und brachte mein Blut zum Singen. Ich funkelte Cree an, als er das Schwert hochhob. Und genau wie auch schon beim Kampf zwischen Dylan und Beau hieß ich die kraftvolle Welle willkommen, die sich in mir aufbaute. Cree mochte ein Krieger sein – aber ich war eine Banshee. Und verflucht noch mal, das musste doch für irgendetwas gut sein.

Auf zittrigen Beinen erhob ich mich vom Boden, während seitlich von mir das Klirren von Metall auf Metall erklang. Ich konnte keinen Blick riskieren, denn Cree hatte mich fest im Visier. Er stürmte erneut auf mich los, und und ich schaffte es gerade so, zur Seite auszuweichen. Das Schwert sauste klirrend auf den Amboss nieder, und Cree fletschte die Zähne, als er wieder zu mir herumfuhr. Ich zog mich weiter zurück, achtete auf jeden seiner Schritte, beobachtete, wie sich seine Muskeln bewegten und sah, wie Blut an seiner Schläfe hinabrann, dort, wo ich den Eimer zertrümmert hatte. Zentimeter um Zentimeter schob ich mich nach hinten, die Temperatur stieg weiter an. Schweiß rann mir den Rücken hinab und durchtränkte das, was die Dornenranken von meinem Pullover übrig gelassen hatten.

»Du wirst nicht entkommen, Zoey«, knurrte Cree.

Ich war fast dort, wo ich hinwollte. Noch ein Stück weiter rechts. Hoffentlich machte ich einen möglichst geschwächten

Eindruck auf ihn, sodass er nicht kommen sah, was ich vorhatte. Cree schlug mit dem Schwert nach mir, und ich wich erneut aus. Zwar war er kräftig, aber dafür bewegte er sich langsamer als ich. Allerdings erfolgten seine Bewegungen in keiner Abfolge, wie ich es bei Dylan nach und nach hatte erkennen können. Es gab keine Regeln für diesen Kampf, kein Muster, das ich durchschauen konnte, um entsprechend zu reagieren. Da war bloß die Mordlust, die in Crees von Wut verzerrtem Gesicht geschrieben stand. Sein Verlangen danach, mich und Kenna aus dem Weg zu räumen, um seinen und Violets Plan endlich ganz in die Tat umsetzen zu können.

Noch ein paar Schritte weiter. Nur noch ein winziges Stück …

Das Feuer der Esse schlug mir so heiß entgegen, dass ich kaum noch atmen konnte. Auch auf Crees Stirn glänzte Schweiß, als er mit der Anmut eines Raubtiers näher kam. Ich beobachtete jede kleinste Regung seines Körpers. Kraft summte durch meine Adern. Ich lockerte meine Finger, spannte die Arme jedoch an und ging leicht in die Hocke.

»Was willst du tun, Banshee? Du kannst nicht kämpfen. Das konnte jeder in Verteidigung …«

Er sah mich nicht kommen. So schnell, wie ich konnte, preschte ich vor. Doch diesmal war er standfester als zuvor – als ich ihn jetzt umwerfen wollte, blieb er stehen. Meine Muskeln schmerzten, als ich seinen Arm packte und festhielt. Meine Bemühungen schienen ihn jedoch nur zu amüsieren.

»Netter Versuch. Aber du bist schwach. Und du hast keinerlei Kontrolle über deine Magie.«

Ich konzentrierte mich auf die Kraft, die in mir surrte, so wie ich es getan hatte, als ich gefesselt gewesen war. Hier lag eine Gefahr, die ich aus dem Weg räumen musste. Genau dafür war diese Kraft in mir geboren worden. Ich sah es kommen, wenn jemand in meinem Umfeld dem Tod geweiht war – und ich trug die Macht in mir, das abzuwenden. Auf diesen Gedanken konzentrierte ich mich, als ich Crees Arm fester umfasste. Seine Augen wurden groß, als er meine Kraft zu spüren schien. Ich nutzte seine Überraschung, löste eine Hand von seinem Arm, hakte ein Bein zwischen seine und versetzte ihm einen heftigen Stoß. Die Wucht riss Cree von den Füßen, rückwärts taumelte er mitten in die Flammen der Esse. Ich wich vor ihm zurück, als er ein schmerzerfülltes Brüllen ausstieß. Der sengende Geruch von verbranntem Fleisch drang durch die Schmiede und trieb mir Tränen in die Augen.

»Cree!«, schrie Violet.

Als sie zu ihrem Bruder rannte, fuhr ich herum. Ich musste mich um Kenna kümmern. Ihre Arme waren immer noch auf ihrem Rücken gefesselt, aber irgendwie hatte sie es geschafft, den Stuhl in seine Einzelteile zu zertrümmern, sodass nur noch die Ketten übrig waren. Ich eilte zu ihr und schaute hastig nach weiteren Verletzungen.

»Alles okay?«, flüsterte ich.

Sie brachte ein schwaches Nicken zustande. »Danke, dass du hergekommen bist. Das hättest du nicht tun brauchen.«

»Natürlich musste ich. Du bist meine Freundin, Kenna. Wir passen aufeinander auf.«

Sie schenkte mir ein erschöpftes Lächeln. Ich trat schnell um sie herum und fing an, die Ketten von ihren Handgelenken zu lösen. Sie hatten bereits tiefviolette Blutergüsse auf ihrer braunen Haut hinterlassen und bei dem Anblick keimte weitere Wut in mir auf. Als ihre Hände befreit waren, stellte ich mich neben sie. »Geh und hol Hilfe.«

Entschieden schüttelte sie den Kopf. »Auf gar keinen Fall.«

Als sie sprach, sah ich, dass ihre Fänge sich verlängert hatten. Sie wirkte bereit dazu, sich Cree und Violet erneut zu stellen.

Ich warf einen Blick zur Esse, wo Cree vornübergebeugt stand. Der Stoff seines Hemds war verbrannt, auch seine Haare waren bis zur Kopfhaut versengt, das Fleisch auf seinem Schädel leuchtete rot und schwarz. Violet starrte mich so hasserfüllt an, dass ich es mit der Angst zu tun bekam. Cree flüsterte ihr etwas zu und sie nickte. Plötzlich streckte sie die Arme empor, die Handflächen nach oben gerichtet, und murmelte eine weitere Beschwörung.

Die Fenster zu unserer Seite zerbarsten und Scherben regneten auf uns hinab. Kenna und ich rissen die Arme hoch, als Violets Singsang lauter und drängender wurde. Pflanzen wuchsen bis in die Schmiede hinein, sie schlängelten sich über den Boden, schienen auf der Suche nach etwas zu sein – oder nach jemandem. Immer weitere Ranken bewegten sich in unsere Richtung, so viele, dass die Fenster aus den Rahmen barsten. Risse durchzogen das Gemäuer und es gab ein unheilvolles Knacken von sich. Kleine Gesteinsbrocken fielen zu Boden und Staub rieselte von der Decke. Violet sandte so viel Magie aus, dass die Schmiede bald einstürzen würde.

»Wir müssen raus hier!«, schrie ich über das Tosen hinweg.

»Aber dann werden sie entkommen«, rief Kenna.

Mir war in dieser Sekunde wichtiger, dass wir am Leben blieben. Ich packte Kenna und drängte sie zurück in Richtung des Ausgangs. Wir waren fast dort angekommen, als sich eine der Ranken um meinen Knöchel schlang und heftig an mir zerrte. Ich verlor das Gleichgewicht und fiel der Länge nach hin. Kenna wollte sich zu mir beugen, aber ich schüttelte entschieden den Kopf. Plötzlich übertönte ein Krächzen das Krachen der Gesteins. Als ich den Blick hob, entdeckte ich einen Raben, der über uns flog. Ein Rabe, in dessen Gefieder ich eine leuchtend rote Feder erkannte. *Murphy.*

»Bring sie hier weg!«, schrie ich.

»Ich lasse dich nicht zurück!«, rief Kenna.

Sie machte mich wahnsinnig. Da wandelte Murphy sich, wurde größer und verlor die schwarzen Federn, bis er in menschlicher Gestalt vor uns stand. Ohne auf ihre Proteste zu achten, packte er Kenna und warf sie sich über die Schulter. Unsere Blicke trafen sich, und ich lächelte ihm beruhigend zu. Dann machte er kehrt und rannte mit Kenna aus der einstürzenden Schmiede.

Weitere Ranken schlangen sich um meine Beine, und Violets Gesang dröhnte in meinen Ohren. Mit den Händen suchte ich den Boden ab, als ein Steinbrocken direkt neben mir herunterkrachte. Ich bekam ein Bruchstück zu fassen und packte es, wobei ich den brennenden Schmerz ignorierte, der mich dabei durchfuhr, als sich der schartige Rand in meine Handfläche grub. Dann schnitt ich an den Ranken herum, die immer dicker wurden. Sie sahen aus wie Baumwurzeln, die Violet aus den Tiefen der Erde heraufbeschwor. Das Fragment hatte keine Chance und die Kraft, die eben noch aus mir hervorgebrochen war, schien verbraucht. Ich wehrte mich heftig gegen die Stränge, die sich nun um meine Taille schlangen und mir nach und nach die Luft abdrückten. Weitere Steinbrocken fielen herab, einer davon traf meinen Kopf und ich stöhnte vor Schmerz auf. Schwarze Punkte tanzten vor meinen Augen. Ich krallte meine Finger in die Wurzeln, bis meine Nägel splitterten, und stieß einen frustrierten Schrei aus. Violets Singsang erhob sich immer weiter, der Boden fing an, sich unter mir zu bewegen. Ihre Macht ließ den steinernen Grund bersten. Metall klirrte, als die Regale auseinanderbrachen und Waffen in alle Richtungen davonschlitterten. Wenn Violet so weitermachte, würde sie uns beide umbringen. Doch vielleicht war das auch genau das, was passieren sollte.

Ich hatte Finn nicht helfen können. Aber immerhin hatten

wir den Fall aufklären können. Ich hatte Dylan vor dem tödlichen Schlag mit der Waffe gerettet. Und ich hatte dafür gesorgt, dass Kenna heil hier rauskam, wenn auch mit Murphys Hilfe. Ich hatte meine Magie voll und ganz als das akzeptiert, was sie war. Das war eigentlich kein schlechter Abschluss, oder?

Tränen stiegen mir in die Augen, als ich aufhörte, an den Wurzeln zu zerren. Ich schloss die Lider. Das Gesicht meiner Mum trat mir vor Augen. Die meiner Geschwister. Die von Kenna und Murphy, Dylan und auch Beau. Ein Schatten fiel auf mein Gesicht.

»Es ist noch nicht an der Zeit fürs Aufgeben«, erklang eine tiefe Stimme.

Ich öffnete die Augen und erkannte Dylan über mir. Sein Blick war von Schwärze durchzogen und um ihn herum tanzte seine dunkle Magie. Vor geraumer Zeit hatte ich sie als eiskalt und tödlich empfunden. Und vielleicht war sie das auch. Aber nicht für mich. Ich wusste, dass er mir niemals etwas antun würde – und dass das, was in ihm schlummerte, das genaue Gegenteil von kalt war.

»Die Schmiede wird gleich einstürzen. Verschwinde von hier«, krächzte ich.

Er beugte sich über mich. Ledergurte spannten sich über seinen Brustkorb und die Schultern, er zog einen Dolch daraus hervor und fing an, die Ranken durchzuschneiden. Mit verbissenem Gesichtsausdruck sägte er an den Wurzeln herum, durchtrennte eine nach der anderen, und als ich sah, wie fest entschlossen er dabei dreinblickte, erstarb der Protest auf meinen Lippen. Ich erkannte, dass egal war, was ich sagte – Dylan würde nicht zulassen, dass ich hier zurückblieb. Obwohl ich den Kampf bereits aufgegeben hatte. Mein Herz polterte in meiner Brust. Weitere Steinbrocken rieselten herab, und ein gespenstisches Krachen erklang über Violets Gesang hinweg.

Doch je mehr Ranken Dylan durchschnitt, desto mehr drangen aus den Rissen am Boden nach, jede stärker als die letzte. Es hatte keinen Sinn. Das Dach der Schmiede brach langsam, aber sicher ein, die Decke war bereits gefährlich nach innen gewölbt. Es fehlte nicht mehr viel und wir würden unter den Trümmern begraben werden.

»Dylan«, keuchte ich.

»Nein.«

»Bitte geh. Ich will nicht, dass du meinetwegen stirbst.«

»Deine Opferbereitschaft hilft in dieser Situation nicht besonders, Miss Everfall«, brachte er zwischen zusammengebissenen Zähnen hervor.

Hätten sich die Wurzeln nicht bereits um meine Handgelenke geschlungen, hätte ich die Hand nach ihm ausgestreckt, um ihn so aus seinem Tunnel zu reißen.

»Du solltest doch aufhören, mich so zu nennen.« Meine Stimme klang so leise, dass sie eigentlich von dem Getöse um uns herum hätte verschluckt werden müssen. Dylan hörte mich trotzdem. Als er aufblickte, trieb es mir den Atem aus der Lunge. In seinen Augen brannte eine Verzweiflung, die ich noch nie an ihm gesehen hatte. Er wollte diesen Kampf nicht aufgeben, stand aber kurz davor – und dieser Gedanke schien ihn völlig fertigzumachen.

»Ich werde dich nicht gehen lassen, Zoey«, sagte er mit rauer Stimme. »Niemals.«

Da lag so viel in diesen Worten. Gefühle, von denen ich nicht einmal geahnt hatte, dass sie in Dylan steckten. Emotionen, die ich nur zu gern ergründet hätte, bliebe uns noch mehr Zeit. Aber die hatten wir nicht. Ich wollte den Mund öffnen, um noch etwas zu sagen, da stoppte Violets Gesang jäh. Die Ranken schienen ihren Griff ohne die Beschwörung nicht halten zu können und lockerten sich. Ich keuchte vor

Überraschung auf. Dylan reagierte schneller als ich. Er packte mich unter den Armen und riss mich hoch. Wir stolperten rückwärts in Richtung Ausgang und schafften es gerade so aus der Tür, als das Dach einstürzte und die Schmiede in sich zusammenbrach.

33

Wie sich herausstellte, hatten Murphy und Dylan die Lehrkräfte alarmiert. Murphy hatte Cree in Rabengestalt belauscht und daraufhin vergeblich versucht, Kenna zu erreichen. Danach war er zu Dylan geflogen und die beiden hatten den halben Campus nach uns abgesucht – bis sie in Violets Zimmer die Trümmer meiner Flucht vorgefunden hatten und schließlich auf die Schmiede gekommen waren.

Jetzt saßen wir vier auf dem Rasen vor der Schmiede, während Heiler Sheehan und Rektorin Baskerville uns über den Vorfall ausfragten. Als Sheehan die Wunden an meinen Armen sah, stieß er einen nicht gerade jugendfreien Fluch aus und fing sofort an, sie zu behandeln. Wie betäubt ließ ich die Tortur über mich ergehen, während der Heiler immer mal wieder Dinge über Hochverrat murmelte.

Irgendwann tauchte eine Gruppe von Hütern in ihren dunkelgrünen Uniformen auf, die anschließend die Trümmer nach Violet und Cree durchsuchten. Mit angehaltenem Atem sah ich dabei zu, wie sie Violets Körper nach einigen Minuten herauszogen. Sie wirkte benommen und schien zunächst völlig neben sich zu stehen. Da sie so viel Kraft verbraucht hatte, war das auch kein Wunder – ihr Gesang hatte wohl so jäh gestoppt, weil sie völlig ausgebrannt und schließlich in Ohnmacht gefallen war. Von Cree war jedoch nirgends eine Spur zu finden.

Die Hüter drehten Violets Arme auf ihren Rücken und legten ihr verstärkte Fesseln an, die ihre Magie unterdrückten. Als sie sie abführten, warf sie uns noch einen Blick zu, der mir überhaupt nicht gefiel. Ein kleines Lächeln zeigte sich auf ihren Lippen, das so schnell verblasste, dass ich mich fragte, ob ich es mir bloß eingebildet hatte. Wenig später verschwanden die Hüter mit Violet in einem ihrer schwarzen Geländewagen und fuhren davon.

Die nächsten Stunden vergingen wie im Rausch. Ich war komplett fertig und fühlte mich, als würde ich jeden Moment das Bewusstsein verlieren, aber leider konnte ich mir das nicht erlauben. Erst wurden Kenna und ich in der Krankenstation behandelt, dann wurden wir von Professorin Chen und Rektorin Baskerville befragt und mussten wiedergeben, was wir in den letzten Wochen alles herausgefunden hatten. Rektorin Baskerville stand zwischendurch auf, während Heiler Sheehan Kennas Wunden untersuchte. Professorin Chens Blick jedoch lag unergründlich auf mir.

»Wieso habt ihr nicht schon viel früher etwas gesagt?«, fragte sie nach einer Weile.

»Weil wir uns nicht sicher waren, was genau vorgefallen ist, und erst eindeutige Beweise finden wollten«, sagte ich.

»Außerdem haben die Hüter längst in der Sache ermittelt. Wir hatten Angst, dass uns niemand glaubt«, fügte Kenna hinzu.

Professorin Chen wechselte einen Blick mit Rektorin Baskerville, die in diesem Moment wieder bei meinem Krankenbett stehen blieb.

»Das war unverantwortlich von euch. Es ist wichtig, dass so etwas sofort weitergegeben wird – ob mit oder ohne Beweise. Bitte zögert nicht, euch in Zukunft an die Lehrkräfte der Akademie zu wenden«, sagte sie mit strenger Stimme.

»Nur so kann sichergestellt werden, dass so etwas nicht noch einmal passiert«, fügte Professorin Chen hinzu und schob sich das braune Haar hinter die Ohren. Dann strich sie über den Stoff ihres Shirts, was beinahe unsicher wirkte. »Wenn es an dem Test liegt, dem ich Sie ausgesetzt habe …«, fing sie nach einer Weile an und sofort schüttelte ich den Kopf.

»Daran liegt es nicht. Wirklich nicht, Professorin Chen«, sagte ich schnell.

Rektorin Baskerville blickte fragend zwischen uns hin und her, doch ich würde nichts davon sagen, wenn die Professorin es nicht auch tat. Dass sie Dylan aufgetragen hatte, mich zu reizen, bis meine Kraft aus mir hervorbrach, schien nichts zu sein, über das sie die Rektorin in Kenntnis setzen wollte. Wenn es nach mir ging, konnte das auch so bleiben – schließlich hatten wir genug andere Dinge, um die wir uns kümmern mussten.

»Wurde Cree noch gefunden?«, fragte Kenna nach einigen Sekunden des Schweigens.

Rektorin Baskerville schüttelte bedauernd den Kopf. »Leider nicht. Aber er wurde bei den Hütern zur Fahndung ausgeschrieben und diese Information wurde auch an einige Eingeweihte weitergegeben, die in den Polizeidezernaten der Normalsterblichen tätig sind. Wir werden ihn finden.«

»Außerdem werden die Hüter Violet Whelan und ihre Eltern einer strengen Befragung unterziehen. Vielleicht wissen sie mehr über Crees Aufenthaltsort«, fügte Heiler Sheehan hinzu.

»Gibt es noch irgendetwas, was ihr uns vorenthalten habt?«, fragte die Rektorin jetzt und sah zwischen Kenna und mir hin und her. »Irgendeine Information, die für die Ermittlung von Bedeutung sein könnte?«

Ich überlegte und ließ die Nacht noch einmal Revue passieren. »Cree klang, als wäre das Ganze Teil eines größeren Plans.

Und als hätte nicht nur er es auf die Schätze der Danu abgesehen.«

Alle drei Lehrkräfte wirkten bei diesen Worten alarmiert. Ich fragte mich, ob ich etwas Falsches gesagt hatte, da wurde die Tür zur Krankenstation geräuschvoll aufgestoßen.

»Wo ist sie?«, peitschte eine Stimme durch den Raum, die ich wohl überall erkannt hätte. Kurz kniff ich die Augen zusammen, bevor ich mich zusammenriss.

»Ich bin hier drüben«, rief ich heiser.

Das Klacken von Absätzen tönte durch die Krankenstation. Rektorin Baskerville war bereits aufgestanden, um den weißen Vorhang beiseitezuziehen, da kam ihr meine Mutter zuvor. Ihre Haare wirkten zerzaust und ihr Kostüm war zerknittert. Es gab nicht viele Anlässe, bei denen sie je so durch den Wind gewirkt hatte, und einen Moment lang konnte ich sie einfach nur sprachlos anstarren. Bevor ich wusste, wie mir geschah, war sie bei mir, umfasste mein Gesicht und betrachtete es von allen Seiten.

»Wie geht es dir?«, fragte sie. Nur wenn man sie sehr gut kannte, konnte man die Sorge aus ihrer Stimme heraushören. Mein Herz zog sich zusammen. Ohne richtig darüber nachzudenken, schlang ich die Arme um sie und hielt sie fest. Mum zögerte eine Sekunde, dann erwiderte sie die Umarmung. Als der Geruch ihres Parfums an meine Nase drang, brannten meine Augen wie verrückt. Eine Weile lang hielten wir einander fest, dann lösten wir uns langsam voneinander.

»Es geht mir gut«, krächzte ich schließlich.

»Wie man's nimmt«, wandte Heiler Sheehan ein. »Eine ihrer Rippen ist gebrochen, mal abgesehen von den Prellungen an ihrem Körper und den zahlreichen Schnittwunden.«

Mum und ich warfen ihm finstere Blicke zu. Es schien ihn nicht zu kümmern, er trat an den kleinen Wagen mit medizinischem Zubehör und verschiedenen Kräutern und fing an, einige davon zusammenzumischen. Unterdessen betrachtete Mum meine Arme. Die Wunden der Dornen hatten inzwischen aufgehört zu bluten, brannten aber trotz der Salbe wie verrückt. Mum beugte sich vor, hielt ihre Hände über meine Arme und flüsterte eine leise Beschwörung. Ihre Stimme drang hell und klar durch die Krankenstation, ihr Gesicht leuchtete auf vor Magie und durch meine Arme jagte ein warmes Kribbeln. Die Haut zog sich nach und nach zusammen und die Schnitte verheilten. Dasselbe tat sie mit meinem Oberkörper, wobei mich jedoch ein heftiger Schmerz durchzuckte. Ich kniff die Augen zusammen, als ein Ruck durch den gebrochenen Knochen ging und er schließlich zusammenwuchs. Danach lehnte sich meine Mutter zurück und betrachtete zufrieden ihr Werk.

»Kannst du meiner Freundin auch helfen?«, fragte ich leise mit einem Nicken auf Kenna, die meine Mum wie gebannt anstarrte.

Mum zögerte nicht und trat an Kennas Bett. Meine Mitbewohnerin wirkte skeptisch, ihre Schultern verkrampften sich. Mum setzte sich auch auf ihre Bettkante und nahm Kennas Hände sanft in ihre. Wieder sang sie eine kurze kristallklare Melodie, die durch die gesamte Krankenstation hallte und alle Anwesenden in ihren Bann zog. Wenig später verklang sie und Kenna starrte auf ihre Hände. Gleich darauf befühlte sie ihre Stirn und die Haut um ihr Auge, wo kurz zuvor noch ein Veilchen geleuchtet hatte.

»Das wäre doch nicht nötig gewesen«, sagte Kenna mit rauer Stimme. »Meine Wunden heilen schneller als Zoeys.«

»Nur weil deine Wunden schneller heilen, bedeutet das nicht, dass du mehr Schmerzen leiden solltest als andere«, gab meine Mutter erstaunlich sanft zurück.

Kenna blinzelte. Sie schluckte schwer. »Danke, Mrs King.«

Mum lächelte schmal, erhob sich und strich ihr Kostüm glatt. Dann wandte sie sich an die anwesenden Lehrkräfte.

»Meine Tochter wird keinen Tag länger an dieser Akademie bleiben«, sagte sie schließlich.

Tödliche Stille breitete sich in der Krankenstation aus. Ich richtete mich im Bett auf und starrte Mum an.

»Du hast deine Aufsichtspflicht in mehr als nur einer Hinsicht verletzt, Lorna. Ich werde beim Rat ein Verfahren gegen dich einleiten«, fuhr sie fort.

»Das ist doch völliger Quatsch, Calliope«, unterbrach Heiler Sheehan meine Mutter, woraufhin sie ihm einen vernichtenden Blick zuwarf.

»Untersteh dich, so unverfroren das Wort gegen mich zu richten, Alexander.«

»Meine Unverfrorenheit sollte die geringste deiner Sorgen sein. Da draußen braut sich irgendetwas zusammen – und du willst allen Ernstes ein Verfahren gegen Lorna einleiten? Damit verschwendest du die Kapazitäten des Rats an falscher Stelle.« Noch nie hatte ich Heiler Sheehan derart aufbrausend erlebt.

»Wenn du so erpicht darauf bist, im Rat tätig zu sein, hättest du den Eid ablegen können. Da du dir dafür aber zu schade warst, habe ich die Verantwortung über die Kapazitäten des Rats, und ich werde sie einsetzen, wie es mir beliebt. Vor allem, wenn es um das Wohl meiner Tochter geht.«

Heiler Sheehan schnaubte verächtlich und wollte zu einer weiteren Antwort ansetzen, als Rektorin Baskerville mit sanfter Stimme dazwischenging. »Das ist nichts, was wir vor den Schülern besprechen sollten.«

Mum sah Sheehan noch einen Moment lang mit diesem gefährlichen Blick an, der verhieß, dass sie ihm am liebsten an die Gurgel gegangen wäre, doch dann schien sie sich daran zu erinnern, wo wir uns befanden. Ihre Züge glätteten sich und sie sah mich an. Sie öffnete den Mund, aber ich kam ihr zuvor.

»Ich will hierbleiben, Mum. Bitte nimm mich nicht von der Akademie.«

Sie schloss ihren Mund wieder und blinzelte. »Was?«

Ich setzte mich im Krankenbett auf und blickte sie ernst an. »Ich weiß, dass alles, was passiert ist, so nicht in unseren Plänen für die Zukunft stand. Aber ich … ich habe meinen Frieden damit geschlossen. Ohne meine Magie hätte ich die heutige Nacht nicht überlebt, geschweige denn meine Freundin retten können. Es gibt noch so viel, was ich lernen muss. Und das kann ich nur hier.«

Meine Mutter schien auf diesen Worten herumzukauen, wirkte aber noch nicht überzeugt. »Dann möchte ich zumindest, dass du wieder in dein altes Wohnheim ziehst.«

Wieder schüttelte ich den Kopf. »Ich wohne gern mit Kenna zusammen. Natürlich finde ich schon, dass das Gebäude der Silver Ravens ruhig mal saniert werden könnte, aber … ich mag es dort.« Ich konnte selbst kaum glauben, dass ich diese Worte tatsächlich aussprach. Mum schien es ähnlich zu gehen. Sie ließ sich wieder auf meiner Bettkante nieder.

»Vor Kurzem hast du mich noch angefleht, dir aus dieser Situation zu helfen«, sagte sie leise.

Ich lächelte sie müde an. »Seitdem ist viel passiert.«

Sie sah zu Kenna, dann zu Heiler Sheehan, Rektorin Baskerville und schließlich auch zu Professorin Chen, die sich jetzt räusperte.

»Es gibt nicht viele Leute, die sich innerhalb von so kurzer Zeit an so eine schwierige Situation hätten anpassen können. Ihre Tochter hat die letzten Wochen mit Bravour gemeistert und macht auch in der Nachhilfe und dem Training große Fortschritte. Sie ist eine Bereicherung für uns.«

Fassungslos starrte ich Professorin Chen an. Noch nie hatte ich sie so wertschätzende Worte von ihr gehört. Und ehrlich gesagt hatte ich auch niemals damit gerechnet, dass sie so etwas ausgerechnet über mich sagte. Auf mich hatte es immer gewirkt, als würde sie mich verabscheuen. Aber vielleicht wollte sie meine Mutter auch einfach nur besänftigen, damit diese kein Verfahren gegen Rektorin Baskerville einleitete.

»Na schön«, sagte Mum schließlich langsam. »Allerdings erwarte ich, dass die Sicherheitsmaßnahmen der Akademie deutlich verschärft werden. Und ich werde dafür sorgen, dass zusätzliche Einheiten von Rittern das Gelände bewachen, damit so etwas nicht noch einmal passiert.«

Rektorin Baskerville nickte. »Wir können die Details gern in meinem Büro besprechen.«

Mum nickte und wandte sich noch einmal an mich. Sie schien noch etwas sagen zu wollen, klappte den Mund aber wieder zu. Dann erhob sie sich und verließ die Krankenstation neben Rektorin Baskerville. Wir anderen blieben zurück und sahen ihnen hinterher, bis die Tür langsam ins Schloss fiel. Erst da schaffte ich es, aufzuatmen.

»Dass du dich nach dieser Nacht noch so gegen deine Mutter behaupten konntest, ist eigentlich das größte Wunder«, merkte Kenna an und klang dabei sehr beeindruckt.

»Finde ich auch.« Ich ließ mich in die Kissen zurücksinken und lächelte sie an. Allerdings legten sich die Geschehnisse des Abends über meine Stimmung wie eine Gewitterwolke. Cree war noch da draußen und verfolgte weiterhin seinen Plan, von dem wir nicht genau wussten, wie er ihn fortführen würde.

»Für heute Nacht haben Sie genug gekämpft, Zoey«, sagte Professorin Chen unvermittelt. Überrascht sah ich sie an, denn es wirkte fast, als hätte sie meine Gedanken gelesen. »Überlassen Sie den Zuständigen den Rest und kommen Sie erst mal wieder auf die Beine. Sie beide.« Sie warf auch Kenna einen Blick zu, die daraufhin langsam nickte.

Ich drehte den Kopf und sah meine Mitbewohnerin an. Sie streckte zögerlich die Hand nach mir aus. Ich ergriff sie. Dankbarkeit stand ihr ins Gesicht geschrieben, die ich ihr mit meinem Blick hoffentlich genauso zurückgab. Wir sprachen nicht mehr, als Professorin Chen die Krankenstation letztendlich verließ und sich die Erschöpfung der Nacht langsam über uns senkte. Ich wusste nicht, wer von uns beiden ihr zuerst erlag und schließlich einschlief. Aber das war auch nicht weiter wichtig.

34

In der kommenden Woche war die gesamte Everfall Academy aufgewühlt. Die wildesten Geschichten wurden über jene Nacht gesponnen, angefangen bei einer Party, die angeblich geschmissen worden und der Grund für den Einsturz der Schmiede gewesen sein soll, bis hin zu Gerüchten, dass die Nachtkämpfer verantwortlich für die Zerstörung waren.

Dass Violet und Cree die Schuld an Finn Thompsons Tod trugen, ging ebenfalls herum, wobei unter Verschluss gehalten wurde, was der wahre Grund dafür war. Der Rat wollte nicht, dass die Öffentlichkeit von der Kopie von Nuadas Schwert erfuhr. Bei der Spurensicherung wurde das Schwert auch nicht gefunden, Cree musste es bei seiner Flucht mitgenommen haben. Allerdings schärfte Professorin Chen Kenna, Murphy, Dylan und mir ein, dass wir uns darum nicht länger scheren sollten. Was mir mehr als nur schwerfiel.

In den darauffolgenden Nächten bekam ich kaum die Augen zu. Immer wieder geisterte mir durch den Kopf, wie Violet mich angegriffen hatte. Wie bösartig sie und Cree gewirkt hatten. Wie sehr ich manipuliert worden war, und wie stark ich mich in Cree, aber vor allem in Violet getäuscht hatte. Ich verkroch mich in meinem Zimmer und ging kaum raus, weil mich das, was geschehen war, einfach nicht mehr losließ.

An diesem Abend saß ich auf der Fensterbank vor dem

Giebelfenster in unserem Zimmer und sah nach draußen. Im Hauptgebäude der Akademie leuchteten Kürbisse in den Fenstern und auf dem Innenhof des Campus wurde Holz für das Lagerfeuer aufgetürmt. Scharen von Schülern machten sich auf den Weg zu den Feierlichkeiten für Samhain. Von hier aus war es zwar schwer zu erkennen, aber vor dem Lagerfeuer war ein Altar mit Kürbissen, Nüssen, Beeren und auch Wein errichtet worden. Nach Unterrichtsschluss hatte ich gesehen, dass dort auch ein großes gerahmtes Foto von Finn Thompson aufgestellt worden war. Wir alle sollten seiner an diesem Abend gedenken, genau wie der anderen verstorbenen Ahnen, um ihnen mit den Feierlichkeiten Respekt zu zollen. Allerdings war ich nicht in Feierlaune. Kenna war bereits aufgebrochen und traf sich mit Evander, Finns Mitbewohner. Die beiden hatten sich für heute Abend verabredet, um gemeinsam um ihren verstorbenen Freund zu trauern. Unterdessen kämpfte ich immer noch mit den Geschehnissen, was mir total hirnrissig vorkam – immerhin lebte ich noch und hatte keine mir nahestehende Person zu betrauern.

Ein Klopfen an unserer Zimmertür unterbrach meinen Gedankenfluss. Stirnrunzelnd fragte ich mich, wer wohl auf Samhain verzichtete, um zu mir zu kommen. Ich stieß mich von der Fensterbank ab und durchquerte mein Zimmer. Dann öffnete ich die Tür. Dylan stand davor, und mein Mund wurde ganz trocken, als ich ihn sah. Sein schwarzes Haar fiel offen bis fast auf seine Schultern und er trug einen grob gestrickten Pullover, der aus unterschiedlich großen dunkelbraunen, beigen und rostroten Vierecken bestand. Darüber hatte er einen schwarzen weiten Mantel an und eine ebenfalls schwarze Cargohose mit den für ihn typischen klobigen Boots. Es fiel mir schwer, den Blick von ihm abzuwenden, was mit Sicherheit auf die Tatsache zurückzuführen war, dass ich ihn diese Woche kaum zu Gesicht bekommen hatte. Oder vielleicht, weil mir unser Kuss nicht aus dem Kopf gehen wollte, was unter anderem der Grund dafür war, dass ich ihm aus dem Weg gegangen war. Seit dem Moment bei ihm im Zimmer und anschließend in der Schmiede hatte ich es nicht über mich gebracht, ihm gegenüberzutreten. Zu viel stand zwischen uns. Zu viel verstopfte meinen Kopf.

Er räusperte sich. »Hier steckst du also.«

»Hier stecke ich also«, wiederholte ich und hasste, wie belegt meine Stimme mit einem Mal klang.

Ich war mir nicht sicher, wann es passiert war, aber … ich hatte all das abgelegt, was Mum mir mein Leben lang eingetrichtert hatte. Zumindest dann, wenn ich Dylan, Kenna oder Murphy gegenüberstand. Bei meinen neuen Freunden brachte ich es irgendwie nicht über mich, Stärke vorzutäuschen, wenn ich diese nicht empfand.

»Die Wand sieht aus wie neu«, merkte Dylan an. Ich realisierte, dass er an mir vorbei ins Zimmer sah. Ich folgte seinem Blick und betrachtete die Wand, an der Crees blutige Drohung gestanden hatte. Das Bild von meinen blutbesudelten Händen trat mir vor Augen und hastig blinzelte ich es weg.

»Der Hausmeister war da und hat sie neu tapeziert. Außerdem habe ich eine neue Matratze bekommen«, antwortete ich verspätet.

Irgendwie konnte ich ihm nicht in die Augen sehen. Ich verstand selbst nicht, wieso. Wahrscheinlich weil zu viel passiert war. Ich musste erst einmal selbst damit klarkommen.

»Hast du Lust auf einen Ausflug?«, fragte Dylan unvermittelt.

Ich schaffte es nur mit Mühe, den Kloß in meinem Hals runterzuschlucken. »Ich bin nicht sonderlich in Feierlaune.«

»Nicht zum Lagerfeuer.« Er nickte in Richtung Flur. »Komm.«

Kurz zögerte ich. Es kam mir wie eine außerordentlich schlechte Idee vor, mit ihm zu gehen. Aber vielleicht war das genau das, was ich jetzt brauchte. Einen Abend voller schlechter Ideen, um mich von den noch viel schlimmeren Erinnerungen abzulenken. Sich zu verkriechen hatte nicht so geholfen, wie ich mir das vorgestellt hatte. Möglicherweise würde das hier mehr bringen.

Ich hatte zwar keine Ahnung, was Dylan vorhatte, aber ich hatte nichts zu verlieren. Also schnappte ich mir schnell meine Jacke, zog meine Boots an und folgte ihm. Er durchquerte den Flur bis zur entgegengesetzten Seite. Doch statt Richtung Treppenhaus zu gehen, trat er an die Tür eines Raumes, in dem ich noch nie gewesen war. Stirnrunzelnd ging ich hinter ihm hinein. Es war eine alte, muffig riechende Abstellkammer, deren Wände rund waren, da sie sich in der Turmspitze des Wohnheims befand. Dylan schloss die Tür hinter uns.

»Ich bin nicht besonders überzeugt von diesem Ausflug«, sagte ich skeptisch.

Er ignorierte meine Worte und trat an das Fenster auf der gegenüberliegenden Seite. Es knarrte, als er es aufzog. Bevor ich wusste, was passierte, stemmte Dylan sich mit den Händen auf den Rahmen und schwang sich durch das Fenster nach draußen. Ich stieß einen unterdrückten Schrei aus, als er verschwand, und hechtete zum Fenster. Da erhob er sich aus der Hocke und sah mich triumphierend an. Ich verdrehte die Augen.

»Erschreck mich nicht so. Ich dachte, du bist runtergestürzt.«

»Würde mir nicht im Traum einfallen. Jetzt komm.«

Auffordernd hielt er mir die Hand hin. Ich warf einen Blick zurück zur Tür und dachte kurz darüber nach, doch die Biege zu machen. Allerdings überwog die Neugier. Ich fragte mich, was Dylan vorhatte. Also nahm ich meinen Mut zusammen.

Ich griff nach seiner Hand und kletterte mit seiner Hilfe durch das Fenster. Sofort machte ich den Fehler und sah nach unten, woraufhin mir ganz schwindelig wurde. Als ich auf der Stelle schwankte, umfasste ich seine Hand fester. Dylan half mir, den schmalen Vorsprung zu überbrücken. Dann waren wir auf dem Dach zwischen den zwei Türmen des Wohnheims, wo die Fläche eben war. Ich entdeckte eine karierte Decke direkt vor dem Dachvorsprung und zwei Flaschen Sekt daneben. Überrascht sah ich zu Dylan hoch, doch er erwiderte meinen Blick nicht. Stattdessen ließ er meine Hand los und setzte seinen Weg fort, bis wir bei der Decke ankamen. Er deutete darauf, und zögerlich nahm ich Platz. Erst da realisierte ich, dass er uns so ausgerichtet hatte, dass wir von hier aus das Lagerfeuer sehen konnten. Es würde bestimmt jeden Moment entzündet werden.

Dylan ließ sich neben mir nieder. Gleich darauf griff er nach der ersten Sektflasche und öffnete sie mit einem lauten Knallen. Er reichte sie mir, und ich sah ihn mit hochgezogener Braue an.

»Keine Gläser?«, fragte ich.

Er schüttelte den Kopf. »Jeder bekommt eine Flasche.«

Ich unterdrückte ein Lächeln und nahm den Sekt entgegen. Dylan öffnete auch die zweite Flasche, wobei der Korken in hohem Bogen übers Dach nach unten flog. Ich meinte, ihn einige Sekunden später auf dem Boden aufkommen zu hören. Dylan stieß mit seiner Flasche gegen meine. Er wollte schon trinken, als ich ihn unterbrach.

»Hältst du keinen Toast?«, fragte ich.

Er ließ die Flasche ein Stück sinken. »Ich dachte, du bist vielleicht nicht in Laune für Gespräche.«

»Also hast du das Sekt-Picknick vorbereitet, damit wir uns gegenseitig anschweigen?«

Er zuckte mit den Achseln. »Wenn es das ist, was du gerade brauchst, ja.«

Einen Augenblick lang konnte ich ihn einfach nur anstarren. Als sich der Moment ausdehnte und der Kloß in meinen Hals zurückkehrte, wandte ich den Blick ab und sah stattdessen auf das Lagerfeuer. Rektorin Baskerville stand dort und hielt gerade eine Rede, die ich von hier aus nicht verstehen konnte. Schüler drängten sich dicht aneinander und hielten einander in den Armen. Wenig später wurde das Feuer von einem Professor angezündet, der Stichflammen aus seinen Fingern schießen ließ. Sie loderten hoch auf, fraßen sich durch das Holz und der Anblick ließ Bilder vor meinem inneren Auge aufflackern. Wie ich Cree in die Esse geschubst hatte. Seine bitteren, schmerzerfüllten Schreie, als das Feuer ihn verschlang. Der Anblick seines verkohlten Fleisches.

Schnell setzte ich die Flasche an die Lippen und trank einen großen Schluck. Die Kohlensäure kribbelte in meiner Kehle. Ich richtete den Blick nach vorn. Hinter dem Lagerfeuer war das Akademiegebäude mit seinen spitzen Türmen gut zu erkennen, genau wie der dahinter liegende See, auf dem die Wellen glitzerten. Ich konzentrierte mich darauf statt auf die Erinnerung an Cree und Violet, auch wenn es mir nicht leichtfiel.

»Kommst du öfter her?«, wollte ich nach einer Weile wissen.

»Nein.«

Ich warf ihm einen Seitenblick zu und fragte mich, wie er dann darauf gekommen war, hier eine Privatparty zu veranstalten. Dylan strich mit den Fingern über den Hals seiner Sektflasche.

»Ich weiß, wie es ist, wenn man sich verkriechen will. Aber es hilft nicht, dass du dir Vorwürfe machst«, sagte er schließlich langsam.

In dieser Sekunde hätte ich ihn fragen können, woher er wissen wollte, wie es in mir aussah. Ich hätte es abstreiten oder etwas Scharfes entgegnen können … aber ich würde ihm nichts mehr vormachen. Nicht nach allem, was passiert war.

»Ich hätte es kommen sehen sollen«, flüsterte ich in die Stille hinein.

»Das stimmt nicht.«

»Das ist doch Teil meiner Magie, oder etwa nicht? Ich soll Leute vor genau so etwas beschützen. Diese magische Intuition hätte mir dabei helfen sollen, das alles zu verhindern. Dann wäre Kenna nicht verletzt worden.«

»Es hat keinen Sinn, sich über das Gedanken zu machen, was hinter dir liegt. Du musst nach vorn blicken. Und außerdem hast du Kenna gerettet, wenn ich mich recht entsinne.«

Ich nahm einen weiteren Schluck Sekt. Leider spülte er die Bitterkeit nicht aus meinen Knochen.

»Ich habe noch nie jemanden gesehen, der seine Magie in so kurzer Zeit so gut unter Kontrolle hat. Schon gar keine Mentalmagie.«

Überrascht sah ich ihn an. »Hast du mir gerade ein Kompliment gemacht?«

Seine Mundwinkel hoben sich. »Lass es dir nicht zu Kopf steigen.«

Abermals breitete sich Stille zwischen uns aus. Ich dachte über all das nach, was passiert war, und fragte mich, wann sich für mich alles wieder normal anfühlen würde.

Meine Magie war erwacht. Meine Beziehung war vorbei. Ich hatte einen Mordfall aufgeklärt und war im Kampf gegen Cree und Violet nur knapp entkommen. Cree war immer noch da draußen und es war nur eine Frage der Zeit, bis er das, was er sich vorgenommen hatte, in die Tat umsetzen würde. Zumal er das Schwert noch hatte. Was würde geschehen, wenn er die Kopie gegen den echten Schatz austauschte?

»Ich kann an nichts anderes denken«, flüsterte ich nach einer Weile. Ich spürte, dass Dylan sich mir zuwandte, aber ich konnte seinem Blick nicht standhalten. »Manchmal wache ich nachts auf und bin sicher, jemand ist in unserem Zimmer. Mal ist es Cree, mal Violet, und jedes Mal haben sie das Schwert bei sich und …« Meine Stimme versagte.

»Es ist okay, dass du Angst hast, Zoey. Aber du bist hier sicher. Lass dir von dieser Sache nicht dein Leben diktieren.«

Jetzt sah ich ihn doch an, wobei sein Gesicht vor meinen Augen verschwamm. Mitgefühl huschte über seine Miene. Irgendwie war ich froh, dass auch er seinen Panzer in meiner Gegenwart endlich abgelegt hatte.

»Seit wann bist du eigentlich so weise?«, fragte ich.

Er nahm einen Schluck Sekt. »Das war ich schon die ganze Zeit. Aber du wolltest mir ja nie zuhören.«

Ich verpasste ihm einen Schubser gegen die Schulter, woraufhin er leise lachte. Gespielt erschrocken drückte ich mir eine Hand auf die Brust. »Hast du etwa gerade gelacht?«

Sofort presste er die Lippen fest aufeinander.

»Mach es noch mal«, bat ich ihn.

Sein Lächeln wirkte beinahe zaghaft. »Ich bin froh, dass du noch lebst.«

Mein Herzschlag beschleunigte sich bei seinen Worten. »Ich bin auch froh, dass du noch lebst. Wärst du meinetwegen gestorben, hätte ich mir große Vorwürfe gemacht.«

»Keine Sorge. Ich wäre zu dir zurückgekommen.« Überrascht erwiderte ich seinen Blick. »Um dich heimzusuchen, versteht sich.«

Jetzt konnte ich auch nicht anders: Ich lachte auf. Dylan schaute mich mit genauso viel Staunen im Blick an wie ich ihn kurz zuvor. Hitze stieg in meine Wangen, als ich mich daran erinnerte, wie sich sein Mund auf meinem angefühlt hatte, und einen Moment lang schaffte ich es nicht, wegzusehen.

Ich räusperte mich. »Du solltest dringend aufhören, so lieb zu mir zu sein. Irgendwann, wenn mein gebrochenes Herz wieder heil ist, verliebe ich mich sonst noch in dich. Und das würden wir nicht wollen, oder?«

Dylan schien den Atem anzuhalten. Dann schüttelte er langsam den Kopf. »Auf keinen Fall.«

Schnell sah ich wieder zum Lagerfeuer. Einige Schülerinnen und Schüler hatten angefangen zu tanzen; Musik drang über den Innenhof der Akademie.

»Es ist so viel passiert, dass ich teilweise nicht weiß, wo mir der Kopf steht. Ich hätte niemals gedacht, dass diese Magie in mir schlummert, meine Beziehung an dieser Sache scheitern wird oder dass meine beste Freundin eine Mörderin ist. Oder dass ich mich zum ersten Mal gegen meine Mutter stellen würde – und sie mich dafür sogar noch respektiert.« Lächelnd schüttelte ich den Kopf. »Hätte mir jemand das vor einigen Monaten gesagt, hätte ich ihn wahrscheinlich für verrückt erklärt.«

»Und jetzt?«, fragte Dylan.

Ich hieß das Kribbeln in meinem Magen willkommen und war mir nicht sicher, ob es am Sekt oder doch etwas anderem lag.

»Jetzt finde ich das alles irgendwie okay. Ich meine, natürlich ist es verrückt. Aber gleichzeitig bin ich froh, dass es so gekommen ist. Wäre das alles nämlich nicht passiert, hätte ich Kenna, Murphy oder dich wahrscheinlich nie richtig kennengelernt. Und den Gedanken finde ich schrecklich.«

Dylan erwiderte einen Moment lang nichts. Aber das musste er auch nicht. Das, was er für mich getan hatte, sagte bereits genügend aus. Ich rutschte ein Stück dichter zu ihm und lehnte mich gegen ihn. Kurz hielt er den Atem an. Dann hob und senkte sich seine Brust wieder, ein bisschen unregelmäßiger als noch wenige Sekunden zuvor.

So saßen wir zusammen dort und sahen dabei zu, wie die Flammen des Lagerfeuers in die Höhe loderten. Mein Herz pochte schmerzhaft für all die Dinge, die ich verloren hatte. Gleichzeitig war mir bewusst, dass ich auch einiges dazugewonnen hatte – und dass noch mehr vor mir lag.

Viel mehr, dachte ich, als Dylan die Hand hob und damit sanft über meinen Rücken strich.

DANKSAGUNG

Die Reise zurück zu Fantasy war abenteuerlich und mit unendlich viel Freude verbunden und ich danke allen, die mich dabei unterstützt haben.

Von Herzen Dank gebührt meiner Agentin Christiane Düring, die mir durch jede Krise hindurchhilft und mit mir zu jeder Tageszeit über Zoeys Innenleben und die Schätze der Danu gesprochen hat. Dein »Geht nicht, gibt's nicht« und »Kommt Zeit, kommt Rat« haben ungemein geholfen, und ohne deinen Zuspruch hätte ich mich vermutlich nicht getraut, diese Reihe zu beginnen.

Besonderer Dank gilt meinem Mann/Assistenten/Barista Christian, der mich auf jedem Schritt des Weges begleitet und unterstützt hat.

Ebenfalls ein großes Danke an Stephanie Bubley für die Leidenschaft für meine Geschichten, die vielen tollen Gespräche und Besuche und den Feinschliff am Plot. In diesem Rahmen bedanke ich mich bei dem gesamten LYX-Verlag für das Engagement, um dieses Buch in die Welt zu bringen, insbesondere: Barbara Fischer, Stefanie Ebert und Andrea Berlauer für die tolle Betreuung auf Veranstaltungen, Luca Dyckmans für das Charakterverzeichnis, Cay Möntmann, Sabrina Weber und Jana Winkel aus dem Marketing, Annett Brandt und Carolin Born aus dem Vertrieb, Sarah Schneider und Viola

Engel aus dem Hörbuch, Giuseppe Terrano aus der Lizenzabteilung, Sandra Krings und Theresa von Zepelin aus der Herstellung und auch Simon Decot und Sandra Dittert für das Vertrauen in meine Romane.

Meiner talentierten Coverdesignerin Franziska Stern danke ich für ihre grenzenlose Kreativität und das unverwechselbare Cover. Meinen Testleserinnen Alina, Emily und Julia danke ich für ihre wertvollen Anmerkungen zum Inhalt. Außerdem gebührt herzlicher Dank Claudia Redl für die wunderschönen Illustrationen von Zoey und Dylan.

Danke an meine befreundeten Autorinnen Anne Pätzold, Marah Woolf, Sarah Saxx, Maren Vivien Haase, Tanja Voosen und Kim Nina Ocker für die wertvollen Ratschläge und offenen Ohren.

Ich bedanke mich herzlich bei allen Blogger:innen, die auf verschiedensten Plattformen so liebe Worte für meine Bücher finden. Ich freue mich immer riesig über eure Videos und Fotos.

Und zu guter Letzt bedanke ich mich von Herzen bei meinen Leser:innen. Eure Begeisterung rührt mich immer wieder und ich bin voller Dankbarkeit. Danke, dass ihr dieses Buch in die Hand genommen habt. Ich hoffe, ihr begleitet Zoey & Co. auch ins nächste Abenteuer ☺